KB267192

넌
내 인생의
걸림돌이야

넌 내 인생의 걸림돌이야

초판 1쇄 찍은 날 § 2005년 7월 25일
초판 1쇄 펴낸 날 § 2005년 8월 5일

지은이 § 정선화
펴낸이 § 서경석

편집장 § 문혜영
편집책임 § 이종민
편집 § 한지윤

펴낸곳 § 도서출판 청어람
등록번호 § 제1081-1-89호
등록일자 § 1999. 5. 31
어람번호 § 제5-0049호

주소 § 경기도 부천시 원미구 심곡1동 350-1 남성B/D 3F (우) 420-011
전화 § 032-656-4452 팩스 § 032-656-4453
http://www.chungeoram.com
E-mail § eoram99@chollian.net

ⓒ 정선화, 2005

ISBN 89-5831-652-7 03810

※ 파본은 본사나 구입하신 서점에서 교환하여 드립니다.
※ 저자와 협의하여 인지를 붙이지 않습니다.

넌
내 인생의
걸림돌이야

정선화 지음

도서출판
청어람

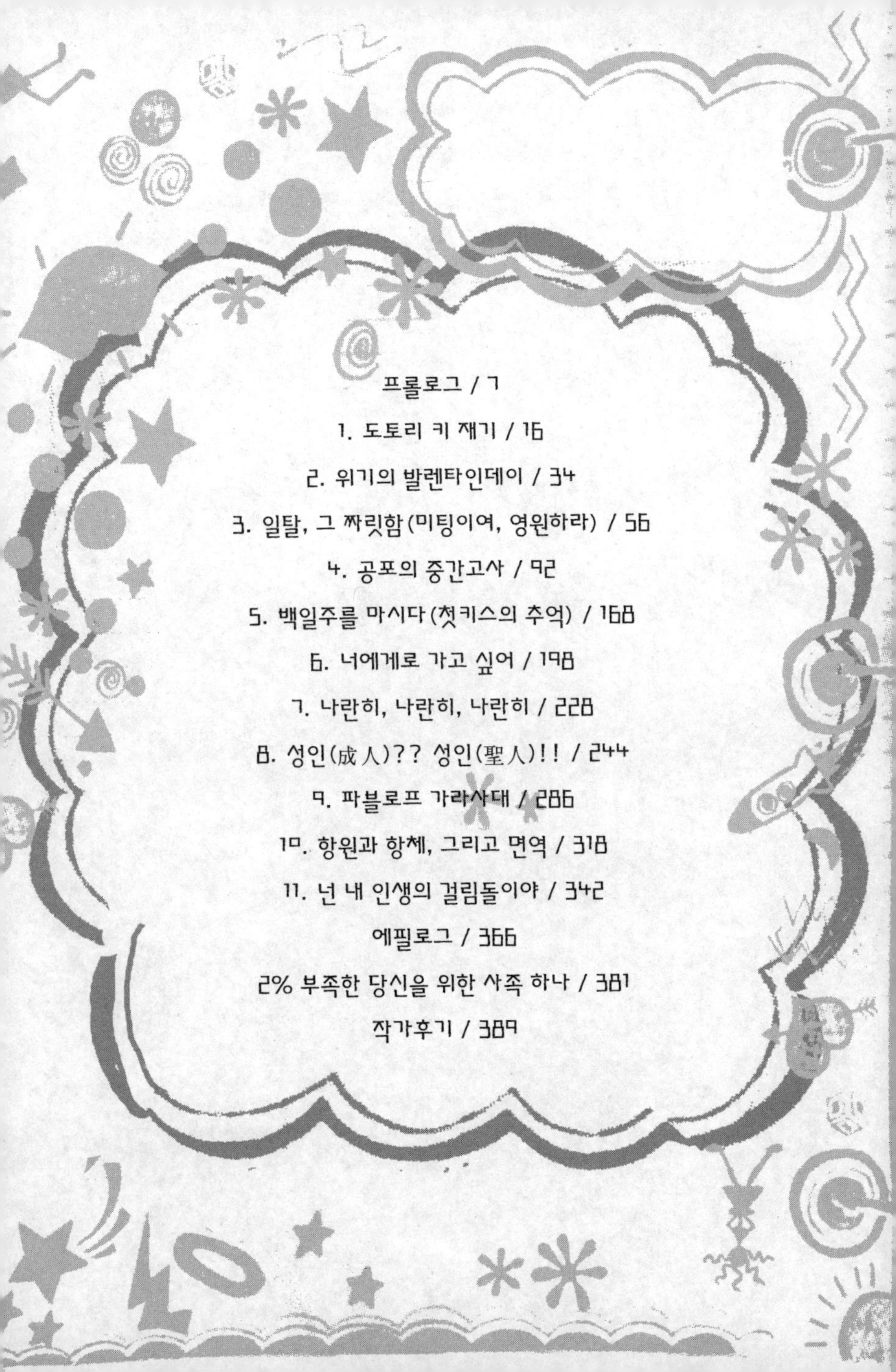

내게는 '소원'이 하나 있다.

물론 자잘하게 바라는 일이야 많이 있지만, 굳이 '소원'이란 거창한 단어를 쓰면서까지 꼭 이루어야 할 중대한 일이 하나 있다. 얼마나 중차대한 일이면 다른 것은 소원 축에도 못 끼고 그저 원하는 일 정도라는 변방에서 맴돌고 있을까.

내 나이 이제 겨우 열아홉. 얼마든지 꿈도 많고 바라는 것도 많을 인생의 절정기에 겨우 하나의 소원이라니. 그러나 이루어만 진다면 괄시했던 나머지 수만 가지의 원하는 일이 이루어지지 않아도 내 인생에 후회는 없으리라.

절치부심, 오매불망, 내가 원하는 소원 하나. 그것은 바로 날벼락처럼 어느 날 갑자기 굴러 들어와 내 인생에 갖은 스파크를 일으키는 도무지 도움이 되지 않는 녀석 하나를 제거하는 것이다. 질기기는 십 년째 끌고 다니는 우리 엄마 슬리퍼 밑창보다 질기고, 독하기는 얼마 전 아빠 몰래 거실 장식장에서 훔쳐 마신 양주보다 독하며, 단순하기는 내가 지각할 때마다 보곤 하는 뽀뽀뽀에 나오는 동요 가사보다 더 단순한 녀석이 어느 날 맛있게 먹다 이 사이에 끼어버린 꽃게 껍질처럼 즐겁던 내 인생을 엉망으로 만들며 침입해 들어왔다. 꽃게 껍질이라면 양치질을 하거나 이쑤시개를 들고 후벼대면 처리가 되겠지만, 이놈은 어떻게 빼낼 방법이 없다.

나는 딸만 넷인 집안의 천덕꾸러기. 그렇다. 나는 박물관에나 가서 서 있어야 하는 넷째 딸이다. 위로 딸만 줄줄이 셋을 낳으신 부모님은 '이제 그만'이라는 철떡 같은 다짐에도 불구하고 '혹시나' 하는 인간적인 마음에 나를 낳으신 것이었다. 낳고 보니 역시나. 어쩌면 내 불행은 거기서 잉태되고 있었는지 모른다. 그러나 처음부터 내가 천덕꾸러기였다는 생각을 품으면 곤란하다. 맹세컨대 나는 집안의 막내가 누려야 하는 모든 호사는 다 누리고 살았다. 어느 날 갑자기 재앙처럼 떨어져 내린 놈만 없었다면 나는 지금도 적당한 어리광에 공갈을 섞어가며 부모님과 언니들의 등을 치며 잘 먹고 잘살고 있을 것이다.

내 불행이 고개를 들기 시작한 것은 어느 날 집 옆의 비교적 큰 공터에 새로이 집을 짓고 녀석의 식구들이 이사 온 후부터이다. 다른 집의 두 배는 되고도 남을 정도의 커다란 공터에 그림책에서나 보던 예쁜 집이 들어선 것이다.

지어지는 집을 보며 저렇게 근사한 집에서 사는 사람들은 대체 무슨 복인지 모르겠다며 아버지의 심기를 은근슬쩍 긁어대던 엄마는 이사 떡을 들고 우리 집으로 들어서던 녀석의 형을 보고는 무릇, 이 땅의 딸 가진 부모가 그렇듯이 바로 꽂혀 버리고 만 것이다.

큰언니야 그때 당시 이미 대학을 다니고 있었으니 열외로 치더라도 우리 집에는 아직 둘째, 셋째언니가 겸익 오빠―놈의 형 이름이다―와 비슷한 연배로 줄을 서 있었던 것이다. 하기는 내가 보기에도 중학교 3학년이던 겸익 오빠는 척 보기에도 나 공부 좀 하고 어느 정도 있는 집 자제요 하는 냄새를 폴폴 풍기고 있었으니 기회는 곧 보험이다라는 사명감에 불타고 있던 우리 엄마가 가만있었을 리 없다. 그럼 나는 왜 안 집어넣느냐고? 우리 엄마가 조금 뻔뻔하다 하더라도 이제 겨우 초등학교 3학년인 딸을 엮으려는 생각은 하지 않으셨을 것이다. 적어도 그때는 그랬다.

아무튼 그 길로 당장 그릇을 돌려준다며 바리바리 밑반찬을 그릇에 담고 그 집으로 건너가신 우리 엄마, 어떤 꽁수를 썼는지는 몰라도 그날부터 우리 집과 놈의 집과는 허물없이 지내는 관계가 되어버린 것이다.

세상사 새옹지마란 명언이 있다. 그 정도에서 그쳤다면 정말로 좋았을 것을. 좋은 일은 언제나 나쁜 일을 몰고 온다.

그 집에는 겸익 오빠 말고도 아들이 하나 더 있었는데 그게 바로 녀석이다. 이름도 웃기다. 겸익 오빠는 폼나게 겸손할 겸 자에 더할 익. 겸익이다. 이름 탓인지 사람이 정말 나무랄 데 없다. 아는 것도 많고 무엇보다 자상하다. 겸손한 거야 이름만 들어도 아는 사실 아닌가. 비록 엄마는 일찌감치 후보에서 제외시키긴 했지만, 나름대로 오빠를 상상하며 얼마나 많은 상상의 밤을 보냈는지(내가 읽는 동화의 모든 주인공에 정말이지 어울리는 오빠였다).

그런데 놈은 무익이다. 무익. 웃기지 않은가. 지금으로서는 도저히 상상할 수 없는 일이지만 늦둥이로 태어난 놈은 태어날 당시에는 생명을 유지하기 힘들 정도로 허약했었다고 한다. 그래서 갖게 된 이름이 굳셀 무에 더할 익. 무익이다. 정말이지 백해무익한 녀석(녀석의 성은 백씨다). 하얀 얼굴에 꽃미남 스타일의 겸익 오빠와는 다르게 이놈은 어린놈이 얼마나 땡볕에 뒹굴었으면 온통 다 까무잡잡했다. 뿐인가, 전체적으로 호리호리한 겸익 오빠와는 다르게 굵직굵직한 게 딱 무식한 마당쇠 같은 스타일이었다.

어쨌든 이놈이 나와 같은 나이라는 데서 나의 불행은 성장을 하기 시작한다. 그때까지 늦게 본 막내딸이라며 웬만한 투정쯤은 다 통하던 우리 집에 이상한 분위기가 조성되기 시작한 것이다. 옆집의 무익이는 너와 동갑인데 너보다 어른스럽다라는 말은 기본이다. 같은 학교에서 같은 선생님에게—그렇다. 질긴 이 놈은 우리 반으로 전학을 온 것이다—공부하는데 어쩌면 그렇게 성적이 차이날 수 있냐며 부모님 이하 언니들마저 나를 무뇌아 보듯 보는 것도 애교로 봐줄 수 있다.

내가 정말 참을 수 없는 것은 뻔뻔한 이놈이 자기 집 놔두고 어느 날부터인가 제집 드나들듯 우리 집을 드나들며 마땅히 내가 누려야 할 모든 호사를 빼앗아가도 누구 하나 저지하는 사람이 없다는 것이다. 뿐인가, 오히려 억울하면 네가 나가라는 식이다. 말 못하는 동물도 자기 영역은 확실히 하는 법이다. 그것은 자연의 법칙이자 살아가는 순리이기 때문이다. 아무리 마음이 바다처럼 넓고 착한 것 빼면 시체인 이 강인혜(강인해로 불려지는 건 내가 세상에서 두 번째로 싫어하는 일이다)도 자연의 법칙을 거스르면서까지 참을 수만은 없는 일이다. 그래서 안 참고 어떻게 했냐고? 나는 평화주의자다. 비폭력 박애주의자. 그것은 나 같은 사람을 두고 하는 말이다. 나는 조용히 일을 해결하려고 했다. 말로 할 수 있는 문제를 시끄럽게 폭력적으로 해결하는 것은 야만인이나 하는 짓이다.

나는 조용히 놈을 두 집의 경계가 되는 담벼락으로 불러냈다. 그래서 놈이 우리 집에 더 이상 오면 안 되는 이유를 열다섯 가지나 들어가며 설득했다. 사실, 마음 같아서는 백 가지쯤 대고 싶었으나 어린 영혼이 입을 상처를 생각해서 나름대로는 수위를 조절해 준 것이었다. 그러나 이 싸가지없는 놈은 나의 갸륵

하고도 기특한 노력에 대해 일말의 감사함도 표현하지 않은 채 비웃음이 분명한 야릇한 웃음을 머금고 등을 돌려 버린 것이다. 아아, 정녕 세상에는 매가 필요한 놈도 있었다.

그날 이후로 나는 철저히 놈을 적군으로 규정하기 시작했다. 내 간식을 뺏어먹어도, 우리 엄마의 관심을 독차지해도(그래, 나막대다. 어쩔 거냐), 내게서 텔레비전 채널권을 빼앗아가도, 나를 세상에 둘도 없는 무능아로 만들어 버려도 다 참아주려고 했던 나의 노력을 무시한 놈은 응당 벌을 받아야 마땅했다. 그러나 현실은 그렇게 호락호락하지만은 않았다. 일단 내게는 아군이 없었다. 우리 엄마야 놈의 말이라면 붓고 있던 적금이라도 아깝지 않게 깨줄 듯한 태세였으니 말할 필요도 없고, 그래도 내 편이라고 생각했던 아버지마저 놈만 보면 없던 아들이라도 보는 양 벙싯벙싯 웃음을 지으시니 그 차가운 현실 앞에 나는 배신감을 넘어 인간적인 비애를 느낄 수밖에. 그때 당시에는 그 말뜻이 무슨 말인지 몰랐지만 어느 날 사전에서 본 단어가 딱 그거였다. 비애. 아아, 나는 너무 일찍 인생을 알아버렸다. 적막강산, 사면초가. 내게는 아무도 없었다.

그렇다고 해서 나는 비행소녀가 되거나 하지는 않는다. 말했다시피 나는 현실에 일찍 눈을 떠버렸다. 비록 약간의 구박과 괄시와 서러움이 있을지라도 따뜻한 잠자리와 맛있는 밥, 그리고 일정하게 나오는 용돈을 마다할 만큼 나는 머리가 나쁘지 않다. 대신 나는 때를 기다렸다. 아무리 완벽한 인간이라도 약점은 있는 법. 언제고 놈이 틈을 보이는 그날 만천하에 놈의 이중성을 철저히 까발려서 이때까지의 내 인생의 고뇌를 보상받고 말리라.

그러나 놈은 역시 만만한 상대가 아니었다. 초등학교를 졸업하고 잠시 자유로웠던 중학 삼 년을 보낸 후(여학교를 다녔더랬다), 지긋지긋하게 고등학교에서 다시 마주칠 때까지 놈의 엽기 이중행각은 계속되고 있었던 것이다. 여전히 놈은 선생님들과 여학생들—나는 이것도 이해가 안 된다. 대체 놈에게서 볼 게 뭐가 있냔 말이다—의 강력한 지지를 받고 있었다. 세상 사람들이 모두 바보가 아닌 다음에야 그만큼 용의주도한 놈이라고밖에 볼 수 없다. 어떤 면으로는 무서운 놈이다. 그놈은 나 같은 이 땅의 평범한 99%의 학생들의 악의 축인 것이다.

지피지기. 전력을 다지기 위해 놈에 대해 우선 몇 가지 알아보자면, 우선 놈은 주먹질을 잘한다. 본인 말로는 걸어오는 싸움을 피하는 것은 남자로서 할 일이 아니기 때문에 가벼운(?) 응대를 하는 것뿐이라고 하지만, 내가 판단할 때 놈은 과대망상증에 호르몬 과다분비증 환자일 뿐이다. 놈의 몸속에 있는 칼슘은 정신적인 성장에 하등 도움이 되지 않고 오로지 뼈로만 간 모양이다. 또 놈은 인상 쓰는 것을 즐겨한다. 제가 무슨 인상파 배우라도 되는 줄 아는 모양이다. 안 그래도 무섭게 생긴 인상을 있는 대로 구기면서 쳐다보면 상대방이 알아서 기어주니 거기에 단단히 맛들인 게 분명하다. 툭하면 인상을 써댄다. 꼴 보기 싫은 자식.

　또 놈은 잔머리의 대가다. 불행히도 그것을 눈치챈 사람이 나밖에 없다는 단점이 있기는 하지만, 난 놈이 어떤 식으로 사람들을 속이며 돼먹지 못한 인간성으로 추앙받고 있는지 다 알고 있다. 조삼모사의 대표적 인간, 옆의 사람에게 치명적인 악영향을 미치는 바이러스성 인간. 백해무익의 결정체. 그 이름 재수없는 백무익. 비록 아무도 내 말을 믿어주는 사람은 없지만 진실의 그날까지 나는 투쟁을 멈추지 않을 것이다.

199X년 5월 13일. 날씨: 비가 온다는 기상청의 거짓말 때문에 우산 하나를 잃어버렸다. 결론은 해가 쨍쨍했다.

　오늘 우리 반에 전학생이 왔다. 선생님께서 전에 다니던 학교에서 전교 일등 하던 애라고 하셨다. 그까짓 것 하나도 부럽지 않다. 우리 아빠는 항상 건강한 게 제일이라고 말씀하셨기 때문이다. 나는 건강만은 일등이다.

　하지만 선생님의 뒤에 있던 녀석을 보고 정말 놀랐다. 내가 아는 애였기 때문이다. 어제 놀이터에서 마주쳤던 애다. 갑자기 분한 생각이 들었다. 키가 커서 중학생 오빠인 줄 알고 꼬박꼬박 존댓말을 썼던 기억이 났기 때문이다. 내가 초등학교 3학년이라고 분명히 내 소개를 했는데도 나쁜 놈은 웃기만 하고 내 존댓말을 냉큼냉큼 받아먹은 것이다. 처음 보는 오빠라는 생각에 친해지려고 내가 가지고 있는 비밀까지도 말해 줬는데. 생각하면 할수록 화가 난다. 나는 화가 나는데 내 친구인 미경이도, 혜지도, 또 은정이까지도 놈이 멋있어서 좋다고 한다. 내 친구들을 빼앗긴 것 같아서 더 억울하다.

　개 때문에 화가 나서 우산을 두고 와버렸다. 또 내가 집으로 오는 걸을 계속해서 따라왔기 때문이다. 따라오지 말라고 말을 해주려는데 나를 지나쳐 옆집으로 들어갔다. 알고 봤더니 우리 옆집으로 이사 온 변호사 아저씨 아들이었다. 큰일이다. 그럼 이제 학교에서도, 집에서도 마주칠 텐데. 나는 싫은 사람하고는 놀기 싫다. 전학 온 친구와 사이좋게 놀아야 한다고 선생님이 말씀하셨는데…… 걱정이다.

제1장

199X년 5월 21일. 날씨: 더웠다.

열집에 이상한 애가 산다. 형이 귀여운 애라고 해서 잔뜩 기대했던 내가 바보다. 처음 볼 때부터 그랬다. 이삿짐 정리하라는 엄마를 피해 놀이터에 있는 나한테 시끄럽게 말을 걸 때부터 알아봤다. 혼자서도 무슨 말을 그렇게 잘하고 노는지 신기하다. 나한테 자꾸 말을 거는 게 귀찮아서 그냥 가만있었더니 자기가 물어본 말에 자기가 대답까지 다 한다. 더 웃긴 건, 자기 소원은 남자 목욕탕에 가는 거란다. 진짜 이상한 애다.

그러더니 이제는 내가 자기한테 사기를 쳤단다. 웃기지도 않는다. 걱정이다. 나는 시끄러운 건 정말 싫다. 내가 아는 여자들은 다 시끄럽다. 그래서 싫다. 하지만 옆집 아줌마가 제발 자기 딸하고 친하게 지내달라고 말씀하셨다. 하긴 그 정도로 이상하면 친구가 없긴 할 것 같다. 거기다 하필이면 우리는 같은 반이다. 아, 고민이다. 이상한 여자랑은 뭘 하면서 놀아야 하는 걸까?

"**야,** 너 또 한 건 했다며?"

"건드리지 마. 안 그래도 그것 때문에 아침에 담탱한테 한소리 들었어."

"그러게 그냥 운동장 한 바퀴 뛰고 말지 담은 왜 넘냐, 담은. 것도 교복 치마 입구서. 아무튼 있는 건 강함밖에 없는 강인해 성격 나오지."

"아, 몰라. 전에 무익이 하는 거 보고 나도 한번 해본 건데 딱 걸릴 줄 알았냐? 어이구, 아무튼 안 되는 넘은 뒤로 넘어져도 코가 깨진단 말 실감난다."

"얘가, 얘가, 얘가. 너 아침부터 중상모략이니. 세상에, 무익이가 뭐가 부족해서 담을 타니? 아무리 네가 내 친구라지만, 그런 식으로 사람을 매도하면 안 되는 거야. 너 그거 무익이 추종자들이 알아봐라. 그날로 매장이다, 매장.”

손으로 그럴듯하게 목을 긋는 시늉까지 해가며 아침부터 사람 속을 생으로 긁는 이년을 계속 친구로 달고 다녀야 하는 건지 0.05초쯤 고민을 했다. 그러나 나의 이런 심사숙고를 아는지 모르는지 미선이는 관심이 없다는 투다.

“그나저나 너 들었어? 저번 모의고사 무익이가 또 일등이라며? 참 그러고 보면 세상에 알 수 없는 게 인간사라더니, 어떻게 그 무익이와 네가 친구인지 저어엉말 궁금해. 그 비법 좀 가르쳐 주라. 그럼 내가 반년 동안 한 달에 한 번씩 피자 한 판 쏘마.”

결정했다. 저년은 내 친구로서 낙방이다, 낙방. 그 무익이라니, 그놈이 어떤 놈인데. 아주 표현을 해도 꼭 저 같은 말로 설명을 해요.

“너 내가 그 재수없는 자식 이름 내 앞에서 부르면 그날로 죽을 줄 알라고 했어, 안 했어? 비법인지, 비빔밥인지 그런 거 없으니까 그 자식 이름 내 앞에서 꺼내지 마.”

딴에는 제법 인상까지 쓰고 협박이란 걸 해보았지만, 도대체 제 관심 밖의 일은 신경을 안 쓰는 미선이는 역시나 내 말을 가볍게 무시하고 제 할 말만 해댄다. 으이그, 평소에 절이나 교회에 열심히 가서 기도를 해두는 건데. 어쩌다 내 주위의 인간들은 다 이 모양인지.

"하기는, 듣기 싫기도 할 거야. 내가 너라도 좀 미안하긴 할 거 같아. 대체 뭐 하나 잘난 점이 있어야 여자 친구로서 미안하지 않을 텐데 말이야. 얼굴이 예쁘기를 해, 그렇다고 몸매가 쭉 빠지기를 해. 성적이야 뭐, 그나마 낙제 안 하고 학년 착실히 올라가는 게 용하지."

"누가 누구 여자 친구야!!"

결국 참지 못하고 소리를 빽 질러 버렸다. 이것이 어제 청소하는 거 안 도와주고 내뺐다고 앙심을 품은 모양이다. 속 좁은 년. 아무리 그래도 엇따 대고 여자 친구래. 그러나 오히려 눈을 동그랗게 뜨고 나를 보는 미선이는 그런 것도 아직 모르냐는 식으로 쫏쯔거린다.

"이것아, 행복하면 행복하다고 솔직히 말해. 괜히 내숭은. 안 어울리게."

지랄. 아침부터 월담하다 학주한테 걸려서 된통 당하고 그것도 모자라서 담임한테 잔소리를 귀가 따갑도록 들어야 했으며 앞으로 일주일이나 상담실 청소를 하게 생겼는데 친구라는 게 사람 속을 아주 뒤집어놓는다.

이게 다 아침부터 무익이 자식이 작정하고 사람을 골려놓았기 때문이다. 애초에 태워줄 생각도 없는 코딱지만한 자전거를 놓고 온 동네가 떠나가라 큰 소리로 이름을 불러 제끼다니. 내가 그렇게 성과 이름을 같이 붙여 부르지 말라고 말하는데도 꼬박꼬박 강인해로 고쳐 부르는 것은 나를 물먹이겠다는 녀석의 의지가 작용한 것이 틀림없다. 빌어먹을, 녀석이 빙글거리며 이름을 부르니까 지나가던 할머니가 나를 보며 빙긋이 웃으시며 '어이구, 그 처녀 이름값 확실히 하겠구먼' 이라고 하시며 고개를 끄덕이셨다. 아, 혈압 올라. 치잇, 딴사람들은 예쁜 이름도 많건만 강인혜라니(강인해로 부르지 마라). 여자애가 강인해서 뭐에다 쓴단 말인가. 젠장할. 결국, 나를 물먹인 녀석은 휘파람을 불며 저 혼자 자전거에 올라 학교에 가버리고 나만 지각을 하는 수모를 겪었다.

수업 준비하는 손길이 부드러울 리 없다. 나 기분 더러우니 건드리면 죽는다는 오로라를 팍팍 내뿜으며 앉아 있는데도 어떤 눈치없는 인간이 말을 건다.

"네가 강인해니?"

이것들이! 눈을 휙 치켜뜨고 째려봤지만 전혀 아랑곳하지 않는다.

"강인혜다. 왜?"

"그래, 강인해."

어쭈, 피식 웃음까지? 하여간 얼굴 예쁜 것들치고 성격 좋은 년 없어. 남자들이 이걸 알아야 하는데 말이야. 윤기 자르르 흐르는 머리를 니트 류의 머리띠로 고정시킨 청승가증형의 여자애다(난 늬들같이 불면 날아갈 것 같은 것들이 제일 싫어).

그러나 못마땅한 눈으로 머리부터 훑어 내려가던 시선 끝으로 포착된 물건. 오호라, 손에 들린 앙증맞은 선물 상자를 본 순간 나의 얼굴은 순식간에 화사한 영업 스타일로 바뀌었다. 공은 공이고, 사는 사다. 감정은 감정이고, 현실은 현실일 뿐이다.

"무슨 일인데?"

말투마저 부드러운 봄바람으로 바뀌어 있었다. 오홋, 순진한 어린양이여. 내게로 와서 그 뇌물을 바치려무나.

"저, 이것. 네가 무익이하고 친하다고 해서. 별건 아니야. 그러니까……."

쯧쯧. 이런 소심함으로 무익이를 어찌 견디려고. 그러나 어린양이여, 걱정 말거라. 뒷일은 내게 맡기렴.

"알아, 알아. 무익이하고 한번 만나게 해달라 그거지?"

혹시 도로 가져갈세라 냉큼 선물을 받아 챙긴 후 은근히 무게를 가늠하며 말을 받았다. 내가 무익이를 치 떨리게 싫어하면서도 데리고 다니는—혹자는 '붙어 다니는'이라고 표현하기도 한다—이유는 이것 때문이다. 어째서 그런 소문이 났는지는 알 수 없지만, 무익이를 만나고 싶으면 강인혜에게 부탁하라, 라는 말이 교내에 알 만한 사람은 다 아는 비밀로 퍼져 있었던 것이다. 흐흐. 폐품도 재활용을 하면 쓸모가 있다더니 이게 딱 그 짝이지 싶었다. 옆에서 미선이가 지랄을 하는 모양이었지만, 신경을 꺼버렸다. 이것아, 조용히 찌그러져 있어.

"만나게 해주는 건 자신있는데 그 뒤에는 나도 책임 못 져. 그건 알지?"

"그래, 만나게만 해주라. 무익이는 워낙에 애가 접근하기가
어려워서. 그런데……."

"……?"

"너 정말 무익이 여자 친구 아니니? 애들이 그러던데, 너랑
무익이랑 사귄다구."

좀 예뻐해 주려고 했더니 아주 제 무덤을 파는구나. 그러나
참자, 참아. 선물이 무엇인지 아직 포장도 안 뜯어봤잖아.

"그건 아니야. 그냥 옆집에 사는 좀 오래된 이웃일 뿐이야. 걱
정하지 마."

쳇, 걱정은 무슨. 노골적으로 안심한 표정으로 웃는 얼굴을
보니 괜한 소리를 했지 싶다. 하지만 알 게 뭐냐. 무익이랑 이
불여우가 스캔들이 나든 말든 나랑은 전혀 상관이 없는 일이다.
나는 그냥 굿이나 보고 떡이나…… 아니, 중매나 서고 선물이나
받아 챙기면 그만이지. <u>흐흐흐</u>.

"어머나, 무익이 왔구나. 왜 요즘 잘 안 놀러와. 아줌마가 맛
있는 거 해줄 테니 자주 오라고 했잖아."

소리도 요란하게 엄마가 무익이를 환영하는 게 이층 내 방까
지 들린다. 일종의 경고인 셈이다. 무익이 화나게 해서 쫓아내
면 국물도 없을 줄 알아! 도대체 딸보다 이웃집 아들내미가 더
귀하다는 엄마의 마음을 죽었다 깨어나도 알 수가 없다. 그나저
나 빨리도 왔군. 두 시간은 더 있다 와야 내가 체면이 좀 서는데

말이야. 좀생이 같은 놈. 예쁜 여자애가 만나자면 헤벌쭉 좋아라 시간을 죽이다 와야지 그새를 못 참고 뛰어오냐, 오길.

낭패가 될 것만 같은 일에 대한 실망감으로 안타까워하고 있는데 예고도 없이 문이 부서져라 열린다. 어지간히 분한지 숨길 생각도 없이 씩씩거리며 들어서는 걸 보니 속으로 찔끔하긴 했지만, 똥개도 제집에서는 반은 먹고 들어간다는 고금의 명언을 떠올리며 기가 죽은 모습을 보이지 않기 위해 젖 먹던 힘까지 짜냈다. 짜식, 안 그래도 네 인상 더럽다. 그만 구겨라.

"노, 노크 몰라? 예의도 없이 남의 방문을 벌컥벌컥……."

"너지?"

"뭐, 뭐가?"

제길, 말은 왜 더듬거리냐. 그러나 안 그래도 키가 큰 무익이 놈이 앞에 떡하니 버티고 서서 잔뜩 인상을 찌푸리고 내려다보니 나도 모르게 간이 쪼그라들었다.

"내놔."

뜬금없이 뭘. 커다란 손바닥을 쫘악 펼치고 코앞에 들이대는 녀석의 얼굴을 째려…… 보는 것보다는 어서 놈을 달래서 보내야 한다.

"뭘?"

"사기치고 받은 거 있을 거 아냐? 그거 내놔."

아니, 이놈이. 이런 불한당 같은 놈을 봤나. 내가 그걸 받기 위해 얼마나 많은 시간을 안 돌아가는 머리를 굴려가며 계획을

짜고 고생을 했는데 그걸 생으로 뺏으려 들어?

"그런 거 없어. 내가 뇌물이나 받으면서 친구를 팔아치울 정도로 치사한 인간인 줄 알아? 그냥 걔가 하도 널 좀 만나게 해달라고 사정해서 들어준 것뿐이야."

옳지! 청산유수로고. 강인혜, 계속 밀고 나가는 거야. 자고로 목소리 큰 놈이 이기는 법. 그러나 상대가 무익이라는 사실을 나는 간과했다. 놈은 나의 순진도 100%의 말에 콧방귀를 뀌더니 얼굴을 바싹 들이밀며 목소리를 쫘악 깔고 협박하는 짓을 서슴지 않았다.

"곱게 줄래, 아님 맞고 줄래?"

"그, 글쎄, 있어야 뭘 주, 주든지 말든지 하지."

이놈아, 인상 좀 그만 써. 무서워지려고 하잖아. 하지만 아무리 그래 봐라, 눈칫밥만 어언 십여 년이다. 이 정도 고난에 굴복할 것 같으면 이 강인혜, 이날까지 살아 있지도 못했다. 나는 눈에 있는 힘껏 힘을 줘서 놈을 바라보는 가상한 노력을 기울였다. 아아, 그러나 역시 만만한 놈은 아니다. 더럽게 인상을 쓰고 나를 노려보던 놈이 몸을 일으키는가 싶더니 책상 서랍을 뒤지기 시작한 것이었다.

"뭐 하는 거야, 너!"

놈의 만행에 조금 기가 죽어 있던 것도 잊은 채 간도 크게 소리를 버럭 질렀다. 역시 사람은 환경의 동물이다. 그러나 나의 항거는 놈의 행동에 조금의 영향도 주지 못했다. 계속해서 책상 서랍 여기저기를 뒤지던 놈은 제일 아래 칸에 고이 모셔둔 샤넬 향수를 발견하곤 내 눈앞에 꺼내 흔들었다.

"나를 팔아 받은 대가가 겨우 요거냐? 겨우 요거에 친구를 팔아?"

"누가 친구야? 너 같은 놈은…… 너 같은 놈은……."

너무 억울하고 원통해도 말이 막히는 법이다. 아무튼 귀신도 마다할 놈 같으니라구. 이번 거래의 대가가 저 향수였다는 것은 어떻게 알았을까. 적반하장이란 말을 아는가. 놈이 지금 그 짓을 하고 있다. 남의 방에 무단침입을 한 것도 용서 못할 노릇이거늘 남의 물건을 멋대로 뒤지더니 물건을 갈취하고 거기다 이제 협박까지 하는 걸 보라.

있는 대로 인상을 구긴 놈이 안 그래도 낮은 목소리를 쫘악 깔더니 무시무시한 소리를 해댄다.

"아무튼 이건 압수야. 앞으로 또 한 번만 날 팔아봐. 그땐 아주 골로 보내줄 테니."

제길, 골이란 곳이 어딘지는 모르겠지만 보낼 때 보내더라도 내 물건은 놓고 가, 이 좀생아아아아아악!! 그러나 나의 소리없는 외침은 들어올 때와는 다르게 휘파람까지 불면서 나가는 놈의 등에 힘없이 닿고서 비참하게 사라져 갔다.

*

그래, 네가 아무리 그래 봐라, 내가 눈 하나 꿈쩍하나. 사람이라면 예의상 한 번 정도는 거절이라는 것도 할 줄 알아야지, 심부름 왔다가 저녁 먹고 가란다고 냉큼 주저앉아? 아이구, 볼따구 터지겠다. 누가 데려갈지 몰라도 식비 엄청 들겠군. 저러고서 살쪘다고 몇 날 며칠 퀭하니 굶고 다니는 것은 또 무슨 심보야? 정말 알다가도 모를 녀석.

"아움마, 이인짜 맛있어요."

"어머, 인혜, 너무 귀엽다. 정말이지 저런 덩치 말고 이렇게 귀여운 딸 하나 있었으면 정말 소원이 없겠다. 무뚝뚝한 무익이 남 줘버리고 우리 인혜 아줌마 딸 안 할래?"

그래, 너도 양심이란 게 있으면 더 이상 말 못하겠지? 밥 먹다 말고 나를 동그랗게 쳐다보는 거 보니 조금 미안하긴 한 거냐? 낮의 일도 있겠다, 무표정하게 째려보아 주었다. 뻔한 소개팅에 속은 나도 바보지만, 지치지도 않고 끊임없이 친구를 팔아먹는 저 녀석은 가룟 유다 같은 녀석이다. 하지만 노려보는 나의 시선에도 녀석은 별 영향을 받지 않는다. 하여간 둔탱이.

"에이, 아줌마, 안 돼요. 저는 아줌마 딸보다는 며느리가 좋아요."

"어머, 어머, 어머, 웬일이니. 그럼 더 좋지. 나중에 너 꼭 약속 지켜라. 애, 무익아, 더럽게 밥 먹다 말고 웬 난리야. 기침을 하려면 저쪽에다 대고 해."

아니, 저 녀석이 미쳤나. 누굴 잡으려고 수작이야. 겨우 향수

하나에 인생 저당잡힐 일 있어? 네가 황당한 소리 하는 바람에 밥이 목구멍에 걸렸잖아. 그러나 나의 가라앉은 기분은 인혜의 다음 말에 아예 땅을 파고들어 가고 말았다.

"네. 근데 아줌마, 요즘도 겸익 오빠 쫓아다니는 여자 많아요? 쳇, 오빠가 여자한테 조금 불친절했으면 좋겠어요."

"야! 너 밥이나 먹어!!"

아, 이것이 정녕 나란 말인가. 밥 먹다 말고 버럭 소리를 지른 나를 엄마와 인혜가 쳐다본다. 에이씨, 나도 모르게 지른 소리야. 그렇게 바라들 보지 마. 그러나 인혜는 입꼬리를 씨익 말며 의미심장하게 웃더니 이내 고개를 돌려 엄마에게 말을 하는 것이다.

"아줌마, 만약에 말이에요. 제가 겸익 오빠랑 결혼하게 되면 무익이는 제 아랫사람 되는 거 맞죠? 저한테 꼬박꼬박 존댓말 써야 되고, 함부로 하면 안 되는 것 맞죠?"

갑자기 밥맛이 뚝 떨어진 건 내가 저 기집애한테 아랫사람 취급받는 재수없는 상상을 했기 때문이다. 정녕 그 이상은 아무것도 없다. 머리도 나쁜 게 꼭 한 번씩은 사람 뒤통수를 친다.

"우리 형이 뭣 때문에 아무 볼 것 없는 너랑 엮이겠냐. 꿈 깨라. 그리고 밥 다 먹었으면 얼른 너희 집이나 가. 너 공부 안 할 거야? 그렇게 자각이 없으니 만날 그 모양이지."

이 정도 경고했으면 제발 알아서 몸 사리고 얼른 너희 집으로 건너가라, 확 뒤집어 엎어버리기 전에. 그러나 이건 또 무슨 조

화란 말인가. 강인혜, 평소답지 않게 고개를 숙이고는 울먹거리
기 시작한다.

"아줌마도 그렇게 생각하세요? 제가 아무 볼 것 없다고 생각
하세요? 물론 제가 무익이처럼 공부를 잘하는 것도 아니고 오빠
처럼 미술에 뛰어난 재능이 있는 것도 아니지만, 그래도 저는
한다고 하고 있어요. 그럼 저같이 아무 재능도 없는 사람은 사
람도 아닌 거예요?"

얼씨구. 야, 너한테 신파가 어울린다고 생각하냐? 그러나 어
울린다고 생각하는 사람이 있는 모양이다. 눈꼬리가 위험 수위
까지 치켜 올라간 엄마가 나를 노려보기 시작한다.

"백무익, 너 밥 다 먹었으면 네 방으로 올라가! 누가 제 아빠
아들 아니랄까 봐 말본새 하고는. 인혜야, 쟤는 신경 쓸 것 없
어. 겸익이가 우리 인혜를 얼마나 예뻐하는데. 걱정하지 마. 그
리고 인혜가 어디가 어때서."

우리 인혜란다. 제길, 언제부터 저놈이 '우리' 인혜가 됐나
그래. 게다가 엄마가 성하고 이름하고 같이 붙여서 부른다는 것
은 위험 신호다. 조금 골치 아플 수도 있으니 알아서 몸을 사려
야 한다. 하지만 형과 나란히 서 있는 인혜라니. 더럽게 성질난
다. 그러나 엄마의 다음 말에 나는 찬물을 뒤집어쓴 것처럼 온
몸이 얼어버렸다.

"아줌마가 겸익이 놈 목에 줄을 매서라도 인혜 앞에 데려다
놓을 테니 넌 아무 걱정 마. 호호호호. 내일 인혜 어머니랑 얘기

좀 해봐야겠다. 아예 고등학교 졸업하면 바로 데려와 버릴까? 아이, 재미있어."

제길, 목은 왜 아픈 거야. 따끔거리는 목으로 나도 모르게 손을 가져가며 인혜를 노려보았다. 이 모든 원흉은 너야. 그러나 배시시 볼까지 붉히는 녀석을 본 순간 나는 이성을 잃어버리고 말았다.

"하긴 너처럼 아무것도 할 줄 모르고 재능도 없고 오로지 사고치는 것만 가능하다면 일찌감치 남자 하나 잘 물어서 먹고 살 길 마련하는 것도 방법이긴 하겠다. 하지만 꿈 깨시지. 우리 형 옆에는 말이야, 너보다 백 배는 더 나은 누나가 있으니까. 다른 놈을 알아보는 게 어떨까?"

씨팔, 유치해서 말하는 나도 닭살이 돋으려고 한다. 이런 말 따위나 뱉어내게 만들다니. 나중에 보자. 하지만 맹세코 나도 모르는 사이에 쏟아져 나온 말이었다.

"백무익!!"

나의 말에 충격을 받은 듯 엄마가 소리를 질렀다.

"너 얼른 네 방으로 올라가. 꼴도 보기 싫어! 어쩜, 어쩜. 애가 그렇게 버르장머리가 없니? 어딜 가?"

거칠게 숟가락을 팽개치고 등을 돌리는 나에게 엄마가 또 소리를 질렀다.

"올라가라면서요."

"인혜에게 사과하고 올라가! 너 때문에 상처받은 애를 두고."

인혜가 엄마의 등 뒤에서 빼꼼히 나를 보고 있다. 씹, 저게 상처받은 얼굴이야? 분통이 터지려고 했다.

"뭘 잘못 말했다고 사과씩이나 합니까? 요즘에는 사실을 말하면 사과를 해야 하는 모양이죠?"

"너…… 너…… 백무익, 이 녀석!"

엄마가 씩씩거리며 내게 다가오려고 하자 인혜가 엄마를 만류했다.

"아줌마, 그만두세요. 무익이 말이 틀린 것도 아니잖아요. 따지고 보면 할 줄 아는 거 없는 제 잘못이죠 뭐."

얼씨구. 점점. 이제는 눈물을 찍어내는 흉내까지 그럴싸하다. 그런데 내가 잘못 본 거겠지? 저 녀석 지금 혀를 낼름 내민 것처럼 보였는데. 인혜의 눈물바람에 엄마의 흥분 지수가 더 올라가고 있었다.

"너 이번 달 용돈은 없을 줄 알아!! 그거 그대로 인혜에게 줄 거야. 돼먹지 못한 녀석. 너 같은 녀석한테 내 피 같은 돈을 주느니 미래의 며느리한테 투자할 거야!!"

그러든지 말든지 나는 등을 돌려 내 방으로 올라와 버렸다. 더 있다가는 무슨 일이 벌어질지 알 수 없었기 때문이다. 안 보고 사는 게 수다. 제기랄.

*

속으로 고소함을 감추지 못한 채 놈의 등을 보며 미소 지었다. 이놈아, 지렁이도 밟으면 꿈틀한다. 호홋, 단순한 녀석. 그래, 네 말대로 할 줄 아는 거 없는 나는 말이다, 살아가는 방법을 터득했단 말이다. 주위를 활용하는 것도 처세의 방법. 너처럼 자기 잘난 맛에 살아가는 인간은 백 번을 죽었다 깨어나도 할 수 없는 일. 겸익 오빠한테 미모의 여자 친구가 있는 사실 정도야 이 강인혜 예전부터 알고 있었단 말씀. 내가 미쳤냐, 꼴 보기 싫은 너하고 식구가 되어서 평생을 살아가게? 물론 네게서 꼬박꼬박 존댓말 받는 생각은 쬐에끔 기분 좋은 일이긴 하지만, 그 정도로는 너하고 평생을 엮여서 살아가는 고통을 상쇄할 수 없단 말씀. 어린것, 긁으면 긁는 대로 반응하는 네놈의 더러운 성질은 내 생계 수단이다.

뭐, 이것으로 네놈 용돈이 고스란히 내 주머니로 돌아왔으니 수고의 대가는 챙긴 셈인가. 흐흐흐. 하늘은 스스로 돕는 자를 돕는 법. 네놈이 높게 높게 비상하면 할수록 나는 아래로 아래로 개기면서 살란다. 호호호홋.

199X년 8월 3일. 날씨: 우리도 무익이네처럼 에어컨을 사자고 얘기했다가 야단만 맞았다.

아빠가 거짓말을 했다. 충격이다. 선혜 언니 보다, 미혜 언니 보다, 지혜 언니 보다 내가 더 예쁘다는 말도 이제는 못 믿겠다. 언제는 건강이 제일이라고, 건강한 게 제일 좋다고 하더니 오늘 재수없는 무익이가 일등 했다는 엄마의 말에 그놈 참 욕심난다는 말을 하신 것이다. 욕심나긴 뭐가. 나만 있으면 행복하다고 했던 말이 다 거짓말이었던 거다. 세상에 믿을 사람 하나도 없다. 엄마는 내가 아껴 먹으려고 두었던 빵까지 무익이한테 줘버렸다. 아빠도, 엄마도 밉다. 특히, 무익이 놈이 제일 밉다.

199X년 9월 21일. 날씨:관심없다.

자리 바꾸기를 했다. 귀찮다. 어차피 나야 제일 뒤에 앉을 게 뻔했기 때문이다. 그런데 이번에는 성적순으로 앉게 해주신다고 하셨다. 그때 부반장 혜린이가 나를 보고 웃었다. 기분 나빠졌다. 여자애 웃음이 기분 나쁘게 느껴지기는 처음이다. 그래서 나도 모르게 손을 번쩍 들었다. 그냥 있다가는 기분 나쁜 혜린이와 앉을 게 뻔하기 때문이다. 선생님이 왜 그러냐고 물으셨다. 할 말이 없었는데, 인혜가 나를 돌아보며 입을 삐죽거렸다. 이상하게 그건 기분 나쁘지 않았다. 그래서 인혜랑 앉고 싶다고 그랬다. 인혜가 싫은 표정을 지었다. 그러자 더욱 인혜와 앉아야겠다는 생각이 들었다. 선생님께서 이유를 물으셨다. 갑자기 인혜 어머니가 하시던 말씀이 떠올라 말씀드렸다. 공부 못하는 인혜를 내가 학교에서 잘 돌봐주어야 한다고 특별히 부탁하셨다고 말하자 선생님이 허락하셨다. 인혜가 싫다고 손을 들었지만, 선생님께서는 내 말을 들어주셨다.

예가 아니면 보지도, 듣지도, 말하지도, 움직이지도 말라고 공자께서 말씀하셨다. 안 보는 게 수다. 그러니까 무서워서가 아니라 더러워서라는 말이다. 그러나 천하의 둔탱이 강인혜는 그것도 모르나 보다. 지난달 내내, 내가 이겼지 하는 얼굴로 흥흥거리며 내 앞을 서성였다. 젠장, 더럽고 꼴사나워서.

저야 그러든지 말든지 내 일만 하면 그만인 것을 또 요새는 묘하게 비굴한 자세로 주위를 얼쩡거린다. 정말 종잡을 수가 없는 녀석이다. 녀석 때문에 지난달은 형에게 아쉬운 소리까지 해야 했다. 제길, 지금 생각해도 머리끝이 어질어질할 정도로 열이 받는다. 어쩌자고 녀석의 도발에 홀라당 넘어간 건지.

다시는 안 보고 살리라 결심했건만, 틈만 나면 눈앞에서 얼쩡거린다. 딱히 걸리는 것도 아니고 그냥 눈앞에서 왔다 갔다, 용건이 있어서 부딪치는 것보다 더 신경이 쓰인다. 참자 참자 해보아도 그렇게 되지가 않는다. 결국 한계에 이른 나는 교문 앞에서 서성이는 녀석을 향해 언성을 높이고 말았다.

"뭐야?"

확실히, 절대적으로, 무언가 찔리는 구석이 있는 것이 분명한 얼굴로 놀라는 것을 보니 머리 한쪽이 경고음을 울려댄다. 또 무슨 꿍꿍이를 저 동글동글한 머리 속에서 굴리고 있는 것일까.

"어머, 무익아, 이제 끝난 거니? 이렇게도 만나지네."

염병할. 너랑 나랑 같은 학년인데, 게다가 같은 학교에서 네가 작정하고 교문에서 죽치고 있는데도 안 만나지면 그게 이상한 거지. 인상을 팍 써서 빨리 꺼지라는 메시지를 보내는데도 안하무인이다. 게다가 어어…… 지금 뭐 하는 거야. 시발, 이거 안 치워? 겁도 없이 옆에 착 달라붙더니 팔짱까지 낀다.

"정말 이런 우.연.이 다 있다니. 역시 친.구.가 좋긴 좋다. 밤길 혼자서 갈 생각에 얼마나 무서웠는데."

미치고 환장할 노릇이다. 백무익, 뭐 하는 거야. 소리라도 냅다 질러서 쫓아버려. 저런 뻔히 보이는 거짓말에 속을 내가 아니잖아. 열심히 머리 속을 굴려봤지만 젠장, 한마디도 나오질 않는다.

"이렇게 너하고 같이 가니까 옛날 생각난다. 그땐 자주 이렇게 같이 다녔잖아."

썹탱구리야. 네가 나 싫다고 매일 울고불고 했던 건 생각 안 나냐? 내가 속으로 구시렁거리든 말든 인혜의 주접은 계속되고 있다. 이게 왜 갑자기 옛날 타령이지?

"그땐 그래도 키가 이렇게 차이나진 않았는데 쳇, 네가 너무 커서 눈을 들여다보며 얘기한 게 언제인지 모르겠어."

그러니까 너하고 내가 왜 눈을 맞춰야 하냐고. 그리고 부탁인데 너무 다가오지 마. 시발, 이거 뭉클한 거 가, 가슴이야? 빌어먹을, 땀이 솟으려 한다.

"어머, 무익아, 너 왜 그렇게 인상을 쓰고 있어? 춥니? 목도리 빌려줄까? 난 목티 입어서 괜찮은데."

치워, 필요없어. 너 때문에 충분히 더워. 그런데 이거 무슨 향기지? 인혜의 목도리에서 좋은 냄새가 난다. 어이, 백무익, 정신 차려라. 지금 목도리를 하면 꼴이 우스워진다고.

"아이참, 무익아, 키 좀 낮춰봐. 네가 너무 커서 둘러줄 수가 없잖아."

병신. 그런다고 정말로 무릎을 굽혀주냐? 그러고 보니 이 녀석, 이렇게 뽀얀 피부를 가졌었나? 엉거주춤 구부리고 서서 인혜에게 목을 내어놓은 자세도 자세지만 내게 목도리를 두르느라 여념이 없는 인혜의 얼굴을 바라보고 있으니 슬금슬금 이상한 생각이 들기 시작한다. 나도 모르게 인혜의 볼을 만져 볼 뻔해서 소스라치게 놀라 벌떡 일어났다. 위험해, 위험해. 나 자신을 믿을 수가 없어졌다. 일부러 두 손을 주머니에 둔 채로 인혜에게서 한 걸음 물러났다. 그러나 코밑에까지 둘러진 인혜의 목도리에서 조금 전 인혜에게서 맡아지던 향기가 났다. 젠장. 배꼽 밑이 묵직해진다.

"무익아, 잠깐 들를 데가 있는데 같이 가면 안 될까?"

"안 돼!!"

아, 긴장을 해서 그런지 생각보다 소리가 크게 나와 버렸다.

빌어먹을. 사태가 점점 심각해진다. 이러다간 정말 거리에서 망신당할 것 같다. 어서 빨리 집에 가야겠다. 그러나 평소엔 신경도 쓰지 않았는데 이 밤에 인혜를 혼자 두고 가는 것이 새삼 신경 쓰인다. 환장하겠군, 정말.

"어…… 그러니까 내가 좀…… 빨리 집에 가야 돼. 뭔지 모르지만 담에 가자. 그때 같이 가줄게."

백무익, 가지가지 한다. 말까지 더듬으며 도대체 뭐 하는 짓이냐. 그러나 나의 말에 얼굴이 환해지며 좋아하는 인혜를 보니 뭐 그쯤이야 하는 너그러운 생각도 든다.

"정말? 야, 신난다. 이제 곧 발렌타인데이잖아. 그래서 초콜릿을 몇 개 준비해야 하거든. 남자들은 뭘 좋아하는지 알 수 없어서 네 도움을 좀 받고 싶어."

헛, 너도 여자라 이거냐? 골고루 한다. 근데 내가 왜 기분이 좋아지는 거지? 가만, 기분 좋을 일이 아니잖아. 왜 몇 개씩이나 필요한 건데? 설마 형 것도 있는 거냐? 아, 젠장. 정말 기분 더러워지는 거 순식간이네.

"어머, 무익아, 또 왜 인상을 그렇게 쓰는데?"

너 때문이다, 시발아. 바로 말 못해!! 소리라도 질러 버리면 좋겠구만, 벙어리 냉가슴이란 게 이런 거 아닐까?

어떻게 헤어졌는지도 모르겠다. 안전한 집으로 가야 한다는 절대명제만을 세우고 돌아왔지만, 어이없게도 밤새도록 고민이 줄어들기는커녕 점점 늘어만 갔다.

이것은, 그러니까 파블로프 할아버지의 이론에 근거를 둔 습관에 의한 버릇일 뿐이다. 안 그러면 나는 병원에 가야 한다. 그것도 시발, 정신병원에 가야 한다. 믿을 수 있냐고. 밤새 잡고 있는 수학정석 책 위에 빌어먹을 공식은 하나도 안 보이고 인혜의 생글거리는 얼굴만 떠올랐다는 게. 제길, 어젯밤에도 조금만 늦었으면 길에서 망신을 당할 뻔했다. 둔탱이 인혜마저 걸음이 왜 그렇게 이상하냐고 물어볼 정도였으니. 딴사람도 아니고 인혜를 상대로 뭐 하는 짓인지 모르겠다.

인혜가 누군가. 십여 년 전 이사 온 후 나와는 그야말로 볼 꼴 못 볼 꼴 다 보고 자란 게 인혜다. 아마 조금만 더 일찍 이사를 왔더라면 엄마 손 잡고 동네 목욕탕에서 만났을 수도 있는 게 인혜다. 뿐인가. 그놈하고는 좋은 기억보다 안 좋은 기억이 스무 배쯤은 많다.

언제였더라, 초등학교 4학년쯤이던가. 운동회 날이었다. 공부 잘하는 놈은 운동을 못한다는 편견을 버려라. 그야말로 아무것도 버릴 것이 없는 알짜배기 소년이 나였다. 당연히 나는 물 만난 고기처럼 계주에서부터 장애물 뛰기, 기마전 등 나가는 종목마다 일등의 하얀 깃발을 획득하고 있었다. 친구들의 열화와 같은 지지 속에 오직 한 명. 청군의 파란 띠를 하고 있는 나와 달리 백군의 하얀 띠를 두른 인혜가 나를 향한 명백한 적의를 드러낸 채 출발선에 서 있었다.

남녀 혼합릴레이였던 것 같다. 서로의 다리를 하나씩 묶어서 이인삼각으로 뛰는 종목이었는데 언제나 무슨 일에든 최선을 다하는 것만이 사나이의 길이라는 철저한 교육을 받은 나는 어김없이 앞서 나갔다. 인혜? 모르지. 앞서 달리는 사람이 뒤에서 벌어지는 일을 알 게 무언가. 분명히 그랬다. 자랑스러운 결승점의 고지가 눈앞에서 불과 얼마 떨어지지 않은 곳에서 나를 부르고 있었다. 모든 일은 순식간에 일어났다. 옆의 여자아이와 발맞추어 열심히 결승점을 향해 달리던 나는 괴성과 함께 나의 다리를 걸며 구르는 인혜 때문에 땅바닥에 엎어지고 무릎이 까진 것이다. 뿐만 아니라 태클을 당한 피해자임에도 불구하고 가해자 인혜가 운동장 바닥에 다리를 뻗고 엉엉 우는 바람에 당황한 선생님들이 인혜를 달래느라 이상한 가해 피해자가 되어야 했던 황당한 일이 있었다. 당연히 우승은 물 건너갔고 무익이가 인혜를 평소에 괴롭힌 것 아니냐는 어이없는 소문에도 한동안 시달려야 했다.

시발, 지금 생각해도 열받는다. 내가 무얼 어쨌다고. 지금까지도 왜 그런 짓을 당해야 했는지 모른다. 물어보기라도 하면 웃기지도 않는 콧방귀나 뀌어대는 놈한테 무슨 수로 알아낸단 말인가. 그저 맘 넓은 내가 참고 말지. 그밖에도 그놈과 관련돼서 안 좋았던 일은 내 책장에 꼽혀 있는 일기가 증거이다. 털어보면 아마 한 트럭분은 나올 거다.

그런 인혜를 상대로 이게 무슨 짓인지 모르겠다. 정말이지 미치고 팔짝 뛸 노릇이다. 아, 하느님. 지금까지도 내가 여자들이라면 지긋지긋하게 생각하는 게 다 인혜 때문인데 이게 무슨 말도 안 되는 현상이란 말입니까.

밤을 새우게 만든 이런 고민은 학교에 도착해서 더욱 심각해졌다. 보이는 새끼마다 모두 인혜의 초콜릿을 받는 당사자가 아닐까 하는 말도 안 되는 생각에 주먹이 올라갔다 내려갔다 하는 심각한 증상이 나타나고 있었던 것이다. 지난밤에도 아무것도 모른 채 멀쩡히 밥 먹는 형의 얼굴이 꼴 보기 싫어서 그 인간의 핸드폰을 화장실 변기에 넣고 물을 내려 버렸다. 근본적인 문제 해결은 되지 않았지만, 잠시 동안의 시원함은 느낄 수 있었다. 그랬는데 지금 학교에서 눈에 보이는 놈들이 오늘따라 모두 인혜의 취향으로 보이다니 미칠 노릇이다. 빌어먹을 어떤 새끼인지 걸리기만 하면 뒷산에 끌고 가 아주 반쯤 죽여놓을까.

인혜가 어떤 놈팡이를 좋아하든 말든 나하곤 아무 상관도 없는 문제니 신경 쓸 일이 아니다. 게다가 그 새끼가 어떤 개새끼인진 모르지만 제 인생 제가 망치겠다는데 내가 나설 문제가 아닌 것이다. 하지만 제길, 그런 논리적인 생각이 통하지 않는다는 데 큰 문제가 있다. 진열장의 초콜릿을 눈을 반짝이며 바라보던 인혜의 얼굴이 떠오르자 괜한 신경질이 났다. 내게는 그 흔한 오백 원짜리 초콜릿 하나 주지 않는 공짜귀신이 어떤 놈에게 주려고 내 조언까지 구한단 말인가(생각해 보니 정말 한 번도 없다, 젠장).

정녕 인혜에게 누군가 생긴 것인가. 그렇게 생각한 순간 가슴이 덜컹 내려앉았다. 가슴 한쪽이 싸아하니 무언가 비어버린 것처럼 헛헛하다. 이것은 실컷 키워놓은 딸을 데려가려는 사위가 미워 보이는 아비의 심정은 분명 아니다. 변태도 아니고 딸을 보는 아비의 심정이라면 뭣 때문에 밤중에 허겁지겁 화장실을 드나든단 말인가.

젠장, 그깟 초콜릿. 해마다 초콜릿의 홍수 속에 파묻히는 게 나다. 모양도, 맛도, 가격도 만만치 않은 것들을 얼굴도 모르는 여자들이 부지기수로 바친다. 단것을 좋아하지 않아 반기지 않지만, 준다는 것을 어쩌랴. 산같이 집에다 쌓아놓으면 누군가 먹기는 먹는 모양이지만, 어쨌든 초콜릿이 문제는 아닌 게 분명하다. 오히려 여자들이 초콜릿을 핑계로 자꾸만 다가오는 게 귀찮기만 하니까.

이것저것 고민이 많으니 일도 손에 잡히지 않는다(사실 이런 것으로 고민을 한다는 것조차 누가 알까 무섭다). 그러나 궁즉통. 나도 모르게 의미심장한 웃음이 지어진다. 아아, 그러면 될 것을. 결자해지라 했다. 모름지기 매듭은 묶은 놈이 푸는 법이다. 신경 쓰이는 놈팡이를 쫓아내는 것은 물론, 다시는 얼굴도 모르는 여자와 멋모르고 소개팅을 할 일도 없을 테고, 무엇보다 밤잠을 설치게 하는 것이 무엇인지 알아보기에는 그만일 것이다. 그야말로 일석삼조. 길길이 날뛸 인혜가 떠올랐지만, 그 정도야 얼마든지 감수할 수 있다. 못할 것이 무어냐.

갈 길을 정하자 날아갈 듯한 기분이 든다. 하늘도 나를 돕는 것이 분명하다. 마치 기다렸다는 듯이 나를 도와줄 여자애가 다가왔기 때문이다. 얼굴도 모르는데 초콜릿을 주는 여자애들 심정은 죽었다 깨어나도 모르겠다.

"저기, 무익아…… 조금 이르긴 하지만…… 이거…… 받아줄래?"

모든 작전에는 연출이 필요한 법. 나는 조금 곤란한, 그러나 결코 비굴하지 않은 표정으로 그 아이를 바라보았다. 시발, 다시는 이런 짓 안 한다.

"뭐지?"

"저기, 이제 곧 발렌타인데이라서……."

"어, 이걸 어찌지? 마음은 고맙지만, 나는 임자가 있는 몸이라서 곤란한걸."

반의 모든 아이들이 나를 쳐다본다. 봐라, 새끼들아. 그리고 여기저기 소문 내라. 남자들의 입이 여자보다 무겁다는 말은 다

거짓말이다. 이놈들만 해도 그렇다. 지금 내가 연출하고 있는 장면이 점심 시간이 되기 전에 온 학교에 소문날 것을 난 믿어 의심치 않는다. 강인혜, 넌 딱 걸렸쓰.

"인혜하고 나, 정식으로 사귀기로 해서 이런 것 받을 수 없어. 미안하다."

앞의 여자애가 상처받은 얼굴을 하든 말든, 반 새끼들이 경악에 치를 떨든 말든 나는 태평한 얼굴을 했다. 뿐인가, 내친김에 태연하게 일어나 인혜의 반으로 갔다. 머리는 나쁘지만 잔머리로 한 번씩 사람 뒤통수를 치는 재주는 있는 놈이니 확실히 해 둘 필요가 있었던 것이다.

*

"넌 아침부터 무슨 공부를 그렇게 열심히 하냐? 안 어울리게."

"몰라. 말 시키지 마. 바빠."

미선이의 호기심을 등 뒤로 돌려 버리며 나는 열심히 계산을 했다. 그러니까 형부가 둘, 아빠, 그리고 겸익이 오빠랑 무익이 놈. 전부 다섯 개.

아빠야 나의 안위를 위해서 당연히 준비해야 하는 것이고, 형부들 것은 조금 신경을 써야 한다. 그것은 용돈하고 직결되는 문제이기 때문이다. 몇천 원짜리 초콜릿 하나 들고 가서 작게는 삼만 원, 많게는 십만 원까지도 들고 올 수 있는데 그 정도가 대수랴. 언니들이 눈을 세모꼴로 뜨고 노려보든 네모꼴로 뜨고 노려보든 출가외인인 언니들보다는 내 지갑이 중요하다. 그리고 겸익이 오빠는 앞으로의 우정을 생각해서 중저가의 성의는 보여야 한다. 적당한 우연을 '연출'만 한다면 얼마든지 써먹을 수 있는 인물이 겸익이 오빠다. 필요하면 간식 사줘, 때 되면 선물 사줘, 무익이 놈과 싸우면 편까지 들어주는데 인간성 빼면 시체인 강인혜가 어찌 그냥 넘어가랴. 공책에 써놓은 이름에 적당한 가격을 써가며 체크하던 손길이 무익이의 이름 앞에서 멈춰진다. 무익이 놈이 문젠데…….

솔직히 지난해까지는 놈의 덕을 쪼오끔, 그러니까 병아리 눈물만큼은 본 게 사실이다. 아는 사람은 다 안다. 내가 얼마나 먹을 것에, 특히 단것에 사족을 못 쓰는가 하는 것을. 몸무게에 영향을 줘서 그렇지 입 안에서 사르르 녹아내리는 달콤쌉싸래한 초콜릿은 그야말로 군것질의 대표음식 아닌가(다시 말하지만, 몸무게 생각은 정신건강에 도움을 주지 않으므로 먹을 때는 하는 게 아니다). 특히나 발렌타인 초콜릿은 보통 가게에서 사 먹는 그런 종류는 절대 아니다. 보기에도 고급스럽고 맛은 더 환상적인, 그야말로 온몸이 황홀해지는 그런 비싼 초콜릿(아아, 입 안에 침 고인다). 내 돈 주고 사 먹을 일은 절대로 없는 그 비싼 물건을 작년까지는 무익이 놈 덕에 실컷 먹을 수 있었다. 놈의 이중성을 모르는 순진한 희생자들이 있었기 때문이다. 나는 안다, 놈이 그런 이벤트를 싫어한다는 것을(놈에 대해 아는 것이 그것 뿐일까마는). 어쨌든 웃으며 받아서 방구석에 처박아두는 것을 아는 나로서는 놈에게 희생당한 많은 영혼들을 위로할 책임감을 느끼는 것이다. 먹지 않을 거면 받지를 말든지 비싼 초콜릿을 그런 식으로 버려두는 것은 범죄다. 그러니 어디까지나 재활용 차원에서 놈의 초콜릿을 먹어준 것뿐이다.

그랬는데 올해는 비상이 걸려 버렸다. 지난달에 놈의 용돈을 차지한 것 때문에 이놈이 자기 집에도 못 오게 할 뿐 아니라 아예 상대도 안 하려 드니 말이다(치사한 놈). 일단은 웃는 얼굴에 침 못 뱉는다는 명언을 믿고 자꾸 얼굴을 보이고 웃어주었다. 아무리 무익이 놈이 밴댕이 소갈딱지 같은 놈이라고 한다 쳐도 설마 내치기야 하겠냐 싶어 자꾸 마주치고 눈앞에서 맴돌았더니 효과가 있기는 있는 모양이었다. 어제는 속이 쓰린 것을 꾹 참고 팔짱까지 끼었다는 것 아니겠냐고. 속으로 우웩하는 심정이었지만 진열장 안의 황홀한 초콜릿들을 보는 순간 모든 것이 용서되었다. 아아, 모양도, 색깔도 가지가지인 그 황홀한 풍경이라니.

강인혜, 조금만 참자. 조금만 참으면 그것들은 다 내 것이야. 음핫핫하. 입 안에 고이는 침을 삼키며 무익이의 이름을 노려보았다. 워낙에 속 좁은 놈이니 제 것이라며 이놈이 딴지 걸면 어쩌지? 그냥 눈 딱 감고 조금 투자해? 아, 고민된다.

나름대로 진지한 고찰이란 것을 하고 있는데 반 애들이 시끄럽다. 호들갑스럽기는 미선이 년도 마찬가지다.

"인혜야, 인혜야!"

"아, 조용히 좀 해. 신경 쓰여서 생각을 할 수가 없잖아."

"이년아, 그게 문제가 아냐. 무익이가 찾아왔어."

뭐? 왜? 학교에서는 웬만하면 아는 체 안 하고 사는 것이 우리 사이의 불문율이다. 왜 그렇게 됐는지는 묻지 마라. 그냥 너무 잘난 놈과 있다 보면 자연스럽게 비교되는 인생을 사는 못난 자의 처절한 몸부림 끝에 나온 발상이라고만 알아라. 아무튼 그놈이 왜 우리 반에 온 건데?

고개를 들어보니 여학생들의 선망의 시선 끝에 무익이가 백만 볼트짜리 웃음을 지으며 서 있다. 징그러운 놈. 그냥 자기 반에 가만히 죽치고 있어도 갖다 바칠 것들은 알아서 갖다 바칠 텐데 그걸 수거하러 온 거냐? 어어, 그런데 이놈이 왜 들어오는 거야? 게다가 뭐냐, 그 느끼한 웃음은? 내 옆에까지 휘적거리고 들어온 놈이 나를 향해 심히 의심스러운 웃음을 짓고 있다.

"네가 시키는 대로 나 너랑 사귀니까 이제 초콜릿은 받을 수 없다고 말했어. 잘했지?"

뭐, 뭐라고? 그런 아까운 짓을. 아이고, 하나 줄었다. 아니, 잠깐, 그보다 뭐라고?

얼이 빠져 대답을 못하고 있는 내가 정신을 수습하기도 전에 무익이 이놈이 내 손을 덥석 잡더니 자리에서 일으킨다.

"애들아, 나 인혜하고 정식으로 사귀기로 했어. 그러니 앞으로 우리 인혜 좀 잘 부탁해."

미선이는 물론이고 반 아이들이 난리가 났다. 그럴 줄 알았다는 것들에서부터 말도 안 된다는 것들까지 그야말로 제각각. 시끄러워 죽겠다. 그렇게 아까우면 늬들이 하면 될 거 아냐. 세상에, 말도 안 된다. 이놈이 아침에 밥 대신 버터에 식용유를 말아 먹고 온 것이 틀림없다. 대체 이 느끼함의 결정체는 누구란 말이냐. 아이고, 이놈아, 차라리 날 죽여라. 내가 뭣 때문에? 애들아, 아니야. 이건 무효야. 말도 안 된다구우우우!

"뭐야, 대체 왜 이러는 건데!!"

마른하늘에 날벼락도 유분수지. 아아, 내 초콜릿. 아니, 그게 문제가 아니다. 아이들의 소란 속에서 무익이를 체육관 옆 공터로 끌고 온 나는 고래고래 소리를 질렀다. 그런데 이놈의 표정을 봐라. 자기가 무슨 짓을 했는지 전혀 모르겠다는 얼굴이다. 한술 더 떠서 뭐 하러 자기를 이런 곳까지 끌고 왔냐는 듯한 뚱한 얼굴을 하고 있다.

"내가 언제 너랑 사귀겠다고 했어? 거기다…… 아아, 내가 미쳐. 우리 인혜라니, 우리 인혜라니!!"

내가 지랄을 떨든지 말든지 관심없다는 듯 딴짓을 하던 놈이 길길이 날뛰다가 주저앉아 한숨을 내쉬다가 한마디로 생쇼를 하는 나를 측은하다는 듯이 바라보았다. 이놈아, 네가 지금 무슨 짓을 했는 줄 알아?

"뭐가 문젠데?"

“뭐? 이…… 이…….”

“너 인혜 맞잖아. 인혜를 인혜라고 부른 게 문제야?”

소유의 개념이 들어갔잖아, 소유의 개념이. 금은방에 진열된 보석은 그냥 보석이지 네 보석이 아니다. 그건 강도나 도둑놈이 하는 짓이야. 하지만 놈은 아예 손가락까지 까닥이며 조목조목 따지고 든다.

“왜 그렇게 흥분하는데. 너도 평소에 나 팔아서 이익 많이 봤잖아. 나도 이 기회에 네 덕 좀 보자. 친구 좋다는 게 뭐냐.”

“뭐? 내가 언제…….”

“내 입으로 이런 말 조금 뭐하지만, 이맘때만 되면 힘들어. 그러니 어차피 있는 친구 덕 좀 보겠다는데 그렇게 야박하게 나올 거야?”

“그게 아니라…….”

“또 그런다고 해서 네 맘에 걸리거나 하는 남자도 없잖아.”

“뭐야?”

“왜 그래. 혹시 맘에 둔 놈 있는 거야?”

이놈이! 지금 화낼 사람이 누군데 날 노려보는 거야. 아니, 가만있자. 이거 뭔가 얘기가 주제에서 벗어나는 것 같은 느낌이…….

“있어?!”

“왜 소리는 지르고 그래? 없다, 없어. 하지만 그렇다고 해서…….”

"진짜로 사귀는 것도 아니고 잠깐 동안 도와달란 건데 그렇게 매정하게 굴 거야?"

어쭈. 뭐가 좋아서 싱글벙글이냐. 씩 웃어가며 협박하는 게 더 무섭다. 잠깐, 그런데 이놈아, 지금 이 상황이 네가 소리 지를 상황이냐? 내가 소리 질러야 하는 게 명백한 일임에도 어째 내가 변명 따위를 하고 있어야 하냐고. 미치겠네, 정말.

"혹시나 해서 하는 소린데, 너한테 마음이 있거나 해서 이러는 것은 절대 아니니까 오해는 하지 말고."

이놈아, 끔찍하다. 농담도 가려가면서 해라. 내 쪽에서 사양이야. 그러니까 왜 이런 번거로운 짓을 하는 거냐고.

"네 말대로 너 좋다는 애들이잖아. 아무나 하나 골라잡아 사귀어 버려. 그럼 되잖아. 왜 나한테 그러는데."

"아무나?"

"그래. 그중에 설마 네 맘에 드는 애 하나 없겠냐?"

"아.무.나?"

왜 인상을 쓰냐고. 이놈, 키 큰 게 무슨 유세냐? 험악하게 인상을 쓰더니 허리를 구부려 나를 내려다본다. 제길, 같은 밥 먹고 크는데 이놈은 대체 뭘 숨겨놓고 먹길래 이렇게 키가 큰 거냐.

"너, 내가 아무나 사귈 정도로 덜 떨어진 놈으로 보여?"

험악한 분위기에 나도 모르게 고개를 저어버렸다. 아, 젠장. 오늘 분위기 왜 이러냐.

"장래 이 나라의 법조계를 쥐고 흔들 사람이 나야, 알겠어? 그런 내가 아무나 골라서 사귄다는 게 말이 된다고 봐?"

네놈이 지금 여기서 되지도 않은 헛소리를 지껄이는 게 더 말이 안 된다고 봐.

"그러니까 왜 내가……."

"첫째, 넌 내게 빚이 있잖아."

이거 무슨 소리야. 네놈이 법조계를 쥐고 흔들든 말든 나랑 상관은 없지만, 굳이 표현을 하자면 나 역시 장래 이 나라의 경제계를 쥐고 흔드는 사람…… 의 안사람이 되는 게 목표다. 그런 내게 빚이라니. 난 절대 남에게 빚은 안 진다. 알겠어? 난 강력하게 항의했다.

"뭐? 무슨 소리야? 내가 무슨 빚?"

"너, 작년 봄에 시나 콘서트 티켓 못 구했다고 울며불며 난리 친 다음날 콘서트 갔지? 그리고 얼마 후에 내가 체육비품 보관실에서 어떤 여자애랑 단둘이 갇히는 사고가 발생했어. 그리고 지난여름 장마 때 빗속에서 길 잃어버리고 차비도 떨어졌다고 전화해서 나갔더니 또 다른 여자애를 붙여주고는 택시 타고 날랐지? 그리고 너 핸드폰 케이스 바꿨잖아. 또 해? 보자…… 그래, 가을에 네가 매일 보면서 군침 질질 흘리던 티셔츠 얻었다고 좋아한 며칠 후……."

"됐어, 그만 해. 그건 다 오해야. 그건 그냥…… 오비이락. 그래, 말 그대로 우연이 겹친 것뿐이야."

징그러운 놈. 알고 있으면 알고 있다고 눈치라도 주지. 그걸 여태 꽁하고 있다가 이런 데 써먹냐? 나의 미약한 변명에 예상대로 놈은 콧방귀를 뀐다.

"그, 그래도 지난 일이잖아. 꼭 그걸 가지고……."

"둘째, 아까도 말했지만 진짜로 사귀자는 것도 아니야. 말했다시피 나는 중요한 사람이야. 아무나 만나지는 않는다고. 그런데 자꾸 여자애들이 귀찮게 해서 공부도 할 수 없어. 지금 우리 고3이잖아. 이 시기만이라도 편하게 보내고 싶어."

이놈아, 병원에 가봐라. 하긴 너 같은 말기 환자에겐 약도 없겠다. 네가 로레알이냐? 너는 소중하니까야? 그럼 나는, 네놈의 목적에 희생되는 가엾은 제물이 되란 말이냐?

"셋째, 난 여자라면 지긋지긋해. 그동안 제대로 생각이라는 것을 하고 사는 여자를 못 봤어."

무익이 이놈이 나를 의미심장하게 쳐다보며 말을 한다. 흥, 이놈아, 그건 네 인격이 그만큼밖에 되지 않기 때문이다.

"저기, 나도 여잔데……."

악—!! 내가 미쳐. 어쩌자고 그런 말을 하는 거야. 이놈의 주둥아리. 역시. 놈의 얼굴이 비웃음으로 일그러진다. 실수다, 이놈아. 네놈에게서 여자로 보이고 싶은 생각은 정말 눈곱만큼도 없다. 오해하지 말란 말얏!

"미안한데, 너는 열외야."

미안할 거 없어. 오히려 아주 고맙다. 네놈이 나를 여자로 생각하는 자체가 엽기다.

"자, 이제 왜 네가 나의 여자 친구가 돼야 하는지 알아들었지?"

뭐? 뭘? 그러니까 그 과정에서 나의 존엄성은 어디 간 거냐고. 이야기의 주제가 처음하고는 미묘하게 달라진 것 같았지만, 그것도 깨닫지 못할 정도로 나는 패닉 상태에 빠져들고 있었다. 이상하다. 왜 내가 쫓기는 듯한 분위기가 된 거지? 저놈이 분명 잘못한 건데. 이유가 뭘까? 심각하게 고민하는 내게 무익이 놈이 한마디 던진다. 말하자면 확인사살을 하는 거다.

"게다가 네가 손해 보는 것은 없잖아."

이놈아, 왜 손해를 보는 게 없어. 당장 너한테 들어오는 그 많은 초콜릿을 맛도 못 보게 생겼는데.

"왜 내가 손해를 보는 게 없어?"

"뭐가 있는데?"

곧 죽어도 초콜릿 소리는 못하겠다. 강인혜 자존심이 있지.

"너 때문에 내가 멋있는 남자 친구 사귈 기회를 잃어버렸잖아."

내가 생각해도 그럴듯한 말이다. 그런데…… 아니 이놈아, 왜 하늘을 보고 한숨을 쉬는데?

"인혜야."

피식거리며 같잖다는 듯이 웃던 놈이 심각하게 나를 부른다.

"으응?"

"너 대학 안 갈 거야?"

"그건 네가 걱정할 문제가 아니잖아."

"그럼 십년지기 친구가 해마다 미역국 먹고 학원 전전하는 꼴을 나보고 보란 말이야?"

"신경 꺼."

"게다가 멋있는 놈이 미쳤다고 널 데리고 다니냐? 거울도 안 보나 보지?"

뭐? 아니, 이놈이 정말! 주먹을 쥐고 분노에 온몸을 부르르 떠는 내게 놈이 마지막 한 방을 먹인다.

"또 네가 누굴 만나든 내가 그놈보다 나은 놈일 거라고 확신해. 그러니 너무 억울해하지는 마."

아아, 귀신은 뭐 하나 몰라, 저놈 안 잡아가고. 하늘이 노랗다는 진리를 이렇게 비참하게 깨닫게 될 줄은 몰랐다.

199X년 11월 30일. 날씨: 내 마음하고 똑같다. 잔뜩 흐리다.

　감기가 걸렸다. 머리도 아프고, 목도 아프다. 엄마는 공부도 못하는 게 약 값까지 쓰게 한다고 또 야단이셨다. 이게 다 무익이 때문이다. 일등을 했으면 한 거지, 그걸 들고 우리 집에 올 건 뭐냔 말이다. 아줌마가 들고 왔어도, 그래도 일등은 무익이가 한 거니까 무익이 잘못이 맞다. 화난 엄마를 피해서 도망가느라, 겉옷도 없이 추운 데서 한 시간도 넘게 떨어야 했다. 하마터면 저녁도 굶을 뻔했다.

　지도를 펴서 살펴보니 우리나라에는 서울시 말고도, 경기도도 있고, 전라도, 경상도, 강원도, 충청도, 제주도까지 있었다. 아빠가 변호사는 회사원하고 달라서 아무 데서나 해도 된다고 했다. 그러면 무익이네 아저씨는 꼭 서울시 말고도 다른 곳으로 가도 되는데 왜 하필이면 서울로 왔을까. 어쩔 수 없이 서울이 좋아서 왔다면 다른 동네 다 놔두고 왜 우리 집 옆으로 왔을까. 오늘부터 열심히 기도해야겠다. 무익이네 아저씨가 다른 곳으로 가서 변호사 하게 해달라고. 하느님, 간절히 기도합니다. 꼭, 꼭 무익이네 아저씨가 다른 곳에서 변호사 일 하게 해주세요.

제3장

199X년 12월 4일. 날씨: 모르겠다.

　오늘 새로운 사실을 알았다. 여자들은 다 시끄럽고 귀찮다고 생각을 했었는데 그렇지 않다는 것을 안 것이다. 여자들은 이해를 못하겠다. 뻔한 얘기를 하고, 또 하고. 지겹다. 내가 볼 땐 똑같은 핀을 여기 꽂았다 저기 꽂았다가 쓸데없는 일을 하느라 바쁘다. 또 그게 나하고 무슨 상관이라고 꼭 나한테 와서 어느 쪽이 예쁘냐고 물어본다. 그럴 때는 여자만 아니라면 한 대 때려줬으면 좋겠다는 생각까지 든다. 부반장 혜린이가 사람 귀찮게 하면서 물어보길래, 솔직하게 호박이라고 그랬더니 또 운다. 가만있는 사람 귀찮게 한 것은 내가 아니다. 혜린이뿐만 아니다. 내가 아는 여자들이 다 똑같다. 그런데 인혜는 안 그렇다. 인혜는 무슨 생각을 하고 있는지 얼굴만 보면 알 수 있다. 거짓말을 하는 것도 얼굴에 다 나온다. 그래서 보고 있으면 재미있다. 이상한 핀 같은 것은 아예 가지고 있지도 않다. 어저께 아침에 넘어져서 무릎이 까져 피가 나는데, 다른 여자처럼 울고불고 하는 게 아니라 침 한번 바르고 바로 운동장으로 놀러나갔을 때는 조금 놀랐다. 그래서 오늘 형이 쓰던 밴드를 가지고 가서 주었더니 약골이라고 놀린다며 화를 냈다. 참 이상하다. 인혜가 화를 내는데, 나는 왜 기분이 좋을까. 보고 있으면 기분이 좋아진다. 그래서 나도 모르게 자꾸 놀렸다. 그러면 인혜는 또 막 화를 낸다. 그게 너무너무 재미있다.

"아, 고만 좀 해. 보기 싫어!"

이년아, 너도 하고 싶은 말 못하고 죽어봐라. 이렇게 되나, 안 되나. 허옇게 뜬 얼굴로 교실로 돌아와 하루 종일 한숨만 내쉬어대는 나를 견디다 못한 미선이가 소리를 질렀다.

"아주 옆에 있는 사람 염장을 질러라. 뭐가 못마땅해서 온종일 청승이야, 청승이. 나 같으면 아주 좋아서 기절하겠구만."

쯧. 나도 기절하고 싶다. 억울하고 원통해서. 빌어먹을 무익이 놈. 내가 논리적인 것에 약하다는 것을 알고 논리공격을 펴다니. 게다가 까마득한 옛일을 들추어서 사람을 협박해? 천벌을 받을 놈.

아무리 땅을 치고 후회한들 이미 엎질러진 물이었다. 무익이 놈의 궤변에 별다른 대꾸도 못하고 어영부영 있는 사이 이 징그러운 놈이 한마디를 귓가에 속삭이더니 휘파람을 불며 교실로 돌아가는 것이었다.

"앞으로 잘해보자."

아악!! 터져 나오는 비명을 삼키며 씩씩거리고 놈의 뒤를 쫓아갔지만, 이미 대세는 기울어질 대로 기울어져 있는 상태였다.

여기저기서 원망의 시선이 나를 향하고 있었고, 어느새 소문이 부풀려진 것인지 온 학교에 염문설이 나돌고 있었다. 내가 전생에 무슨 죄를 그리 지었단 말인가. 아, 가엾은 새싹 하나가 틔워보지도 못하고 여기 스러지는구나. 이 난국을 어떻게 타개해 나가나. 당장 못 먹게 된 초콜릿이 문제가 아니다. 그동안 소개팅시켜 주고 물건을 받아 챙긴 애들의 원망도 둘째 문제다. 그보다 더 끔찍한 것은 앞으로 죽으나 사나 무익이와 엮이게 생긴 현실이 더 문제다. 앞이 노오랗다.

머리를 잡아 끙끙거려 보지만 오늘따라 잔머리도 돌아가지 않는다. 머리를 싸잡아 고민이란 걸 진지하게 해보는데 못마땅하게 혀를 차고 있던 미선이가 나를 흔든다.

"기집애, 낭군님 오셨다. 아주 온 학교를 질투에 미치게 만들려고 작정들을 했구나. 자리를 옮기든지 해야지, 원."

이게 무슨 소린가 싶어서 돌아보니 세상에, 무익이 놈이 느끼한 웃음을 지으며 문 앞을 가로막고 서 있는 것이 아닌가. 벙글거리는 저 얼굴을 한 대 칠 수만 있다면 소중한 내 만화 컬렉션을 주어도 아깝지 않을 것만 같다. 분연히 놈에게 다가가 얼굴을 들이밀고 으르렁거렸다. 그래 봤자 까치발로 서서 코끝을 세워서 앙앙거리는 거지만, 아무것도 안 하고 끌려만 다니려니 화병으로 돌아가시게 생겼다.

"아주 날 죽여라. 왜 이래. 대체 뭔데 여기까지 온 거야, 우리 사이에 뭐 더 할 말이 남아 있다고 또 온 거냐고."

그러나 나의 지랄을 가볍게 일축하며 놈이 벙싯거린다.

"집에 가자."

아아…… 오늘 강인혜, 끝내 혈압으로 돌아가실 운명인가 보다.

"내가 왜? 내가 대체 뭣 때문에 너랑 같이 집에를 가!"

"우리는 사귀는 사이잖아. 원래 사귀는 사이는 같이 등하교하는 거야. 가자."

차라리 벽에다 얘기를 하지. 내가 무슨 짓을 하든 간에 만면에 미소를 거두지 않는 놈이 같은 말만 해댄다.

"이년아, 빨리 네 하고 꺼져라. 보기 싫어."

미선이까지 퉁박이다. 제길, 어차피 집이야 가야 하니까 빨리 이 자리를 모면하고 보자. 험악한 손길로 가방을 집어 들고 교실을 나서는 내 뒤를 무익이 놈이 따라온다. 그런데 놈에게 저런 물귀신 같은 면이 있는 줄은 정말 몰랐다. 아무래도 뭔가 수를 써야겠다. 자칫 이러다가 온 학교 여학생들의 원망의 대상이

됨은 물론, 어영부영 무익이 놈의 방패가 되어서 꽃 같은 내 인생의 황금시기를 보낼 수도 있다는 위기감이 몰려들었다.

안 되지, 안 되고말고. 다른 사람도 아니고 어떻게 이놈과. 옆에서 걷고 있는 무익이를 노려보았다. 그러나 으윽, 돌아오는 것은 믿을 수 없게도 미소 짓는 무익이의 얼굴이었다. 대체 왜 저래. 저놈 진짜 뭘 잘못 먹은 거야.

교문을 나서는 우리를 보고 여기저기서 수군거린다. 젠장. 다시 한 번 억울함에 온몸을 떨었다. 저것들이 줄 수 있는 온갖 혜택을 눈앞에서 놓쳐 버린 것이 생각난 것이다. 쇼윈도우의 휘황찬란한 초콜릿이 눈에 들어온다. 귀여운 것들, 올해는 정녕 너희들을 예뻐해 줄 기회가 없단 말이냐. 어흐흑.

속으로 피눈물을 삼키는 내게 무익이가 다가와 어깨 너머로 매장 안을 바라보며 한마디 한다.

"난 너무 단 거는 싫어. 그러니 조금 덜 단 걸로 줘."

이것은 또 무슨 자다가 봉창을 두드리는 소리냐.

"무슨 소리야?"

"초콜릿 말야. 난 단 거 별로 안 좋아하니까 조금 비싸더라도 카카오 비율이 높은 다크 초콜릿으로 줘."

약 먹었냐?

"내가 왜?"

아윽. 참고서 말하려니 턱이 다 아프다. 그러나 놈은 끝까지 태연하기만 하다.

“너 때문에 올해는 초콜릿을 하나도 받을 수 없게 됐는데 네가 책임지는 것은 당연하잖아.”

뭐? 뭐라고? 엇따 뒤집어씌우는 거얏. 그게 왜 나 때문이냐? 하도 기가 막혀 숨도 제대로 쉬지 못하고 끅끅거리는 나를 보고도 모르는 척 놈은 말을 계속한다.

“너도 알다시피 난 아무거나 먹지 않으니까 신경을 많이 써야 할 거야. 그 많던 초콜릿 대신이니까 특별한 걸로 줘야 한다.”

이성이 폭주를 하기 시작한다. 당장 저 예쁜 것들을 올해는 한 개도 먹을 수 없는 원통함만 해도 밤을 새워 통곡할 일이거늘, 뭐? 말이 막혀 바보처럼 입만 벌리고 있는 내게 무익이 놈이 한 발짝 다가서더니 볼을 톡톡 치며 마무리를 짓는다.

“기대할게.”

놈이 뒤통수를 쓱쓱 쓰다듬고는 냉큼 뒤돌아서 제집으로 들어가 버린다. 안 보고도 알 수 있다. 저놈 지금 웃느라 입술이 씰룩거리고 있을 거다. 아아악!

방법, 방법을 생각해 봐야 한다. 무익이 놈의 마수에서 벗어날 수 있는 방법. 방 안을 서성여도 뾰족한 수가 떠오르지 않는다. 놈 때문에 좋아하는 저녁조차 먹는 둥 마는 둥 했다. 도대체 아무리 머리를 굴려도 일이 이 지경까지 오게 된 원인조차 알 수가 없다. 첫째, 둘째 하고 무익이 놈이 주워 삼키던 시답잖은 이유라는 것은 벌써 다 잊어버렸다. 제길, 머리 좋은 놈들은 이게 문제다. 그냥 화끈하게 전면전을 펴는 게 아니라 더러운 게

릴라전을 선호하니 말이다. 무슨 좋은 방법이 없을까. 방바닥이 닳도록 서성이며 머리를 굴리던 내게 번쩍하고 떠오르는 방법이 하나 있다. 그래, 그러면 되겠다. 애초에 원인은 내가 솔로인 데서 온 것. 원인을 제거하면 모든 문제는 풀리는 법.

결심이 굳어지자 다음날 새벽부터 학교 가자며 들이닥친 무익이를 보고 웃어줄 정도로 여유가 생겼다. 그래, 두고 보자, 이 놈아. 너보다 백만 배는 나은 놈을 반드시 꿰차고 말리라.

"참, 염장질도 가지가지구나. 네가 뭐가 부족해서 지금 나한테 그러는 건데?"

"미선아, 그러니까 이건 풍요 속의 빈곤이야. 사실은 그게 아니라니까. 너도 알잖아. 무익이와 나는 절대로 같은 공간에서 같은 방향을 바라볼 수 없는 사이라고. 그러니까 한 번만. 응? 한 번만."

새벽 댓바람부터 남의 집에 들이닥쳐 학교 가자고 우겨대는 놈과 같이 등교하느라 아침부터 여기저기서 쏟아지는 따가운 시선을 받아야 했다. 젠장할, 학생이 학교에 오는 게 뭐가 그리 이상하다고 흘끔거리고 야단들인지 원. 고목나무에 매미 붙은 거 첨 봐, 이것들아? 아무튼 그런 전쟁 같은 등교 후 미선이를 붙잡고 통사정을 하고 있는 것이다.

"돌았구나. 안 그래도 평소에 너의 정신 상태가 조금 걱정이 되긴 했지만, 이 정도일 줄은 몰랐다. 다른 건 다 접어두고 우리 외삼촌 정신과 의사거든? 예약 잡아주랴?"

이년아, 지금 너의 단 하나밖에 없는 친구가 화병으로 돌아가시게 생겼다. 농담할 상황이 아니라고. 하지만 필요한 놈이 우물을 파는 법. 조금 비굴하지만 애원 작전을 폈다.

"미선아, 평양감사도 저 싫으면 못하는 거야. 죽을 사람 살린다 생각하고 한 번만. 응?"

"아, 시끄러. 그건 둘째치고 나중에 뒷감당을 어떡하라고 일을 벌인다는 거야? 네 사정은 내 알 바 아니고 나도 살아야겠다."

쳇. 친구가 사경을 헤매게 생겼다는데 너는 네 목숨만 소중하냐. 하긴 무익이 놈이 한성질 하긴 한다만 아직까지 여자한테 주먹을 휘둘렀다는 소리는 못 들었다. 내가 증인이야. 아직 안 맞고 살아 있잖냐. 하지만 내가 아무리 이런 말을 한다 한들 손사래를 치며 콧방귀를 뀌어대는 미선이한테는 씨알도 안 먹힐 것 같다.

"내가 다 책임질게. 넌 아무것도 모르는 거야. 그냥 판만 벌려. 응?"

"미친년. 고3이 무슨 미팅이냐? 밥 먹고 똥 쌀 시간도 없구만."

제길, 꼭 공부 못하는 것들이 이런 때 공부 핑계 댄다. 나는 네가 지난 모의고사 때 받은 성적을 알고 있다.

"아직은 고2야. 그러니까 고3 되기 전에 마지막으로 기념 삼아."

"기념은 얼어죽을. 별걸 다 기념하네."

아윽. 성질대로 한다면 다 때려치우고 깐죽거리는 저 화상의 얼굴에 두꺼운 사전이라도 던졌으면 좋겠다. 하지만 고진감래, 달디단 열매를 위해서 참자, 참아.

"야, 내가 다 책임진다잖아. 그냥 판만 벌리라니까. 일 대 일도 좋고 삼 대 삼도 상관없어. 너 발 넓잖아. 에잇, 연하라도 상관없어."

그러나 나의 말에도 미선이는 별말이 없다. 썩을 년. 웬만하면 들어주면 좋겠구만. 구시렁거리며 있는데 이것이 눈을 반쯤 내리깔더니 한마디 해댄다.

"대가는?"

＊

예전에 보았던 만화영화 '빨간머리 앤'에 이런 말이 나온다. 하느님은 하늘에 계시고 세상은 평화롭다. 애처로울 정도로 리모컨을 사수한 채 나를 노려보며 꼭 봐야 한다고 주장하던 인혜 때문에 보았던 것으로 기억한다.

루시 아줌마가 아신다면 통곡하실 일이지만, 인혜는 그 만화의 원작이 따로 있다는 사실 자체를 인정하지 않았다. 그저 재미있는 만화영화로만 알고서 눈물까지 찔끔거리며 보곤 했던 것이다. 모르긴 몰라도 지금도 그 원작의 제목을 묻는다면 자신

만만하게 '빨간머리 앤'이라고 말할 것이 틀림없다(혹시 모르는
사람이 있을까 봐 살짝 얘기하는데 그 책의 원제는 '초록색 지붕의
앤'이다).

  아무튼 왜 지나간 대사는 꺼내드는 거냐고? 지금의 내 상태
를 표현하기에 그보다 더 적절한 말이 없는 것 같기에 하는 소
리다. 아아, 정말이지 하느님은 하늘에 계시고 세상은 평화롭
다. 이보다 더 평화로울 수 없다. 온 학교에 공식커플로 공헌을
하고 나니 귀찮은 파리 떼가 사라진 것은 물론이고, 인혜의 일
거수일투족이 내게 실시간으로 중계될 뿐만 아니라, 덕분에 녀
석의 엉뚱한 수에 뒤통수를 맞을 염려도 사라진 것이다. 뿐인
가, 인혜를 놀려먹는 재미가 그만이라는 새로운 사실도 발견한
것이다. 하아, 만족의 나날이다. 진즉에 왜 이 방법을 쓰지 못했
을까 내 자신이 원망스러울 정도다.

  만족스러운 걸음으로 이제는 익숙해진 인혜의 반으로 향했
다. 틀림없이 일부러 올 것까지 없다고 작은 주먹을 쥐고 흥분
하며 방방 뛰겠지. 하지만 하지 말라면 더 하고 싶은 사람의 심
리를 인혜는 모르는 것 같다. 어림없지. 기를 쓰고 갈 거다.

  졸업 예행연습 때문에 모처럼 일찍 마치는데 그동안 말 잘들
은 상으로 31가지 아이스크림을 원없이 먹여주마. 아침에 거의
강제적이긴 하지만 초콜릿도 받았겠다 인심 한번 쓰지 뭐.

  그러나 나의 이런 생각은 인혜의 반에 도착하자마자 사라졌
다. 인혜가 없다. 대부분의 아이들이 자리를 지킨 채 이제야 갈

준비를 하건만, 인혜의 자리만 비워져 있었다. 그것도 깨끗이. 제길. 꼼짝 말고 기다리라는 말에 얌전히 고개를 끄덕일 때 눈치를 챘어야 하는데 그새 튀어버린 것이다.

쳇, 할 수 없다. 모처럼 인심 한번 쓸까 했더니 복도 없지. 단념하고 등을 돌리려던 나는 뭔가 이상한 느낌에 인혜의 반을 들여다보았다. 본능이 뭔가 이상하다고 외치고 있다. 뭘까, 그게. 몇몇이 맛이 간 눈으로 나를 바라보는 거야 늘 있는 일이니 신경 쓸 일이 아니라고 하더라도 뭔가 수상한 것이 있다. 그게 뭘까. 천천히 인혜의 반을 훑어보던 나는 그림의 이상한 조각을 찾아냈다.

미…… 뭐라더라, 아무튼 인혜의 친구라던 까무잡잡한 여자애의 행동이 이상했다. 늘 나를 보던 그 표정이 아니다. 내가 교실에 모습을 드러낸 순간 흠칫 놀라며 고개도 들지 못한 채 부산스럽게 집에 갈 준비를 하는 것이다. 별일 아니라고 생각할 수도 있다. 하지만 나 백무익이 누군가. 동물적인 감각 하나는 타고난 사람이 바로 나다.

그러고 보니 요 며칠 잠잠한 인혜의 행동도 걸린다. 지나치게 고분고분했다고나 할까. 이제는 아예 팔짱을 끼고 그 깜순이를 집중적으로 노려보았다. 역시나, 동요를 하기 시작한다. 이쯤 되면 뭔가 있다는 말이다.

"어디야?"

여기서 중요한 것은 처음부터 세세하게 물으면 안 된다는 것이다. 앞뒤 다 떼어버리고 내가 모든 것을 이미 알고 있다는 뉘앙스를 풍기며 윽박질러야 효과가 있는 것이다. 과연 어떻게 알았냐는 듯이 놀라며 나를 바라보는 깜순이를 보니 인혜가 뭔가 수를 쓰긴 한 것 같다.

"나, 나는 하지 말라고 말렸는데 인혜가…… 정말이야. 나는 말렸다고."

쯧, 애처롭다. 그러게 친구를 잘 골라서 사귀었어야지.

"알고 있으니까 장소나 말해."

그러나 이것 봐라? 냉큼 장소를 불어야 마땅한 깜순이가 머뭇거린다. 오호. 의리를 지켜보겠다 이거냐? 같잖기는. 위협적으로 옆에 있는 의자를 발로 찼다.

"저, 저기, 부속대 앞에 피자헛. 세, 세 시……."

지가 뛰어봤자 벼룩이지. 심심하기도 한데 대체 무슨 판을 벌였는지 가서 구경이나 해볼까. 고개도 들지 못하고 바들바들 떠는 깜순이에게 고맙다는 의미로 한번 웃어주고 가볍게 걸음을 돌렸다.

✳

굼벵이도 구르는 재주는 있다더니 별 볼일 없을 것만 같던 미선이가 웬일로 간만에 맘에 드는 일을 해줬다. 이 정도면 눈물을 머금고 넘긴 애장판이 아깝지 않다. 뭐, 나의 미적 감각에는 조금 미치지 못하지만, 의대생이라는 타이틀이 있는 이상 그 정도야 얼마든지 넘길 수 있는 문제다. 더욱이 무익이 놈이라는 해충을 떨어내기 위한 예방책일진대 달면 어떻고 시면 어떠랴.

나는 앞에 있는 오늘의 히어로에게 내가 보일 수 있는 가장 애교스런 미소를 보이며—웃지 마라, 나도 충분히 한미소 한다—최대한의 분위기를 연출하려 애를 썼다. 내가 누구냐. 상황과 분위기에 맞추어 살아남는 것으로는 대한민국의 누구보다 자신있는 강인혜가 아닌가.

역시 나의 예상대로 상대방은 마주 웃음을 지어줬다.

"근데 특별히 의대를 지원하려는 목적이 따로 있니?"

네? 무슨 말씀이세요? 어리둥절한 나의 표정을 읽은 듯 그는 다시 묻는다. 아, 자상하기도 하여라. 정말 누구랑은 하늘과 땅 차이다.

"너 말야, 의대 간다며? 그래서 의대에 관해서 이것저것 알고 싶다고 미선이한테 부탁한 거 아니었어?"

뭐? 누가? 어딜 가? 정말로 받아들이기 힘들었지만, 빠른 두뇌회전의 소유자인 내가 판단하건대 이것은 미선이의 농간이 분명했다. 그러니까 일반적인 소개팅이라고 철석같이 믿은 내가 당한 것이다. 아, 이래서 착한 사람들은 이 험난한 사회를 살아가기가 힘든 것이다. 대체 믿을 사람이 없는 것이다. 아무튼 나중에 두고 보자. 의대는 무슨 얼어죽을. 지금 하는 공부도 조금만 더하면 치어죽을 판인데 내가 미쳤냐, 남들 사 년 다니는 대학 육 년씩이나 다니게?

하지만 당장 이 난국을 풀어가야 했다. 일단 표정 관리에 들어갔다. 침착, 침착하자, 강인혜. 천붕우출(天崩牛出). 하늘이 무너져도 솟아날 구멍이 있다.

한 어린 학생을 뜻있는 의학의 길로 인도할 역사적인 사명에 불타 이 자리에 참석한 듯 의욕적인 표정으로 앉아 있는 사람을 보며 나는 다소곳이 고개를 숙였다. 우웩. 사실은 타는 속을 달래기 위해 콜라를 마시는 것이었지만, 앞의 히포크라테스는 모를 것이다.

"네. 사실은 제가 몸이 좀 약해요. 그래서 어려서부터 병원을 전전하다 보니 자연스럽게 의학에 관심이 생겼어요."

하! 미치겠다. 내가 말했지만, 닭살이 돋으려고 해서 미칠 지경이다. 하지만 히포크라테스는 아닌가 보다. 그는 진심으로 걱정 어린 표정으로 나를 바라보며 말했다.

"저런, 그냥 볼 때는 건강해 보이는데 아팠구나. 근데 의학도가 되려면 체력이 굉장히 중요한데 할 수 있겠어?"

글쎄, 안 한다니까. 그리고 내가 어디가 건강해 보여? 요즘 다이어트 하느라고 먹고 싶은 것도 제대로 못 먹어 얼굴이 핼쑥하구만.

"이젠 많이 좋아져서 괜찮아요."

더 좋아지면 울 엄마가 밥 굶긴댔어요.

심약한 표정을 유지하는 게 무지하게 힘들었지만, 오늘의 컨

셉이 병약소녀이니 어쩔 수 없다. 급선회하긴 했지만, 목적만 이룰 수 있으면 되는 것 아닌가.

"미선이가 제 얘기를 오빠한테 또 뭐라 하던가요?"

상황이 변했으니 전략도 변해야 한다. 지피지기. 다시 뒤통수를 맞기 전에 정보를 미리미리 챙겨야겠다. 순진한 목소리로 물었다.

"그냥, 우리 학교를 목표로 하는 친구가 있는데, 의학에 대해 너무 뜬구름처럼 생각해서 실제 공부하는 내가 말해 주면 좀 도움이 될 거라고. 사실 좀 가벼운 마음으로 나왔는데 갑자기 책임감이 느껴지는걸?"

선한 미소를 지으며 그가 답했다.

"죄송해요. 공부하느라 바쁘실 텐데 저 때문에 번거롭게 해드리네요."

"아니야, 뭐든지 뜻을 세우고 열심히 하는 사람을 보면 기분이 좋아져. 그리고 모처럼 토요일이잖아. 너무 부담 갖지 마."

"감사해요. 덕분에 용기가 생기네요."

"그래, 열심히 공부해. 몸이 약해서 걱정이긴 하겠지만 시도하기도 전에 미리부터 좌절할 필요는 없다고 생각해. 네가 정말 하고 싶으면 하는 거야."

어디서 바람 빠지는 소리가 들린다. 은근히 신경 쓰이는 소리였지만, 지금은 눈앞의 장애물을 넘어가기에도 바빴다.

"너무 형식적인 물음 같지만, 내신 유지는 어떻게 하지?"

집에서 쫓겨나지 않을 정도로 유지해요.

"그냥……."

"하긴 의대를 목표로 한다면 어느 정도는 실력이 있다고 봐야겠지. 하지만 이제 고3 올라가면 더욱 신경 써야 할 거야. 내 생각에 평어 4.8 이상 유지는 해줘야 희망이 있을 것 같거든."

그게 인간이 낼 수 있는 점수냐?

"모의고사 점수는 380점 이상은 돼야 안정권일 거고."

우리 엄마 심장마비로 돌아가실 거예요.

도저히 사람이 낼 수 없는 점수를 아무렇지도 않게 발설한 히포크라테스는 그 정도야 장난이지? 하는 표정으로 웃는다. 제길, 행복은 결단코 성적순…… 이냐?

"힘들겠지만, 이제 일 년 남았으니까 열심히 해. 나도 힘 닿는데까지 도와줄게."

글쎄, 당신이 날 도울 수 있는 방법은 무익이 놈의 손에서 날 꺼내주는 거야.

"그렇군요. 희망이 보이네요. 열심히 할게요."

다시 바람 빠지는 소리가 들린다. 그냥 바람 빠지는 소리가 아니라 쿡쿡거리는 웃음소리처럼 들리기도 한다. 무척이나 거슬리는 소리다. 나름대로 심각한 상황이지만, 주위를 둘러보지 않을 수 없었다.

앞에 놓인 콜라 잔을 집는 척하며 고개를 돌린 나는 경악스런 표정으로 숨을 들이마셨다. 제길, 저놈이 어떻게 여기에! 믿을 수 없게도 한 자리 건너에 무익이 놈이 앉아서 웃고 있었다. 그렇다는 것은 여태 내가 들은 바람 빠지는 소리가 우리 대화를 듣고 무익이 놈이 비웃는 소리였단 말인가.

눈이 마주치자 손까지 살짝 흔들어 아는 체를 하는 놈의 얄미운 얼굴에 들고 있는 콜라를 뿌려 버리면 소원이 없겠지만, 아쉽게도 지금은 그럴만한 상황이 아니었다. 아, 오늘 여러 가지로 일이 꼬이고 있다. 한꺼번에 닥친 악재에 아무리 나라도 당황하지 않을 수 없다. 진정하는 거야, 강인혜. 한 번에 하나씩.

이 순간에 어떻게 하는 게 최선의 방법인지 생각했다. 놈이 어떻게 이곳에 있는가는 지금 시점에서 전혀 중요하지 않다. 그것은 나중에 따질 일이다. 우선은 이 위기를 기회로 만들어야 한다.

"어디 불편하니?"

나도 모르게 얼굴이 굳어졌었나 보다.

"아, 아니요. 그냥, 여기가 좀 더운 것 같아서."

미친, 지금 밖에는 고드름이 대롱대롱 매달렸는데 겨우 한다는 말이. 무익이 놈이라는 강력한 세균에 의해 머리 속이 뒤죽박죽이 된 모양이다. 아악, 내가 미친다. 아무튼 무익이 놈이 들어와서 내 인생이 제대로 굴러가는 법이 없다.

"더워?"

하긴 내가 생각해도 한심한 말이었는데 그렇게 묻는 게 당연하겠지.

“네. 안 더우세요? 전, 갑자기 무지하게 더워서……”

“열이 있는 게 아닐까?”

눈치라고는 더럽게 없는 인간이네. 이쯤 되면 나갈까 이래야 하는 거 아냐?

하지만 어머, 어머. 이 사람, 손을 쭉 뻗더니 대뜸 이마를 짚어본다.

“음, 열은 없는 것 같은데.”

당신 의대생 맞아? 누구라도 그 정도는 알겠다.

그때 갑자기 컵이 바닥에 떨어지는 날카로운 소리가 들렸다. 옆 눈으로 살펴보니 무익이 놈의 자리에서 일어난 작은 소동이다. 쯧쯧, 얼마나 덤벙대길래 컵까지 떨어뜨리냐. 덜 떨어진 놈. 그냥 떨어진 것이라고 보기엔 지나치게 날카로운 소리였지만, 덜 떨어진 무익이 놈의 일보다는 내 이마 위에 올려진 손이 더 신경 쓰인다.

“저기요, 괜찮으니 손 치워주셔도 돼요.”

“어? 미안. 습관이 돼서 나도 모르게.”

그래, 습관으로 얼마나 많은 사람의 이마를 쓸고 다니는 거냐. 대략 어이가 없어지려 했지만, 선한 표정으로 웃는 얼굴에 어찌 침을 뱉을 수 있을까. 너그럽게 이해했다. 이것도 다 내가 너무 예뻐서 생기는 일이니 어쩌겠어.

“그런데 말이야……”

“이야!! 이게 누구야?”

히포크라테스가 무슨 말인가를 하려 할 때였다. 그의 말을 끊으며 해충의 목소리가 끼어들었다. 이럴 수가!! 결코, 절대, 무슨 일이 있어도 일어나서는 안 되는 일이 꿈인 양 일어나고 있었다.

무익이 놈이 어느새 자기 자리를 떠나 만면에 정말로 반갑다는 웃음을 띠며—가증스러운 놈—내 옆에 서서 나를 바라보고 있었던 것이다. 아아, 사람이 너무 황당하고 기가 막힌 일에 직면하게 되면 현실성이 없어지며 마치 모든 것이 남의 일인 양 그냥 두고 보아질 수도 있다는 것을 나는 오늘 처음 알았다. 놈이 의아한 얼굴로 바라보는 히포크라테스에게 악수를 청하며 자신이 나의 절친한 친구라는 말도 안 되는 거짓말로 내 옆 자리에 주저앉는 동안 난 아무 말도 못하고 그냥 입만 벌린 채 끅끅거리고 바라보고 있었던 것이다.

"방해가 된 건 아닌지 모르겠습니다."

보고도 모르냐, 당연히 방해잖아. 빨리 안 꺼져?

"아냐. 그보다 인혜한테 이렇게 멋있는 친구가 있다니 정말 든든하겠다."

당신은 밸도 없수? 불청객한테—본인이야 모르고 있더라도 이것은 엄연히 소개팅의 자리가 아닌가—그런 입바른 칭찬을 해대는 사람이 어디 있냐고요.

"기다리던 친구가 오지 않아 그냥 나가려던 참에 아는 얼굴이 보여서 그만 실례하게 됐습니다. 그런데 형님은……."

형님이란다. 네가 언제 이 사람을 봤다고 형님이냐? 게다가 누굴 기다려? 컵 깨고 혼자서 시선을 받으려니 쪽팔려서 모면해 보겠다고 이 수작을 벌이는 걸 모를까 봐? 흥, 누굴 속이려고.

"아! 난 아는 동생인 미선이의 부탁으로 인혜한테 의대에 대한 정보를 주려고……."

"그럼 의대생이시군요. 공부하시기 바쁠 텐데, 정말 대단하십니다."

"동생이 워낙 간곡하게 부탁을 해서. 그리고 앞으로 후배가 될지도 모르는데 이 정도야 아무것도 아니지."

사람이 너무 좋아도 탈이다. 웃으며 이야기하고 있었지만 놈을 잘 아는 내가 확신하건대 경멸이 깔린 것이 분명하건만 히포크라테스는 선선히 웃으며 대꾸를 한다. 정말 머리 좋은 의대생 맞나 모르겠다.

"실례지만, 어느 학교신지……."

"아, 이거 내 소개를 안 했구나. 한국대 예과 2학년이야. 나중에 인혜가 꼭 내 후배가 됐으면 좋겠다."

한국대생이라니 머리가 좋긴 한 것 같은데 이제 보니 머리는 좋은데 눈치가 없는 양반이시구만. 어라, 그런데 무익이 놈 봐라. 웃어? 그러니까 방금 그거 비웃은 거 맞지? 내가 생각해도 내가 한국대에 들어가는 일은 빈 라덴이 CIA에 자수하는 일보다 더 확률적으로 가망없는 일이긴 하지만, 그렇다고 대놓고 비웃어? 재수없는 놈.

“저도 제발 그랬으면 좋겠습니다.”

나를 보며 웃는 것이 영 미심쩍다. 좌불안석. 이보다 불편할 순 없을 것이다. 놈이 없으면 모를까 바로 옆에서 저렇게 비웃음을 날리고 있는데 계속해서 병약우등소녀 컨셉을 유지하기가 힘들었기 때문이다.

“예과 2학년이시라면 이제 본과 들어가시겠군요. 제가 그 대학 법의학 교수님 한 분을 알고 있습니다만…….”

내가 옆에서 옆구리를 찌르며 사라지라고 눈치를 주든 말든 완전히 무시한 놈이 분위기를 장악한 채 대화를 진행시킨다. 잘났어, 누가 물어봤냐고. 그나저나 법의학이라니, 어쩐지 네놈과 잘 어울린다. 범죄의 냄새가 나는 게 묘하게 어울려.

“어? 혹시 한강훈 교수님 아니야?”

속없는 히포크라테스. 뭐가 그리 좋아서 헤어진 동생을 만난 듯 반기며 놈을 보는지 모르겠다.

“네. 그분께서 쓰신 법의학 책을 보고 편지를 썼던 게 인연이 되어서 지금도 한 번씩 연락을 하고 있습니다.”

“이야, 너 보기보다 대단한가 보구나. 그 교수님이 워낙 깐깐하셔서 본과 학생조차도 웬만하면 슬슬 피하는 분위기인데.”

“그냥, 저하고는 뜻이 좀 맞는 분이셨습니다.”

“어? 이거 너하고 친해놔야 하겠는걸. 이제 본과 들어가면 안 그래도 기초의학 시간에 마주치게 되어서 벌써부터 걱정인데.”

가만, 이거 돌아가는 판이 수상하다. 두 사람 다 지금 내가 있다는 것을 잊고 있는 것이 분명하다.

"정말 반갑다. 이거 오늘 뜻하지 않게 정말 좋은 인연을 만나는구나. 나, 최현명이다."

새삼스레 악수까지? 현명하긴 개뿔. 당신의 오늘 인연은 나란 말이다아아앗!! 성질대로 지랄을 떨 수도 없고 미치겠다. 내가 거품 물고 쓰러지기 일보 직전이건만 어느새 분위기는 화기애애다.

무익이 놈과 전혀 현명하지 않은 히포크라테스는 법의학이 어떻고 저서가 어떻고 죽이 척척 맞는다. 범죄와 의학이라는 책을 놓고 오늘 아주 논문을 쓸 태세다. 제길, 속 타는 나는 연신 콜라만 죽이고 앉아 있었다.

놈이 예정에도 없이 갑자기 등장한 것부터 오늘 하루 무언가 예정대로 흘러가지 않는다. 이러다가 아까운 내 애장판만 날리고 건지는 것 하나 없이 이대로 끝나는 것 아닌가 하는 위기감이 슬슬 몰려오기 시작한다. 머리를 굴리기 시작했다. 대체 이 모든 일의 원흉이 뭘까. 말할 것도 없이 옆에 앉아 있는 원수탱이지만, 그것은 아주 근본적인 문제고 더 현실적인 문제가 있을 것이다.

생각, 생각을 해보자. 첫째, 현명인지 바보인지 저 히포크라테스가 이 자리가 소개팅이라는 것을 모른다는 것. 둘째, 갑작스레 나타난 무익이 놈. 아쭈구리. 결론이 모아지자 머리에서 김이 올라온다. 자연스레 하나의 이름으로 귀납이 되고 있다.

방미선. 내가 오늘 이곳에 오는 것을 아는 것은 방미선 그 인간뿐이다. 무익이 놈이 아무 할 일 없이 이런 곳에 죽치고 있을 인간이 아니니, 틀림없이 미선이에게 정보를 제공받았을 것이다(제공받았는지 강탈을 했는지는 내가 알 바 아니다). 게다가 깔끔하게 소개팅이라고 했으면 놈이 있든 말든 내가 이런 속 타는 심정으로 하늘만 보고 있지도 않았을 것이다. 아아, 정말 인복이 이다지도 없다니 통탄할 일이다. 두고 보자, 방미선. 나 강인혜, 은혜는 잊어도 원수는 잊는 법이 없다.

자칭 현명이라는 사람은 이제 아예 존경의 눈으로 무익이 놈을 보고 있다. 제길, 이쯤 되면 일이 텄다. 자유를 향한 나의 몸부림은 여기서 끝을 맺는단 말인가.

"너도 그렇게 생각하지?"

"네?"

하늘만 보고 한숨을 내쉬는 내게 갑자기 시선이 모아진다. 둘만의 세계에 빠져 있다가 겨우 내가 있는 것을 생각해 낸 거냐? 그런데 나름대로 고민스런 생각에 빠져 있던 내가 당신들이 무슨 말들을 했는지 알아야 답을 하지.

"하하. 인혜가 우리끼리만 이야기한다고 심심했나 봐. 이거 미안해서 어쩌지?"

"아니, 잠깐 딴생각을 하느라고……."

"생각이란 것도 하고 사냐? 정말 놀랍다."

무익이 놈이 작게 이죽거린다. 놈의 말을 들었을 리 없는 현명은 그저 사람 좋은 웃음만 짓고 있다. 미치겠다. 계속 있어봐야 소득없다. 차라리 다음을 기약하는 게 훨씬 나을 것 같다. 작전상 후퇴란 말도 있지 않은가. 빌어먹을.

"저기요, 죄송해서 어쩌죠? 제가 오늘은 먼저 일어나야 할 것 같아요. 현명 오빠, 다음에 제가 연락드려도 될까요?"

꼬리를 내리고 물러서야 하는 게 억울하지만, 상황이 상황이니만큼 어쩔 수 없다. 그러나 본전은 건져야 한다. 오늘이 아니면 내일, 그것도 아니면 다음이 얼마든지 있다.

"어, 물론이지. 인혜처럼 귀여운 후배 전화야 얼마든지 환영이지."

"본과 수업 들어가면 정말 바쁘실 텐데 그러실 것 없습니다. 형님 힘들게 할 게 아니라 어차피 모르는 사람도 아니고 제가 하죠 뭐."

"정말 그래 줄래? 잘됐네. 하긴 본과 시작하면 눈코 뜰 새 없이 바쁠 거야. 그래서 말인데, 인혜가 의대에 가고 싶대. 여러 가지로 네가 좀 도와줘라. 인혜야, 정말 잘됐다. 그치? 아, 그리고 너 말인데 연락처 있으면 좀 줄래? 얘기해 보니까 너하고 정말 말이 잘 통한다. 앞으로 종종 연락하고 지내자."

인간아, 입 닥쳐. 잘되긴 뭐가 잘돼? 당신 눈엔 지금 만면에 협박을 포함한 비웃음을 흘리는 놈의 범죄형 얼굴이 보이지도 않냐고오오오! 어떻게 야수의 손에 나 같은 청순한 소녀를 맡길 생각을 그렇게 반기며 할 수 있어, 엉? 게다가 당신에게 필요한 연락처는 놈의 것이 아니라 내 것이어야 한단 말이다. 밀리다 밀리다 이젠 별 희한한 것으로 다 밀리는구나. 억장이 무너지다 못해 아주 트위스트를 추기 시작한다.

그러나 정말 얼굴 가득 웃음을 지은 히포크라테스는 다시 한 번 무익이 놈의 어깨를 치며 나중에 꼭 다시 한 번 보자는 다짐까지 받은 채 돌아서서 가버렸다.

＊

방귀 뀐 놈이 성낸다는 말이 있다지만, 강인혜 오버해도 한참 오버한다. 대체 제가 뭘 잘했다고 저리 방방 뛰며 성질을 내는 건지 알다가도 모르겠다. 다 보인다, 보여. 공격은 최대의 방어라는 평소의 신념을 실천 중이시겠지. 아무리 그래 봐라, 내가 눈 하나 꿈쩍하나.

하긴 일단은 기선 제압이 중요하긴 하다. 아무 말 없이 날뛰는 인혜 앞으로 다가섰다. 움찔하는 게 느껴진다. 찔리는가 보다. 그러게 왜 수를 쓰냐, 쓰긴.

"강인혜!"

심상찮은 목소리로 이름을 불렀다.

"뭐, 뭐…… 왜…… 뭐, 내가 뭐…… 뭘 어쨌다고 노려보는 거야? 인상 쓰면 다냐? 그, 그리고 내가 이름하고 성하고 함께 부르지……."

눈에 조금 힘을 주니 말이 점점 기어들어 간다. 귀여운 것. 하지만 이 정도에서 멈추면 앞으로가 피곤하다. 조이는 김에 조금 더 조여야겠다. 경고조로 한 번 더 이름을 불렀다.

"강인혜!"

"……왜?"

비록 불만스럽게 눈꼬리가 조금 치켜 올라가긴 했지만, 얌전히 대답한다. 조금 만족스러운 기분이 들었다.

"각오는 돼 있지?"

인혜의 얼굴이 하얗게 질렸다가 다시 빨갛게 달아오른다. 만족스러운 기분에서 유쾌한 기분으로 버전 업이 되려 한다.

"이 몸이 말도 안 되는 소리를 지껄인다고 금쪽같은 시간을 세 시간이나 낭비했어. 어떻게 생각해?"

"아니, 내가 오라고 한 것도 아니고…… 그건 네가 일부러……."

"일부러?"

조금 큰 소리를 내어보았다. 금세 다시 고개를 수그린다. 아아, 너무 유쾌하다. 이러다가 중독될 것만 같다.

"네가 치사하게 비열한 수를 쓰지만 않았어도 내가 일부러 이곳까지 올 일이 있었겠어?"

일부러라는 단어에 힘을 주고 윽박질렀다. 인혜 얼굴이 몹시 억울하다는 듯이 변했다. 하지만 별다른 대꾸는 하지 않는다. 인혜는 일단 한 번 걸리면 자신의 잘못은 바로 인정을 하고 꼬리를 내리는 장점이 있다. 얼마 안 가 뒤통수를 치는 단점이 있다는 것이 문제이긴 하지만. 그런 이유로 지금 확실히 다짐을 받아야 하는 것이다.

위압적인 분위기를 연출하기 위해 인혜의 앞으로 조금 다가가 내려다보았다. 신장의 차이란 이럴 경우 써먹는 거다. 인혜의 윤기나는 머리를 내려다보았다. 내가 다가서자 인혜가 조심스레 한 발짝 뒤로 물러선다. 어림없지. 다시 한 발짝 다가섰다. 어쭈, 다시 뒷걸음질이다. 다시 다가섰다. 조심스레 뒷걸음질을 치던 인혜가 흠칫 놀란다. 입가에 씩 웃음을 걸며 쳐다보았다. 어때, 더 이상 물러설 곳이 없지? 어디 한 번 더 도망가 보시지.

궁지에 몰린 인혜가 입술을 잘근거리며 씹기 시작했다. 아마도 지금의 사태를 모면하기 위해 열심히 머리를 굴리고 있을 것이다. 위협적으로 거리를 좁히고 팔짱을 낀 채로 여유롭게 인혜의 행동을 관찰했다. 대체 무슨 꼼수를 쓸까. 하지만 의외의 곳에서 사단이 벌어지고 말았다.

오물거리며 씹어대는 인혜의 톡 튀어나온 도톰한 입술을 바라보노라니 아랫배 근처가 뭉근하니 꼬이기 시작한 것이다. 고개를 숙이고 있는 터라 햇빛을 받은 머리카락도 매끄럽게 윤기가 흐르는 것이 한 번만 만져 보라고 말하는 것만 같았다. 얼굴에 열이 났다. 빌어먹을, 이게 무슨 추태냐. 나도 모르게 버럭 소리를 지르고 말았다.

"그만 해!!"

씹탱아, 입술 좀 그만 깨물어.

인혜가 영문을 모르겠다는 듯이 눈을 동그랗게 뜨고 바라본다. 제길, 무슨 말이라도 해야 한다.

"그…… 아무리 머리를 굴려봐야 소용없다고."

아, 씹. 너무 가깝다. 내가 무슨 짓을 할지 나도 장담할 수가 없다. 벌써부터 손가락이 저릿거리며 내 의지를 배반하고 인혜에게 다가가려 용을 쓰고 있었다. 이번에는 내 쪽에서 인혜가 눈치채지 못하게 한 발짝 물러섰다.

"어쨌든, 너 때문에 내가 이 고생이야. 책임져."

책임져야지, 암. 여러 가지 의미로 고생이다. 그런데 거리가 생기니 없던 용기마저 생기는 모양이다. 애써서 벌려놓은 거리를 다시 좁히며 인혜가 따지듯 다가온다.

"무슨 소리야? 내가 또 무슨 책임? 아까부터 참으려고 했는데 나도 할 말 많아. 따지고 보면 이 모든 일의 원인은 네게 있는 거잖아."

이봐, 너무 다가오지 마. 날씨도 추운데 땀이 솟으려 한다. 빌어먹을. 다시 한 걸음 물러섰다. 제발, 더 이상 다가오면 나도 몰라.

"너 때문에 요즘 내 생활이 엉망이 된 걸 네가 알아? 너 편하자고 내가 요즘 우리 반뿐만 아니라 온 학교 여자애들 사이에서 은근히 얼마나 힘든 줄 네가 아냐고?"

그거야 네가 평소에 그 애들한테 날 팔아서 챙긴 이익 때문이잖아, 자식아. 하지만 내가 아무 말 못하고 곤란해하고 있자 승기를 잡은 듯 손가락까지 흔들어대며 흥분을 한다. 내가 곤란해하는 것이 자신의 논리 때문이라는 착각을 하는 것이 틀림없다. 어이가 없었지만 지금은 그런 것이 문제가 아니다. 입고 있는 청바지가 불편해지기 시작한다.

내가 곤란한 표정으로 물러서자 기다렸다는 듯이 인혜가 다가오며 다시 따진다.

"거기다 내가 얼마나 힘들게 오늘 자리를 마련한 줄 알아? 너 오기 전까지는 얼마나 분위기 좋았는데 너 때문에 다 망쳤어. 너야말로 책임져!"

이게 문제다. 조금만 풀어주면 어떻게든 이겨보겠다고 바락바락 대든다. 하긴 그것조차 예뻐 보이려 하는 나도 병신 같은 놈이긴 하다.

"그래서 이번 목표를 한국대로 잡은 거냐?"

한마디 꼬집자 입을 다문다.

"그, 그건…… 그냥…… 분위기를 맞추려고……."

"거기다 헤실거리는 그 웃음은 뭐냐? 보는 내내 역겨워서 죽는 줄 알았다."

아, 생각났다. 시발, 얼굴을 쓰다듬어도 좋다고 방실거리던 것이 생각난 것이다. 너무 화가 나서 들고 있던 컵을 던져 버리고 두 번 생각할 것도 없이 인혜의 자리로 다가간 것이다. 다시 생각하니 화가 새록새록 치밀어 올랐다.

"내가 언제 헤실거렸다는 거야? 그리고 싫으면 안 보면 그만 이지 그렇게 심하게 말할 것까진 없잖아?"

분위기 파악 못한 인혜가 덤벼든다. 애써 유지하던 인혜와의 거리를 좁히며 험악하게 인상을 썼다. 비록 청바지가 불편하게 느껴지고 다시 사정권 안으로 들어가는 것이 위험하긴 해도 이 것만은 분명히 짚고 넘어가야 한다. 한 번만 더 인혜가 다른 놈 에게 쓸데없이 웃어주는 꼴을 본다면 그땐 정말 무슨 일이 일어 날지 장담할 수 없다.

"시발, 네가 약속을 어겼기 때문이잖아. 잔말 말고 앞으로 또 이럴 거야?"

소리를 버럭 질렀다. 몸은 불편하고 이성은 점점 고갈되고 있 었다. 참는 것에도 한계가 있는 것이다.

인혜가 움찔거리고 물러나는 게 느껴졌지만, 화가 난 나는 오 직 하나밖에 생각할 수가 없었다. 앞으로 다른 놈에게 웃어주지 마. 뭔지는 모르지만 기분 아주 지랄 같으니까 앞으로 그런 짓 하지 말란 말야.

더 이상 뒤로 물러설 곳이 없어진 인혜가 벽에 들러붙다시피 물러서서 울 것 같은 표정을 지었다. 평소 같으면 완전히 전의 를 상실한 인혜를 만족스런 기분으로 어르며 물러섰을 것이다. 하지만 오늘은 이상하게도 화가 가라앉지 않았다. 미묘하지만 단순히 화가 난 것만은 아닌 다른 울분 섞인 감정이 나를 괴롭 히고 있었다.

"대답 안 해? 어쩔 거냐구?"

"……그, 그만 해."

인혜가 오돌오돌 떨며 작게 반항했다. 마음에 들지 않는 대답이다. 냉큼 앞으로 절대 그런 일 없다고 말하면 속이 좀 풀릴 것도 같은데 끝까지 말을 않는다.

"그러지 마. 무서워, 정말이야. 그만 해."

인상을 잔뜩 쓰며 다가서는데 인혜가 다시 작게 얘기한다. 어지간히 무섭긴 한가 보다. 씹. 그러니까 왜 자꾸 딴짓을 하냔 말이야. 좀처럼 보기 힘든 인혜의 모습에 마음이 조금 풀리려 했다.

그러고 보니 참 작기도 하다. 마주 서니 딱 내 턱밑까지밖에 오지 않는 게 어떻게 하는 짓마다 말썽인지 알 수가 없다. 이쯤하고 용서할까. 뭐, 이 정도 하면 당분간 장난이야 치지 않겠지. 계속해서 애를 닦달하는 것도 조금 지나친 것 같은 생각도 들고 솔직히 너무 가까이 있으니 자꾸 다른 생각이 들려 해서 이쯤에서 물러나려 할 때였다.

"저는요…… 정말이에요……. 그거밖에 없어요……."

울먹이며 또 인혜가 이야기를 한다. 무슨 소리를 하는지 모르겠다. 뭐가 없단 건지. 게다가 갑자기 웬 존댓말인가.

"뭐? 갑자기 무슨 소리야? 야!"

궁금증에 인혜를 툭 건드리며 물었다. 그러자 느닷없이 인혜가 으악 소리를 지르며 주저앉아 고래고래 소리를 지르는 것이었다.

"악!! 정말이에요. 그게 다예요. 더 없어요. 엉엉, 더 없단 말이에요!"

너무 놀라 나까지 말문이 막혀 버렸다. 이런 인혜의 모습은 처음이다. 곧 죽어도 바락바락 덤벼들 줄 알았던 인혜가 엉엉 울며 소리를 지르니 황당하기만 하다.

무슨 영문인지 몰라 인혜에게 다시 다가서려 할 때였다. 누군가 나를 험악하게 말렸다.

"학생! 거참, 아까부터 계속 보고 있었는데 안 되겠구만. 어디 연약한 여자애를 괴롭히나?"

뭐? 돌아보니 근처의 교차로에서 교통정리를 하던 교통순경이 인상을 쓰며 나를 바라보고 있다. 어지간히 한가한 교통순경인가 보다.

누가 누굴 괴롭혀? 제길, 지금 괴로운 걸로 따지면 나를 따라올 사람이 없는데 그걸 말이라고 하냐? 게다가 내 어디가 남을 괴롭히는 불량한 인상이라는 거야?

대화를 방해받은 짜증과 선량한 사람을 몰라본 불쾌함, 그리고 인혜에 대한 걱정으로 뒤죽박죽이 된 내 입에서 고운 말이 나올 리 없다.

"신경 끄십시오. 누가 누굴 괴롭힌다는 겁니까? 얜 내 친구입니다."

허리를 쭉 펴며 인혜를 가리키며 짧게 얘기했다. 그러니까 당신은 당신 일이나 봐, 괜히 우리 일에 나서지 말고. 그러나 그놈은 내 얘기는 귓등으로 흘리며 인혜에게 관심을 쏟는다.

"학생, 괜찮아? 아저씨가 도와줄까?"

아저씨? 개뿔. 나를 지나쳐 주저앉아 있던 인혜를 부축하는 놈을 보노라니 어이가 없어진다.

"이 친구한테 돈 뺏겼어? 혹시 맞지는 않았어?"

점점. 그런데 가만, 교통순경이라는 놈보다 인혜의 행동이 더 가관이다. 언제 흘린 건지 눈물을 연신 찍어내며 바들바들 떨기까지 한다.

"아, 아저씨…… 무, 무서워요……."

"그래, 그래. 아까부터 아저씨가 다 보고 있었어. 걱정하지 마."

지겹다, 지겨워. 무슨 신파 찍냐? 둘이 아주 영화를 찍어라.

"저희 친구 사이에요. 그냥 두고 가시면 됩니다."

"이 친구 말이 맞아?"

내 말을 가볍게 무시한 교통제복이 또 인혜에게 말을 건다. 아, 미치겠다. 인혜에게 얼른 끝내자는 눈치를 주었다. 그런데 이것 봐라? 인혜 이 자식이 슬금슬금 제복 쪽으로 걸음을 옮기더니 작게 고개를 젓는다.

역시 그럴 줄 알았다는 제복이 득의양양한 표정으로 무전기를 집어 든다. 아, 시팔. 오늘 일진이 왜 이러냐.

"야! 강인혜, 너 정말 이럴 거야!!"

나도 모르게 버럭 소리를 질렀다. 그러자 인혜가 엄마야 하며 제복 쪽으로 한 걸음 더 도망간다. 제복이 인상을 쓰며 나를 노려본다.

"너, 그만 해. 지금 사람 불렀으니까 얌전히 있어. 어디서 큰 소리야, 큰 소리는!"

꼴에 그래도 제복이라고 폼을 제법 잡는다. 거기다 이제는 아예 말까지 놓고 있다. 돌기 직전이다.

"아저씨, 그럼 저는요? 저는 이만 가볼 수 있을까요?"

인혜가 눈치를 보며 조심스럽게 말을 건넨다. 씹탱아, 가긴 어딜 가? 일을 이 꼴로 만들어놓고.

"가긴 어딜 가? 이거 해결해 놓고 가!!"

험악하게 을러댔다. 그러자 옆에 제복이 또 나선다.

"해결하긴 뭘 해결해? 학생은 그만 가봐. 다시는 이런 나쁜 놈에게 걸리지 말고 조심해서 다녀."

아, 정말 미치겠다. 교통순경이면 교통이나 신경 쓸 일이지 남의 일에 왜 복잡하게 나서는 거냐. 내가 주먹을 쥐었다 폈다 하며 성질을 누르기 위해 애쓰는 동안 인혜는 제복에게 살짝 인사하곤 등을 돌렸다.

저 자식 정말 가는 거야? 너 그대로 가기만 해. 죽을 때까지 따라다니며 괴롭혀 줄 테니 알아서 해. 뒤돌아선 인혜의 등 뒤를 노려보며 이를 악물고 다짐을 했다.

그런 나의 진심이 통한 걸까? 조금 가던 인혜가 멈칫 멈춰 선다. 그래, 지금이라도 와라. 와서 장난이었다고 해. 약간의 희망을 가지고 인혜를 바라보았다. 인혜가 고개를 돌렸다. 나를 붙잡은 교통순경은 제 본업인 교통일 때문에 잠시 고개를 돌리고 있었다.

인혜에게 험악하게 인상을 써보았다. 빨리 안 와? 그러자 조금 전까지 울고불고 하던 인혜가 씨익 미소를 짓는다. 등골이 오싹하다. 그리고는 나를 향해 가운뎃손가락을 살짝 치켜들어 보이고는 그대로 등을 돌리고 도망을 가는 것이다.

아, 시발. 강인혜에에에—!!

199X년 5월 8일. 날씨 : 평화로운 하늘이다. 해님이 반짝반짝.

오늘 학교에서 상장을 받았다. 생전 처음이다. 나도 상장이란 것을 받았다. 학교에서 글짓기 경연대회를 했는데 내가 상을 받은 것이다. 선생님께서 내가 쓴 글이 좋다고 하셨다. 너무너무 기뻤다. 자랑스러운 상장을 들고 엄마에게 보여 드렸다. 하지만 엄마는 글짓기보다는 이왕이면 우등상을 받아오면 더 좋았을 거라고 하셨다. 알고 봤더니, 무익이가 전국 어린이 수학 경시대회에서 최우수상을 받았다는 것이다. 겨우 반이 달라져서 안심을 했더니 오늘 같은 기분 좋은 날까지 남의 앞길을 가로막는다. 엄마도 그렇다. 옆집 아들이 받은 상장보다 딸이 받은 상장을 더 기뻐해 줘야 하는 거 아닌가? 지혜 언니가 예쁘게 책상 앞에 붙여줬지만 그래도 슬프다. 씨이, 오늘은 슬픈 기쁜 날이다.

제4장

199X년 6월 23일. 날씨: 알 필요 없다.

요새 인혜가 이상하다. 인혜야 언제나 조금 이상하긴 하지만, 요새는 더 이상하다. 콧병이 걸렸는지 나만 보면 콧방귀를 뀌어댄다. 콧물이 튀어나올 것 같아서 내가 다 불안하다. 오늘은 혼자서 화단을 보며 중얼거리는 인혜를 보았다. 아무래도 내 친구는 제정신이 아닌 것 같다. 왜 그러냐고 물어보았다. 만약 정말 이상하다면 아주머니에게 병원에 데려가야 할 것 같다고 말씀드려야 하기 때문이다. 그러자 또 콧방귀를 뀌었다. 잠시 그냥 내버려 둘까 하다가 그래도 조금 불쌍하다는 생각에 계속 물어보았다. 겨우 대답을 하는데 아주 웃기다. 꽃에게 말을 하고 있단다. 꽃에게 말을 걸어주면 꽃이 기뻐한다나. 그래서 더 예쁘게 피는 거라고 그랬다. 그런 말은 어떤 책에서도 읽어본 적이 없다. 식물도감에도 없다. 그래도 인혜는 자기가 말을 걸어주어서 꽃이 기뻐했다고 했다. 오늘 집에 와서 아버지의 난 화분을 가만히 계속 바라보았다. 인혜의 말을 믿는 것은 아니지만, 왠지 그때의 인혜 모습이 조금 예뻐 보였기 때문이다. 그런 모습이 정신 이상에 의한 것이라고 믿고 싶지 않다. 조금 걱정이 된다. 아무리 봐도 꽃이 말을 하지는 않았던 것이다. 아주머니께 말을 해드려야 하나?

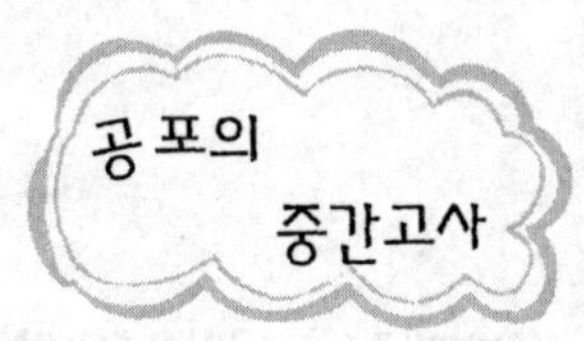

사각사각. 교실에서 들리는 소리라고는 필기도구 돌아가는 소리뿐이다. 아웅. 한창 나이의 혈기 방장한 청춘들을 한 교실에 몰아넣고 야심한 시각까지 집단 고문을 이렇게 해대는데 세계인권단체에선 뭐 하는지 모르겠다. 진상 조사라도 나와야 하는 거 아니야?

하긴 그러고 보니 학기 초에 담임이 뱁새눈을 무섭게 내리깔고 협박하던 소리가 생각난다.

'너희들은 지금부터 인간이 아니다. 고3은 인간의 계보에서 제외된다. 인간의 대접을 받고 싶으면 올라와라. 올라오는 자만이 사람 대접을 받을 수 있다. 지금부터의 일 년이 너희 일생을

바꿀 수 있다. 올 한해의 희생으로 너희는 평생을 인간다운 인
간으로 살 수 있다.'

그래, 인간이 아니니 새벽같이 나와서 하루 종일 부대끼고 야
자까지 하고 학원도 가고 하는 거지 인간이면 벌써 죽었다. 제
길.

아무리 봐도 답이 나오지 않는 문제를 들여다보고 앉아서 속
으로 구시렁거리는데 소리나지 않게 조용히 문제집 위로 쪽지
가 하나 내밀어진다.

[요즘엔 왜 서방님 안 와?]

돌아보니 담임의 눈치를 보며 미선이가 신호를 보낸다. 흥이
다. 내가 너 때문에 당한 수모를 생각하면 지금까지도 이가 갈
린다. 너를 친구라고 생각한 내가 바보지. 가볍게 생깠다.

[기집애. 미안하다구 했자나. 나중에 피자 사께. 아이잉~]

맞춤법도 무시하고 어울리지도 않는 그림까지 넣어가며 지랄
을 떨어댄다. 이년아, 미안하다고 모든 일이 무마될 것 같으면
세상에 경찰이 왜 필요하겠냐. 게다가 피자라니. 내 살아생전
이제 다시는 피자 안 먹는다. 속된말로 피자에 대한 안 좋은 추
억이 있다.

미선이를 향해서 가볍게 콧방귀를 한번 뀌어주고 문제집에 매달렸다. 우쒸~ 이거 왜 이렇게 답이 안 나오는 거야.

[무익이 왜 요즘 우리 반에 안 오냐고.]

세상에 둘째가라면 서러울 뻔뻔한 심성의 소유자 미선이가 나의 냉대에도 끄떡하지 않고 다시 쪽지를 보낸다. 공부해라, 공부해서 남 주냐? 그렇게 남의 일에 신경 쓸 시간에 공부나 하시지(쓰고 나니 무익이가 종종 나에게 하던 소리다. 젠장, 이 말은 취소다!!)?

[알 거 없어.]

짤막한 대답을 전해주고 고개도 들지 않았다. 따지고 보면 모든 일의 원인이 저 계집애 때문인데 눈치없게 친한 척이다.

지금 생각해 봐도 등에서 땀이 흐른다. 아무래도 내가 그 순간 뭐에 씌었지 싶다. 물론 평소와는 다르게 오버해서 소리를 지르는 무익이가 밉긴 했지만, 설마 내가 그런 일을 벌이리라곤 나조차 생각 못했던 일이다. 하지만 아아, 입술 끝이 말려 올라가며 웃음이 나온다. 놈의 황당해하는 얼굴 표정이 생각났다. 회심의 한 방을 먹이고 돌아설 때의 그 기분. 그건 정말 강인혜 인생에 두고두고 회자할 만한 기분이었다. 평생 그런 기분 다시는 맛보지 못할 것 같았다. 세상이 모두 자기를 중심으로 돌아간다고 생각하는 중증 말기 왕자병 환자인 놈은 설마 그런 일을 당할 것이라고 상상도 못해봤을 것이다. 펄펄 날뛰는 놈을 등 뒤에 두고 돌아설 때는 나중에 목숨이 위험하다는 생각을 할 겨를이 없었다. 그만큼 기분이 좋았으니까. 뭐, 그런 거 있잖아. 죽어도 좋아, 이런 거.

하지만 시간이 흐르고 슬슬 내가 무슨 짓을 했는지 사태 파악이 되기 시작하자 두려움이 생기기 시작했다. 놈이 치사한 심성의 소유자인 것은 주지의 사실이다. 물론 나 말고는 아는 사람이 없는 사실이긴 하지만, 그동안 한두 번 당한 것이 아니지 않는가. 절대 그냥 넘어갈 놈이 아니다. 어쩌면 이번에는 정말로 그 커다란 주먹으로 맞을지도 모른다. 여자를 때리지는 않는 놈이지만, 놈도 말했듯이 나는 여자로 보이지 않는다니까 이번에야말로 소문으로만 떠돌던 놈의 주먹 맛을 보는 건가?

에이씨! 들고 있던 펜으로 문제지를 박박 긁어버렸다. 당장 그날 저녁부터 이불을 뒤집어쓰고 놈이 언제 우리 집 문을 박차고 들어와 난리를 떨어대나 가슴을 졸이며 기다렸는데 놈은 예상외로 조용했다. 벌써 일주일이 흘렀는데 아무 말이 없다. 빌어먹을, 긴장으로 잔뜩 굳어져서 경계하는 것도 하루 이틀이지 미치겠다. 이제는 아예 속 시원히 한 대 맞고 말았으면 좋겠다는 생각까지 든다. 대체 무슨 꿍꿍이로 놈이 이렇게 잠잠한 거지? 신경줄이 끊어지기 일보 직전이다. 놈이 너무 조용하다. 불안하다. 불안해 미치겠다. 전에도 얘기했지만, 강인혜 인생에 빚은 없다. 난 빚지고는 못산다. 분명 내가 생각하기에 놈에게 빚을 진 경우다. 그런데 채권자가 조용하니 불안해서 잠이 안 온다.

[궁금하자나아~ 싸웠어?]

눈치없는 미선이가 다시 쪽지를 건넨다. 담임의 눈치를 살피며 그런 미선이에게 인상을 한번 써줬다. 미련 곰탱이. 앗, 이것도 쓰고 나니 무익이에게 자주 듣던 소리네. 이것도 취소.

[몰라. 말 시키지 마. 너랑 말 안 해!!]

거칠게 휘갈겨 쓴 메모지를 건넸다.

[에이, 우리 친구자나. 그만 화 풀러.]

미친. 넌 친구를 팔아서 네 일신의 영달을 꾀하냐? 괘씸한 것. 순간적으로 무익이를 팔아먹던 생각이 났지만, 그것과 이것은 경우가 다르다. 암, 다르고말고. 놈이야 무슨 일에도 끄떡 안 할 무쇠 같은 신경의 소유자이지만, 나는 여리디여린 감정의 소유자다. 그런 내게 네가 무슨 짓을 한 건지 알아? 눈을 찡긋거리

며 딴에는 귀엽게 보이려 애쓰는 미선이에게 다시 한 번 인상을
쓰고 메모를 건넸다.

[친구 다 얼어죽었다.]

[너무 그러지 마. 그때는 목숨이 위험했어.]

[그러니까 우리 그만 인연 끊어. 앞으로 또 목숨이 위험해질 텐데 그
때마다 배신할 친구는 필요없어!]

[기집애. 이젠 안 그런다니까. 에이, 천하의 강인혜. 진짜 오래간다. 그
만 화 풀어. 응? 앞으로 난 너의 종이야. 진짜야.]

　행여나. 하지만 쪼끔 아쉬운 건 사실이다. 언제 어디서 전투
가 벌어질지 알 수 없는 이런 상황에서는 아군이 한 명이라도
필요하긴 하다.

[증거는?]

　이번에는 미선이가 뜨악한 표정을 지어 보인다. 그러더니 고
개를 숙이고 뭔가 열심히 적는다. 대체 뭐라고 적어놨을까. 아
예 야자는 머리 속에서 사라진 지 오래다.
　넘어온 메모지를 막 펼쳐 읽으려 할 때였다. 나보다 먼저 메
모지를 집어 드는 손이 있다. 이런 발칙한. 대체 어느 년이야?
발끈해서 고개를 드는 내게 담임이 쓴웃음을 지으며 종이를 펼

쳐 들고 있는 것이 보인다. 오, 마이 갓!!

우리 담임이 누군가. 개쉬타포란 별명으로 온 학교를 주름잡는 공포의 존재 아닌가.

"무익이를 잡아다 바칠게?"

메모지에 적혀 있는 내용을 소리 내서 읽은 담임이 땀을 흘리며 눈치를 보는 미선이를 바라본다. 미선이 역시 담임의 눈치를 살피느라 정신이 없다.

"강인혜, 방미선, 일어서!"

반 아이들의 시선이 쏠린다. 제길, 그러게 왜 열심히 공부하는 사람한테 집적거려서 일을 만드냐, 만들길.

"담임으로서 너희의 간절한 소원을 들어주지."

앗, 비열한 웃음을 지으며 말하는 폼으로 봐서 개쉬타포가 또 무슨 짓을 벌일 것만 같다.

"강인혜, 방미선, 지금 당장 백무익이 반으로 가라. 가서, 너희들 소원대로 무익이를 잡아와. 모든 것은 너희들의 능력에 달렸다. 무익이를 데리고 올 수만 있다면 너희들이 야자 시간에 다른 짓 한 것을 용서해 주지. 단, 실패할 경우에는 너희들에게 모든 책임을 지게 하겠다. 알았나?"

알긴 뭘 알아? 등에서 땀이 흐른다. 무익이에게 해놓은 짓이 있는데 잘도 놈이 협조하겠다. 안 그래도 얼굴 마주칠까 조마조마하게 보내는 나날이구만, 이거야 원. 짚을 지고 불길 속으로 뛰어드는 게 차라리 낫지. 아이구, 내가 못살아.

반 아이들은 환성을 지르며 난리가 났다. 지루하고 심심하던 야자 시간이 졸지에 최고의 오락 시간이 되었으니 왜 안 기쁘겠는가. 거기다 경품으로 걸린 것이 학교 최고의 인기인 백무익이 아닌가. 이것들아, 아무리 그래도 난 안 간다. 아니, 못 간다. 차라리 날 죽여라.

"저, 선생님, 잘못했어요. 다시는 안 그럴게요."

눈물까지 글썽이며 간청을 했다. 웬만하면 넘어와라. 이 가련한 모습이 불쌍하지도 않냐?

담임이 생각하는 눈치다. 하긴 한창 예민한 나이의 처녀들을 그 시커먼 놈들이 우글우글 대는 곳으로 보내기는 좀 꺼림칙하긴 할 거다. 조금 더 강도를 높여보자.

"죄송해요, 용서해 주세요."

아아, 눈물 한 방울 흘리는 데 성공했다. 이 정도면 마음이 움직일 거다. 애들이 야유를 퍼붓는다. 저것들, 너무 많은 걸 알고 있어. 조용히 해, 이것들아.

"좋아. 민주적으로 배심원의 판결을 따르자. 너희들은 어떻게 생각하냐? 인혜를 보낼까, 말까?"

"보내세요—!!"

책상까지 두드리고 난리가 아니다. 아아, 내 덕이 부족하구나. 무익이 놈이 우리 반에 와서 폭탄선언을 한 후 이를 갈던 것들이 이 기회에 아주 살풀이를 하려고 작정한 모양이다.

담임이 씨익 미소를 걸치더니 한마디 한다.

“들었지? 다녀와.”

젠장, 요즘 들어 되는 일이 없다. 불쌍한 표정으로 담임을 바라봤지만, 턱으로 교실 문을 가리키며 어서 다녀오라는 재촉만 받았을 뿐이었다.

차라리 절보고 죽으라고 하세요. 그것만은 아니 되옵니다. 아흑~

그러나 무언의 압력에 이끌린 나는 교실 밖으로 나올 수밖에 없었다. 반 아이들의 파이팅이라는 응원과 함께.

“내가 못살아. 왜 가만있는 사람을 긁어서 이런 사단을 만들어?”

성질나는 대로 미선이에게 지랄을 떨어보았다.

“일이 이렇게 될 줄 알았냐?”

“난 몰라. 이제 어떡해?”

“뭐, 할 수 있냐? 가는 거지. 좀 쪽팔리긴 하지만, 너하고 무익이는 친구 사이이니 도와줄 거야.”

제가 말해 놓고도 수상쩍은가 보다. 미선이가 다시 내게 확인을 한다.

“도와주겠지?”

속 편한 소리 한다. 지금 어떻게 나를 요리할까만 생각하고 있을 놈에게 뭘 더 바라? 팔자야, 대체 내 주위의 인간들은 다 왜 이 모양이냐. 대답할 가치도 없는 질문을 가볍게 무시하고 걸음을 옮기기는 했지만, 걸음이 왜 이렇게 무겁냐. 누가 뒤에서 잡아끌기라도 하는 것처럼 걸음 옮기는 것이 쉽지 않다.

남의 마음도 모르는 미선이는 계속해서 옆에서 사람을 긁어댄다.

"하긴 이 일을 전화위복으로 삼는 거야. 너 미팅한 것 때문에 무익이가 삐친 거지? 그날 나 무익이한테 죽는 줄 알았다. 그러니까 이 기회에 말 터. 말 트고 다시 사이좋게 지내. 기집애, 며칠 동안 너 죽는 얼굴 하고 다니는 것 보느라 내가 다 힘들었다. 그러니 이제 그만 화해해."

"모르는 소리 하지 마. 화해는 무슨 화해!"

"너무 튕기면 안 좋아. 내가 항상 하는 소리지만, 무익이 정도면 그야말로 킹카 중의 킹카 아니냐. 너 앞으로 무익이만한 인물 다시는 못 만난다. 그러니 못 이기는 척, 얼마나 좋아. 기회도 좋잖아. 담임 심부름이라고 하고 무익이 불러내서 사정을 설명하는 거야. 그럼 도와줄 거야."

도와주긴 개뿔이다. 아마 이번 기회에 아주 사람을 잡으려고 들 거다.

"그게 아니라 미선아, 저번에 내가 무익이한테 좀…… 한 짓이 있어서……."

"드디어 네가 무익이를 덮쳤구나."

기집애. 동인지 좀 그만 봐라. 그 인간이 누구한테 덮침을 당할 인간이냐? 어쩔 수 없이 그날 있었던 일을 설명해 줬다. 내 이야기를 듣는 동안 미선이의 얼굴이 점점 굳어져 가더니 마지막에 가서는 하얗게 질려 버린다.

"어떡하지?"

이야기를 끝내고 미선이에게 도움을 청했다. 지금 믿을 데라
곤 미선이뿐이니 어쩌랴. 그러나 이 기집애, 내 이야기를 듣더
니 등을 돌리며 냉정하게 말한다.

"너 혼자 갔다 와. 나 여기서 기다릴게."

뭐, 평생 종으로 살겠다며? 내 이럴 줄 알았어. 믿을 년이 따
로 있지.

"잡아다 준다며? 네가 그런 쪽지만 안 보냈어도 이렇게까지
는 안 됐잖아."

"네가 사고쳐 놓은 줄 몰랐을 때 얘기지. 어떻게 사고를 쳐도
그런 대형사고를 치냐? 목숨이 아깝지도 않든?"

"어떻게 해?"

둘이 울상을 하고 의논을 해봤지만 뾰족한 수가 나올 리 없
다. 지금으로선 있을 리 없는 무익이의 아량을 기대하는 수밖에
도리가 없는 것이다. 대체 올해 내 운세가 왜 이렇게 꼬이는지
모르겠다.

제길, 어느새 여학생들의 동관을 지나 남학생들의 교실인 서
관으로 넘어왔다. 무익이 교실 앞에서 미선이와 나는 죽을상으
로 떨리는 손을 들어 문을 두드렸다. 아아, 천둥처럼 울리는 노
크 소리가 나의 운명을 알리는 듯했다.

✳

『윗면의 반지름이 4cm, 높이가 10cm인 직원뿔 모양의 그릇에 매 초 2cm^3의 속도로 물이 흘러들어 간다. 높이가 5cm일 때 수면 상 승 속도를 구하라.』

식은 죽 먹기지. 가볍게 펜을 움직였다.

V = (1/3) 2 h = (4/75) h3을 시간에 대해서 미분하면 dV/dt = (4/25) h2(dh/dt).

마음이 차분해진다.

dV/dt = 2 h = 5 일 때의 dh/dt 2 = 4 (dh/dt).

하아, 만족의 한숨이 나온다. 씨익 웃으며 답을 적었다.

dh/dt = 1/(2).

아아, 이 순간을 사랑한다. 정해진 계산에 의해서 정해진 답 이 나오는 것. 갑자기 이마에 힘줄이 돋았다. 시발, 전혀 엉뚱한 것이 생각나 버린 것이다.

가장 아끼고 가장 신성시하는 이 순간까지 파고들어 오다니 정말이지 미치겠다. 논리정연한 수학 문제를 풀면서 전혀 논리 적이지 않은 골칫덩이가 생각나다니 환장할 노릇이다. 아직도 그날의 울분이 가라앉지 않고 있다. 가라앉기는커녕 날이면 날 마다 더 커지고 있었다. 백무익 인생에 그런 수치는 다시없었 다. 연락을 받고 온 형이라는 인간은 또 당할 줄 알았다는 듯이 혀를 차고, 교통경찰 역시 자신의 잘못을 사과하기는커녕 여자 친구가 예쁘더라는 말도 안 되는 소리로 남의 주먹을 울게 했다.

잡고 있는 펜이 부르르 떨린다. 어떻게 해줄까, 강인혜. 어떻게 갚아야 앞으로 내가 편하게 잠을 잘까. 생각 같아서는 그 길로 인혜에게 달려가 죗값을 치르게 하고 싶었다. 하지만 내가 누군가, 차가운 이성과 냉정한 판단의 소유자 백무익이 아닌가. 요즘 인혜를 두고 말도 안 되는 육체적 반응이 일어나는 이상기류가 감지되기는 하지만, 그래도 감정에 의해 좌지우지되는 것은 곧 패배로 가는 지름길이다. 때를 기다려야 했다. 냉정하게 때를 기다린다면 언젠가 반드시 수모를 갚아줄 날이 올 것이다. 모르긴 몰라도 인혜 역시 요즘 좌불안석일 것이다. 제가 해놓은 짓이 있으니 편하지만은 않을 터. 그래, 떨어라. 떨면서 기다려라. 죄는 지은 대로 가고 공은 닦은 대로 가는 법. 강인혜, 두고 보자.

끓어오르는 울분을 가까스로 정리하고 다시 수학 문제로 신경을 돌리려 할 때였다. 교실의 정적을 깨며 노크 소리가 들렸다. 다른 놈들이 고개를 들고 웅성거렸지만, 신경 쓰지 않았다. 주위의 작은 일에 일희일비하는 것은 나와는 맞지 않는다.

입으로 휘파람을 불고 박수를 치는 놈도 있었다. 새끼들, 조용히 해라. 형님 공부하신다. 인상을 팍 쓰며 수학 문제를 들여다봤다. 까다로운 공식의 세계가 나를 평화의 바다에 빠지게…….

"선생님 심부름으로 왔습니다."

두질 않는다. 이제는 환청까지 들리는군. 꿈에서라도 듣고 싶지 않은 목소리. 제길, 강인혜 꺼져라.

"조금 도와주었으면 하신다고……."

환청이라기엔 지나치게 똑똑하게 들린다. 퍼뜩 고개를 들자 우리 반에 있을 리 없는 인혜와 눈이 마주쳤다. 불끈, 저도 모르게 인상이 써졌다. 인혜가 화들짝 놀라 시선을 돌리는 게 느껴졌다. 그래, 무섭지. 그러게 무서워하면서 왜 매번 덤비냐, 덤비길. 조금 기분이 풀어지려 했다. 가만, 그게 아니지. 그러니까 아까 반 새끼들이 휘파람 불고 박수 친 게 인혜한테 거는 수작이었던 것이다. 아, 기분이 순식간에 더러워진다. 뭐 하러 남의 반에 와서 눈을 타냔 말이다. 있는 대로 인혜를 노려보았다.

"백무익을 찾으십니다."

내가 머슴이냐? 누굴 보고 오라 가라. 내친김에 아예 팔짱을 끼고 버텼다. 데려갈 수 있으면 데려가 봐. 내 태도에 담임이 곤란해하는 눈치다. 하긴 백무익을 누가 건드리겠어. 저 둔탱이 인혜 빼곤. 하지만 이것 봐라? 평소 같으면 물러설 인혜가 당황하기 시작한다. 반드시 내가 가야만 하는 이유가 있는 거다. 그제야 인혜 옆의 깜순이가 눈에 들어온다. 얼씨구, 자알 알겠다. 또 둘이 사고쳤구만.

머리 속이 바쁘게 돌아가기 시작했다. 어쩌면 절치부심 기다리던 기회인지도 모른다. 재미있겠는걸. 내가 생각하는 그 짧은 시간에도 인혜가 초조해하는 것이 느껴졌다.

계산을 끝내고 자리에서 일어섰다. 내 눈치만 보던 담임이 한시름 놨다는 표정이다.

"다녀오겠습니다."

길게 말할 필요 없다. 우선 반 새끼들 눈에서 인혜를 치우고 보자. 뭔진 모르지만 아주 못마땅하다. 놈들이 불만의 신음 소리를 내는 것을 눈길 한 번으로 제압하고 인혜를 필요 이상으로 세게 끌고 교실 밖으로 나왔다.

"무슨 사고 쳤어?"

동관과 서관 사이의 복도에서 인혜를 다그쳤다. 오는 내내 눈길을 못 마주치던 인혜가 숨을 급하게 들이마신다. 내가 어떻게 알았는지 궁금하겠지. 하지만 그 정도는 눈 감고도 알 수 있다.

"저, 저기, 일단, 저번 일은 내가 미, 미안해. 잘못했어."

조그만 목소리로 인혜가 바닥을 내려다보며 사과랍시고 하고 있다. 웃기지 마. 그 정도로 넘어갈 수 있을 것 같아? 표정을 바꾸지 않은 채 인혜의 머리꼭지를 노려봤다. 인혜 옆에서 깜순이가 안절부절못한다. 나의 침묵이 길어지자 인혜가 고개를 조금 들더니 급하게 다시 바닥을 내려다보았다.

"그건 정말 고의는 아니었어. 순간적으로 화가 나서…… 그래서……."

아아, 인내의 한계다. 계속 이어지는 인혜의 끝도 없는 변명

을 들어줄 기분이 아니다. 거칠게 주먹으로 건물 벽을 내려쳤
다. 인혜 옆의 깜순이가 작은 비명을 지르며 주저앉았다. 고개
를 들고 나를 바라본 인혜는 알았을 것이다. 내가 그따위 사과
를 받을 맘이 없다는 것을.

"바빠. 간단히 요점만 말해."

짤막하고 퉁명스럽게 말하는 목소리가 내 귀에도 차갑고 쌀
쌀맞게 들린다. 인혜의 얼굴이 벌게지며 작은 주먹을 쥐고 입술
을 깨물기 시작한다. 무안한 거다. 아, 그런데 시발, 또 시작이
다. 한동안 잠잠하던 증세가 또 도졌다. 잘근거리는 인혜의 입
술을 무의식적으로 바라보는데 몸 안쪽이 스멀스멀해지는 증상
이 시작됐다. 혹시 이거 나쁜 병에 걸린 거 아닌가 모르겠다. 제
길, 아직 할 일도 많은데.

"빨리 말해. 시간없어!"

의도한 바는 아니지만, 목소리가 거칠게 나갔다. 지금 내가
누굴 봐줄 형편이 아니다. 빨리 인혜에게서 벗어나는 것밖에는
방법이 없다. 따지고 보면 지난번의 수모도 다 이 증상에서 비
롯된 것 아닌가.

"친구로서 너에게 부탁할 게 있어."

친구? 누가? 누구의? 기가 막혀 헛웃음이 나왔다. 인혜의 얼
굴이 조금 더 붉어진다.

"그러니까, 네 도움이 좀 필요해."

인혜가 멀찌감치 떨어져서 떨고 있는 깜순이를 흘깃 한번 바

라보더니 결심한 듯이 말한다.

"장난치다 담임한테 걸렸는데, 문제는……."

깜순이가 빨리 마무리지으라는 듯 손짓이 요란하다. 정신 사납게. 인상을 한번 그어줬다. 금세 조용해져서 한쪽 구석으로 물러난다.

"문제는 담임이 너를 좀 봤으면 하는 거지."

그러니까 내가 거기서 왜 필요한데? 전혀 요점 정리가 되어 있지 않다. 쯧, 이런 식의 비논리적인 대화를 내가 하고 있다는 사실이 믿기지 않는다. 내 심기를 눈치챈 인혜가 조금 빠른 말로 떠듬거리며 수습한다.

"너한테 어떻게 사과를 하면 좋겠냐고 미선이와 의논하다가 걸렸어. 그래서 그 벌로 담임이……."

인혜 특유의 앞 머리 뒤 꼬리 다 떼어낸 말이었다. 하지만 이해했다. 물론 나에게 사과를 하려고 했다는 말을 믿는 것은 아니다. 인혜의 말은 저기 구석에 있는 깜순이와 장난을 치다가 걸렸고, 우연히 그 과정 중에 내 이름이 언급됐단 소리다. 그리고 그 개쉬타포가 나를 일종의 유희의 대열에 끼워 희생양으로 삼으려 한단 말을 어렵게 하고 있는 것이다.

그러니까 이 백무익이가 지금 바글거리는 여자들 앞에 제물로 나서야 된다는 말을 인혜가 하고 있는 거다. 어림없는 소리. 더 이상 말할 가치도 없다. 그대로 등을 돌렸다.

"어디 가는 거야?"

교실로 돌아가려는 나를 인혜가 급하게 잡는다. 곧 울음이라도 터뜨릴 것 같은 표정이다. 하지만 저 표정에 한두 번 당한 게 아니다. 안 넘어간다.

"강인혜."

양심이란 게 좀 있어라. 의미있게 이름을 부르자 눈치 하난 빠른 인혜. 몸을 사린다.

"그, 그러지 말고, 친구 좋다는 게 뭐야. 나도 저번에 네 부탁 들어줬잖아. 그러니까 너도 한 번만 도와주면 좋잖아."

그래서 몸부림치다 결국은 소개팅이냐? 도와주는 게 그런 거야? 제길. 또 생각나 버렸다.

"그만둬."

"뭐?"

"그만두자고."

매달리는 인혜라. 마음에 드는 그림이었지만, 작은 일에 연연해서는 큰일을 못하지. 냉정하게 인혜의 손을 떼어냈다.

"너, 싫다고 했잖아. 그러니까 다 그만두자. 이제 네 일에 상관 안 해. 네가 미팅을 하든 말든 안 되는 놈팡이란 살림을 차리든 상관 안 한다고. 그러니까 더 이상 귀찮게 하지 마."

그리고 결심이 흔들리기 전에 교실 쪽으로 발걸음을 옮겼다.

"이…… 나쁜 놈!!"

등 뒤로 인혜가 소리 질렀다. 정말이지 뜻밖의 반격이다. 용기 하나는 가상하다. 깜순이가 놀라서 인혜를 말리느라 정신이 없다.

얼굴이 달아오른 인혜가 주먹을 쥐고 나를 노려본다. 눈이 삐었나 보다. 인혜가…… 인혜가 한순간이나마 예뻐 보인다. 시력 검사까지 다시 받아야 하나?

"무슨 근거로 내가 나쁜 놈이란 거야?"

"이게 다 누구 때문인데? 너 때문이잖아. 애초에 네가 말도 안 되는 억지만 부리지 않았어도 이렇게 되지는 않았을 거 아냐? 온 학교에 여자 친구라고 소문 다 내놓고 이제 와서 나 몰라라 발뺌하는 게 남자가 할 행동이냐? 치사하고 더러워서. 끄읕 내애? 그래, 끝내! 끝내자고! 애초에 시작하지도 않았으니 끝낼 것도 없지만 그래, 나도 더 이상은 더럽고 치사해서 안 매달린다. 하지만 넌 정말 비겁한 놈이야, 알아?"

참 긴 대사를 숨도 안 쉬고 쏟아낸 인혜가 씩씩거리며 나를 노려본다. 아아. 미치겠다. 예뻐서 미치겠다.

성질대로 소리 지르기는 했지만, 솔직히 까놓고 말해 지금 급한 것은 내 쪽이다. 안다, 알아. 뱉어놓고 후회하는 중이다. 하지만 그 어떤 성인을 이 자리에 데려다 놓는다고 해도 저놈 앞에서는 군자일 수 없으리라. 하는 꼬라지를 봐라. 그것 좀 들어주면 어때서. 물론 놈의 성질에 여자, 그것도 눈을 반짝이며 자신을 바라보는 다수의 여자들 앞에 서야 하는 것이 고역이긴 하겠지만, 네놈은 사람 아니냐? 난 고역을 참으며 네놈의 여자 친구 노릇도 하지 않았느냔 말이다(뭐, 미팅은 뭐냐고? 당신도 무익이 과요? 뭘 그렇게 따지냐, 따지길).

내 말이 마음에 안 드나 보다. 놈이 팔짱을 끼며 나를 노려본다. 노려보면 어쩔 거냐. 이왕 이렇게 된 거 맘 놓고 성질이나 부리자. 흥이다. 마주 노려봐 줬다. 미선이는 옆에서 안절부절 못했지만 강인혜, 한다면 한다 이거야. 앞으로 졸업할 때까지 화장실 청소를 하는 한이 있어도 더는 사정 안 한다. 절대로. 어쭈, 놈의 얼굴이 벌겋게 달아오른다. 열받는다 이거냐? 흥, 지렁이도 밟으면 꿈틀한다. 어쩔 테냐! 네놈만 성질 있는 게 아니다.

"다시 말해 봐."

"말하라면 못할 줄 알아? 열 번이라도 한다. 나쁜 놈, 나쁜 놈, 나쁜 놈…… 이…… 이 나쁜 놈아!!"

뭐, 뭐야. 왜 다가오는 거냐? 오지 마, 이놈아. 팔짱을 푼 놈이 스윽 가까이 다가온다. 눈에 보이는 게 없다고 해서 놈의 인간성까지 잊어버린 것은 아니다. 물론 겁난다. 한 발짝 뒤로 물러섰다. 우씨, 조금 심했나? 그냥 좀 참고 말 걸 그랬나? 놈의 눈이 벌겋다. 그러고 보니 숨소리도 조금 거칠다.

"잊어버렸나 본데, 다시 말해 줘? 내 여자 친구 노릇 하기 싫다고 술수 부린 건 너야."

"그, 그건……."

"거기다 너 때문에 되지도 않을 수모를 겪었어."

"그러니까 그건…… 내가 미안하다고……."

"미안하다고 모든 일이 해결될 것 같으면 세상에 경찰이 왜 필요하겠어."

어쭈? 놈이 비웃음을 띠며 말을 한다. 저건 내가 자주 써먹는 말인데. 빌어먹을, 얍삽한 놈. 말이 막혀 꺽꺽대는 나를 보며 놈이 다시 한 발 다가선다. 이거 언젠가 그렸던 그림 같다. 그만 다가와, 이놈아. 더 갈 데도 없잖아.

"좋아, 강인혜. 내가 네 말을 들어주면, 그러니까 이 백무익이 네 말대로 너희 반에 간다고 치자. 그럼 넌 나한테 뭘 해줄 건데?"

뭐? 그러니까 지금 내가 제대로 들은 거 맞아? 한줄기 광명이 비추려 한다. 조금 전까지 다시는 놈에게 부탁 안 한다고 했던 것은 취소닷.

"뭘 원하는데?"

놈의 눈치를 살폈다. 크고 비싼 거 말하면 어쩌지? 그나저나 이놈, 대체 뭘 말하려고 어금니를 꽉 깨물고 주먹까지 틀어쥐는 거야. 세상에, 얼굴도 벌겋게 달아오른다. 말도 없이 숨소리만 커지는 것을 보니 슬그머니 겁이 난다. 설마 한 대만 치자 뭐, 이런 것은 아니겠지?

"뭘 해주면 되냐고."

초조한 마음에 다시 한 번 물어보았다. 그런데 이놈 봐라? 냉큼 말을 하는 대신 등을 홱 돌려 버린다.

"나중에 말해 줄게. 생각해 보고 말할 테니까 이번 것은 빚으로 놔둬. 네 말대로 빚지고는 안 산다고 했으니까 두고 볼 거야."

두고 보긴 뭘 두고 봐? 가만, 그런데 이놈이 웬일로 허락한 거야? 미선이도 믿어지지 않는다는 표정으로 나를 본다. 그렇게 쳐다보지 마. 나 역시 믿어지지 않으니까. 그러니까 세상에는 기적이라는 게 있긴 있는 모양이다.

그 다음 일은 말해 줘도 믿지 않을 거다. 놈은 평소 같으면 절대로 하지 않았을 짓을 천연덕스럽게 사십 명이 넘는 여자 앞에서 잘도 해냈다. 세상에, 노래를 부른 것이다. 평소에 다른 사람 앞에서 오락거리가 되느니 차라리 죽는 게 낫다고 입버릇처럼 말하던 놈치고는 지나치게 태연하게 불렀다. 아무튼 재수 더럽게 없다. 못하는 게 뭐냔 말이다, 놈은. 제길, 놈의 목소리로 유추하건대 틀림없이 한노래 할 거라고 생각은 했지만, 정말이지 그 순간만큼은 놈에 대한 적개심을 잃어버릴 정도로 근사했다. 내가 이 정도인데 다른 아이들은 말할 것도 없다. 미선이는 아예 침을 질질 흘릴 정도였다. 놈의 환상적인 바리톤에 담탱이와 반 아이들이 단체로 최면에 걸렸음은 말할 필요도 없다. 그야말로 백무익님이 되신 것이다. 흥이다.

＊

나긋나긋한 인혜의 팔이 부드럽게 내 목을 감싸며 다가왔다. 싫지 않다. 아니, 싫기는커녕 빌어먹게 좋다. 얼간이처럼 아무 생각도 할 수 없었다. 자동적으로 다가오는 인혜의 허리를 감싸 안았다. 기억 속의 그것처럼 뭉클하니 인혜의 가슴이 내 가슴에 닿았다. 아, 시발, 너무 좋다. 고개를 내려 나를 바라보는 인혜를 바라보았다. 석류처럼 붉은 입술이 유혹하듯 살짝 벌어져 있다. 꿀꺽. 침이 삼켜진다. 조금만 다가서면 되는 거야, 조금만. 손끝에 부드럽게 감기는 인혜의 머리카락을 힘 주어 잡으며 고개를 조금 숙였다. 닿는다, 닿는다.

"무익아, 시계……."

뭐? 이 중요한 순간에 지금 무슨 소릴 하는 거야?

"무익아, 시계 소리 시끄럽잖아."

제길, 그런 것 신경 쓰지 마. 난 지금 이게 더 급해.

"따르릉 소리 안 들려?"

따르릉…… 따르릉…… 따르릉…… 따르릉!!

눈을 번쩍 떴다. 커튼 사이로 희미한 새벽빛이 밝아오고 있었다. 침대 머리 위에 맞춰놓은 자명종 소리가 시끄럽게 울리고 있었다. 꿈이었다. 짜증이 왈칵 솟구쳤다. 하필이면 인혜가 꿈에 나온 것이 짜증나는 것인지, 아니면 중요한 순간에 방해를 받은 것이 짜증나는 것인지 갈피를 잡을 수가 없었다.

거칠게 이불을 젖히고 일어서던 나는 신음 소리를 내뱉으며 도로 벌러덩 누워버렸다. 젖어 있다. 제길, 쪽팔리게 인혜를 상대로 몽정이라니. 미친 거다, 틀림없이 미친 거다. 요즘 엄마가 아버지 보양식이라고 식탁 위에 늘어놓던 음식들이 엉뚱하게 내게 효과를 나타내는가 보다.

평소 같으면 활기차게 시작했을 하루가 암울하기만 하다. 도무지 답을 알 수가 없다. 대체 내게 무슨 일이 일어나는 것인가. 어제는 정말 돌아버리는 줄 알았다. 뭘 원하느냐고? 빌어먹을, 그 순간 떠오르는 말도 안 되는 그림에 이성을 잃어버릴 뻔했다. 지금 생각해도 정신 나간 것이 틀림없다. 어떻게 딴사람도 아니고 인혜를 상대로 그런 상상들을 할 수가 있냔 말이다. 덕분에 말할 타이밍을 놓쳐 버려 시발, 원숭이처럼 꽥꽥대는 계집애들 앞에서 노래까지 불러야 했다. 이 백무익이가 말이다.

속옷을 갈아입고 나서 이 모든 근심의 원흉인 인혜에게 원망을 쏟아 붓기 위해 힘 주어 커튼을 열고 맞은편 인혜의 집을 노려보았다. 불이 켜지지 않은 것을 보니 아직 일어나지 않은 것이 틀림없다. 하긴 벌써 일어나면 인혜가 아니지. 지각을 놓고 줄타기를 하는 인혜를 보면 한심하기까지 하다. 새벽에 한 시간만 덜자고 일어나면 하루가 편할 텐데 언제나 지각의 한계치에 도전을 하곤 하는 것이다. 꿈의 여진이 계속되나 보다. 인혜의 방 쪽을 바라보기만 했는데도 신체에 변화가 일어난다. 정말 환장할 노릇이다.

거칠게 커튼을 도로 닫고서 불안정하게 방 안을 서성였다. 다른 생각을 하자, 다른 생각. 이를테면 쌍곡선 및 역 쌍곡선 함수의 미분 공식 열두 개를 생각해 보자. 생각, 생각…… 생각만큼 인혜의 피부가 부드러울까? 이런, 젠장!

이보라구, 백무익. 정신 차려. 상대는 인혜야. 세상 모든 권모술수의 집합체, 그 인혜라구. 조삼모사의 대표적 인물이란 말이야. 뿐이냐? 단순하고 무식하기는 하늘을 찌르지. 기억 안 나? 재작년 소풍 사건. 나원, 아무리 공짜에 목숨 걸고 먹는 것에 집착하는 성격이라지만, 배탈이 나서 응급실에 실려갈 정도로 단순무식한 줄은 정말 몰랐다. 본인의 말로는 선생님의 눈에 들고 싶어서 조금 튀어 보이려고 했다지만, 세상 누가 튀기 위해 죽기 직전까지 간단 말인가. 솔직히 그때 인혜의 몸무게를 생각하면 튀기는 엄청 튀었을 것이다. 인혜를 업고서 얼굴이 하얗게 질린 채 응급실에 뛰어갔을 선생님을 생각하면…….

그래, 그런 인혜라고. 똑똑한 척은 혼자 다 해도 허점투성이란 말야. 평생 누군가가 뒤치다꺼리를 해줘야 그나마 살아갈 수 있을 녀석이라고. 그러니까 이쯤에서 어서 정신 차리고 뒤돌아서서 다른 얼빠진 놈에게 맡겨. 아, 시발. 그건 또 싫다.

아니, 잠깐만. 왜 나는 안 되는데? 문득 깨달아지는 생각에 서성이던 걸음을 우뚝 멈췄다. 친구에서 연인으로 발전하는 커플이 우리가 처음은 아니잖아? 거기다 인혜의 단점이란 단점은 모조리 알고 있으니 최소한 앞으로 실망하는 일은 없을 거 아냐? 또, 다른 여자처럼 엉겨 붙지 않을 테니 피곤하지도 않을 거고, 거리가 가까우니 사귀는 데 필요 이상의 시간 낭비도 없을 것이며, 무엇보다 인혜를 감당하는 데 나만큼 적당한 사람도 없을 것이다.

생각이 슬슬 가닥을 잡기 시작했다. 소중한 아침 공부 시간을 날려 버리기는 했지만, 하나도 아깝지가 않다. 조금 전까지의 조급했던 마음이 빠른 속도로 사라져 가기 시작했다.

그러니까 여태까지의 미온적인 태도를 버리고 진짜로 만들어 버리면 되는 것이다. 그러니까 사귀는 척이 아니라 진짜로 사귀는 것이다. 인혜야 뭐, 빚진 게 있으니 다른 말은 못하겠지. 아니, 못하게 만들면 되지. 생각이 정리되자 마음이 가벼워지며 휘파람이 나왔다. 그러고 보니 배도 고픈 것 같다. 오늘은 엄마가 아버지의 보양식으로 뭘 준비했을까?

＊

아씨, 아침부터 못 볼 꼴을 본다. 모처럼 좋은 기분으로 집을 나서는데 문을 나서자마자 보이는 것이 저놈이라니. 언제부터 있었는지 모르겠지만, 무익이 놈이 우리 집 앞에 진을 치고 있는 것이다. 젠장, 할 일 더럽게 없나 보다. 자전거에 올라탄 채 시계를 들여다보던 놈이 나오는 나를 보며 한마디 한다.

"내일부터는 삼십 분 더 일찍 나와. 오늘만 봐줄게."

뭘 봐줘? 네가 왜 봐줘? 어제 늦게까지 신간 만화를 본다고 잠을 좀 못 잤더니 정신이 맑지 않아서 그런가 보다. 도통 놈의 말을 이해할 수가 없다.

"늦으면 데리러 들어갈 거야. 놓친 한 끼는 영원히 잃어버린 것이라는 너의 신념을 계속 지키고 싶거든 미리미리 일어나서 밥 먹고 빨리 나와."

그러니까 아침부터 그런 수고를 왜 하신다는 거냐고요.

"무슨 소리야, 아침부터?"

아침부터 헛소리야의 준말이다. 문장을 다 말하고 싶지만, 테러라도 당하면 곤란하다. 그러나 나의 물음에 답을 하는 대신 놈은 빙긋이 웃더니 자전거를 내 쪽으로 들이민다.

"타."

"뭐?"

"늦었어. 지각할 것 같아. 넌 어쩐지 모르지만, 백무익이 지각이라니 당치도 않잖아. 어서 타."

"됐어. 걸어갈 거야. 너랑 같이 가봐야 좋은 꼴 볼 것도 아닌데 뭐."

"타라니까!"

우씨. 제 맘에 안 들면 대뜸 소리부터 지른다. 난 뭐 성질 부릴 줄 몰라서 안 부리는 줄 알아? 하지만 집 앞에서 무익이 놈과 싸워봐야 내 손해다. 잘 알지 않는가. 우리 엄마가 무익이 신봉자라는 것을. 제길. 소리 지르지 마, 이놈아. 엄마 내다볼라.

오늘 일진이 수상할 것 같다는 찜찜함을 곱씹으며 하는 수 없이 놈의 등짝에 파리가 매달리듯 매달릴 수밖에 없었다.

"아까도 말했지만, 내일부터는 더 일찍 나와. 매일같이 시간 낭비하고 싶은 생각 없으니까."

내가 이놈이랑 이 년만 더 엮이다 보면 복장이 터져 죽든지 기가 막혀 죽든지, 아니면 최소한 화병으로 앓아눕기라도 할 것 같다. 그러니까 아침부터 밑도 끝도 없이 무슨 소리를 하는 거냐고! 결국 마음에 있는 소리가 밖으로 나와 버렸다.

"아까부터 자꾸 무슨 헛소리야?"

놈이 마음에 들지 않는다는 듯이 흘긋 노려보고 다시 고개를 돌린다. 메롱이다, 이놈아.

"날씨가 벌써 더워지기 시작하고 있어. 아침 시간에 공부를 해두지 않으면 오후엔 나른하니 잠이 와서 힘들 거야. 그러니까 이제 아침 시간을 활용하자."

"내 일은 내가 알아서 할 거야."

"알아서?"

"그래. 내가 알아서 할 거니까 네가 신경 쓸 것 없어."

"알아서 해?"

"그래!"

아씨, 짜증나게. 알아서 한다면 그런 줄 알 것이지, 뭘 자꾸 꼬치꼬치 캐묻는 거야.

"그럼 하나만 묻자. 어느 대학을 알.아.서. 갈 건데?"

"알 거 없어."

“대답해 봐.”
“신경 쓰지 말라니까!”
“신경 쓸 거야. 아니, 신경이 쓰여. 아주 많이.

＊

당연히 신경이 쓰이지. 내가 마음을 정한 이상 넌 다른 데 못 가. 절대 안 돼. 비록 지금은 집과 학교가 같아 함께 있을 수 있지만, 한 해만 있으면 졸업을 한다. 내가 목표로 잡은 대학에 인혜와 나란히 입학하는 것은 인혜가 대통령 딸이라도 안 된다. 아무리 지금부터 인혜를 잡는다고 해도 기적이 아닌 이상 현실성이 전무하고, 다른 사람이라면 몰라도 인혜에게 기적을 바란다는 자체가 곤란하다. 그렇다고 성인이 된 인혜를 다른 곳에 풀어놓을 생각을 하니 명치 끝이 찌르르 아파오는 것이 대뜸 화딱지부터 났다. 젠장, 그러게 미리미리 공부 좀 해놓지 남들 공부할 때 뭐 하느라고 대학 하나 골라서 못 가냐. 엉뚱하게 인혜에게 화도 났다.

아무 데나 골라갈 수 있는 내가 인혜가 가는 대학으로 가는 것도 방법일 수 있으나, 학교 선생들 단체로 거품 물고 쓰러질 것이 뻔하고 무엇보다 일단 최고학부를 나와야 법조계에서 편하게 자리를 잡을 것이고, 그래야 인혜를 행복하게 해줄 수 있을 것이다. 그렇다면 방법은 한 가지뿐이다. 최선이 안 된다면 차선을 선택하는 것. 내가 가는 학교의 주변 학교에라도 인혜를 집어넣어야 한다.

　새벽 시간을 몽땅 날리며 학교를 물색했다. 한 정거장 이상 떨어지지 않고 언제라도 달려갈 수 있는 거리의 학교 중에서 인혜의 성적으로 갈 수 있는 곳은…… 한 군데도 없었다. 내신 유지라도 좀 해놨으면 어느 정도 희망을 걸어볼 텐데 정말 까마득하다. 학교 안내서를 집어 던지며 화풀이를 하고 나서 인혜의 집 쪽을 노려보았다. 내가 누군가. 백무익, 안 하면 몰라도 하면 완벽하게 한다. 지금부터는 내가 한다. 정 안 되면 애를 잡는 한이 있어도 만든다. 죽어도 인혜를 멀리 있는 대학, 또는 더 심할 경우 지방에 있는 대학으로 보내놓고는 못산다. 절대 그런 꼴은 못 본다. 한마디로 지금부터 인혜를 특별 관리해야 할 필요성이 생긴 것이다.

　나의 이런 깊은 마음에도 감사할 줄 모르는 인혜는 학교에 도착하자마자 콧방귀를 뀌며 등을 돌린다. 무슨 말씀을. 돌아서는 인혜의 팔을 낚아챘다.

　"야자 끝나고 독서실 갈 거니까 다른 데 가지 말고 교실에서 기다려. 데리러 갈게."

　"그럴 거 없다니까!"

　"그럴 이유가 있는지 없는지는 내가 결정해."

　인혜의 얼굴 표정이 가관이다. 내 말을 받아들일 수 없는 모양이다. 귀엽기도 하지. 학교만 아니라면 슬쩍 안아보기라도 할 텐데.

"짜증나게 자꾸 같은 말 여러 번 하게 만들 거야? 나한테 신경 쓸 거 없다고 했잖아. 대체 왜 그래, 오늘?"

"너야말로 같은 말 여러 번 반복하게 하지 마. 많이 생각해서 하는 행동이니까. 이대로 가면 너 제대로 된 대학 못 가. 그러니 잠자코 시키는 대로 해."

"내가 어느 대학을 가든지 내가 결정할 문제야. 너한테 부탁한 적 없어."

"네가 부탁할 때까지 기다릴 생각도 없어."

미치겠다. 미치고 팔짝 뛸 노릇이다. 이놈이 치사하게 정공법으로 안 나가고 또 게릴라전을 쓸 모양이다. 내가 화가 나면 논리가 약해지면서 말이 막히는 것을 잘 아는 놈이니 아침부터 신경전을 펼쳐 지난번의 복수를 할 모양이다. 아씨,. 왜 이럴 때면 말이 막히면서 아무 생각도 안 나는지 정말 환장하겠다. 멋지게 한 방 먹일 수 있는 말 뭐 없나? 놈의 포커페이스를 단 한 번에 무너뜨릴 수 있는 말.

순간적으로 하느님도 모르고 며느리는 더 더욱 모르는 나만의 비밀에 대한 말을 해버릴까 하는 생각도 했다. 하지만 안 된

다. 저놈이 어떤 놈인데. 틀림없이 비웃을 거다. 그러니 절대로
말하면 안 된다. 절대로.

"영광으로 알아. 아무나 공부를 봐주진 않아."

"나 대학 안 가."

말해 버렸다. 젠장, 저놈과 엮이면 제대로 되는 것이 없다. 하
지만 영광으로 알란 놈의 말에 순간적으로 눈앞이 노래지며 이
성을 잃어버렸다. 내 말에 충격으로 굳어지는 놈의 얼굴을 보니
조금 속이 시원하긴 하다.

"그게 무슨 말이야?"

"말했잖아. 대학 안 가. 그러니 그렇게 '인심' 베풀 것 없어."

"대학 안 가고 그럼 뭘 할 건데? 취직? 고등학교 나와서 특별
한 기술도 없이 어디에 취직을 할 거란 거야? 설마?"

놈의 얼굴이 벌겋게 달아올랐다가 이번에는 하얗게 질리기
시작한다.

"설마 고등학교 졸업하고 쓸 만한 놈 물어서 바로 시집간다느
니 이런 헛소리를 하려는 것은 아니겠지?"

내가 시집을 가는데 지가 왜 얼굴이 하얗게 뜨는 거야? 그나
저나 상상력 한번 빈곤하다. 어떻게 생각이 거기로 튀냐? 물론
쓸 만한 놈을 무는 것은 강인혜 평생의 숙원 사업이기는 하다.
하지만 날아보지도 않았는데 날개를 부러뜨릴 만큼 어리석지는
않다.

"시발, 대답해!"

"왜 소리는 지르는 거야?"

"대답이나 해!"

"네가 하도 말도 안 되는 소리를 해서 말하고 싶은 생각도 없
어."

아플 정도로 팔을 잡고 있던 놈의 손에서 힘이 조금 빠진다.
그러고 보니 여태 이놈이 내 팔을 잡고 있었네. 슬쩍 팔을 뺄 요
량으로 놈의 손을 떨쳤지만 징한 놈, 더 꽉 잡더니 아예 교실 반
대쪽으로 나를 끌고 가기 시작한다.

"뭐야? 곧 선생님 들어오실 거야."

"지금 그게 문제야?"

그럼 뭐가 문젠데? 아니, 그보다 문제가 있기나 하냐고. 아
아, 모처럼 지각 안 하고 오나 했더니 기어이 이놈이 나의 하루
를 망치는구나.

"자세히 얘기해 봐."

뭘? 다짜고짜 건물 옆 공간으로 데리고 온 놈이 나를 보며 인
상을 쓴다.

"할 말 없어. 그보다 내가 왜 너한테 내 얘기를 해야 하는데?"

"강인혜, 좋은 말로 할 때 빨랑 말해라. 내 인내심에도 한계가
있다."

놈이 또 목소리를 깔기 시작한다. 그러게 왜 엉뚱한 것으로
스스로의 인내심을 시험하냐? 것도 무고한 사람을 괴롭혀 가면
서. 젠장, 지금 인내심을 시험받고 있는 것은 내 쪽이란 말이닷.

"왜 갑자기 내 일이 궁금한 건데?"

"말해!"

차라리 벽에다 대고 말을 하는 게 융통성이 있을 것 같다. 말을 해줘 버리자. 놈의 성격상 그냥 곱게 보내주지는 않을 테니, 아침부터 힘 낭비 하지 말고 그냥 말해 버리고 말자. 그러니까 무서워서가 아니라 더러워서인 거다, 더러워서. 빌어먹을.

"졸업하면 일본으로 갈 거야."

"뭐?"

놈이 믿기지 않는다는 듯이 묻는다.

"일본에 갈 거라고. 벌써 신청도 다 해놨어."

"뭘?!"

"소리 좀 지르지 마. 일본에서 전문적으로 만화를 배울 거야. 중학교 때부터 정한 거야. 암 말 하지 마. 특히 우리 집에 얘기하면 죽을 줄 알아."

놈이 힘이 빠지는지 비틀거리며 벽에 기대 버린다.

"돈도 마련했어. 사 년 동안 삼백오십 넘게. 졸업하면 엄마한테 대학등록금만큼만 도와달라고 하면 얼추 될 것 같아. 그러니까 다 된 밥에 코 빠뜨리지 마. 알았지?"

일단 말을 꺼내놓고 나니 지난 세월이 주마등처럼 스쳐 지나간다. 정말 그 돈을 모으기 위해 눈물 없이는 들을 수 없을 정도로 처절하게 생활했다. 그것도 모르는 주위에서는 돈독이 올랐다느니, 빈대라느니, 심지어는 공짜귀신이라는 소리까지 해댔다.

한창 성장기에 먹는 것은 본능이다. 용돈을 고스란히 모아야 하는 입장에서 공짜는 하늘이 내리신 기회인 것이다. 그러니 어쩌겠는가. 하지만 그것도 이제 다 옛일이 될 것이다. 졸업만 하면, 졸업만 하면 드디어 오매불망 원하던 꿈을 위해 한 걸음 나아갈 수 있는 것이다. 부모님과 언니, 형부를 설득해야 하는 일이 남아 있긴 하지만 뭐, 정 안 되면 그냥 튀어버리는 방법도 있다. 스스로의 생각에 도취되어 무익이 놈의 위험한 기운을 놓쳐버렸다.

놈이 살벌하게 나를 노려본다. 내가 일본에 가는데 왜 놈이 펄펄 뛰는지 모르겠다. 슬슬 걱정이 된다. 저놈이 설마 중간에서 일을 트는 것은 아니겠지?

*

제길, 마치 꿈을 꾸는 것 같다. 일본에 갈 거야. 인혜가 눈을 빛내며 메가톤 급 핵폭탄을 투하한 이후로 사고라는 것을 할 수가 없다. 손이 떨리고 식은땀까지 흘렀다. 일본에 갈 거야, 일본에 갈 거야. 인혜의 말이 메아리가 되어 머리 속을 뛰어다니고 있었다.

한두 시간 거리도 아니고 도저히 용납할 수 없는 지방대도 아니고 일본이란다, 일본. 이게 말이 되는 거냐고. 그런데 문제는 자신의 장래를 얘기하는 인혜의 얼굴이 너무나 행복해 보여서 절대 반대를 외칠 수가 없었다는 것이다. 병신같이 입만 벌리고 숨 쉬기 위해서 노력하다가 비밀 누설하면 절대 안 된다는 으름장을 놓은 채 촐랑거리고 자기 반으로 사라지는 인혜를 잡을 기회조차 놓쳐 버리고 말았다.

어떻게 하지? 어떻게 하면 좋을까? 늘 무서운 집중력을 쏟아붓던 수업 시간조차도 꿈결처럼 멀리서 진행 중인 남의 일이 되고 있었다. 지끈거리는 머리를 손으로 눌렀다. 솔직히 인혜 성격에 그 오랜 시간 동안 비밀을 키워왔다는 사실 자체가 놀랍다. 하지만 일본이라니. 잠잠하던 속이 다시 따끔거리며 쓰려왔다. 일본이 어딘가. 보고 싶다고 버스 타고 만나러 갈 수 있는 거리도 아니다. 뿐인가, 온갖 사고의 위험이 도사리고 있는 곳이다. 말도 통하지 않는다. 그런 곳에 사고제조기 인혜가 간다? 눈앞이 아득해지며 어지럼증이 생긴다. 거기다 혹시라도 공부하러 가서 공부는 안 하고 이상한 놈이랑 눈이라도 맞는다면? 제길, 속이 요동을 친다. 절대 안 된다. 절대로 있을 수 없는 일이다.

꿈꾸는 듯한 인혜의 표정이 생각났다. 그런 표정의 인혜는 처음 봤다. 눈을 빛내며 온몸에서 기쁨을 뿜어내는 인혜의 모습은 정말이지 머리 꼭대기까지 화가 나 있는 상태에서도 꽉 끌어안고 싶을 정도로 예뻐 보였다. 그 빛나는 인혜의 모습을 지켜주고 싶기도 하다. 하지만 일본이라니! 아무리 생각해도 답이 나오질 않았다. 절대로 용납할 수 없다는 마음과 그래도 인혜가 몇 년을 준비해 온 일이라는 마음 약한 생각이 처절하게 싸움을 하고 있었다. 간다, 못 간다, 간다, 못 간다, 간다, 못 간다…… 빌어먹을.

거칠게 책상을 치며 벌떡 일어나 버렸다.

"무슨 일인가, 무익 군?"

수업 시간 내내 시끄럽게 떠들어대던 수학 선생이 눈이 동그랗게 된 채 나를 바라봤다. 그러고 보니 수업 시간이었군. 이렇게 완벽하게 수업 시간임을 잊어본 적은 없었다.

"몸이 조금 불편해서 양호실을 좀 가야 할 것 같습니다."

내가 가겠다는데 누가 말리겠는가. 그리고 몸이 불편한 것은 정말이다. 당장이라도 넘어올 것처럼 속이 울렁거리고 있었다.

양호실은 물론 거짓말이다. 하지만 학교 구석 아무도 없는 곳으로 가서 좀처럼 피우지 않는 담배를 줄로 피워대도 답은 떠오르지 않았다. 된다, 안 된다, 된다, 안 된다. 제길, 죽을 건지 살 것인지를 고민한 햄릿도 이보다 더 고민하지는 않았으리라. 인혜가 조금만 덜 기쁜 표정으로, 조금만 덜 간절히, 조금만 덜 계획적으로 말했더라면 이렇게 고민하지는 않을 텐데. 빌어먹을. 세상에서 가장 행복한 얼굴로 말하던 인혜의 얼굴이 떠올랐다.

내가 행복하게 해주면 안 될까? 그리고 가지 말라고 한다면? 에이, 시발. 인혜가 냉큼 오냐 그러마 할 리가 없지 않는가. 조금 비겁하지만, 아주머니에게 말씀을 드려? 아니면 인혜가 세상

에서 유일하게 무서워하는 존재인 인혜의 큰형부에게 살짝 의
논을 해볼까?

내 안의 악마가 유혹을 해댔다. 불어버려. 뭐가 문제야? 내친
김에 여기저기 다 불어버리는 거야. 인혜를 보내지 않을 수 있
다는데 방법이 문제야? 일단은 이곳에 잡아두는 것이 우선이잖
아. 제길. 고개를 흔들었다.

아니다, 그것은 아니다. 모양이 나지 않는다. 그리고 혹시 인
혜가 알게 된다면 국내에 붙잡아둔다고 해서 일이 잘된다는 보
장도 못한다. 거기다 무턱대고 반대를 한다면 어디로 튈지 모르
는 인혜가 아무도 모르게 일본으로 그야말로 혈혈단신 튀어버
릴 수도 있는 것이다. 미치겠다. 뭔가 다른 수가 있어야 한다,
다른 수.

몇 대의 담배를 희생시켜가며 고민을 하던 중에 갑자기 떠오
르는 생각이 있었다. 굳이 내가 나설 필요가 뭐가 있는가. 그러
니까 인혜가 스스로 무너지게 만들면 되는 것이다. 스스로 무너
지게.

"나와."

그리고도 한 시간이나 더 고민을 한 후에 점심 시간을 이용해
인혜의 반으로 왔다. 예상대로 나의 부름에 인혜는 대뜸 인상부
터 쓴다. 제길, 저것도 불만이다. 다른 놈들에게는 잘만 웃어주
면서 왜 내게만 인상을 쓰는지 모르겠다.

“밥 먹어야 돼.”

“웃기지 마. 지금 네 도시락이 비어 있다는 데 내 한 달 용돈이라도 걸 수 있어.”

“미선이가 매점 가서 우동 사준다고 했단 말이야.”

깜순이가 인혜 옆에서 아는 척을 한다. 걸리적거린다. 말이 안 통할 때 계속해서 설득하는 것은 바보나 하는 짓이다. 인혜의 팔을 움켜쥐고 무턱대고 끌어냈다.

“아씨, 배고프단 말야.”

끌려가지 않으려고 하는 소리가 배고프단 거다. 그러니까 배만 부르면 누구든 쫓아간단 말이냐?

“네 뱃속엔 거지가 들어 있냐, 시도 때도 없이 배고프게?”

“지금 점심 시간이야. 점심 시간은 밥 먹으라고 있는 거잖아.”

그건 2교시 끝나고 도시락을 먹지 않은 사람의 얘기지. 하지만 지금 인혜와 주제가 벗어난 얘기를 할 수는 없다.

“얘기 끝나면 내가 사줄게.”

“정말?”

당장에 눈빛이 바뀐다. 얼씨구, 헤헤거리는 웃음까지 지어 보인다. 갑자기 힘이 빠진다. 너무 단순해서 싸울 의지가 꺾인다고나 할까.

“저기, 그럼 이왕 사주는 거 우동에 김밥도 함께 사주면 안 될까?”

쫄랑쫄랑 따라오며 잘도 말한다. 그래, 사준다, 사줘.

"일본에 꼭 가야겠어?"

방해받지 않고 말을 나눌 수 있는 곳으로 온 후 인혜에게 말문을 열었다. 예상대로 인혜가 경계를 하기 시작했다. 따라오기 전에 충분히 생각할 수 있는 문제 아니었나? 이렇게 무방비한 인혜가 내가 볼 수 없는 곳으로 간다니. 절대 안 된다.

"이미 끝난 얘기 또 하지 마. 무슨 일이 있어도 갈 거야."

"무슨 일이 있어도?"

"그래. 혹시 방해할 생각 아니겠지? 그러기만 해봐. 평생 쫓아다니면서 괴롭혀 줄 테니까."

아아, 너무나 유혹적인 말이다. 평생 나를 쫓아다닌다니. 하지만 과감히 유혹의 손길을 뿌리쳤다.

"나를 설득시켜."

"뭐?"

"나를 설득시키라고."

"내가 왜 너를 설득시켜야 하는데?"

"비밀을 지켜주는 조건이야. 네 말대로 일본에 가기 위해 몇 년씩 준비할 정도로 간절하다면 나를 설득시켜 봐. 그럼 비밀을 지켜주지. 거기다 주변 사람들을 설득시키는 것도 도와줄게."

인혜가 내 말의 진위 여부를 놓고 고민하듯이 나를 바라본다. 머리 굴리는 소리가 내 귀에 들리는 듯하다. 아마도 열심히 득실을 따지는 중이리라. 태연한 표정을 유지하기 위해 젖 먹던 힘까지 짜냈다.

"어떻게 설득시켜야 하는데?"

고민을 끝낸 인혜가 조심스럽게 물어본다. 빙고. 넌 걸렸스.

"네가 그동안 들인 노력은 인정해 주겠어. 하지만 현실은 그렇게 만만하지 않아. 무엇보다 일본은 언어가 통하지 않잖아. 그런 곳에서 네가 열심히 한다는 말을 나는 믿을 수가 없어."

"열심히 할 거야. 대충 배울 만큼 느슨한 기분 아니야."

"물론 너를 믿고 싶어."

믿긴 개뿔.

"하지만 아까도 말했듯이 일본은 우리나라와는 모든 게 다른 곳이야. 그리고 너는 학습 능력을 입증한 적이 없잖아."

"일본어는 이미 배우고 있어."

"그걸로는 부족해."

"뭘 더 증명해야 하는데?"

"학습 능력!"

"뭐?"

"말 그대로 학습 능력. 말이 통하는 곳에서 가르치는 것도 제대로 못하는 네가 말도 안 통하는 곳에서 얼마나 해낼 수 있겠어?"

인혜의 얼굴이 달아오른다. 자존심이 상한 거다. 옳거니. 인혜는 자극을 조금만 주면 앞뒤 안 보고 덤비는 기질이 있다. 그러니까 좋게 얘기하면 불의를 못 참는 성격이고, 나쁘게 말하자면 사고뭉치인 거다.

"너처럼 모든 걸 결과로만 보는 사람도 없을 거야. 그래, 나 너보다 학습 능력 떨어져. 하지만 모든 사람이 적분 미분에 능통할 필요는 없다고 생각해.. 난 국어나 영어 수학으로 평가받고 싶지는 않아."

인혜가 주먹을 쥐고 항변을 한다. 가볍게 일축했다.

"네 말대로 만화를 그린다고 해도 결국은 그곳 역시 사회의 일부분이야. 슬프게도 아직 우리 현실에서 학력은 무시 못해. 네가 가고 싶다는 일본 역시 우리나라보다 학력을 우선시 하면 했지 덜하지는 않을 거야. 그것까지 부정하지 마. 차라리 내 생각에는 네가 조금만 더 노력을 해서 우리나라에 있는 대학의 관련 학과를 갔으면 해."

인혜가 뭔가 항변을 하려는 듯이 입을 연다. 하지만 지금 인혜에게 주도권을 빼앗길 생각은 조금도 없다.

"하지만 네가 정 일본에 가서 공부를 하고 싶다면 나랑 내기를 하자."

"뭐?"

"네 학습 능력을 보여봐. 네가 이기면 일본에 가서 공부를 하겠다는 너의 생각을 전폭 지원하겠어. 하지만 네가 못하면 내 생각대로 우리나라에 있는 대학에 가는 거야. 어때?"

인혜가 분노와 이성의 사이에서 줄타기를 하는 것이 눈에 보인다. 조금만 더 긁어볼까?

"네 말대로 그렇게 하고 싶은 일이라면 못할 것도 없을 거 아냐? 그리고 그 정도의 약한 의지를 가지고 일본에 갈 너를 생각하면 난 친구로서 당연히 너의 식구들에게 도움을……."

"좋아, 해! 하면 될 거 아냐!"

하느님, 감사합니다. 소리라도 지르고 싶었다. 아무렇지 않은 얼굴을 유지하는 것이 이토록 어려운 일이 될 수도 있다니.

"하긴 하는데, 이건 알아둬. 절대 네가 무서워서는 아니야. 알아? 시끄러운 게 싫으니까 하는 것뿐이야. 그리고 내가 이기면 도와준다는 말 절대 어기지 마. 알았어?"

그럼그럼.

"내기는 간단해. 이번 중간고사에서 전교 석차를 이백등 올려봐."

인혜의 눈동자가 평소보다 두 배는 더 커진다. 인혜의 지금 석차는 더도 덜도 아니고 딱 중간이다. 수학이나 영어는 거의 포기하고 국어와 암기 과목에서 그나마 성적을 유지하는 인혜로서는 청천벽력일 것이다. 석차를 올리기 위해서는 기초가 있어야 되는 수학이나 영어가 받쳐 줘야 되는 것이다. 기초가 거의 전무한 인혜로서는 한마디로 실현 불가능한 미션이라는 소리다.

나도 모르게 의기양양한 미소가 비어져 나오려 한다. 이거야말로 꿩 먹고 알 먹고, 마당 쓸고 돈도 줍는 일석이조의 작전이 아닌가. 아무리 공부를 해도 인혜가 이백등을 올리기는 힘들 것이고, 그렇더라도 한번 한 내기이니 열심히 할 것이다. 어차피 국내 대학에 가기 위해서도 성적은 올라가 줘야 한다. 이백등까지는 아니더라도 조금 더 올라갈 수는 있을 것이다. 아아, 정말이지 행복하다.

이쯤에서 쐐기를 박아야겠다.

"뭐, 너의 그동안의 노력을 생각해 보면 이 정도는 약과일 테지. 조금 걱정이다. 하지만 너무 걱정 마. 네가 이겼을 경우에 네게 닥칠 모든 반대는 내가 물리쳐 줄 테니까. 그럴 리는 없겠지만, 혹시 지더라도 말을 뒤집을 네가 아니니까 나 역시 꼭 약속 지킬게. 참, 밥 먹으러 가야지? 김밥하고 우동이라고 했지? 다 사줄게. 맛있게 먹어."

굳은 듯이 뻣뻣해진 인혜를 끌고 구내식당으로 가는 걸음이 날아갈 것만 같았다. 음홧핫핫하!

＊

빌어먹을. 팔자에 없는 공부를 하려니, 머리가 다 지끈거린다. 하지만 네까짓 게 과연 할 수 있겠어? 라며 팔짱을 끼고 비웃던 무익이 놈을 생각하니 전투 의식이 활활 타오른다. 이를 악물고 전투적으로 책을 향해 고개를 숙였다.

음, 보자 그러니까…… $\lim x$가 0으로 갈 때 $e^x - 5^{-x} / x$ 의 값은……?

그걸 알아서 엇따 써먹을 거라고 아침부터 머리카락을 쥐어 뜯게 만드냐? 당최 써먹을 일도 없는 문제를 가지고 이 땅 수많은 청춘들의 피를 말리는 교육부는 반성해야 된다고 본다. 좀 실리적으로 생활에 필요한 문제를 내면 안 되나? 예를 들어 내 용돈이 이번 달부터 25% 인상된다고 치고—아, 생각만 해도 행복하여라—지난달에 대비해서 이번 달 은행에 저금을 할 수 있는 금액의 최대치와 그럼으로써 얻을 수 있는 은행 이자의 비율을 구하라. 이런 문제를 내면 얼마나 좋아. 그럼 좀 더 의욕적으로 풀어볼 텐데. 아씨, 아무리 들여다봐도 문제만 보이고 답이 안 보이는 걸 나보고 어쩌라고.

제길, 원수 같은 무익이 놈. 나를 이런 시험의 구렁텅이에 빠지게 하다니. 오늘 새벽에도 달콤하게 자고 있는 내 방으로 무익이 놈이 산적같이 들이닥쳐서 서두르는 통에 세상에, 아침밥을 굶는 초유의 사태가 발생하고 말았다. 젠장, 내 밥. 딸이 밥을 굶고 끌려나가는데도 엄마는 그저 감격에 겨운 얼굴로 무익이에게 고맙다는 말만 하신다. 뭐가 고맙다는 것인가. 과년한 딸의 방에 허락도 받지 않고 시커먼 놈이 쳐들어온 것이 고맙다는 것인가, 아니면 수험생 딸의 아침을 굶겨 쌀을 아낄 수 있어서 고맙다는 말인가. 흥.

항상 생각하는 것이지만, 내가 동생이 없다는 게 천만다행이 아닐 수 없다. 만약 동생이라도 있어서 엄마가 무익이 놈이랑 연결시킬 생각을 하고 있다면—또 딸이라는 가정 하에 말이다—그야말로 놈에게 평생을 충성하는 엄마를 볼 것이 아닌가. 뭐, 나?
쯧쯧. 세상에 남은 마지막 남자가 무익이라 해도 놈과는 인연이
아니다. 만약 그런 상황이 온다면 나는 과감하게 커밍아웃을 선
언하고 말리라. 내가 입이 닳도록 말하지만 놈과는 같은 하늘,
같은 장소에서 숨 쉬고 살 수가 없는 사람이다, 나는. 근본적인
의식구조가 그렇게 돼 있다.

암튼 아침부터 성격에 맞지 않는 짓을 하느라고 머리에 쥐가
날 지경인데 미선이가 옆에서 참견을 한다.

"인혜야, 아침부터 뭔 짓이냐?"

"보면 몰라? 공부하잖아. 너도 공부 좀 해. 고3이잖아. 공부
해서 남 주냐?"

"오호라. 공부 잘하시는 님을 둔 티가 드뎌 나타나는 거냐?
웬 안 하던 짓?"

"시끄러, 말 시키지 마. 심각해."

"심각하지 않을 때가 있었냐? 모든 다 심각한 게 네 특징이잖
아."

쯧. 저것도 친구라고. 어째 내 주변에 모든 인간들은 다 이 모
양인가.

"쓸데없는 소리 하지 말고 이거나 풀어봐. 아무리 봐도 답이
안 나와. 공식이라도 말해 봐."

그러나 나의 말에 미선이는 혀를 차며 불쌍하다는 듯이 손가
락을 흔들어댔다.

“네가 모르는 것을 내가 알 리 없는데 뭘 가르쳐 줘? 그보다
훌륭한 선생님 놔두고 너도 참 고생이다.”

“무슨 소리야? 모르면 그냥 곱게 모른다고 할 것이지. 아침부
터 웬 염장이냐?”

“쯧. 어린것. 아침저녁으로 붙어 있으면서 대체 뭘 하는 거
냐? ‘공부가 제일 쉬웠어요’, ‘하루 일곱 시간 자고 서울대 가
기’, ‘내 인생에 낙제는 없다’ 뭐 이런 제목을 줄줄이 달고 다닐
듯한 사람을 옆에 두고 이게 뭔 생쇼라니?”

우씨, 이것이. 누군들 붙어 있고 싶어서 붙어 있냐? 도대체
놈이 떨어지질 않는 걸 나보고 어쩌라고? 요즘 새벽잠이 모자라
서 언니 눈 부은 것 봐라. 말로는 날 도와주는 셈이라고 하고 있
지만, 놈 옆에만 있으면 후천성 세균 반응 알레르기가 일어나는
걸 막을 길이 없는데 뭘 도와줘, 도와주길. 필시 방해 작전을 필
요량으로 호시탐탐 감시하는 것이 틀림없다. 제길, 요즘 책 대
여점 아줌마 볼 면목이 없다. 나를 기다리는 신간이 산같이 쌓
여 있는데 그걸 가지러 갈 틈조차 주지 않는다. 나쁜 놈.

“누군 같이 있고 싶어서 같이 있어? 정말 아침부터 열받는 소
리 할 거야?”

“쯧쯧. 넌 그래서 평생 무익이한테 안 되는 거야. 생각해 봐.
어차피 볼모로 잡힌 몸, 이쪽에서 역으로 이용할 줄도 알아야
지.”

“누가 볼모야, 누가? 그건 그냥 평화를 위한 잠시의 휴전이

야. 알아?"

"그래, 그래. 알았어. 아유, 기집애. 별것도 아닌 걸 가지고 발끈하긴. 평화든 볼모든 중요한 건, 이 기회를 너에게로 이용하란 말이야. 상대는 무익이야. 공부와는 그야말로 찰떡궁합을 자랑하는 대단한 녀석이란 거지. 너, 말로는 억울하다 하지만 솔직히 너 부러워하는 사람이 얼마나 많은 줄 알아? 무익이라면 틀림없이 족집게처럼 문제를 골라줄 수도 있을 거라구. 그러니까…… 에, 또…… 그렇지!! 적과의 동침 알지? 적과의 동침, 그런 거란 말이야. 무익이를 이용해. 녀석을 이용해서 시험을 보란 말야. 이백등? 그거 우습지. 떡하니 과업을 달성해서 무익이를 눌러 버려. 네 평생 소원이라며?"

무익이를 눌러? 아아, 악마의 유혹이 이보다 더 달콤할까? 동침이란 심히 껄끄러운 단어가 거슬리지만, 그까짓 것 무익이를 눌러 버리라는 말 앞에서는 얼마든지 견딜 수 있는 말이 되고 만다. 가만, 미선이의 말을 듣고 보니 그렇다. 못할 건 또 뭐란 말인가?

다른 사람도 아니고 무익이 놈이다 보니 처음부터 아예 생각을 안 하고 있어서 그렇지 아침저녁으로 독서실에, 새벽 공부에 팔자에 없는 짓을 하느라고 몸무게도 쭉쭉 빠지는 형편인데 필요하면 얼마든지 이용할 수도 있지 않나? 내가 누구 때문에 지금 이 고생인데.

일단 책상 앞에 붙여두고 필요한 범위를 지정해 준 뒤부터는 뒤도 돌아보지 않고 자기 공부만 하는 녀석이 더럽고 치사해서 말도 안 걸지만, 미선이의 말을 듣고 보니 새록새록 약이 오른다. 맞아, 이용하면 되지. 조금 더럽고 치사하지만, 공부는 그래도 좀 하는 녀석이니 조금 이용하자. 오늘부터는 계속해서 물어보는 거야. 오호라. 그러면 놈이 파놓은 함정에 놈의 힘을 빌어서 밀어 넣는 일석이조의 효과를 보는 것이냐? 아이구, 좋아라.

당장 그날 저녁 역시나 끌려온 독서실에서 문제를 들고 씨름을 하다 미선이의 말이 생각나 실행에 옮겼다.

"무익아, 이거 좀 풀어줘."

"뭐?"

몇 번을 불러도 듣지 못할 정도로 자기 공부에 빠져 있던 놈이 문제를 들이미는 날 보고 필요 이상으로 놀란다. 뭘 그리 놀라냐, 이놈아? 물어볼 수도 있지. 내가 다 무안해지려고 한다. 어쭈, 얼굴까지 벌겋게 돼? 불쾌하다 이거지? 공부하는 데 방해해서? 흥이다. 얼마든지 방해해 주맛.

"아니, 모르는 문제가 너무 많아서. 어떻게 공부해야 좋을지 모르겠어. 솔직히 중간고사까지 시간도 별로 없고."

이젠 싱긋 웃어? 가, 가만. 지금 웃는 거, 이거 비웃는 거야? 아씨, 놈이 겁도 없이 내 머리를 쓱쓱 쓰다듬는다.

"드디어 공부할 맘이 생겼구나. 거봐, 하고 보니까 별거 아니지?"

"무슨 소리야? 모든 게 모르는 거 투성이라니까. 그리고 손 치워. 내가 강아지야?"

"일단 문제를 풀려는 것을 전제로 하니까 아주 잘된 거야. 그 전에는 스스로가 모른다는 것에 대한 자각도 없었잖아. 스스로를 깨닫는 면에서는 일보 진전이야. 모르는 거야, 지금부터 알면 되지."

속 편한 소리 한다. 그거야 너처럼 보기만 하면 뚝딱 아는 놈 얘기지. 그리고 이놈아, 남의 머리카락은 왜 가지고 장난이냐?

놈의 손에서 머리카락을 홱 잡아 빼며 노려봤다.

"알려주기나 해."

"이쪽으로 조금 가까이 와. 다른 사람에게 방해되니까."

꼭 가야 되나? 옆에 가기 싫은데. 하지만 별수없다. 목마른 사람이 우물을 파는 법. 삼백만 광년이나 떨어진 것 같은 거리를 조금 좁혀 놈의 옆으로 다가갔다.

"조금 더 와. 소리소리 지르면서 가르쳐 주고 싶은 생각 없어."

쳇. 조금 더 가까이 갔다. 가까이 가서 보니 놈의 책상은 질서정연하다. 한쪽으로 곱게 쌓아놓은 참고서와 책들, 그리고 책상 위에 펼쳐 놓은 책과 연습장, 하다못해 필통조차 가지런히 정리돼 있다. 한마디로 재수없다. 누군지 모르지만 나중에 결혼할 부인이 걱정이다 이놈아. 정리맨과 사는 여자의 고충이 눈에 보인다 보여(내가 걱정할 일은 아니지만 같은 여자 입장에서 미리미리 애도를 표하는 바이다). 흥이다. 내가 불만스러운 눈길로 책상을 흘기는 것을 놈이 눈치챘나 보다. 타이르듯 한마디 한다.

"책상 위가 어지러우면 집중력이 떨어져."

그래, 너 잘났다. 조금 떨어진 내 책상 쪽을 슬쩍 바라봤다. 되는 대로 놓여진 책들과 공책, 색색깔로 뒹구는 펜들, 거기다 머리 아플 때 보려고 책 밑에 숨겨놓은 만화책. 제길, 너무 비교되는군.

"우선 공부 방법을 정하자. 점수가 많은 과목을 정리해 줄 테니까 그것을 중심으로 해. 영어는 단어를 많이 아는 게 중요하니까…… 단어를…… 수학은…… 공통수학은…… 수1을 중심으로…… 국어는 문학과 비문학을 나누어서…… 빨리 읽기가……."

무익이 놈이 열심히 설명을 해댄다. 그러나 이내 나의 관심은 자연히 다른 곳으로 흐르고 만다. 귓가에 놈이 열심히 떠드는 소리를 들으며 주변을 살피기 시작했다. 그런데 어라? 이놈 머리는 언제 이발했지? 원래는 귀밑을 조금 내려오는 머리인 줄 알았는데 지금 보니 뒤통수가 훤히 들여다보일 정도로 짧게 밀어버렸네. 하긴 뭐, 관심이 있어야 자세히 들여다보든지 말든지 하지. 그나저나 자식, 뒤통수 하나는 정말 잘생겼다. 뭐, 앞 얼굴도 보는 사람에 따라서는 잘생겼다고 하지만 말이야.

"듣고 있는 거야?"

놈이 인상을 쓰며 바라본다. 눈치 빠른 놈.

"그럼, 듣고 있어."

무안한 생각에 얼른 미소를 지어 보였다. 미심쩍은지 나를 노려보긴 했지만, 무익이 놈은 곧 다시 내 계획표를 짜기 시작했다.

"봐, 그러니까 아직 충분히 희망이 있어. 조금 벅차겠지만, 이번 달 안에 행렬하고 수열을 끝내도록 도와줄게."

뭔가 이상하다. 중간고사 하나 보는데 뭐가 이렇게 거창한 것인가? 그냥 물어본 문제나 답해줄 것이지.

"잠깐, 난 지금 수능시험을 준비하는 게 아니라 중간고사를 준비하는 거야. 뭘 잘못 알고 있는 거 아냐?"

"그게 그거야."

아니, 이놈이 지금 누굴 바보로 아나? 내가 반론이란 걸 하기 위해 입을 벌리려 하자 놈이 급하게 내 입을 틀어막으며 주위를 살핀다.

"소리 지르지 마. 다른 사람에게 방해되잖아."

앗, 더럽게. 놀랄 사이도 없이 놈의 손에서 희미하게 담배와 스킨이 조합된 향기가 풍긴다. 하도 어릴 때부터 징그럽게 보아 온 놈이라 나와 다를 거라고는 생각해 보지도 않았는데 놈의 냄새에 예민하게 후각이 반응한다. 놈에게서 남자의 냄새가 날 것이라고는 생각해 보지도 않았다. 놈이 더럽게 손으로 입을 틀어막았다는 생각보다는 놈에게서 흘러나오는 향기에 충격을 먹어

버렸다. 왜, 놈에게서 나랑 같이 바르던 베이비 로션 냄새가 사라진 것일까. 생각에 빠져 놈이 그대로 내 손을 덥석 잡으며 일어났을 때도 변변한 항변조차 할 수 없었다.

"나가서 얘기하자."

손을 잡힌 채 바보처럼 꿀 먹은 벙어리가 되어서 무익이가 이끄는 대로 조용히 밖으로 끌려나갈 수밖에 없었다. 그러고 보니 놈의 손이 언제 이렇게 커서 내 손을 다 덮을 정도가 된 거지? 무익이가 내가 알던 무익이가 아닌 것 같다.

에이, 설마. 강인혜, 정신 차려. 무익이야, 그 무익이. 언제나 내 앞길을 가로막던 그 무익이. 초등학교 때 받아쓰기 시험지 숨긴 걸 엄마한테 말해서 종아리를 맞게 했던 그놈이라구. 지금도 큰형부가 한 번씩 나와 무익이를 아쉬운 듯이 바라보며 고개를 흔들게 하는 그 장본인이란 말야. 이것은 틀림없이 아침밥을 못 먹은 후유증임에 틀림없다.

"당장의 눈앞에 있는 것만 생각하는 그 단순한 사고방식을 좀 버리는 게 어때?"

나오자마자 손을 놓더니 놈이 윽박지른다. 역시. 봐, 이놈은 무익이라니까. 조금 떨어지니 이제야 제대로 사물이 보인다. 잠시나마 이상한 생각을 했던 것이 억울해서 미칠 노릇이다.

"너야말로 모든 것을 삐딱하게 바라보는 그 놀부 심보 좀 버리는 게 어때?"

아, 역시 이게 편하다.

"내기는 분명 이번 중간고사야. 중간고사 범위만 들입다 파도 모자란 판에 수능 준비까지 하란 거야?"

"자신있는 것은 좋은데, 중간고사란 어차피 수능을 가기 위한 전 단계일 뿐이야. 당연히 수능과 성격이 같을 수밖에 없어. 거기다 기초란 말 그대로 기초야. 어디에나 적용이 가능하단 소리야. 수능뿐 아니라 중간고사에도 수학의 공식은 변하지 않고 그대로 나오는 거야. 또 만에 하나 네가 이번에 실패한다면 당연히 수능은 쳐야 하니까 보험을 들어둔다고 생각하면 될 거 아냐? 이 모든 것의 교집합을 알아서 챙겨준다는데 뭐가 불만이야?"

아씨, 맞는 말 같기도 하고 뭔가 약간 포인트가 빗나간 것 같기도 하다. 게다가 무익이 놈이 하나하나 따져 가며 다가오는 게 문제다. 놈이 가까이 다가오자 고개를 뒤로 젖힌 채 놈을 봐야 하니 절대적으로 불리하고 무엇보다 놈이 또다시 낯선 사람처럼 느껴지는 것이다. 결국, 심리적 공황 상태에 빠진 나는 억울하게 한마디도 못한 채 앞으로 다시는 반항하지 말 것을 다짐받는 무익이에게 그대로 굴복해 고개를 끄덕이고 말았다.

내일부터 절대 아침밥 안 굶는다. 정말이다.

"안 해?"

끄덕끄덕.

아아, 이마에 힘줄 돋는다. 여느 날처럼 새벽같이 학교에 가자고 들렀는데 갑자기 못 가겠다고 버틴다. 더 이상 나랑은 같이 공부를 안 하겠단다. 성질을 누르려니 숨 쉬기도 힘들다. 하지만 새벽부터 인혜네 집 마당에서 화병으로 죽고 싶지는 않다. 심호흡을 하고 다시 달래본다.

"잔말 말고 빨랑 나와. 시험이 얼마 안 남았어."

도리도리.

말도 안 하고 고갯짓만 하고 있다. 젠장. 아침부터 누구 피 말라 죽는 꼴을 보려고 작정을 한 거다. 대체 잘 나가다 왜 이러는 건지. 어젯밤에 너무 다그친 것이 화근이 된 건가? 하지만 상대가 누군가? 인혜다, 인혜. 확실하게 못을 박아놓지 않으면 언제 또 쓸데없는 궁리를 할지 모르는 거다.

"자신있어?"

대답없다. 입술만 꼬옥 깨문다. 환장하겠다.

"시발, 꿀 먹었어? 말해!"

"조금, 아, 아픈 거 같아."

뭐? 아파? 어디가? 순식간에 화가 가라앉으면서 걱정이 되기 시작했다. 안 하던 공부를 시켜서 몸살이 난 건가? 조금 강도를 낮출 걸 그랬나? 하지만 인혜의 얼굴은 평소처럼 아주 건강하게…… 귀엽기만 하다.

"많이 힘들어?"

다시 끄덕끄덕.

하지만 좀 전처럼 화딱지가 나는 것은 아니다. 확실히 이런 인혜의 모습은 본 적이 없는 것 같다. 조금이라도 아프다 싶으면 동네가 떠나가라 엄살을 떨어야만 국물이 생긴다는 것을 아는 인혜다. 결코 조용히 넘어가는 법이 없었다. 원체 아프지도 않는 건강 체질이지만, 가뭄의 콩 나듯이 어쩌다 한 번씩 앓는 경우에도 과장에 과장을 해서 내일 당장 죽을 사람처럼 이것 해 달라, 저것 갖고 싶다, 평소 가지고 있던 소원들을 하나씩 해결하곤 했던 것이다. 그런데 이처럼 조용한 인혜라니 뭔가 잘못되어도 단단히 잘못됐다.

"약은 먹었어? 좀 쉬지 그랬어? 병원은?"

도리도리.

다시 화가 난다. 아프면 약을 먹든지 병원을 가야지 해야지, 바보처럼 버티고 있다는 것 아닌가? 아무리 인혜가 무쇠 몸이라지만, 건강에 대한 자만은 금물이다.

"바보냐? 아프면 당장 병원에 가야 할 거 아냐? 나와, 같이 가 줄게."

손목을 잡아끌려는데 인혜가 화들짝 놀라며 손을 잡아 뺐다.

"저, 저기…… 그냥……."

"그냥, 뭐!"

답답한 마음에 소리를 버럭 질러 버렸다. 아프단다. 인혜가 아프단다. 아, 성질난다.

“그냥…… 좀 더 생각을 해보고…….”

“병신, 아픈데 뭘 더 생각해? 아무리 둔해도 그 정도도 몰라?”

“그게 아니라…….”

확실히 뭔가가 이상하다. 이쯤에서 버럭 화를 내고 달려들어야 하는데 내가 소리를 질러도 말만 더듬는다. 이제 진짜로 걱정이 되기 시작한다. 인혜의 이마에 손을 올려보았다.

“치, 치워. 뭐 하는 거야?”

인혜가 몸부림을 친다. 씹탱아, 가만 좀 있어. 열은 없는 것 같은데, 애가 얼굴이 점점 붉어지기 시작한다. 덜컥 겁이 났다. 큰 병에 걸린 것은 아닐까?

“어디가 어떻게 아픈 거야? 열은 없는데. 말을 해야 알 것 아냐? 씹, 좀 가만있어. 내가 잡아먹냐? 왜 이래?”

“그, 그냥 내가 알아서 할 테니까 너는 학교에 먼저 가. 나는 나중에 따로 갈게.”

“알아서?”

“……응.”

“따로?”

“……그, 그래.”

학교가 문제가 아니다. 진짜 심각한 거다. 내친김에 가방을 내려 버렸다.

“왜? 학교 안 가?”

인혜가 걱정을 한다.

"시발, 지금 학교가 문제야? 어디야? 어디가 어떻게 아픈 거야?"

"왜 네가 소리를 지르고 그래? 그냥 먼저 학교 가라니까."

바보야. 네가 아프니까 화를 내는 거지. 그것도 모르냐? 제길, 말로 할 수도 없고.

그냥 인혜의 손을 붙잡고 다시 인혜의 집으로 들어갔다. 내게서 손을 빼기 위해 인혜가 필사적이다. 어림없지. 더욱 단단히 인혜의 손을 틀어잡았다.

"뭐 하는 거야?"

"준비해. 병원 가자."

"됐다니까. 그보다 이 손 좀 놔."

"시끄러. 잔말 말고 시키는 대로 해!!"

무익이 놈이 대뜸 소리를 지른다. 아씨, 진짜로 소리를 질러야 할 사람은 난데. 내가 왜? 시키는 대로 해? 이게 다 너 때문이잖아. 애초에 네놈이 말도 안 되는 억지만 부리지 않았어도 내가 이런 이상한 증세에 시달리지는 않았을 거 아냐? 나쁜 놈.

놈 때문에 지난밤에 처음으로 잠을 설쳤다. 누웠다 하면 바로 달디단 잠을 자는 능력을 가진 내가 밤새도록 누웠다 앉았다 하며 심각한 고민을 한 것이다. 그러나 생각을 하면 할수록 숨도 쉬기 곤란한 지경이 됐다. 놈의 동글동글한 뒤통수도 생각나고, 내 손을 감싸던 커다란 손도 생각나고, 그리고 나직나직 울리는 놈의 목소리도…… 헉, 진짜로 어디가 아픈 것처럼 가슴이 욱신 욱신거렸다. 신종 바이러스에라도 감염된 건가?

왜, 왜 베이비 로션은 쓰지 않는 거냐? 왜, 쓸데없이 비싼 로션을 바르고 다니는 거냐구? 왜, 왜 낯선 사람처럼 보이는 거냐구? 왜?

놈이 잡은 손이 뜨거워진다. 아, 정말 나 아픈 거 맞는 것 같다. 미치겠다.

갑자기 시야가 흐려지며 눈물이 고이기 시작했다. 가슴 한쪽이 뻥 뚫린 것처럼 허전하다. 서러운 것 같기도 하고, 슬픈 것 같기도 하고, 뭔가를 잃어버린 것처럼 혼란스럽다.

놈이 놀라서 우뚝 서버린다. 하긴 나 역시도 당황스럽긴 하다. 놈 앞에서 눈물이라니. 강인혜 인생의 오점이 될 만한 사건이다. 쪽팔린다. 하지만 나도 모르게 뚝뚝 흘러내리는 눈물을 나보고 어쩌라고.

"이, 인혜야……."

무익이 놈이 당황했는지 말을 더듬었다. 평소 같으면 그런 꼴을 보고 실컷 비웃어줄 텐데. 오늘은 아니다.

"그렇게 힘들어? 많이 아픈 거야?"

놈답지 않게 얼굴이 하얗게 변해서 수선을 피운다. 세탁실에 들어간 엄마가 나올 것만 같다. 그것만은 피하고 싶다. 하지만 대답을 하는 것조차 피곤하게 느껴진다. 그냥 고개를 가로저었다.

"그럼 왜 울어? 아, 시발. 미치겠네."

그래, 이놈아. 나도 미치겠다. 그리고 부탁인데 조금 떨어져. 네놈이 너무 가까이 있으니까 숨 쉬기도 힘들잖아. 빌어먹을, 오늘도 놈에게서 낯선 냄새가 난다.

되도록이면 놈의 향기를 덜 맡으려고 숨을 조절하고 옆으로 슬금슬금 비켜서는데 놈이 갑자기 자기 가방을 던져 버리더니 나를 번쩍 안았다.

"뭐야? 미쳤어? 왜 이래?"

이놈이 밥 먹고 키만 큰 게 아니라 힘도 쑥쑥 늘었나 보다. 나를 안고 이층을 올라가는데도 얼굴색 하나 안 변한다. 또 서럽다. 언제 이렇게 내가 모르는 놈이 된 건지.

"너 때문에 돌겠으니까 잔말 마."

놈이 무뚝뚝하게 한마디 내뱉는다. 봐, 이렇게 안하무인이다. 역시 이놈은 무익이다. 잘못을 해도 곧 죽어도 저 잘났다 큰소리치는 무익이다. 자기 암시를 걸어보았다. 이놈은 무익이다. 이놈은 무익이라구. 이놈은…… 저얼대루 무익이라니까…….

"말해 봐."

뭘? 자, 잠깐만. 얼굴이 너무 가깝다.

놈이 나를 내 침대에 내려놓더니 얼굴을 바짝 들이밀고 다짜고짜 말을 하란다. 그러니까 뭘 말하란 거냐?

"어디가 아픈 건지 말을 해야 대책을 세울 거 아냐."

대책, 나 혼자 세울 거니까 넌 그냥 꺼져. 평소 같으면 당장 이렇게 말하고 가운뎃손가락 냉큼 들어 올리겠구만, 오늘은 평소 같지가 않다. 놈이 짧게 한숨을 내쉰다. 어쭈, 이번엔 옆에 털썩 주저앉는다. 그러더니 고개를 틀어 나를 본다.

"울지 마. 너 우니까 못 보겠어."

우니까 못 보겠어. 우는 거 못 보겠어와 굉장히 미묘하면서도 큰 차이가 나는 말이다. 전자는 꼴 보기 싫어서 보기 싫은 것이고, 후자는 가슴이 아파서 못 보겠다는 것이다. 그러니까 이놈이 지금 내가 우는 모습이 흉하다는 말을 하는 것이다. 괘씸한 놈. 난들 울고 싶어서 우는 줄 알아? 더구나 네놈 앞에서?

한껏 놈을 노려보았다.

"안 보면 될 걸 가지고 왜 그래? 아까부터 가라고 하잖아."

"시발, 누군!! 그러게 어디가 아픈지 말을 해야 할 거 아냐?"

"네가 알아서 뭘 어쩔 건데? 신경 꺼. 넌 상관없잖아."

놈이 씨근덕거리며 나를 노려본다. 우씨, 노려보는 것은 나도 할 수 있다.

"상관없어?"

또다. 놈이 목소리를 깔아서 으르렁거리니 또 가슴이 욱신거리며 아프다. 엑스레이 찍어봐야 하나?

"상관없냐고!!"

이번에는 고함을 친다. 낮은 도에서 높은 도까지 혼자 다 하고 있다. 내가 침묵을 지키자 이번에는 벌떡 일어나더니 왔다 갔다 정신 사납게 서성거린다.

"하! 그래, 상관없다? 상관없다 이거지? 아, 기분 더럽네. 좋아, 소원이라면 꺼져 주지. 하지만 알아서 해. 이번 내기, 그대로 갈 거니까 나중에 딴소리하지 마. 만약 나중에 딴소리하면 그땐 정말 가만 안 있을 줄 알아."

놈이 나를 한껏 노려보더니 방문이 부서져라 닫고 나가 버렸다. 뭐, 뭐냐구. 자기 할 말만 하고 도망치는 거냐? 비겁한 놈. 눈물을 닦으며 방문을 노려보는데 갑자기 방문이 덜컥 열린다.

"병원 꼭 가!!"

무익이 놈이 인상을 쓰며 한마디 내뱉고는 다시 방문을 쾅 닫았다. 내 방문을 왜 제 놈이 멋대로 열고 닫는 거야? 빌어먹을. 멈추던 눈물이 다시 흘렀다. 진짜로 병원에 가봐야 하나 보다.

진리도 가끔 가다 틀릴 때가 있다. 똥은 무서워서 피하는 것이 아니라 더러워서 피한다지만 가끔 가다, 정말 가끔 가다가는 무서워서 피할 때도 있는 법이다. 무서운 똥, 백무익을 요리조리 피하며 난민 아닌 난민 생활을 하는 요즘 아주 뼈저리게 느끼고 있는 중이다.

오늘만 해도 그렇다. 펄펄 뛰는 미선이를 반은 어르고 반은 사정하며, 나름대로 알리바이를 만들어놓은 후 혹시라도 놈과 마주칠세라 바람같이 학교를 도망쳐 나온 것이다.

생각할수록 분하고 원통하지만, 어쩔 수가 없다. 제갈공명이 울고 갈 처세의 대가 강인혜. 후천성 공부과다 증후군에 시달리는지 정서가 영 불안하기만 하다. 얼마 전 놈 앞에서 못 볼 꼴을 보이고 난 후는 더 심하다. 정신적인 쪽팔림이 더해져서 이제는 놈의 모습이 멀리서 보이기라도 하면 가던 길까지 멈추고 돌아서는 정도가 되어버렸다. 제길.

사람이 죽을 때가 되면 변한다고 하더니 혹시 죽을 때가 다된 건가? 설마. 난 아직 못해본 게 아주 많은데. 복권 당첨되어서 유럽여행도 가봐야 하고, 멋들어지게 내 이름 석 자 박아 넣은 단행본도 내봐야 하고, 만화책의 주인공 같은 그런 둘도 없는 사랑도 해봐야 하고, 또…… 또…… 그러고 보니 난 아직 키스도 안 해봤다(여기서 중요한 것은 못한 것이 아니라, 안 한 것이라는 것이다. 암). 설의 유노와 슬램덩크의 서태웅과 불의 검의 산마로—아아, 생각만 해도 입이 헤벌쭉이다—를 보라. 그들의 카리스마와 섹시함, 그리고 매력을 지닌 현실의 남자가 있다고 보는가. 주위에 온통 무익이 놈 같은 마당쇠만 설쳐 대니 내가 누구를 붙잡고 열정적인 사랑을 꿈꾼단 말인가. 쯧.

고로, 나는 절대로 지금 죽을 수 없다. 유노와 서태웅과 산마로를 합쳐 놓은 나의 반려자를 만나 불꽃같은 사랑을 해야 하는 역사적인 사명을 가진 나는 지금은 절대로 죽을 수 없는 것이다. 당분간—이 증세가 가라앉고 놈이 내가 자기 앞에서 울음을 터뜨

렸다는 쪽팔리는 기억을 잊을 때까지—무서운 똥, 백무익을 피해
다녀야 하지만 그래도 죽는 것보다는 낫다.

놈을 피해 내 방으로 무사히 들어와 오늘도 무사히를 외치
며—아, 비참하다. 제길—나를 반기는 꽃미남을 펼쳐 들었다.

아아, 내 사랑. 멋진 각선미를 자랑하는 초절정 꽃미남이 나
의 무릎 위에서 나를 보고 웃어주고 있다. 초기 해적판을 사 모
으다가 이번에 애장판이 나온 기념으로 에라이 하며 구입한 단
행본의 주인공이 나를 또 다른 환상의 세계로 빠지게 만든다.
캬, 이 각도 죽음이다. 절묘한 비틀기를 하며 키스신을 펼쳐 댄
다. 내가 주인공도 아니건만, 발가락 끝까지 전기가 통한다. 하
아아, 절로 한숨마저 나온다. 언젠가는, 언젠가는 나도 이렇게
발가락 끝까지 전기가 통하는 실전을 반드시 경험하고야 말리
라.

"조금만 더 하면 침까지 흘리겠다."

당연히 침이 나오지. 이처럼 멋진 장면에서…… 잠깐, 이게
무슨 소린가? 행복한 내 꿈속을 갑자기 끼어드는 거슬리는 목소
리에 퍼뜩 고개를 들었다. 세상에, 이게 웬일인가.

내 방문을 거의 막다시피 한 놈이 나를 비웃고 서 있다. 저놈
이 이곳에 있다는 것은 미선이가 실패했다는 소린가? 쳇.

"여, 여기 무슨 일이야?"

이것 역시 심각한 부작용 중 하나다. 놈 앞에서 긴장을 하면
나도 모르게 말이 더듬어진다. 내 발밑의 구르는 돌 같던 놈 앞

에서 말을 더듬다니 있을 수 없는 일이지만, 아까도 말했지만, 후유증이 심각하다.

당황해 벌떡 일어나 묻는 나의 말을 무익이 놈은 가볍게 무시하고 들어와 내가 얼떨결에 집어 던진 만화책을 집어 든다.

"이게 네가 꼭, 반드시, 시간을 다퉈 오늘 안에 끝내야 하는 일이었냐?"

갑자기 미선이가 불쌍하다는 생각이 든다. 놈의 빈정대는 얼굴로 미루어보건대 제가 알고 싶은 것을 알 때까지 바들거리는 미선이를 사정없이 몰아댔음을 알 수 있다.

"웬일이야?"

놈이 내 말을 쌩까니, 나 역시 놈의 질문에 대답을 할 필요는 없다. 웬만하면 그냥 가라는 뜻을 담고서 뜨악한 표정으로 놈을 노려보았다. 아니, 노려보려고 노력을 했다. 제길, 눈도 못 마주치겠는데 이 정도 노력이면 가상하지.

"내기, 기억하지?"

날이면 날마다 후회하고 산다. 덜커덕 홧김에 내기를 받아들인 바람에 이 모든 사단이 일어났다. 기억하고 싶지 않아도 날마다 곱씹으며 후회하고 있다.

후회의 한숨을 내쉬는 내게 놈이 메모 용지를 하나 던졌다.

"이게 뭐야?"

"올해 네가 반드시 들어가야 하는 대학이야. 죽기 직전까지 노력해."

뭐? 내가 왜? 미쳤냐? 지금도 공부 후유증을 심각하게 앓고 있는데, 죽기 직전까지 노력을 하면 정말로 돌아버릴지도 모른다. 아니, 그전에 내게는 이미 목표가 있고 꿈이 있는데 제 놈이 뭔데 이래라 저래라. 웃기지도 않는다.

"내가 왜?"

"잊었어, 이번 내기? 넌 졌어."

물귀신 같은 놈. 밴댕이 소갈딱지. 비딱한 웃음을 입가에 걸친 채 나를 내려다보는 놈을 향해서 속으로 뻑큐를 날렸다.

"아직 중간고사 발표도 안 났어. 미리 단정하지 마."

"누구랑 달라서 말이야, 나는 조금 귀하신 몸이거든? 알고 싶은 정보를 알려줄 때까지 손가락 빨면서 기다리는 건 내 취향이 아니야."

로레알병이 또 도졌다. 제 놈이 소중하단다, 저 못 말릴 왕자병. 진짜로 약도 없다. 하긴 주변에서 놈을 부추기는 게 더 문제다. 뭐 볼 것 있다고 놈의 말이라면 다들 사족을 못 쓰는지 모르겠다.

그나저나 놈의 말을 믿을 수 없다. 손에 연필을 잡고 가나다를 배운 이후로 가장 힘들게, 열심히 공부를 했다. 코피야 내가 워낙 건강 체질이니 힘들다고 하더라도 정말 놈에게 이기기 위해, 목숨을 부지하기 위해, 사생결단으로 공부를 해댔었다. 덕분에 요즘 주변에서 나를 보는 시선이 달라졌다. 미선이는 아예 짝퉁범생이라고 부르고, 엄마에게 받는 용돈의 금액이 조금 달라졌으며, 형부가 사주는 음식의 메뉴가 달라졌다. 한마디로 생활이 업그레이드됐다고나 할까.

"그, 그래도 공식적으로 발표가 날 때까지 기다려."

솔직히 결과보다는 그 과정에 점수를 더 주고 싶은 심정이다. 강인혜가, 내가, 공부를, 그것도 자발적으로, 한 발 더 나아가 열.심.히. 스스로가 대견스러워 죽을 지경이다. 그랬는데 이놈은 그 모든 노력을 단 한 번의 콧방귀로 날려 버리고 있다.

"그런 식으로 며칠 더 발악을 한다고 해서 결과가 바뀌기라도 할 것 같아?"

빌어먹을. 말을 해도 꼭 저같이 말을 한다. 노력이라는 고상한 단어를 두고 발악이란다. 새로 발병한 병만 아니라면 놈에게 따지겠지만, 다시 말하거니와 나는 지금 환자다. 좁은 방 안에 덩치 큰 놈이 있으니 다시 산소 부족 현상이 일어나려 한다. 어서 놈을 보내 버려야 한다.

"발악이 아니라, 사실이 그렇다는 거지."

자존심 상하지만, 한껏 기죽은 목소리로 변명을 했다. 나의 항변에 놈이 입술꼬리를 말며 미소를 짓는다. 눈이 썩는다. 그것뿐이다. 놈을 바로 보지 못하는 이유는 놈의 미소에 눈이 썩기 때문이다. 결단코 다른 이유는 없다.

"사실이란 건 말이야, 네가 이번 내기에 졌다는 거야. 아주 완벽하게. 그러니까 약속대로 죽기 직전까지 노력하라구."

"뭘?"

"아까 준 종이에 네가 가야 할 학교가 적혀 있어. 지금으로서는 전혀 희망이 보이지 않지만, 도의적 책임을 지고 내가 반드시 넣.어.주.지."

얘기가 왜 그리로 튀는 거냐. 더 이상 네놈과 얽히는 것은 사양이다. 아직도 후유증이 심각하게 남아 이 고생인데, 약 먹었냐? 절대로 못한다. 성적표가 나오는 즉시, 그 성적표를 먹어버려 증거를 인멸하는 한이 있어도 더 이상은 못한다.

"아까도 말했지만, 아직 아무것도 결정난 것은 없어."

암, 당연하지. 이 몸은 무슨 일이 있어도 일본에 갈 거다. 네놈이 없는 곳이라면 그곳이 일본이 아니라 남극일지라도 가고 만다.

"결정난 것이 없다? 아아~ 하긴 그럴 줄 알았어. 결과에 승복하는 겸허한 모습을 보일 것이라고 기대하진 않았어."

흥이다. 아무리 그래 봐라, 내가 넘어가나. 시비 거는 것이 분명한 놈의 말에 반응하지 않기 위해 애를 썼다. 지금 놈에게 반응하면 또 얼렁뚱땅 넘어갈 것이다. 그러나 주먹을 꼭 쥐고 노력하는 나의 눈앞에 놈이 팔랑거리며 종이를 한 장 흔들어댄다.

"강인혜, 이래도 다른 말 할래?"

눈앞에서 무언가가 왔다 갔다 한다는 것보다 더 신경 쓰이는 것은 놈이 한 발짝 다가왔다는 것이다. 놈이 눈치채지 못하게 조심스레 한 발짝 뒤로 물러서며 신경질적으로 놈이 흔드는 종이를 잡아챘다.

이럴 수가!! 내 눈을 믿을 수가 없다. 대체 어떻게 내 중간고
사 성적이 놈의 손에 있는 거냐. 그것도 일목요연하게 정리되어
서.

부들부들 떨리는 손으로 지난달과 이번 달의 성적과 석차가
깔끔하게 프린트되어 있는 용지를 바라보았다. 삼십육. 놈이 빨
간색 사인펜으로 커다랗게 써놓았다. 제길, 이백등에서 삼십육
등이 모자란다. 삼십육.

"새벽 공부 다시 부활이야. 이번에 다른 핑계 대면 알아서 해.
아까도 말했지만, 지금 네 실력으로는 어림 반 푼어치도 없어."

무익이 놈이 하얗게 질린 내 얼굴을 보며 아무렇지도 않게 말
을 꺼낸다. 자, 잠깐. 잠깐만. 생각 좀 하자, 생각. 아아, 미치겠
다. 어떻게 일이 이 지경까지 왔을까. 지금 그나마 다행인 것은
성적표를 먹지 않아도 된다는 것 하나 정도일까? 제길.

"시간표를 짜줄 테니, 당분간 아무것도 생각 하지 말고 공부
만 해. 특히 엉뚱한 곳에 신경 쓰지 마."

놈이 아까 던져 버린 만화책을 눈으로 쫓으며 내뱉었다. 날
죽여. 고기가 물을 만나야 살 수 있듯이, 무익이 놈이 왕자병으
로 스스로를 위로해야 살 수 있듯이, 난 내가 보고 싶은 주인공
들을 봐야 살 수 있는 것이다. 그러나 내 사정은 아랑곳하지 않
고서 무익이 놈이 마치 제 방인 양 누비고 다니며 앞으로 내가
해야 할 일들을 하나씩 정리하기 시작한다. 아주 신이 났다.

"내가 미쳤냐, 너 하란다고 다 하게?"

앗, 실수다. 속으로 말을 한다는 게 그만 입 밖으로 나와 버렸
다. 하지만 아무리 지금 놈에게 이상증후군이 일어나고 있다지
만, 그냥 가만 앉아 당하기에는 상황이 너무 불리하다. 놈이 눈
을 날카롭게 뜨고 노려보기 시작한다. 삼십육. 에잇, 이렇게 된
거 삼십육계 줄행랑. 아니, 삼십육계 시치미닷.

"아, 아니. 일단은 성적이 올랐으니까, 우리가 처음에 내기를
한 것도…… 뭐, 꼭 이백등이 중요한 게 아니라 내 의지를 보이
는 것이 논점이었으니 일단은 합격점을 줘도…… 그리고……
넌…… 내 친구니까……."

제길, 내가 들어도 횡설수설이다. 놈이 내 장황한 말을 자르
며 스윽 다가온다. 아악, 미치겠다. 머리 속이 멍해진다. 내가
무슨 말을 하려고 했더라?

"이백등. 난 한 번 말한 것은 반드시 지켜. 이백등이야. 넌 졌
어. 짱구머리 굴려봐야 소용없으니까, 시키는 대로 해."

자, 잠깐. 이 각도, 어디서 본 듯한 각도가 형성되고 있다. 무
익이 놈이 목소리를 깔고서 얼굴을 들이밀고 협박을 하고 있는
데 엉뚱하게 아까 본 만화책의 그 장면이 생각나고 있다. 여기
서 놈이 손만 뻗으면, 그리고 여기서 놈이 얼굴을 조금만 더 내
리면…….

"아무튼 거기 적힌 학교야. 다른 곳은 꿈도 꾸지 마."

한동안 내 얼굴을 들여다보며 노려보던 놈이 몸을 일으키며
다시 한 번 쐐기를 박는다. 그제야 제정신이 좀 든다. 내 소중한

첫키스를 마당쇠와 하지 않게 되어서 다행이다. 그런데 정말 다행인데, 다행인 거 정말 맞는데, 서태웅과 유노와 산마로와 해야 하는 거 맞는데…….

"오늘은 충격을 간추릴 시간도 필요할 테니, 더 말하지 않겠어. 하지만 내일부터 내게 자비를 기대하지 마."

놈이 떠들고 있다. 덩치만 커다란 마당쇠 같은 놈. 증세가 심각해지고 있다. 분명 무익이 놈이 맞는데 조금 전 그 각도가 불발로 끝난 게 서운하다고 느끼다니, 확실히 내가 미쳐 간다. 조금 정신이 들자 그제야 놈이 던져 놓은 메모지가 눈에 들어온다.

"이건 뭔데?"

놈이야 떠들지 말든지(어차피 할 것도 아니다), 놈이 던져 놓은 메모지를 잡고 물어봤다. 놈이 인상을 쓴다.

"여태 뭘 들었어? 네가 갈 학교라니까."

너 같음 이 상황에서 쓸데없는 말이 귀에 들어오겠냐? 속으로 투덜대며 메모지를 다시 봤다. 설마…… 전설의 2호선?

2호선을 따라 줄줄이 있다는 전설의 학교들. 그중에서도 우리나라 최고의 대학 바로 옆에 있다는, 최고는 아니더라도 알아준다는 그 학교 이름이 커다랗게 적혀 있다. 미친 건 나만이 아니군. 무익이 놈도 미친 거다. 내가 이곳에 들어갈 수 있다고 믿다니, 순진한 놈. 세상을 몰라도 이렇게 모른다.

"불가능해."

“나를 뭘로 보는 거야? 넌 할 수 있어. 아니, 반드시 해야 돼.”

“우긴다고 되는 일이야?”

“당연히 우겨서만은 안 되지. 죽을 만큼 노력을 해야 되지.”

미치겠다. 놈이 당연하다는 듯이 팔짱을 낀다.

“노력한다고 다 될 것 같으면 세상에 불가능이 어디 있어? 말도 안 돼.”

“그러니 너는 얼마나 다행이냐. 내가 해준다잖아. 잔말 말고 시키는 대로 해.”

그래, 그래. 넌 평생 그 왕자병이나 끌어안고 살아라. 겨우 생각났다. 하마터면 또 놈의 꼼수에 넘어갈 뻔했다. 지금 이런 대화 따위를 하면 안 된다. 내가 왜 놈이 정한 학교에 갈 수 있나 없나를 놓고 언쟁을 벌여야 하나. 난 내가 갈 곳을 가면 그만인 것을.

“알았어. 시키는 대로 할 테니까 오늘은 그만 가.”

“정말이야?”

당연이 아니지. 하지만 지금은 네놈이 내 방에서, 내 머리 속에서 나가줬으면 한다. 그러니 뭔 소린들 못해주겠냐?

힘차게 고개를 끄덕여 줬다.

“물론이야. 내가 누구냐? 강인혜잖아. 난 약속은 지켜. 걱정 말고 어서 가.”

커다랗게 웃음도 지어줬다. 내 얼굴을 보고 놈이 뭔가를 생각하듯 인상을 쓴다. 주먹까지 틀어쥔다. 속으로 뜨끔했다. 놈이 눈치를 챈 건가? 하긴 한두 번 써먹은 게 아니다. 만약 성질을 부리면 어쩌지?

나름대로 속으로 찔리는 게 있는지라, 놈이 의미심장하게 다가왔을 때는 정말이지 숨도 쉬지 못할 뻔했다. 너무 강조를 했나? 조금 반항을 하는 척할 걸 그랬나?

놈이 허리를 굽히며 나를 덥석 끌어안을 것이라고는 전혀, 진짜로 꿈에서도 생각 못했다. 놈이 놀라서 뻣뻣하게 굳어버린 나를 끌어안고 달래듯이 머리를 쓸었다.

"힘들겠지만, 잠깐이야. 잠깐만 고생하면 되는 거야. 나를 믿어."

숨 쉬는 방법마저 잊어버렸는데 다른 것을 생각할 틈이 있을 리 없다. 놈이 믿을 수 있는 놈인지 아닌지, 그런 것 따위를 지금 내가 어떻게 생각해 낸단 말인가. 놈의 굵은 팔뚝이 나를 숨도 못 쉴 정도로 감싸고 있는 상황이라니. 살아생전 이런 그림이 나올 것이라고는 정말 상상조차 안 해봤다. 놈의 어깨에 코가 눌려 있으니 숨 쉬기가 정말 불편하다. 이러다가 숨 막혀 죽는 것 아닌가 모르겠다. 살고자 하는 의지로 내가 바동거리자 그제야 놈이 팔을 풀며 조금 물러선다.

놈의 얼굴이 나를 괴롭혔다는 만족감 때문인지 승자의 미소를 머금고 있다. 나는? 난…… 모르겠다. 정신적인 패닉이란 건 이런 걸 두고 하는 말인 것 같다. 좋은 건지, 나쁜 건지, 지랄을 떨어야 하는 건지, 앙탈을 부려야 하는 건지 진짜로 하나도 모르겠다.

"그럼 오늘은 쉬어. 내일 새벽에 일찍 올게."

놈이 목소리마저 승자의 아량에 젖은 채 느긋하다. 빌어먹을. 놈이 물러서자 그제야 제정신이 조금 드는 듯하다. 유노와 서태웅과 산마로가 울고 갈 일이 방금 일어났었다. 방문을 열고 나가는 놈의 뒤통수를 노려봤다.

새벽? 내가 왜? 암만 그래 봐라, 난 졸업하면 기필코 네놈이 없는 일본으로 날아갈 거다.

"참!"

나가려던 놈이 걸음을 멈추고 그제야 뒤늦게 씨근덕거리는 나를 유쾌하게 바라본다.

"어머님이 아주 좋아하시더라. 네가 용돈 아껴서 어머님께 선물할 준비 한다고 말씀드렸더니 아까 네 큰형부한테 막내딸 자랑을 막 하시던걸. 이야! 네가 그 모습을 봤어야 하는 건데. 전화하시는 모습이 아주 행복해 보이시더라구. 오늘 저녁에 큰누나 내외 밥 먹으러 올 거야. 잘해봐."

199X년 10월 17일. 날씨: 너무 우울해서 오늘 해가 쨍쨍했다는 사실을 써야 하는 게 싫다.

너무 슬프다. 일기도 적기 싫다. 적고 싶진 않지만, 그래도 일기는 있었던 일을 적어야 하니까 할 수 없이 적는다. 엄마가 집 앞에서 성적표를 들고 벌을 서게 했다. 하필이면 무익이가 학원에서 오는 시간이었다. 나를 보고 웃던 무익이 얼굴이 잊혀지질 않는다. 흥.

아무리 기도해도 무익이네가 이사를 가지 않으니 오늘부터 기도를 바꿔야겠다. 이제부터 아빠 가게가 먼 곳으로 옮겨져서 우리가 이사를 가게 해달라고 빌어야겠다. 무익이가 없는 곳으로 가게 해달라고. 정말, 정말 원하는 일을 한 가지 마음으로 열심히 하면 언젠가는 반드시 성공시킬 수 있다고 선생님께서 말씀하셨으니 열심히 기도할 것이다.

추신: 재우가 오늘 떡볶이를 사줬다. 유일하게 기분 좋은 일이었다.

제5장

199X년 10월 30일. 날씨: ……

재우 녀석과 싸움을 했다. 남자는 주먹을 함부로 쓰는 게 아니라고 아빠는 항상 말씀하신다. 하지만 어쩔 수 없이 써야 한다면 반드시 이기라고도 말씀하셨다. 나는 아빠 아들이다. 재우 녀석의 코에서 피가 나고 녀석이 울음을 터뜨리고 나서야 그 말씀이 생각나긴 했지만, 어쨌든 아빠 말씀을 어긴 것은 아니다.

녀석이 나와 인혜가 사귀는 사이라고 놀리고 다녔다. 그냥 무시하면 그만이지만, 문제는 인혜다. 인혜는 말도 안 되는 소문이라고 막 화를 냈다. 그리고 그런 말을 하던 재우와 싸움이 붙은 것이다. 나는 그렇게 억울하다는 생각도 없었고, 소문을 가지고 싸우고 싶은 생각도 없었다. 하지만 재우가 인혜를 바닥에 떠밀자 나도 모르게 녀석과 싸우고 말았다. 대신 싸움을 해줬는데도 인혜는 나보고 화를 낸다. 인혜는 나만 보면 화를 낸다. 네가 뭔데 내 싸움에 끼어드냐고 했다. 나도 내가 미쳤다고 생각한다. 괜히 주먹만 아프다.

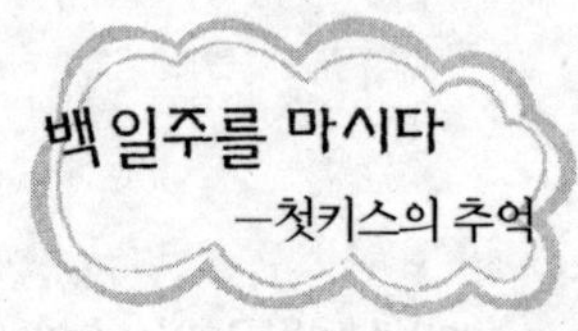

"묘~ 하단 말야."

무익이 놈이 낸 숙제를 풀기 위해 끙끙거리는 나를 보더니 미선이가 한마디 참견을 했다. 쯧, 저것도 친구라고. 언니는 날이면 날마다 지옥 같은 삶을 사느라 살이 쪼옥쪽 빠지는 중인데 친구라고 달랑 하나 있는 것이 치열한 싸움을 구경만 하면서 한가한 소리를 하고 있다.

"왠지 이제는 네 모습이 익숙해서 그런가 별로 놀랍지도 않아."

내가 노려보든지 말든지 완벽하게 무시한 미선이는 아예 턱까지 괴면서 본격적으로 꼴값을 떨어댄다. 젠장, 인복이 이렇게

까지 없을 수도 있을까.

무익이 놈의 세 치 혀에 구렁이 알 같은 내 돈이 고스란히 엄마와 아빠의 여행비로 들어가는, 세상이 무너지는 일이 일어나 버렸다. 그 돈이 어떤 돈인데. 먹을 것 못 먹고, 입을 것 못 입고, 자존심 구겨가며 한푼두푼 모은 목숨 같은 돈인데. 지금 생각해도 억장이 무너진다. 말하지 않았는가, 그 돈을 모으기 위해 눈물 없이 들을 수 없는 생활을 했다고. 그랬는데, 피 같은 내 유학 비용이 놈의 농간에 의해 고스란히 엄마, 아빠의 휴가 비용으로 들어가 버린 것이다. 아, 생각하니 또 눈물난다.

"여름을 타나? 요즘 밥 먹는 거 보면 전혀 강인혜 같지도 않고 말이야, 틈만 나면 책을 붙잡고 공부를 하고…… 그러고 보니 너, 살도 무지 빠졌다. 부럽다."

지랄을 해라, 지랄을. 너 같음 밥이 입에 들어가겠냐?

여름 아니라 여름 할아버지가 와도 끄떡없던 내 입맛이다. 겨우 더위 따위에 굴복할 입맛이 아니었단 말이다. 하지만 날아가 버린 내 미래가 입맛도 함께 가지고 날아버렸다. 뭘 먹어도 맛이 없다. 게다가 노예 감독관으로 변신한 무익이 놈 때문에 음식의 맛 따위를 느낄 시간 여유조차 없다. 날이면 날마다 산더미 같은 숙제를 내주고 눈을 번뜩이며 감시를 해대는 탓이다. 생까면 그만 아니냐고? 속 편한 소리 마라. 놈에게 중요한 인질, 아니, 전질이라고 해야 하나? 아무튼 잡혀 있는 게 있다.

공짜 돈 생긴 기념으로—그것은 절대로 공돈 따위가 아니다—여름휴가를 거창하게 계획하신 부모님이 14박 15일이라는 긴 시간을 미국에 있는 이모네 집으로 가기 위해 출발을 하신 것까지는 어쩔 수 없다고 치고―아, 눈물이 앞을 가린다―어째서 그동안의 생활비를 무익이 놈에게 맡기는 거냔 말이닷!! 말로는 역시 우리 인혜, 그럴 줄 알았다고 칭찬을 해대면서도 한꺼번에 많은 돈을 맡기기가 불안하다나 어쨌다나. 쳇, 그럼 내게서 가져간 그 많은 돈은 다 뭐냔 말이다.

눈물을 흘리며 그간 한푼두푼 돈을 모은 것은 나건만, 어째서 모든 공이 무익이 놈에게로 돌아가는지 정말이지 알 수가 없다. 한마디로 재주를 부린 머리 나쁜 곰과 사악한 포주, 아니, 입 가벼운 중국 서커스 단장의 경우라고나 할까. 젠장.

오늘 치의 일용할 양식을 얻기 위해서 나는 오늘도 놈이 내준 숙제를 해야만 하는 것이다. 덕분에 사는 낙이고, 입맛이고 뭐 하나 남아 있는 게 없다.

"정말이야, 너 트레이드마크인 젖살도 쏘옥 들어갔잖아. 묘하게 분위기가 난다고 해야 하는 건지. 암튼 요새 너 묘한 매력을 풍기고 있어."

미친. 지금 문제 푸느라고 정신이 사나운데 옆에서 아주 삽질을 하고 앉아 있다.

"더위 먹었어?"

"기집애. 너 예뻐졌다고 말해 주는 거야. 사랑을 하면 예뻐진다더니 그 말 조금 신빙성이 있는 것도 같단 말이야."

생글거리는 미선이의 표정을 보니 싸우고 싶은 마음도 안 생긴다. 아니, 싸울 힘도 없다. 불만스럽게 다시 문제를 노려보았다. 이거 해석을 잘못한 거 아닌가? 격식에 맞게 써라가 아니라 구체적으로 써라가 정답인 것 같은데.

지독한 고문 감독관 같은 놈은 날마다 산더미 같은 숙제를 내주고 그것을 꼼꼼하게 체크하고 잔소리를 해댄다. 공식 적용이 잘못됐다, 이 정도 단어도 모르냐, 해석이 이게 뭐냐. 제길. 한두 번도 아니고 날마다 잔소리를 듣다 보니 오기 비슷한 것도 생긴다. 언젠가는 네놈 코가 납작해지도록 해내고야 말겠어.

투지에 불타는 나를 미선이가 기어이 흔들어댄다.

"인혜야, 인혜야!"

"아, 조용히 좀 해. 정신 사납잖아."

"누가 너 찾아."

사람이란 얼마나 습관에 의해 길들여지기 쉬운 존재인가. 미선이의 말에 나도 모르게 시계를 확인했다. 놈이 올 시간은 아직 조금 여유가 있는데. 그런 나를 보더니 미선이가 혀를 끌끌 찬다.

"너무 티 낸다. 네 낭군이 아니라 다른 사람이야. 늬들, 날도 더운데 방학 반납하고 보충 수업 하는 사람 입장도 생각해서 학교에서는 웬만하면 좀 떨어져서 다녀라. 응?"

"낭군 같은 소리 그만 해. 나 도망가지 못하게 감시하는 감독관이라고 했잖아."

"흥이다, 말이나 못하면. 게다가 무익이 같은 감독관이면 하루 종일이라도 감시받겠다. 행복에 겨운 소리 작작해."

한번 해봐라, 그런 소리가 나오나. 속 모르는 소리를 해대는 미선이를 노려봐 주고 일어섰다.

동관에서 남학생의 모습을 보는 일은 가히 흔한 일은 아니다. 물론 요새 수시로 드나드는 무익이 놈 때문에 익숙해지기는 했지만, 그래도 남학생들은 동관에 오길 꺼린다. 그런데 무리 지어 있는 하얀 백조들 사이의 까마귀처럼 여학생 바글거리는 복도에 까무잡잡한 남학생 하나가 뻘쭘하니 서 있다. 누굴까? 내가 아는 남자는 절대 아니다.

"누구세요?"

누군지 몰라도 마당쇠는 사절이다. 키 큰 놈도 밥맛이다. 거기에 싸가지까지 없다면 볼 것도 없다. 퉁명스런 내 말에도 상대방은 기분이 나쁘지 않은 모양이다.

"그전에 하나만 물어보자."

내 말은 가볍게 무시하며 대뜸 반말이다. 하여간 이놈이나 저놈이나.

"너 무익이랑 사귀는 거 진짜냐?"

총 맞았수? 난데없는 반말에 기분 나빠할 틈도 없이 튀어나오는 이름에 인상이 구겨진다.

"대답해."

대체 질문이 가치가 있어야 답을 하든지 말든지 하지. 가볍게 생깠다.

"내가 먼저 물었어."

"나?"

"그래, 너!"

날은 덥고 스트레스는 무지 받은 상태다. 이놈이 누군지는 모르겠지만, 다 귀찮다. 한데 이놈 봐라. 갑자기 남의 손을 덥석 잡는다.

"반갑다. 나, 강재경이야."

여, 여보세요. 이게 무슨 짓인가요? 머리가 울릴 정도로 크게 손을 흔들어대는 통에 어깨까지 다 아프다.

"이제 말해 봐. 진짜루 너희 둘이 사귀는 거 맞아?"

"그게 너랑 무슨 상관인데?"

놈에게서 잡힌 손을 빼기 위해 손가락을 꼼지락거리며 퉁명스럽게 물었다. 제길, 땀띠 나겠다.

"당연히 상관이 있지. 전부터 너를 쭈욱 지켜봤거든."

네가 스토커냐? 뭘 지켜봐, 지켜보길. 놈에게 잡힌 손을 빼내기 위해 안간힘을 쓰던 나는 멈칫했다.

"무슨 뜻이야?"

내가 묻자 뜻밖으로 놈이 얼굴을 조금 붉힌다. 오호라, 힘만 센 무식한 놈은 아니었구만. 부끄러움도 탈 줄 알고.

"너랑 친구 하고 싶어. 그러니까 말해 봐."

이, 이것이 말로만 듣던 고백이란 것이렷다. 머리 속에서 종이 딸랑거리며 울리고 있다. 아아, 정녕 버리는 신이 있으면 줍는 신도 있다는 말이 사실이었구나. 드디어 나에게도 이런 날이 오고야 말았다. 할렐루야, 동네 사람들!! 드디어 강인혜가 고백을 받았습니다!

못생겼다 구박받고, 든 것 없다 멸시받던 과거가 주마등처럼 스쳐 지나간다. 오로지 살겠다는 의지 하나로 목숨처럼 지켜오던 돈다발마저 여름 태풍에 쓸려가 버리고 이제는 삶의 의욕마저 잃어버린 내게 이게 웬 막간 여흥이란 말이냐.

재경이란 놈에게 잡힌 손을 뺄 생각은 사라지고 기쁨에 얼굴이 붉어지고 있다(지금 콧방귀를 뀌는 당신, 한 번도 고백을 받아보지 못한 사람이라는 것을 자백한 것이나 마찬가지다).

"소문이 맞는지 확인하러 왔어. 맞아?"

놈이 다시 채근을 해댄다. 당연히 아니지. 어디서 그런 황당한 소문 따위를 듣고 온 거냐? 놈과 나와의 관계는 노예 감독관과 노예, 악질 고문관과 억울한 수감자, 그 이상도 이하도 아니다. 친구라는 타이틀마저 놈이 가벼운 입을 놀린 그날, 버려 버렸다.

"나, 나를 왜 지켜봤는데?"

첫째도 안전, 둘째도 안전. 조심스레 다시 물었다. 표정 관리, 표정 관리를 해야 한다. 아, 너무 좋아하는 티 나면 안 되는데.

"예쁘니까."

들었어? 들었어? 예쁘단다. 내가 예쁘단다아아. 험, 보는 눈은 있어가지구. 재경이란 놈의 오해를 우선 풀어줘야겠다. 이놈이랑 사귀든 안 사귀든 끔찍한 오해는 풀어주는 것이 도리다.

"무익이랑은 그냥……."

"강인혜, 세월 좋다. 복도에서 노닥거릴 시간이 다 있고. 너무 풀어줬나 보지?"

꿈같은 시간을 방해하며 들려서는 안 되는 목소리가 들린다.

느긋하게 팔짱을 낀 무익이 놈이 복도 벽에 어깨를 기대고서 우리를 구경하고 있다. 쳇, 나쁜 놈. 제 놈도 눈이 있으면 지금 누님을 방해하면 안 되는 것 정도는 알아채야 할 것 아닌가. 암튼 나 잘되는 꼴은 죽어도 못 보는 놈 아니랄까 봐 방해다.

눈앞이 벌겋게 달아오른다. 참으려고 이를 악물었더니 어금니가 다 시릴 지경이다. 지금 이성의 끈을 놓는다면 학교에서 쌓아올린 명성이 하루아침에 날아가 버릴지도 모른다. 놈에게 주먹을 휘두르지 않기 위해서 팔짱을 낀 손에 힘을 줬다. 씹. 당장에 그 손 놔. 인혜의 머리 위로 눈을 마주친 놈에게 경고의 메시지를 보냈다.

"무, 무익아, 저기, 애는…… 그러니까……."

횡설수설 인혜가 수습에 나선다. 이미 늦었다. 뻔뻔스럽게 손목을 잡히고도 말이 나오냐? 한껏 늘어지려는 인혜의 말꼬리를 자르며 손목시계를 쳐다보았다.

"삼십 초 주겠어. 집에 갈 준비해서 나와. 삼십 초야, 일 초도 더 안 돼."

"저, 저기, 있잖아. 오늘은…… 그냥……."

"삼십 초!!"

당황해서 변명을 늘어놓는 인혜조차 오늘은 용서가 안 된다. 시발, 지금 머리꼭지가 돌기 일보 직전인데 그런 것 따위가 눈에 들어올 리 없다.

머리는 나빠도 눈치는 빠른 인혜다. 시계를 확인하는 내 모습을 잠시 노려보더니 가방을 챙기기 위해서 반으로 잽싸게 들어가 버린다.

"진짠가 보네."

인혜의 손목을 주무르던 재수없는 자식이 느릿하게 감탄을 한다. 이를 악물며 주먹에 힘을 줬다.

"실은 소문이 분분해서 긴가민가했거든. 너희 둘, 커플이다 아니다 말들이 다 다르더라고."

개새끼, 넌 나한테 찍혔어. 앞으로 반년 동안 학교 생활 힘들 거다. 남의 일 따위는 관심을 가질 여유도 없게 만들어주겠어.

"뭐, 확인을 했으니 순순히 물러서야 하겠지. 아, 아깝다. 같이 백일주 마시려고 했는데."

점점. 안 그래도 용서할 맘은 없었지만, 인혜와 술을 마시려고 했다는 놈의 말에 학교 복도라는 공인된 장소임도 잊고서 본능이 시키는 대로 한 발짝 다가섰다. 온몸의 세포들이 오히려 차분해진다. 놈에게서 눈을 떼지 않으며 틀어쥔 주먹에 힘을 실었다. 모든 신경들이 올올히 적을 향해서 일어서 있다. 즐거운 마음으로 차가운 분노를 실어 찌그러진 농구공같이 생긴 놈의 얼굴을 향해 통한의 일격을 날리려 할 때였다.

"됐어. 삼십 초 안 넘었지?"

숨을 헥헥 몰아쉬며 인혜가 튀어나왔다. 하여간 못 말린다. 급하게 하긴 어지간히 급하게 했나 보다. 미처 쓸어 담지 못한 책을 대충 손으로 말아 쥐고서 칭찬을 기대하는 강아지 같은 표정으로 바라본다. 그런 인혜의 얼굴을 보니 터질 듯이 긴장해 있던 분노가 급속히 빠져나가 버린다. 아, 젠장.

바람 빠진 풍선처럼 전의를 상실한 상태에서는 놈과 대결을 벌일 수는 없다. 말없이 등을 돌렸다. 찌그러진 농구공이 안도의 한숨을 내쉬었다. 하지만 신경을 꺼버렸다. 놈과는 남아 있는 계산이 있지만, 오늘은 아니다.

"삼십 초 넘었어? 이상하다. 진짜로 빨리 준비했는데. 많이 넘었어?"

쫄랑쫄랑 내 뒤를 따라오며 인혜가 계속해서 떠든다. 젠장, 조용히 해. 넌 지금 상황 판단도 안 되냐.

"이상하다. 안 늦었을 텐데."

안 되나 보다. 걸음을 멈추고 노려보자 인혜가 무안한지 씨익 웃는다. 정확히 규정할 수 없지만, 몸 안의 뭔가가 꿈틀거린다.

"그거 버릇이냐?"

"뭐가?"

"이놈저놈 보고 웃는 거, 버릇이냐?"

"내가 언제 이놈저놈 보고 웃었다고……."

"흉하다."

뿐인가, 아주 보기 싫다. 다른 놈에게 웃어주는 꼴 따위 보고 싶지 않다. 인혜의 얼굴이 빨갛게 달아오른다. 아마 또 멋대로 내 말을 오해하고 펄펄 날뛸 것이다. 그러든지 말든지 오늘은 이상하게 심사가 꼬인다.

"그러는 넌 그렇게 말끝에 가시를 달아서 툭툭 내뱉는 게 버릇이냐?"

인혜가 불만스럽게 따지고 든다. 뭘 잘했다고 대드냐, 대들긴.

"강인혜."

"아씨, 내가 이름만 부르라고……."

눈에 힘을 주니 말이 점점 줄어든다. 한주먹거리도 안 되는 것이 말끝마다 앵앵거리고 덤비는 게 대견하기까지 하다.

"살 만해? 시간 남아돌아?"

"그게 아니라, 재경이가 갑작스럽게……."

아, 이마에 힘줄 돋는다. 재경이? 재경이이이이? 그새 통성명까지 했다 이건가? 하긴 손목까지 잡고 주물거렸는데 이름 따위가 대수겠어? 나는 백만 분의 일의 확률에 도전하기 위해 오늘도 동분서주, 저를 그래도 대학이라는 곳에 집어넣기 위해 불철주야 노력하는데 뭐? 백일주를 마셔? 애먼 놈하고? 내가 그 꼴을 그냥 두고 볼 성싶으냐? 절대 못 본다. 아니, 안 본다.

"그래서 그놈이 뭐라고 하길래 얼굴까지 붉히면서 실실거렸냐?"

속에서는 열불이 올라오지만 절대 내색할 수는 없는 일이다. 아, 젠장. 죽으면 사리가 열 말은 나오겠다.

남의 속도 모르고 인혜의 얼굴이 다시 홍조를 띠기 시작한다. 뒤늦은 후회가 생긴다. 빌어먹을, 참지 말 걸. 후련하게 놈을 패 주고 오는 건데.

"있어, 그런 게. 넌 몰라도 돼."

사람에게는 절대적인 순간에 발휘되는 본능이란 게 있다. 일종의 초능력이다. 그것은 이성과는 무관한 힘이다. 인혜의 말을 듣는 순간 그 힘이 발휘되고 말았다. 너는 몰라도 된다는 인혜의 말은 끝까지 이성을 끈을 놓지 않기 위해 안간힘을 쓰는 나를 한 방에 날려 버렸다.

나도 모른다, 어떻게 인혜가 내 품 안에 얌전히(?) 안겨서 놀란 표정을 하고 있는지. 그런 것 따위 알 게 뭔가.

"다시 말해 봐."

"뭐, 뭘?"

"시발, 다시 한 번 말해 보라구!!"

"그, 글쎄, 뭘 말하라는 거야? 너 왜, 왜 이래?"

어지간히 놀랐나 보다. 인혜가 울 듯한 표정으로 딸꾹질까지 해댄다. 어쩔까, 이걸 어쩔까.

"분명히 말하지만, 상관있어. 아주 많이. 알아들었어?"

이를 악물고서 인혜를 다그쳤다. 그러나 인혜는 딸꾹질만 해댈 뿐, 냉큼 수긍을 하지 않는다.

"대답해. 알아들었냐고!!"

소리를 지르자 열성적으로 고개를 끄덕인다. 진짜로 알아들은 게 아니라 내 고함 소리에 그냥 반사적으로 끄덕일 뿐이라는 건 알았지만, 그래도 조금 기분이 풀어지려 한다.

"앞으로 쓸데없이 아무한테나 바보처럼 웃지 마. 알았어?"

표정이 가관이다. 반항을 하려는 기색이다. 어림없다. 안고 있는 팔에 조금 힘을 줬다. 다시 고개를 끄덕인다. 하아, 조금 더 풀어진다. 사라졌던 이성이 조금 돌아오는 듯도 하다. 그러고 보니 아주 마음에 드는 자세가 아닌가. 이번에는 다른 생각이 솔솔 들기 시작한다.

윤기 흐르는 인혜의 머리를 가만히 쓰다듬으며 딸꾹질을 하는 인혜의 얼굴을 바라보았다. 곧 울 듯한 표정을 하고 있다. 머리 속이 멍하다. 이것은 또 무슨 조환가. 피가 한곳으로만 몰리기 시작한다.

정신 차려, 백무익. 아무리 사람이 뜸한 골목길이라고 해도 언제 누가 올지 모르는 일이라고. 알고 있다, 미친 짓이라는 것을. 하지만 지금 이 순간은 제정신으로 있는 것이 더 불가능하

다. 어차피 벌어진 판이니 지금 조금 오버한들, 나중에 후회밖
에 더할까 싶었다. 냉정한 판단력과 자세심의 대명사 백무익은
잠시 안녕이다.

결심을 굳히자 그 다음은 일사천리다. 인혜를 안고 있는 팔에
부드럽게 힘을 주고서—빌어먹을, 더럽게 좋다—눈치채지 못하게
조금 더 구석으로 밀었다. 이왕이면 사람들의 눈에 띄지 않는
것이 좋다. 누구든 방해하는 놈은 가만두지 않을 테다.

"괜찮아, 이제 화 안 내. 그러니까 걱정 마."

글쎄, 맞는 말인지 모르지만 일단 인혜를 달래야 했다. 안 그
래도 커다란 눈을 더욱 크게 뜨고서 도망가기 일보 직전이다.
지금 인혜를 도망가게 둘 수는 없는 노릇이다.

"아까 화내서 미안해."

말을 하며 고개를 조금 내렸다. 둔탱이 인혜가 조금 움찔한
다. 초조해지기 시작한다. 목표를 눈앞에 둔 설렘이랄까. 떨리
는 손을 들어 인혜의 뒷머리를 살며시 감싸 안고서 인혜의 눈동
자를 바라보았다. 괜찮아. 고작 키스일 뿐이잖아; 그렇지? 빌어
먹을 그놈의 고작 키스, 나도 처음이다. 하지만 인혜보다 더 떨
린다고는 죽어도 말 못한다.

"저, 저기…… 무익아, 알았어. 그러니까…… 이제 그
만……."

내게서 위험한 신호를 느낀 인혜가 경계를 하기 시작한다. 하
지만 난 인혜의 말을 완전히 무시한 채 고개를 더 내렸다. 닿는

다, 닿는다. 아, 미치겠다. 땀방울이 새록새록 솟아나려 한다.

그때였다.

"어? 거기 무익이 아니냐? 무익아, 이제 끝난 거야?"

순간적으로 환청을 들은 줄 알았다. 그러나 차창을 내리고 반갑게 손까지 흔드는 것은 분명 형이었다. 사람이 허무함으로 죽을 수도 있다는 것을 오늘 알았다. 빌어먹을, 뻔뻔한 형의 얼굴이 오늘처럼 싫었던 적이 없다. 인혜의 얼굴이 죽었다 살아난 것처럼 밝아지더니 쪼르르 형에게로 달려가 버린다.

"겸익 오빠!"

얼씨구, 아주 살판났다. 조금 전까지 파들파들 떨던 주제에 언제 그랬냐 싶게 매달려서 아양이다.

"인혜야, 얼굴이 왜 그래? 너희들 또 싸웠냐? 너무 싸우면 정든다. 지치지도 않아, 얼굴만 부딪치면 싸우게? 그래, 오늘은 누가 이겼어? 무익이 인상을 보니, 인혜 네가 이긴 거 같은데?"

저놈의 수다. 입을 확 틀어막아 버리면 좋겠다. 그나저나 다 잡은 기회를 생으로 날려 버리려니 몸이 다 아픈 것 같다. 빌어먹을.

하지만 좋다. 까짓거, 오늘만 날이 아니다. 백일주? 마셔주지. 무슨 기념일이니 뭐니, 시끄럽게 구는 것은 질색이지만 한 번쯤은 양보할 수도 있을 것 같다. 언젠가는 오늘 못다 한 일을 반드시 이루고 말리라. 내 눈치를 슬금슬금 살피며 형이 마치 무슨 구원의 동아줄이라도 되는 양 물고늘어지는 인혜를 보며 새롭게 각오를 다졌다.

*

아무리 봐도 딱 그건데.

요리조리 뜯어봐도, 이리저리 생각을 굴려봐도 딱 한 가지밖에 결론이 나오지 않았다. 하지만 다른 사람도 아니고 무익이가 아닌가. 세상에서 저보다 잘난 사람 없고, 모든 사람이 다 자기를 사랑한다고 생각하며(상당히 재수없음이다), 무엇보다 나 강인혜가 인간의 영역에서 가장 멀리 떨어져 있다고 철석같이 믿는 놈이 아닌가. 그런 놈이 설마. 고개를 설레설레 저었다. 그러나, 그.럼.에.도. 불.구.하.고.

의심이 살며시 고개를 치켜드는 것은 어쩔 수 없었다.

분명 놈이 나에게 얼굴을 들이미는 동작은, 그 뭐시냐, 키, 키스를 하려는 것 같은 자세였단 말이다. 내가 누군가. 다년간의 이론으로 무장한 미래의 순정작가가 아닌가. 그동안 비축해 놓은 상식이 얼만데 그 자세를 놓치겠는가. 하지만 상대는 무익이다, 무익이. 놈이 나를 상대로 그런 짓거리를(?) 할 리 없다. 미치지 않은 다음에야.

무익이 놈이 심각한 왕자병 증세가 있는 것은 사실이지만 그것은 미친 것과는 거리가 있다. 그럼 대체 그 장면은 뭐였단 말인가. 아, 미치겠다. 속 시원히 물어나 봤으면 원이 없겠지만 만

약 그랬다간 대놓고 비웃음을 살 거다. 약 먹었냐? 이러면서. 그
것만은 죽어도 못한다. 그리고 뭐라고 물어본단 말인가? 너 진
짜로 나한테 키, 키스하려고 했던 거야? 미친다. 어떻게 그렇게
물어볼 수 있겠냐고. 아, 놈 때문에 이젠 별걱정을 다 하고 산
다. 하루빨리 멀어져야 할 변종 바이러스 같은 놈이다. 그나저
나 진짜로 뭐였을까. 젠장, 생각이 또다시 원점으로 돌아온다.

"약 먹었냐?"

"아냐, 아니라니까!!"

생각보다 강한 부정에 놀란 것은 나만이 아니다. 말을 걸었던
미선이가 드디어 맛이 갔구나 하는 표정으로 쳐다본다.

"얼마나 가나 했다. 드디어 한계가 오는구나. 혼자서 생쇼를
해라. 고개를 흔들었다, 끄덕거렸다, 차마 혼자 보기 아깝다. 요
즘 안 하던 짓을 하더니 드디어 맛이 가기 시작하는구나. 그러
게 공부는 아무나 하냐?"

흥이다. 군자의 깊은 속을 너 같은 소인배가 어떻게 알쏘냐.
지레 놀란 가슴을 진정시키며 아무렇지도 않은 표정을 유지했
다. 혹시라도 미선이에게 들키면 시끄러울 수 있다.

"더워서 그래. 그보다 장소는 정했어? 단속 뜨면 어쩌지?"

"기집애. 내가 누구냐? 그런 걱정은 붙들어매. 그리고 오늘
같은 날 하루 정도는 법도 피해가게 돼 있지. 한 육 개월 정도
가불해서 한잔한다는데, 법 집행하는 아저씨들은 고3인 적 없었
다니?"

말이나 못하면.

"멤버는?"

"으흐흐, 놀라지 마라. 멤버가 그야말로 호화찬란 아니냐. 나 아무래도 이 길로 나갈까 봐. 나중에 가서 놀라지나 마."

내가 너의 그 호언장담에 한두 번 당한 게 아니다. 틈만 나면 과장에, 저한테 유리하면 거짓말에, 득이 된다 싶으면 친구까지 팔아먹는 게 너다, 너. 나처럼 하늘을 우러러 한 점 부끄러움없는 사람이 어쩌다 미선이와 친구가 됐는지 알 수가 없다.

"봐, 외관도 근사하지 않냐? 담달 오픈이야. 고모 설득하느라고 목이 다 쉬었다. 어때, 이만하면 네 인복도 그럴싸하지 않냐? 어디 가서 나만한 친구를 두겠어? 그치?"

오냐, 오냐. 열성적으로 칭찬을 바라는 미선이의 등을 대견하다는 듯이 툭툭 두드려 줬다. 이 기분에 뭔들 못해주겠냐. 하지만 뭐, 미선이의 말대로 다음 달 오픈한다는 그 카페는 인테리어에 꽤나 신경을 쓴 듯했다.

어떻게 보면 아주 촌스러운 전통일 수 있다. 그러나 법치국가인 대한민국에서 가장 제외된 것이 고3이다. 헌법 제1조 1항. 대한민국은 민주공화국이다. 분명 법에 그렇게 명시되어 있건만, 민주에서 가장 떨어진 생활을 하는 고3에겐—법 운운하려니 어떤 놈 생각이 난다. 쳇—그림의 떡일 뿐이다. 그러니 오늘 하루쯤 가볍게 법을 어긴들, 누가 우리에게 돌을 던지랴. 그럼, 그렇고말고.

그런 의미에서 오늘 하루만은 머리 속에서 어른거리는 무익이 놈을 기필코 완벽하게 지워 버리고 놀아주리라. 그간 놈의 횡포에 억압당한 자유를 만끽하며 살짝쿵 탈선을 하고야 말리라. 악질 노예 감독관 같은 놈이 오늘 웬일로 순순히 자유를 주었는지 모를 일이지만, 알 게 뭐냐. 나는 오늘 자유다—!!

미선이의 뒤를 따라 아직 오픈하지 않아 조용하기만 한 카페로 들어섰다.

"이런 의리없는 것들. 조금 늦었다고 벌써들 시작한 거야?"

들어서자마자 미선이가 주인 행세를 해댄다. 하긴 이 더위에 헤매지 않고 장소를 찾은 것만 해도 어디냐? 수선을 피우는 미선이를 버려두고 빈자리를 찾아 고개를 돌렸다. 그런데!

처음에는 착시현상인 줄 알았다. 땡볕 더위에 있다가 갑자기 에어컨 빵빵 나오는 실내에 들어와서 뇌가 잠시 고장이 난 것일 수도 있으니까. 그러나 눈을 껌벅거려도, 두 손으로 힘껏 비벼 보아도 이쪽을 보고 느끼한 웃음을 짓는 무익이 놈은 사라지지 않았다. 오히려 손을 들어 아는 체까지 해댄다. 젠장맞을.

어떻게 저놈이 이곳에 있을 수가 있단 말인가. 놈은 이런 모임을 치 떨릴 정도로 싫어한다. 아니, 싫어한다기보다 경멸한다. 무리 지어 오글거리는 것은·제 놈과는 도저히 어울리는 짓이 아니라고 했단 말이다. 그랬는데, 무리 지어 오글거리는 그 중심에 떠억하니 자리 잡고서 잘만 놀고 있다. 하루 종일 내 머리를 괴롭히던 놈이 이제는 눈마저 괴롭게 하고 있다.

"뭐 하고 있어? 어서 자리에 앉지 않고서."

미선이.

또다시 천연덕스럽게 친구를 팔아먹은 가롯 유다를 노려보았다. 역시나 먹혀들어 가지 않는다. 한술 더 떠 호들갑스럽게 무익이 놈의 옆으로 안내까지 하고 있다. 그럼 그렇지. 내 인복의 한계는 여기까지다.

어쩔 수 없이 놈의 옆에 앉긴 했지만, 절대로 놈 쪽으로 고개를 돌리지 않았다. 고집스럽게 앞을 향한 시선을 움직이지 않았다. 지금 놈을 보았다간, 그랬다간…….

아씨, 너무 가깝다 말이다. 미치겠다. 아무래도 바이러스 감염이 심각한 것 같다. 놈만 보면 스멀스멀 이상한 생각이 떠오른다.

"넌 뭘 해도 늦냐."

흥. 뻑큐다, 이놈아. 내, 변 사또 앞에서 옷고름 푸는 춘향이가 된 심정으로 어쩔 수 없이 네놈 옆에 앉았다만, 그런다고 네놈의 장단에 놀아날 것 같으냐?

"어? 그런데 재경이는? 아직이야?"

배신자 미선이 멤버 체크를 한다. 재경이? 재경이라…… 어디서 많이 듣던 이름이다. 아, 그렇구나. 어찌 잊을 수가 있단 말인가. 생애 처음으로 내게 고백이란 것을 한 또 다른 마당쇠가 아니던가. 그놈이 이곳에 오기로 했단 말인가? 묘하게 가슴이 설레기도 하는 것 같다.

"안 온단다. 바쁠 것 같다는데."

바쁜 것도 아니고, 바쁠 것 같다? 얼굴만 알고 이름은 모르는 다른 반 녀석이 냉큼 대답을 한다. 쳇, 그럼 그렇지. 내 복에 무슨.

"인혜 온다고 하지, 왜?"

미선이가 재밌다는 듯이 말했다. 그래, 그랬으면 안 바쁠 수도 있었을 텐데. 내색은 못하고 속으로 열심히 응원을 했다.

"모르는 소리 마. 인혜 온다니까 얼굴이 새파랗게 질리더구만."

"그래? 이상하네. 그럴 리가 없는데."

그래, 그럴 리가 없다. 놈이 내게 한 고백 비슷한 목소리의 여운이 아직 가시지도 않았단 말이다.

"아냐, 진짜야. 네가 시킨 대로 인혜 온다고 했지. 그랬더니 아주 손사래까지 치면서 바쁠 것 같다고 그러던데."

녀석이 억울하다는 듯이 열심히 말을 한다. 미선이의 미션을 본인은 분명 수행했다는 항변인가 보다. 칠칠치 못한 놈. 재경이가 그랬을 리 없다.

"내가 보기에는 좀 아픈 것 같더라."

"아파?"

"응. 많이 다쳤던데?"

"그래? 어제까지는 괜찮던데."

"몰라. 자기 말로는 넘어졌다는데, 얼굴이 완전…… 아우, 보기 딱하긴 하더라."

그럼 그렇지. 어쩔 수 없는 사정이란 게 있으니 못 오는 것일 거다. 서운하긴 하지만, 아프다는데 별수없다.

못 먹는 감 찔러나 본다지만, 찌르지도 못하는 환경이니 먹을 수 있는 안주나 신경을 써야겠다. 그나저나 미선이 기집애, 준비는 엄청 했다. 고모네 가게 오픈하기 전에 부도날 것만 같다. 이제는 은퇴했다지만 왕년의 공짜귀신 강인혜, 차려준 밥상을 마다할 리 없다. 뭘 먼저 먹을까나.

"점심은 먹었어? 하긴 안 먹었으면 그게 이상하지."

무익이 놈이 내 앞으로 안주 접시 하나를 밀면서 슬쩍 시비를 건다. 쳇. 주려면 곱게 줄 일이지 꼭 한소리를 한다. 암만 그래 봐라, 내가 네놈 쪽으로 고개를 돌려서 내 무덤을 팔 성싶으냐? 네놈의 강력한 바이러스에 대항할 백신 프로그램을 못 구해서 더럽고 치사하지만 일단은 작전상 후퇴다.

"근데 손은 또 왜 그래?"

이놈의 주둥아리. 그렇게 다짐을 했음에도 고새를 못 참고 참견을 하고 만다. 접시를 건네는 무익이의 손이 빨갛게 부어 있기 때문이었다. 놈이야 부어 있든 부러져 있든 신경을 끄면 그만인데, 습관이란 참 무서운 거다. 하긴 놈과는 벌써 십 년이 넘게 악연을 이어오고 있으니 인정상 이 정도는 당연한지도 모른다.

"아아, 별거 아니야. 그냥, 농구공 하나 손봐준다고."

쯧쯧. 하여간 마당쇠는 어쩔 수 없는 마당쇠다. 이 더운 여름에 쓸데없이 뭐 하러 아까운 힘을 낭비하는지 모르겠다. 놈의 손이지 내 손은 아니니 신경 쓸 일은 아니다. 하지만 연상 작용이라는 게 있지 않은가. 놈의 손이 며칠 전 분명 나를 더듬었단 말이다. 아, 또 생각났다.

다른 사람과 농담을 하면서 웃고 있는 놈을 몰래 훔쳐보았다(빌어먹을, 당당하던 옛날이 그립다). 뭐였을까. 정말로 키, 키…… 에이, 설마. 그래도 확실히 그림은 그거였는데.

나의 고뇌를 아는지 모르는지 놈은 원래 이런 자리에 자주 오던 사람처럼 자연스럽게 어울려 잘만 논다. 미친 척하고 물어봐? 그랬다가 평생 놀림받게 된다면? 절대로 그럴 수는 없다. 그냥 잊어버려? 물론 그럴 수만 있다면 벌써 그렇게 했다. 하지만 그게 뜻대로 안 되니 그게 문제다. 어쩌지? 미선이가 선심 쓰듯 따라준 술잔을 빙글빙글 돌리며 생각에 생각을 거듭했다. 물방울이 송골송골 맺혀 있는 술잔을 바라보며 고민하던 내게 그럴듯한 생각이 떠올랐다. 그러면 될 것을. 음핫핫하. 역시 나의 잔머리는 녹슬지 않았다.

"무익아, 술 한잔해. 그동안 나 때문에 고생했다. 그리고 앞으로도 잘 부탁해."

내 뜻밖의 제의에 놈이 놀란 얼굴을 한다. 본심을 들킬 수 없는 노릇이니 생긋 미소를 지어주는 것을 옵션으로 추가했다(하는 나도 괴롭다).

"어…… 그래. 근데 너 술 마실 줄 알아?"

내가 애냐? 맥주 한 잔쯤 못 마실 것 같으냐? 하지만 모를 일이다. 믿든지 말든지, 강인혜 공부 못하는 것 빼고는 모범 학생이다. 하지 말라는 것은 안 한다. 그런 내가 술을 마셔봤을 리 없다. 하지만 거사를 치르기 위해선 조금의 희생은 어쩔 수 없다. 눈 딱 감고 마셔 버렸다. 크아, 조오타.

놈이 말려야 할지 말아야 할지 생각을 하는 듯하더니 이내 포기를 하고 자신의 잔을 비운다. 옳거니. 잘한다. 놈의 잔이 비기가 무섭게 또 따라줬다. 나? 물론 나도 따라야지. 분위기는 맞춰줘야 할 것 아닌가.

"더운데 한 잔 더해."

"지금 뭐 하자는 거야?"

"그냥, 그동안 너 고생했잖아. 오늘은 그런 거 위로받는 자리니까. 왜, 싫어?"

자식, 그냥 주는 대로 먹으면 될 것을 의심은 많아가지고. 어쩔 수 없다. 이럴 경우의 필살기가 있다. 술을 한입에 털어 넣고 약간 비웃는 듯이―이게 중요하다―놈을 향했다.

"나보다 술 못하는 거 들킬까 봐 겁나?"

예상대로 놈은 발끈했다. 어린 놈, 조금 긁는다고 바로 반응을 하냐?

성난 황소처럼 콧김을 풍풍 뿜어내던 놈이 자기 잔을 무섭게 비우더니 보란 듯이 내 잔과 자기 잔을 또 채운다. 그래, 그렇게 마시는 거다. 그러면 제 놈도 사람인데, 결국은 취하겠지. 그리고 나서 지난 며칠 동안 나를 괴롭히던 질문을 하면 된다. 취했으니 제가 뭘 알겠는가? 나 역시 취해서 기억에 없다고 발뺌하면 그만이다. 음핫핫핫.

내가 한 잔 하면 놈이 한 잔 하고, 채우면 또 비우고, 시간이 흐르고 쌓이는 빈병들도 하나둘 늘어났다. 여기까지는 좋았다. 분명 그랬다. 그랬는데…… 무더운 여름밤, 생각지도 않던 짐덩어리를 떠안게 될 줄이야. 아씨, 내가 앞으로 이놈과 술을 마시면 강인혜가 아니라 강인해다.

기절한 듯이 꼼짝하지 않는 놈을 끙끙거리며 매고 가면서 벌써 몇 번째 다짐을 하는지 모르겠다. 내가 미쳤지. 어쩌자고 내 발등을 찍는 짓을 했단 말인가. 하지만 놈의 주량이 이처럼 약할 줄 내가 어떻게 알았겠는가. 아무튼 쓸모없는 놈. 갖은 폼은 다 잡더니 겨우 그 정도에 쓰러져? 아니, 그게 아니라 내가 의외로 주량이 센 것일 수도 있다. 미끄러져 내리는 놈을 다시 한 번 추스르며 한숨을 내쉬었다. 아무리 그래도 그렇지, 지금 이게 무슨 짓이냐고.

놈과 같은 동네에 산다는 죄만으로 당연하다는 듯이 빈사 상태에 빠진 놈이 나에게 떠맡겨졌다. 안 그래도 더운 여름밤이 덩치 큰 마당쇠로 인해서 더욱 참을 수 없을 정도로 덥게 느껴지고 있다. 이미 온몸은 땀으로 범벅이 된 상태다. 빌어먹을, 덩치나 작으면 말을 안 한다. 그냥 버리고 갈까? 솔직히 그러고 싶은 마음은 굴뚝같다. 하지만 미운정도 정이라고 인사불성인 놈을 버리고 가는 인정머리없는 짓은 차마 할 수가 없다. 아이고, 내 팔자야! 아직 질문도 못해봤는데. 억울하고 분해서 눈물이 다 날 지경이다.

어떻게 집까지 왔는지 모르겠다. 집이 보이자 반가움에 소리라도 지르고 싶은 심정이다. 헥헥거리며 놈의 집 대문에 정신 못 차리는 무익이 놈을 패대기쳐 버렸다. 놈의 머리통이 대문 귀퉁이에 부딪치는 소리가 났지만, 그런 것까지 신경 쓸 만큼 지금 내가 너그럽지 못하다.

가쁜 호흡을 몰아쉬며 놈의 옆에 털썩 주저앉았다. 새삼 내가 걸어온 길이 보이기 시작하며 기적을 이뤄낸 스스로가 대견해지려 한다. 해내고야 만 거야. 감격스럽기까지 하다. 솔직히 나처럼 연약한—이 부분을 신경 써주기 바란다—여자가 이런 마당쇠를 무사히 이곳까지 배달해 왔다는 것은 기적이라고 불러도 무방하다. 암.

나의 이런 노력은 나 몰라라 이제는 코까지 골아대는 무익이 놈을 노려보았다. 놈을 이렇게 정면에서 노려보는 게 얼마 만인지 모르겠다. 눈을 감고 있으니 그나마 조금 사람답게 보인다. 손으로 뒤통수를 톡 건드려 보았다. 인마, 너 땜에 고생했다. 조금 힘을 줘서 한 대 더 쳐보았다. 아, 이것 생각 외로 재밌다. 본격적으로 놈을 희롱했다. 동글동글한 뒤통수도 부비부비 해보았다. 촉감이 그만이다. 자식, 항상 이렇게 얌전하면 얼마나 좋을까.

놈이 얌전하니 평소에 없던 자신감이 생긴다. 눈을 감고 있는 놈의 얼굴에 바싹 얼굴을 들이밀고 협박을 했다.

"어이, 백무익. 누님이 궁금한 게 있다. 너 정말 그날 나한테, 키, 키스하려고 했던 거냐? 진짜냐? 아니지? 뭐 묻어 있어서 떼어주려고 했던 거지? 그렇지?"

술 취해 뻗은 놈이 대답을 할 리 없다. 그런데도 마치 대답을 기다리는 것처럼 놈의 무방비한 얼굴에서 시선을 뗄 수가 없다.

이상하다, 정말 이상하다. 힘을 너무 써버려서 그런가 온몸에 힘이 하나도 없다. 시선을 움직일 수 없을 정도다. 갑자기 심장이 불규칙적으로 쿵쾅거리기까지 한다. 이, 이것 술 취한 후유증이 이제야 나타나는 건가? 뭐가 됐든, 깎은 듯한―놈의 얼굴을 보고 이런 생각을 할 정도면 심각한 거다―놈의 얼굴에서 시선을 돌릴 수가 없다. 입 안에 침이 고인다. 이, 이러면 안 되는데. 진짜로 안 되는데. 자석의 N극이 S극을 끌어당기는 것처럼 놈의 얼굴이 내 얼굴을 끌어당긴다. 아, 진짜로 안 되는데. 그러나 불가항력의 힘으로 어느새 내 입술은 무익이 놈의 입술에 살짝 닿아버렸다.

놈의 입술은 상상했던 것보다 훨씬 부드러웠다. 항상 독설을 뱉어내는 놈의 입술이라고는 생각할 수 없을 정도로 느낌이 좋다. 심장이 목구멍 밖으로 튀어나올 것처럼 요동을 친다.

아무 생각도 할 수 없을 정도로 멈춰 버린 머리 속으로 누구 집인지 모르지만, 어디선가 대문 여는 소리가 희미하게 들렸다. 그제야 스스로가 한 짓을 깨달은 나는 경악을 하며 몸을 일으켰다. 내가, 내가 드디어 미쳤다.

떨리는 손으로 입술을 누르며 잠들어 있는 무익이를 바라보았다. 아아, 드디어 미친 거다. 술을 마시면 취하는 것이 아니라 미친다는 임상적 실험을 오늘 뼈져리게 해버렸다. 믿을 수 없지만, 미친 인혜가 드디어 사고를 치고 말았다.

아아, 현장, 일단은 현장을 벗어나야 했다. 그래도 피해자 무익이를 위해서 친절하게 집 초인종을 누르는 양심은 보이며 신속하게 현장을 벗어나 버렸다. 이제 무익이에게 질문하는 일은 소용없게 되어버렸다. 내가 이미 저질러 버렸으니까. 달님과 나만 아는 비밀이 하나 생겨 버렸다. 오, 마이 갓!!

199X년 5월 5일. 날씨: 우울하게 화창했다. 우울하게.

  어린이날이다. 그리고 당연히 빨간 날, 휴일이다. 휴일은 학교를 가지 않는다. 학교를 가지 않는 날은 늦잠을 자는 것도 좋지만, 무익이를 안 봐서 더 좋다. 하지만 생일보다, 방학보다, 설날보다도, 또 일요일보다도 더 즐거워야 할 오늘 아주 슬픈 일을 겪었다. 학교 가는 날보다 더 일찍 일어나야 했고, 학교에 있는 것보다 더 긴 시간을 무익이랑 함께 지내야 했다. 또 당연히 갈 것이라 생각했던 놀이공원은 근처에도 못 갔다. 새벽같이 나를 깨워서 엄마와 아빠가 준비한 도시락을 가지고 날 데려간 곳은 무익이가 참가하는 어린이 영어발표 대회장이었다. 오늘같이 즐거운 날 알아듣지도 못하는 말을 하는 그런 곳에 전혀 축하하고 싶은 마음도 안 드는 무익이를 위해서 꽃다발을 들고 있었다는 게 믿어지지 않는다. 아줌마가 맛있는 저녁을 사주셔서 마음이 조금 위로가 됐지만, 그래도 일등 했다고 내내 뻐기는 무익이를 보고 있으려니 속이 상했다. 엄마는 뭐가 그렇게 좋은지 무익이만 보면 하하호호 하신다. 나한테는 어린이날 선물도 안 사줬다. 오히려 무익이 반만 됐으면 좋겠다고 하셨다. 헷, 정말 무익이가 내가 없는 다른 곳으로 가버렸으면 소원이 없겠다. 하느님, 어린이날 소원을 빕니다. 언젠가는 무익이 코를 납작하게 할 수 있게 해주시고 또 언젠가는 무익이가 없는 곳에서 행복하게 살 수 있게 해주세요.

제6장

199X년 5월 30일. 날씨: 쓰기 귀찮다.

지각을 했다. 아침부터 엄마 몰래 쓰레기통까지 뒤졌다. 엄마가 시들고 지저분하다고 내 허락도 받지 않고 내 방에 둔 꽃다발을 버려 버렸기 때문이다. 난 누가 내 것을 만지는 것을 싫어한다. 물건에 의미가 있어서라기보다 엄마가 나한테 말도 안 하고 없애서 싫은 것뿐이다. 꽃을 찾고 있는데, 어떤 일로 일찍 나서는 인혜와 마주치고 말았다. 뭐가 그렇게 기쁜지 쓰레기통을 뒤지는 나를 보고 인혜는 좋아 죽겠다고 웃었다. 그리고 치사하게 혼자 학교에 가버렸다. 정말 화난다. 거기다 힘들어 찾은 꽃다발이 이미 부서져서 다시 방에 걸어두기 힘들어 보였다. 인혜에게 우습게 보이고, 꽃다발도 망쳐 버리고, 지각까지 했다. 정말 되는 것 없는 하루였다. 그렇지만 멀쩡하게 보이는 꽃이 한 송이 있어서 엄마 몰래 책상 서랍에 숨겨놓았다.

추신: 나보다 먼저 출발했던 인혜도 지각을 했다. 대체 그동안 어디서 뭘 한 걸까.

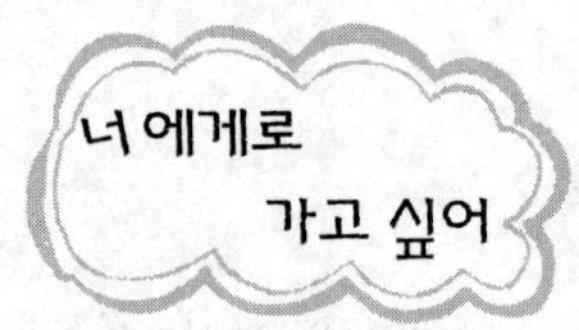

『입술.

포유류에만 발달해 있는 일종의 육질의 주름. 구순(口脣)이라
고도 한다. 입 가장자리를 이루고 있다. 위의 것을 윗입술, 그 아
래는 아랫입술이라 하고, 양자의 사이를 구열(口裂)이라고 한다.』

사전을 아무리 뒤져 봐도 그 이상은 없다. 그뿐이다. 상호작
용으로 닿으면 기분이 묘해진다거나 닿은 후 부작용으로 상대
방의 눈을 바라볼 수 없다거나 연상 작용으로 심장이 불규칙적
으로 뛴다거나 하는 내용은 눈을 씻고 찾아봐도 없다.

평온하고 아름다웠던 강인혜 열아홉 살의 인생이 꼬이기 시

작한다. 제 발 저린 도둑, 스트레스로 돌아가시기 일보 직전이다. 평생의 라이벌(?) 무익이 놈이 이제는 따끔거리는 양심을 느끼게 만드는 피해자로 둔갑해 버렸다. 제기랄.

아무것도 모르는 천진한 놈을 바라볼 때마다 찔려오는 양심의 소리를 외면하느라, 금치산자에 다름 아닌 생활을 하고 있다. 놈이 새벽에 학교에 가자며 끌어내도, 오밤중까지—심지어 새벽까지—독서실에 잡아놔도, 방학을 몽땅 잡아먹는 공부 스케줄을 잡아놔도 제대로 된 반항 한 번 할 수 없었던 것이다. 아, 정말 한 번의 실수가 이토록이나 뼈저린 후회로 남을 줄이야 감히 상상조차 해보지 못했다.

잡아떼면 그만 아니냐고? 시도를 안 해본 게 아니다. 그 과정에서 심각한 문제를 하나 발견했다. 놈의 얼굴을 볼 수가 없다는 것이다. 놈의 얼굴, 정확히 말하면 놈의 얼굴에 있는 입술은 범죄의 현장이다. 범죄 현장을 쳐다보면서 범행을 은폐할 정도로 나는 철면피가 아니다. 그러니 놈의 얼굴을 정면에서 바라본다는 것은 불가능한 일이 되었고, 따라서 놈이 말도 안 되는 헛소리를 해도 울며 겨자 먹기로 고개를 끄덕여야만 하는 암울한 생활을 하고 있는 것이다. 아, 옛날이여.

"넌 나이도 어린 게 무슨 한숨을 그렇게 내쉬니? 건방지게."

건방진 것과 한숨과 나이가 무슨 관계가 있는지 모르겠다. 나이가 어리다고 고민이 없는 것은 아니다. 그리고 고민이 있으면 한숨은 나오기 마련이다. 그것은 건방진 것과는 아무 관련이 없는 것이다.

팩을 한다고 오이를 얼굴에 붙이고 있는 막내언니를 보았다. 동글동글한 오이 사이로 앙증맞은 입술이 보인다. 포유류에만 있는 육질의 주름. 상념을 떨쳐 버리기 위해 가볍게 불만을 얘기했다.

"너무한 거 아니야? 보름만 있다 온다구 하더니, 아예 가게 문 닫고 폐업 신고라도 하실 참인가 보지? 거기다 나는 고3이야. 너무 내놓은 자식 취급하시는 거 아니냐구."

"어이구, 우리 막내. 그래서 삐쳤어? 어쩔 수 없잖아. 쉽게 가실 수 있는 곳도 아니잖니. 이왕 가신 김에 캐나다 이모네까지 가셔서 조금 더 계시다가 오시면 좋지 뭐. 게다가 너는 무익이가 챙겨주잖아. 엄마도 무익이한테 고맙다고 하던걸."

사방이 온통 적군투성이다. 적지에서 홀로 싸워야 하다니 내 팔자가 왜 이 모양인지 모르겠다. 갑자기 서러워진다.

"엄마는 자기 자식이 누군지도 모른대? 왜 만날 무익이만 싸고돌아? 이러니 내가 누굴 믿겠어?"

막내언니가 오이를 몇 개 떨어뜨리며 몸을 일으켜 나를 바라봤다.

"너 오늘 이상하다. 엄마가 무익이 예뻐한 거야, 어제오늘 일도 아닌데 갑자기 왜 그래? 게다가 무익이가 듬직한 건 사실이잖아. 제 친구한테 잘해주면 오히려 고맙지 뭘…… 생리하니?"

등잔 밑이 어둡다더니, 내 식구가 이런 무서운 오해를 하고 있을 줄이야. 세상이 뒤집어질 일이다.

"누가 친구야? 언니는 어디서 그런 말도 안 되는 소리를 하고 있어? 눈도 없어?"

억울하고 분해서 되는 대로 소리를 지르건만, 막내언니는 아무렇지도 않은 얼굴로 떨어진 오이를 다시 집어 얼굴에 붙이며 누워버린다.

"그래, 그래. 친구 아니다 이거지? 알았어, 알았다고."

피식거리며 웃기까지 한다. 가벼운 슬픔은 수다스럽지만 큰 슬픔은 벙어리가 된다는 세네카의 말이 생각난다. 무익이 놈과 나의 관계는 수다로 설명할 수 있을 만큼 가벼운 슬픔이 아니다. 그것은 오랜 세월 동안 굳어진 커다란 슬픔이자 재앙이다.

"그래서 한숨을 그렇게 내쉰 거야? 엄마 관심 못 받아서?"

쳇. 내가 어린애야, 겨우 그런 걸로 한숨 따위를 내쉬게? 하지만 어떻게 무익이 놈의 순결을 망쳤다고 털어놓는단 말인가. 그리고 그것의 죗값으로 불면의 밤을 보내고 있다고 어떻게 고백하느냔 말이다.

"아냐, 내가 어린애야?"

"그럼? 왜 그래? 요새 너 이상해. 밥도 적게 먹더라? 여름 타니? 공부하기 힘들어?"

기술이다. 저렇게 수다를 떨면서도 얼굴의 오이는 잘만 붙여놓는다. 그러고 보니 막내언니는 나처럼—잊지 마라. 얼마 전에 고백받았다—남자들에게 인기도 많다. 호기심이 슬쩍 발동을 한다. 오이 사이로 보이는 육질의 주름도 아마 활용했을 것이다.

"언니."

"응?"

은근히 부르자 언니가 대답을 한다.

"있지…… 물어볼 게 있어."

"응, 물어봐. 그런데 나 학교 졸업한 지 오래되어서 알 수 있을지 모르겠다. 무익이한테 물어보는 게 빠르지 않을까?"

차라리 혀를 깨물고 죽고 말지. 무익이 놈은 절대로 몰라야 하는 일이다. 천부당만부당한 말이다.

"그런 거 아니야. 그런 게 아니라, 언니……."

"뭘 물어보려고 그렇게 뜸을 들여? 너답지 않게."

"언니, 키스해 봤어?"

키스. 정확히 내가 놈에게 한 것은 키스가 아니라 뽀뽀지만, 그런 것이야 무슨 상관인가. 기습적인 내 물음에 언니는 잠시 동안 아무 말도 하지 않았다. 오히려 질문한 내가 당황스러워지려 한다.

"그냥, 느낌이 궁금해서, 그래서…… 언니는 남자 친구도 있고, 그 나이면 당연히 해봤을 거고…… 그래서…… 그냥…… 궁금해서……."

횡설수설 뒤늦은 수습을 하려는 나를 언니가 가만히 들여다보더니 씨익 웃는다. 뭔지 모르지만, 등줄기가 오싹해진다. 분명 꾸질꾸질한 여름밤인데도 말이다.

"왜? 막내, 키스해 봤어?"

심장이 심하게 펌프질을 해댄다. 뇌리에 각인된 놈의 입술의 느낌이 순간적으로 살아나 버린다. 얼굴로 모든 피가 몰리는 것을 느낄 수 있다. 아, 허점을 찔려 버렸다.

"아, 아니야. 무슨…… 그런 소리를 해. 그냥, 궁금해서라니까, 궁금해서……."

딴에는 열심히 부정을 하는데, 아예 몸을 일으킨 언니가 주섬주섬 오이를 떼어내기 시작한다.

"마사지…… 안 해?"

"다 했어. 그보다 우리 막내가 갑자기 왜 키스가 궁금해졌을까, 그게 알고 싶어."

귀찮아졌다. 알고 싶어, 저주스런 질문이다. 막내언니는 이상한 데서 집요해지는 경향이 있다. 작전상 후퇴다.

"그냥, 궁금할 수도 있지 뭘 그런 걸 알고 싶어하냐? 이 나이에 키스 한두 번 안 해본 사람이 어디 있다고. 내 친구들도 다 했다 뭐."

확인할 길 없는 생구라다. 하지만 공범을 많이 만들어놓아야 죄책감이 덜하다. 언니의 눈이 반짝인다.

"그래서 인혜 너도 해봤다 이거야?"

"고, 고작 키스 가지고 뭘 그렇게 유난을 떨어? 언니는 이상하다. 촌스러워. 에이, 더운데 가서 공부나 해야겠다."

심하게 앞뒤가 맞지 않는 말이다. 말을 하고 나서도 아차 싶다. 언니가 다시 미소를 짓는다. 확실히 온도가 내려가는 웃음이다.

"그래, 가서 공부해. 언니가 이따가 간식 챙겨서 갖다 줄게."

어서 올라가라는 듯이 떠밀기까지 한다. 뭐가 됐든 풀어준다니 고맙기만 하다. 언니가 다시 잡아서 이것저것 물어보기 전에 냉큼 내 방으로 도망가야 한다. 본전도 못 건지고 말 질문을 왜 했나 싶다. 큰 슬픔의 정의를 살려 벙어리로 있어야 하는 일이 있는데 말이다. 이그, 이놈의 주둥아리.

세상에 완전한 창조물은 없다. 누구나 허점이 있다. 쪽팔리지만, 인정할 건 인정하고 넘어가야 한다. 기하학 문제집을 펼쳐놓고 심각하게 고민했다. 있을 수 없는 일이지만, 완전한 피조물 백무익의 결점이 알코올, 술이라는 것을 말이다. 겨우 술 따위에 무너질 내가 아니지만, 확실히 그날의 기억은 없다. 눈을 떠보니 내 방이었다. 어린놈이 벌써부터 인사불성인 채로 실려오냐고 형이 끌끌거리며 비웃었지만, 그따위는 가볍게 무시하면 그만이다. 신경이 쓰이는 것은 오직 하나.

눈에 들어오지도 않는 기하학 문제집을 아예 덮어버렸다.

인혜가 수상하다. 물론 인혜야 항상 수상하니 그냥 무시하면 그만일 수도 있다. 그러나 맞지 않는 퍼즐 조각처럼 기억이 나지 않는 그날 이후 행동이 수상하다는 것이 문제다. 지나치게 고분고분하다. 한 번쯤 앵앵거리고 대들 만한 일에도 잠자코 수긍을 한다. 오히려 지나치게 순종적이니 불안하기만 하다. 뭔가가 있는데 알 수가 없으니 기분이 더럽다. 기억이 끊겨 명쾌하게 결론을 내릴 수가 없는 것이다. 그렇다고 쪽팔리게 인혜에게 물어볼 수도 없는 문제다. 물어본다고 한들 제대로 답을 해줄 인혜도 아니다. 쳇.

찌그러진 농구공을 후련하게 손봐준 후 경계심을 지나치게 풀어버린 것이 실수였다. 다시는 인혜에게 다가가지 않겠노라며 싹싹 빌던 놈의 얼굴을 떠올리니 속이 다 후련해진다. 모르긴 몰라도 앞으로 인혜 주변 반경 오 미터 내에는 얼씬도 안 할 것이다.

하지만 그렇다고 해도 백무익이 술을 먹고 뻗었다는 것은 일생의 오점이다. 게다가 설명할 수 없는 인혜의 행동이 자꾸만 심기를 건드린다. 과거의 경험으로 비추어볼 때, 뭔가를 감추거나 찔리는 것이 있을 때의 행동이다. 뭘까, 인혜가 나를 바로 보지 못할 정도로 잘못을 한 것. 감을 잡을 수조차 없다. 찌그러진 농구공은 이미 손봐줬다. 그렇다면 무엇일까.

초조한 마음마저 들려고 한다. 기분도 무지 더럽다. 천하의 백무익이 술 따위에 기절한 것도 마음에 안 들고, 지나치게 순종적인 인혜의 태도도 마음에 들지 않는다. 모든 것이 아주 어긋난 느낌이다. 그렇다고 말 잘 듣는 인혜한테 트집을 잡을 수도 없는 노릇이다. 끄응. 머리라도 식혀야만 할 것 같다. 더 이상 문제집을 노려본다고 일이 해결되는 것은 아니다.

방문을 열기 위해 손잡이를 잡는데 귀찮은 목소리가 들린다. 옆집 막내누나. 평소에는 천사 같은 누나지만, 한 번 말문이 열리면 어떤 의미로는 형보다 더 귀찮은 존재가 되기 때문에 머리가 복잡한 지금은 마주쳐 봐야 좋을 것이 없다. 포기하고 다시 방문을 닫으려는 순간 귀에 번쩍 뜨이는 이름 하나가 행동을 멈추게 했다.

"우리 인혜가 드디어 이성에 대해 눈을 뜬 것 같아요."

"저런, 우리 큰며느리 하기로 했는데, 그럼 안 돼."

누구 맘대로. 큰며느리는 무슨 얼어죽을.

"겸익 오빠 여자 친구 있잖아요."

"그래도 나는 인혜가 예쁜걸."

"호호, 아무튼 우리 인혜가요, 남자 친구랑 뽀뽀라도 했나 봐요. 귀여워 죽겠어."

"어머어머, 진짜야?"

"허둥대며 말하는 걸로 봐서는 딱 그거예요. 너무 귀여운 거 있죠."

방문 손잡이가 부서져라 잡았다. 눈앞이 붉게 변하기 시작한다. 속도 울렁거린다. 퍼즐 조각이 제자리를 잡으려고 한다.

요즘 들어 내 눈조차 제대로 마주치지 못하고 때로 말까지 더듬던 인혜가 이제야 설명이 되는 것 같다. 다리에 힘이 풀려 버려 그만 자리에 스르륵 주저앉고 말았다. 강인혜, 이런 식으로 뒤통수를 칠 줄 정말 몰랐다. 그놈이 누구인지 모르지만, 그냥 두지 않을 것이다. 숨도 쉬기 곤란하다. 내가 모르는 곳에서 내가 모르는 어떤 놈이 인혜를 건드렸다.

이성은 이미 사라졌다. 분연히 자리에서 일어났다. 그냥 넘어갈 수 있는 문제가 아니다. 지금 당장이라도 인혜를 봐야 했다. 빌어먹을! 강인혜, 너 죽고 나 죽자.

＊

『바스러진 설탕가루처럼 별은 내 머리와 가슴에서 눈부시고 달콤하게 반짝거렸다. 입술에 와 닿는 따뜻하고 부드러운 느낌에 충격은 몽롱한 기운으로 번져 정신이 아뜩해졌다.

―하록과 배태랑 by 이선미.』

하아, 저절로 나오는 한숨을 몰아쉬며 책장을 덮었다. 자고로 키스란 이래야 한다. 하록이 배태랑에게 키스를 할 때 눈에 들어 있던 별이 가슴으로 들어온 것처럼.

그럼 난 뭐냐, 무익이 놈의 눈은 애초에 술에 취에 감겨 있었으니, 별이고 자시고 볼 수도 없었다(하긴 눈을 감고 있지 않았다면 사고를 치지도 않았을 것이다). 음, 부드러운 느낌이라. 부드러운 느낌은 좀…… 그랬던 것 같기도 하고, 몽롱한 기운? 몽롱한가? 잘 모르겠다. 아득한 정신은 죄책감 때문에 지금도 아득하기만 하다. 태랑이와 뭔가 비슷하면서도 다르다. 그럼 내 키스는 키스가 아닌 건가? 무효로 해도 되는 건가? 하지만 분명 입술 끝에 아직도 놈의 입술의 감촉이 살아 있단 말이다. 이래저래 심란하기만 하다.

"하긴 해놓은 짓이 있으니 한숨도 나올 거야."

갑작스레 들리는 목소리에 심장이 그대로 멈추는 줄만 알았다. 벌렁거리는 심장을 가까스로 진정시키며 내 방문에 기대어 나를 노려보는 무익이를 바라봤다.

아씨, 저놈은 왜 저렇게 인기척이 없이 다니는 거야. 놀라 죽는 줄 알았네. 그나저나 노려보는 시선이 살벌하기만 하다. 호, 혹시 알아차린 걸까? 자기 순결을 책임지라며 달려온 거면 어쩌지? 물러줄 수도 없고.

"무, 무익아…… 웨, 웬일이야?"

놈의 심중을 알 수 없으니 우선은 치사하더라도 약간은 비굴하게 나갈 수밖에 없다. 가까스로 미소 비슷한 것도 지어낼 수 있었다. 그러나 놈의 표정은 변화가 없다. 제길, 더럽게 비싸게 구네. 그거 조금 닿았다고 닳는 것도 아니구만.

"이 시간에 네가 어쩐 일이야?"

눈을 마주치지도 못하겠다. 시선을 옆으로 비껴가며 겨우 말을 이었다. 놈이 아무 말도 안 하고 노려보기만 하니 더 미치겠다. 식은땀이 비쭉 솟으려 한다. 하지만 놈이 팔짱을 풀고 스윽 다가왔을 때는 정말 거짓말 하나 안 보태고 그대로 숨이 꼴깍 넘어가는 줄 알았다.

무시무시하게 다가오는 놈을 피해 뒷걸음을 치다 보니 침대에 다리가 닿아 더 이상 물러설 곳이 없다. 아, 미치겠다. 앞으로 죄짓고 안 산다. 진짜다.

"왜, 왜 그래? 할 말이 있으면…… 마, 말을…… 해야지……."

"말? 내가? 할 말이 있는 것은 너 아냐?"

아, 심증이 굳어져 간다. 놈이 알고 있다. 어떻게 알았을까? 분명 놈은 의식이 없었는데. 그리고 진짜로 눈 깜짝할 사이였단 말이다. 삼 초도 안 되는 짧은 시간이었는데.

"뭐, 뭘? 벼, 별로 할 말이 없는데……."

미치겠다. 말이라도 술술 나와주면 고맙겠는데, 왜 이렇게 더듬어지는지 스스로가 한심해 죽을 지경이다.

"없어?"

"응? 으, 응. 뭐, 벼, 별로……."

"진짜 없어?"

무익이 놈이 얼굴까지 들이밀며 협박을 해댄다. 자비심도 없냐, 넌. 어떻게 내 입으로 그걸 고백하냐? 알고 왔으면 그냥 물어, 그럼 순순히 자백할 테니.

말도 못하고 땀만 뻘뻘 흘리고 있으니 놈이 으르렁거린다.

"미리 말해 두는데, 나와 상관이 없다느니 신경 쓰지 말라느니, 이따위 말 할 생각은 하지도 마. 알았어?"

그럼, 알았어. 알았고말고. 당연히 너와 상관이 있지. 그러엄.
열심히 고개를 끄덕여 줬다. 한바탕 을러대던 놈이 생각에 잠긴
눈으로 내 입술을 빤히 쳐다본다. 제길, 남들은 이럴 때 알아서
기절이란 것도 잘만 하드만, 이 몸의 저주받은 체력은 그런 게
뭔지 모른다는 듯이 튼튼하기만 하다.

"어땠어?"

놈이 잔뜩 쉰 목소리로 물어본다. 목소리까지 잠긴 것을 보니
도저히 나 따위에게 순결을 빼앗긴 것을 용납할 수가 없는 모양
이다. 네 입술 열라 부드러웠다고 말한다면 지금 이 자리에서
죽을 수도 있음이다.

"그, 그냥……."

"그냥?"

"그냥…… 잘 모르겠어."

놈의 얼굴이 어두워진다. 글쎄, 워낙 순식간에 지나간 일이라
잘 모른다니까.

"그냥, 지금 네가 그렇게 무서운 얼굴을 하고 있으니까, 무,
무슨 말을 해야 하는지도 모르겠고…… 그래서……."

진짜다. 진짜로 이처럼 정색을 하고 덤비는 무익이 놈을 본
적이 없다. 안 그래도 성질 더러운 놈이 언제 폭발할지 모르는
얼굴을 하고 노려보는데 나처럼 심장 약한 사람이 어떻게 견딜
수 있단 말인가.

"무서워? 내가? 그러는 넌? 시발, 네가 지금 나한테 그런 말을 할 수 있어?"

저놈의 성질머리. 아무리 그래도 그렇지. 여긴 내 방인데, 남의 방에서 제 방인 양 소리소리 지르고 있다. 성질, 나도 있다. 하지만 지금은 그런 것 따위 찾아봐야 아무 소용 없다. 일단은 무조건 수그리고 봐야 한다. 어쨌든 저지른 건 나다. 아무리 그 순간 제정신이 아니었다고 해도 말이다.

"이, 이러지 말고, 일단 내, 내 얘기를 들어보면······."

"어떤 새끼야?"

놈이 이를 악물고 속삭이듯이 으르렁거린다. 식은땀이 다 난다. 그러니까 그게 난데, 다른 뜻이 있어서 그랬던 게 아니라····· 응?

"시발, 어떤 새끼냐고 묻고 있잖아."

가만, 이거 얘기가 이상하다.

"무, 무슨 소리야?"

놈이 화가 나서 어쩔 줄 모르겠다는 듯이 주먹을 쥐었다 폈다 하며 닦달을 해댄다. 하지만 아무래도 돌아가는 판세가 이상하다. 조심스레 확인 작업에 들어갔다.

"하! 강인혜, 시치미를 떼시겠다?"

"아, 아니 시치미가 아니라······."

말을 이을 수가 없었다. 방 안을 성큼성큼 누비고 다니던 놈이 어느새 코앞으로 다가와 내 어깨를 힘껏 움켜쥐었기 때문이

다. 빠르게 뛰던 심장이 순간적으로 잠시 멎어버렸다. 아, 정말
로 정신건강이 심히 걱정된다. 제길, 놈의 입술 한 번 훔친 죗값
참 거창하다.

"무, 무익아……."

"내가 그랬지. 네 일, 이제 내 일이라고. 절대로, 이제는 내 일
이라고 내가 그랬지?"

언제 그런 소리를 했는지 기억나지 않았다. 하지만 분위기가
너무 안 좋다. 일단 고개를 끄덕였다. 힘이 넘쳐 나나 보다. 어
깨를 잡고 있는 손이 아프게 조여온다.

"그럼 뭐야, 지혜 누나가 하는 말은 뭐냐고!"

"어, 언니가?"

병신도 아니고, 아까부터 자꾸 더듬기만 한다. 하지만 어쩌겠
는가, 이놈이 지금 왜 이 지랄인지 알 수가 없는 노릇이다. 게다
가 뱃속이 스멀스멀 이상해지고 있다. 제길, 놈의 입술이 너무
가까워 그날의 범죄가 자꾸만 새록새록 되새겨지고 있다. 좋지
않은 현상이다.

"그래, 누구야? 어떤 새낀지 그냥 두지 않을 거야. 감히, 감
히……."

놈이 말을 끝내지도 않고서 도저히 못 참겠다는 듯이 등을 돌
려 벽을 치고 만다.

"언니라니? 언니가 너한테 무슨 소리를 했는데? 무슨 소리를
듣고 온 거야?"

"시발, 너—!!"

놈이 소리를 버럭 지른다. 그래, 나 뭐? 놈이 무슨 소리를 할까 싶어서 눈을 동그랗게 뜨고 쳐다봤다. 놈이 하는 말에 의해 나의 행동이 달라져야 함은 물론이다. 긴장된 순간이다. 그런데 이놈 봐라. 말을 하는 대신 이를 꽉 깨물더니 다시 성큼 다가온다. 그러더니 다시 나를 제 품에 가둔다. 심장이 또 멈춘다. 제길, 이러다 진짜로 내 명대로 못살 것만 같다.

"이건 벌이야."

놈이 중얼거린다. 벌? 무슨 벌? 그러니까 내가 네놈에게 한 짓에 대한 벌이란 거야? 여러 가지 생각이 춤을 추는데 결론을 내릴 수가 없었다. 결론을 내리기 전에 놈의 입술이 다가왔기 때문이다. 아아아악!

사고친 그날 이후 머리에서 떠나지 않던 놈의 부드러운 입술이 다시 느껴진다. 아니, 그것은 거짓말이다. 깃털처럼 가볍게 살짝 닿는 둥 마는 둥 했던 그날과는 많이 다르다. 놈이 제 입술로 내 입술을 뭉갤 것처럼 힘대로 밀어붙인다. 부드러움? 그런 것 따월 느낄 틈도 없다.

힘밖에 없는 놈. 힘으로 모든 것을 해결할 모양이다. 뒤통수를 감싼 놈의 손이 내 머리통을 제게로 밀어붙이고 있다. 정녕 이것이 현실인가 싶다. 세상에, 이놈이 되로 주고 말로 받는 놈이다. 나는 그냥 살짝, 살짝 닿기만 했는데, 무슨 이자를 이렇게 많이 부과해 먹는단 말인가.

내가 숨이 막혀 꼴딱 넘어가기 직전에 놈이 겨우 고개를 든다. 놈도 숨이 막힌가 보다. 얼굴이 붉게 달아올랐다.

"너…… 너…… 이게…… 지금…… 무, 무슨……."

"이건 소독하는 거야."

내가 항변을 채 끝내기도 전에 놈이 다시 고개를 내린다. 정신을 차릴 수가 없다. 아씨, 뭘 또 할 게 있단 말인가.

놈의 한 손은 내 뒤통수를 누르고 또 한 손은 허리를 감싸고서 제게로 밀어붙이고 있다. 썩을 놈. 그것 잠깐 닿았다고 소독씩이나 한단 말인가. 정신을 차릴 수가 없다. 다시 놈의 얼굴이 다가온다. 그러고 보니 놈의 눈에 별이 있는 것도 같다. 이상하다. 여긴 방 안인데.

잠시 멍한 사이에 놈의 입술이 다시 내 입술 위에 내려앉는다. 그런데, 아아악. 뭔가 다르다. 아까와는 또 다르다. 이놈이, 이놈이…… 더럽게 내 입술에 제 혀를 대고 있다. 이런, 나쁜 놈. 소독을 침으로 하냐!!

충격으로 뻣뻣하게 굳어졌다가 겨우 정신을 차려 살기 위해 버둥거렸다. 더럽단 말이다. 그런데 이놈이 오히려 큰소리다.

"가만히 있어!"

너라면 지금 같은 상황에서 가만히 있을 수 있겠냐? 하도 기가 막혀 끅끅거리고 있는데 이놈, 한술 더 뜬다. 내 허리에 놓여 있던 놈의 손이 나를 아프게 잡는가 싶더니…… 그러더니…… 충격으로 살짝 벌어진 내 입속으로 자신의 혀를 집어넣는 것이 아닌가.

　물컹한 놈의 혀가 마치 제 집인 양 내 입속으로 들어와 놀고
있다. 어느 것이 놈의 것이고 어느 것이 내 것인지도 모르겠다.
저항을 하는 것도 어느 정도 정신이 있을 때 얘기다. 너무 갑작
스런 전개에 얼이 빠진 나머지 아무것도 할 수 없었다. 심지어
더럽다는 생각조차 할 수 없었다. 놈이 가쁜 숨을 몰아쉬며 고
개를 들자 그제야 겨우 정신을 차릴 수 있었다. 이상하게 눈물
이 고이려 한다.

　"왜, 왜…… 무슨 짓이야……."

　"이건, 잊지 말라고 표시해 두는 거야."

　탁한 목소리로 중얼거린 놈이 다시 고개를 내린다. 징한 놈.
뭘 잊지 말라는 건가. 나도 모르게 긴장을 한다. 그러나 좀 전과
는 다르게 부드럽게 내 머리를 쓰다듬으며 놈이 살며시 다가온
다. 나도 모르게 눈이 스르륵 감겼다. 눈이 감기자 놈의 모든 것
이 느낌으로 다가온다. 나를 두르고 있는 놈의 촉감, 내 주위를
감싸고 있는 놈의 향기, 입속에서 느껴지는 놈의…… 맛.

　신음 소리가 난다. 누구에게서 나온 것인지 알 수가 없다. 놈
의 옷을 마치 구명줄이라도 되는 것처럼 꼬옥 움켜쥐고 있는 내
가 내는 신음 소리인지, 내 모든 호흡을 들이마시기라도 할 것
처럼 나를 감싸고 있는 놈의 신음인지.

　그러나 한 가지는 확실하다. 배태랑이 맞았다. 입술에 와 닿
는 따뜻하고 부드러운 느낌에 충격은 몽롱한 기운으로 번져 정

신이 아득해진다고 했던가. 그것이 맞다. 이제는 확실히 알 수 있다. 정신이 아득해지는 와중에 간신히 그것 하나를 생각해 내는 나였다.

✳

꼼지락거리던 인혜가 겨우 진정이 된 듯 조용하다. 홧김에 저지르긴 했지만, 의도한 바가 아니었기에 나 역시 떨리는 것은 마찬가지다. 그래서 후회하느냐고? 천만에. 어차피 언젠가는 벌어질 일이었다. 계기가 좀 찜찜하긴 하지만 저지른 것을 후회하진 않는다(기절할 정도로 좋았는데, 후회라니 천만의 말씀이다). 거기다 아직 중요한 일이 남아 있다.

"나, 나쁜 놈아…… 이…… 나쁜 놈. 고리대금업자……."

인혜가 바닥을 노려보며 중얼거린다. 고리대금업자? 나쁜 놈까지는 그런대로 이해한다고 하지만, 고리대금업자라니 새로 개발해 낸 신종 욕인가 보다. 적반하장이라더니. 큰소리 하나는 알아줘야 한다. 눈에 눈물이 그렁그렁한 인혜를 다그친다는 것에 가슴이 좀 아프지만, 얼렁뚱땅 넘어갈 생각은 눈곱만치도 없다. 인혜를 건드린 죽일 놈이 누군지 알아낼 때까지 인혜의 눈물에 무릎을 꿇고 싶은 생각은 추호도 없기 때문이다.

마음과는 다르게 인상을 쓰고 인혜를 내려다보았다.

"강인혜."

인혜가 움찔하는 것이 느껴진다. 팔 안에 가두고 있으니 인혜의 작은 동작까지도 느낄 수 있어서 아주 마음에 든다. 조금 더 당겨 안았다. 뒤늦게 인혜가 안 끌려오려고 버티지만 어림없다. 냉큼 가슴팍에 끌어당겨 안고서 인상을 썼다.

"강인혜."

"이…… 씨, 왜? 왜, 이 나쁜 놈아! 이, 고리대금업자 같은 놈아!!"

또다. 또 고리대금업자라고 한다. 물론 의도하지 않은 키스를 세 번이나 하긴 했지만, 저는 뭘 얼마나 잘했다고 말끝마다 악악대며 대드는지 알 수가 없다.

"좋다, 나는 고리대금업자라고 치자. 그러는 넌? 너는 여자 카사노바냐?"

인혜가 움찔하며 고개를 떨군다. 마음이 약해지려고 한다. 다른 건 다 관두고 다시 한 번 끌어안고 싶다. 나도 모르게 슬며시 팔에 힘이 들어가는데 갑자기 인혜가 고개를 발딱 든다.

"이…… 나쁜 놈. 이거 놔. 그래, 내가 그랬다. 그래서, 그래서 뭐. 네놈이 얼마나 잘난 놈인지는 모르겠지만, 고것 조금 닿았다고 이런 식으로 복수를 해? 이…… 나쁜 놈아!"

방방 뛸 공간도 그닥 없는 곳에서 코를 바짝 치켜들고 사뭇 진지하게 소리를 지르는 인혜다.

"일부러 그런 것도 아니야, 술김이었다고. 내가 미치지 않은 이상 제정신에 그럴 리가 없지. 암, 그렇고말고."

조금 전의 키스로 살짝 부풀어 오른 입술을 잘근거리며 인혜가 억울하다는 듯이 씩씩거린다. 이제는 아예 내 멱살을 잡을 기세다. 얼마든지 환영이다. 눈물을 글썽거리는 인혜보다 이쪽이 훨씬 편한 것은 물론이다.

"제성신이 아닌 상태에서는 무슨 짓을 해도 상관없다는 거냐? 참 희한한 이론이다."

한마디 해주자 찔리는 표정이다. 그러나 억울하긴 제법 억울했는지 다시 눈을 치켜뜬다.

"더럽고 치사한 놈. 정신없는 널 여기까지 죽을 둥 살 둥 끌고 온 공은 싹 사라지고 네놈 금쪽같은 몸 조금 건드렸다고 여기까지 와서 날 닦달해? 그냥 길바닥에 버리고 왔음, 그보다 더한 짓도 당했을 거야, 인마!"

지금 인혜가 하는 소리가 무슨 소린지 알 수가 없다. 논점이 빗나가도 한참 빗나갔다. 하지만 여기서 섣불리 입을 열어 궁금한 것을 물어볼 필요는 없다. 하는 양을 보아하니 어차피 조만간 인혜가 스스로 다 불 것 같았기 때문이다. 일부러 팔의 힘을 조금 풀어주었다. 기다렸다는 듯이 인혜가 빠져나가 버린다. 무척이나 아쉽긴 했으나, 대를 위해선 소를 희생할 필요도 있는 법이다. 그리고 한 발짝이면 인혜를 다시 품속에 두는 것은 일도 아니다.

"이 초, 아니지, 일 초도 안 됐어. 정말이야. 눈 깜짝할 시간만큼도 안 됐다고. 표시도 안 났을걸. 힘도 들고, 술도 먹고, 그래서 정신이 없었던 거야."

온 방 안을 서성이며 열심히 흥분을 하는 인혜다.

"장차 법조계를 주름잡는다는 놈이 정상참작 이런 것도 모르냐? 충분히 사유가 된단 말이야."

내 눈도 제대로 마주치지 못하면서 여전히 큰소리다. 어디서 주워듣긴 많이 주워들었다. 하지만 할 수 있는 게 있고 없는 게 있다. 다른 것은 몰라도 인혜 문제만큼은 절대로 안 된다. 팔짱을 끼고 벽에 몸을 기댔다. 아직 퍼즐 조각이 맞추어지지 않았다. 인혜가 조금 더 떠들어줘야 한다.

"왜, 왜 아무 말도 안 해?"

"네가 말하길 기다리고 있어."

느긋한 내 말에 얼굴이 빨개진 인혜가 중얼거린다.

"피도, 눈물도 없는 놈."

나를 지칭하는 수식어가 참으로 다양하게 쏟아져 나온다. 그 중 맘에 드는 말은 하나도 없지만, 그냥 입을 다물었다. 단지 가만히 인혜를 보기만 했다.

내가 말없이 쳐다보자 씩씩거리던 인혜가 소리를 지른다.

"그래! 내가 네놈 소중한 입에 입술 좀 갖다 댔다. 미안하다. 됐냐?"

말을 마치고 나를 노려보는 인혜를 보며 바쁘게 머리를 움직였다.

순간적으로 다리에 힘이 풀려 주저앉을 것만 같았다. 퍼즐이

완성됐다. 그러니까 인혜가 사고를 친 상대는 바로 나, 백무익이란 말씀이다. 아아, 미치겠다. 실성한 놈처럼 마구 웃음이 터질 것만 같다. 하지만 지금 웃어버린다면 비장한 각오로 주먹까지 틀어쥐고 나를 노려보는 인혜에게 실례가 될 것만 같다. 게다가 하늘이 준 천우신조의 기회가 아닌가.

젖 먹던 힘까지 짜내 인상을 썼다. 하느님.

"강인혜."

"왜? 왜? 왜? 그깟 것 닳았냐? 닳았냐고? 게다가 네가 이자까지 듬뿍 쳐서 지금 도로 가져갔잖아, 이 고리대금업자야!!"

이제는 고리대금업자의 뜻을 알겠다. 귀여운 것. 절대로 웃으면 안 된다고 다짐을 하였음에도 어쩔 수 없이 웃음이 비어져 나오고 만다.

"우우서어? 웃음이 나오지? 그날 너 들쳐 업고 여기까지 온다고 허리 부러지는 줄 알았다. 나는 그래도 친구라고 길바닥에 버리고 오고 싶은 걸 참아가며 왔는데, 사알짝 닿은 걸 가지고 친구를 괴롭혀? 이…… 이…… 이……."

적당한 수식어를 다 써먹었나 보다. 조금 도와주고 싶지만, 이제 슬슬 주도권을 빼앗아와야 한다.

"강인혜, 나를 봐."

"보라면 못 볼 줄 알아? 봤다, 왜?"

쯧쯧, 봤다면서도 시선은 옆으로 비껴가고 있다. 예뻐 죽겠다. 이렇게 예쁜 인혜를 어떤 놈에게 내준단 말인가? 어림도 없다.

"내가 어떤 놈이라고 했지?"

"그걸 내가 어떻게 알아?"

"나를 다른 얼간이들하고 똑같이 보는 거야?"

인혜가 불만스럽다는 듯이 로레알 어쩌고 중얼거린다.

"너는 어떤지 모르겠지만, 난 그게 첫키스였어. 내가 첫키스를 여자에게 빼앗기고도 그냥 넘어갈 놈으로 보여?"

"나도 그건 첫……."

당연히 알지. 하지만 내색할 수 없다.

"거기다 의식도 없는 상태에서 당했는데, 평생 내가 그 수치를 어떻게 견딜 수 있을 것 같아?"

"아니…… 그건 그냥 뽀뽀……."

"처음이란 말 그대로 다시 올 수 없는 단 한 번을 의미해. 명백히 너는 내 처음 경험을 도둑질한 거야. 어떻게 책임질 거야?"

"책…… 임?"

"그래, 책임."

얼굴이 가관이다. 반박을 하긴 해야겠는데, 대체 무슨 말을 해야 할지 알 수가 없는 거다. 아아, 예쁜 인혜.

"그건…… 지금 네가 이자까지……."

"아까도 말했지만, 나는 다른 얼간이들하고 달라. 난 말야, 꽤 괜찮은 놈이야. 그런 내가 수치심을 지니고 살게 생겼어. 친구라고 하는 너 때문에. 게다가 엄밀하게 따지면 지금 우리가 한 키스는 첫키스는 아니지. 안 그래?”

“그건…… 그렇지만, 그렇지만…….”

“네가 장난으로 한 짓 때문에 내가 평생을 시달리게 생겼는데, 책임도 안 지고 그냥 넘어가겠다? 말이 돼?”

인혜가 금붕어처럼 입만 벌렸다 닫았다 하며 할 말을 찾느라 분주했다.

“맹세해. 아무에게도 말 안 할게. 내가 입을 다물면 아무도 몰라. 정말이야. 그럼 안 될까? 진짜야. 맹세해. 비밀 지킬게.”

겨우 생각났다는 듯이 인혜가 얼굴까지 환해지며 간절히 말한다. 딴에는 해결책이라고 생각하는 것 같다.

“인혜야, 인혜야…… 비밀이란 단 한 사람이 알아도 그건 이미 비밀이 아니야. 알겠어? 이미 네가 알고, 내가 알아. 그리고 나는 네가 그렇게 신용할 만한 사람이 아니라는 것을 경험으로 알아.”

인혜의 얼굴이 붉어진다. 조금만 더 밀어붙이면 될 것도 같다.

“그나마 다른 것은 몰라도 책임감 하나는 있는 녀석이라고 생각했는데, 이제 와서 나 몰라라 발뺌을 하겠다? 야아, 이거 내가 친구를 잘못 봐도 한참 잘못 봤어.”

급기야 작은 주먹을 쥐고서 바르르 떨기 시작한다. 카운트다운이다.

"하긴 그러니까 의식도 없는 사람에게 못할 짓을 하는 거겠지. 난 말야, 첫키스 정도는 내가 고른 사람하고 할 줄 알았거든?"

이를 앙다물고서 나를 노려본다. 오호라, 이제 다 됐다. 마지막 일격이다.

"됐어. 차라리 그냥, 내가 학교에서 인혜에게 당했다고 말하고서……."

"해!! 해주면 될 거 아냐? 뭔데? 어떻게 책임지라는 거야? 책임? 그까짓 것 내가 지면 될 거 아냐?"

걸렸다.

느긋하게 팔짱을 끼고서 씨익 웃었다. 안 그러면 아까부터 근질거리던 손을 펴서 그대로 인혜를 덥석 끌어안을 것만 같았기 때문이다.

분한 마음에 인혜가 씩씩거린다. 백 년은 멀었다, 인혜가 나를 이기려면.

"책임? 네가? 어떻게 질 건데?"

"책임지라며? 지면 될 거 아냐? 어떻게 질까? 응?"

"확실해?"

"뭐?"

씩씩거리던 인혜가 기어이 내게 한 발 다가온다. 맹수는 사냥을 할 때 전력을 다하는 법이다. 아무리 손안에 들어온 먹이라고 해도 말이다. 온몸의 긴장을 풀어놓은 것처럼 느긋하게 때를 기다렸다.

"네가 한 말을 뒤집지 않을 거냐고. 책임진다고 해놓고 며칠 있다가 나 몰라라 할 거면 아예 시작을 말자."

"날 뭘로 보는 거야? 내가 빚지고는 안 산다고 했지? 까짓것 뭘 얼마나 책임지면 되는지 몰라도 하면 될 거 아냐?"

"그래?"

"그래!!"

내 앞으로 다시 다가온 인혜를 조심스레 다시 품에 가두었다. 인혜가 조금 놀라는 기색이지만, 아직은 살 만한가 보다. 턱을 새침하게 들어 올린다.

"이왕 이렇게 일이 벌어졌으니, 어쩔 수 없이 네가 나를 책임 져야겠다."

"그래, 책임진다니까."

"앞으로 잘 부탁해."

"뭘?"

"나 말야, 책임진다며."

그제야 사정을 눈치챈 인혜가 뒤로 한 걸음 물러서려 한다. 하지만 이미 품 안에 가두었는데 어딜 간단 말인가.

"그러니까, 지금 네 말은……."

"그래. 이래 뵈도 난 순결을 중요시하는 사람이야. 그걸 네가 가져갔으니, 책임지는 것은 당연하지 않아? 썩 내키지는 않지만 이미 일이 벌어진 이상, 앞으로 나를 책임져 줘야겠어. 뭐, 걱정

하지 마. 친구로 지내다가 연인으로 발전하는 커플이 우리만 있
는 것은 아니니까.”

　인혜의 눈이 접시만해진다. 음핫핫하. 유쾌하다. 이쯤에서 쐐
기를 밖을 필요가 있다.

　“이건 약속의 도장이야.”

　물론 핑계다. 하지만 아까부터 사무치게 갖고 싶던 인혜의 입
술을 한 번 더 맛보기 위해서는 어떤 핑계라도 댈 수 있다. 굳은
듯 뻣뻣해진 인혜를 살며시 끌어안고 다시 한 번 고개를 내렸
다. 할렐루야.

199X년 10월 25일. 날씨:낙엽이 떨어지기 시작했다. 햇빛이 있어도 약간 추웠다.

　오늘 겸익이 오빠와 그림 그리기를 했다. 겸익 오빠는 정말 멋지다. 얼굴도 누구랑 다르게 잘생기고, 잘 웃어주고, 오늘은 나에게 그림을 잘 그린다고 칭찬까지 해줬다. 선 그리기가 뭔지는 모르지만, 그게 좋다고 했다. 앞으로도 나만 좋다면 자주 놀러와 같이 그림 그리기를 하자고 했다. 그러고 보니 책에서 보던 왕자님과 조금 닮은 것도 같다. 처음으로 무익이네가 이사 온 것이 쪼금 좋아지는 하루였다. 그렇지만 무익이는 여전히 싫다.

199X년 11월 7일. 날씨: 알 게 뭐냐.

    요즘 날이면 날마다 인혜가 우리 집에 드나든다. 이유는 모르겠지만, 바보 같은 웃음으로 형을 졸졸 따라다니는 것은 더 이상 못 봐주겠다. 그래서 오늘은 내가 먼저 인혜의 집으로 가서 함께 공부하자고 했다. 아줌마가 나를 버려두고 또 우리 집으로 가려는 인혜를 야단치셨다. 쪼금 미안하긴 했지만, 이제 형이랑 세트로 바보 놀이를 하지 않아도 되니 인혜도 속으로는 고마워할지 모른다.

    추신: 아줌마가 매일 와주면 고맙겠다고 하셨다. 어른들 말씀은 잘 들어야 하는 거다.

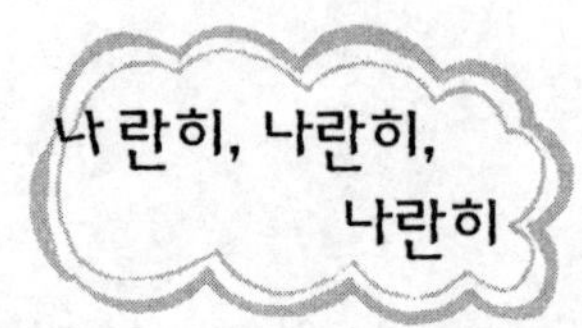

굼벵이도 구르는 재주는 확실하다더니, 밴댕이 소갈딱지 무익이도 한 가지 재주는 확실한 것 같다. 아아, 주체할 수 없는 기쁨으로 입이 다물어지지 않는다. 으헤헤헤.

이것이 정녕 강인혜의 성적이 확실하렷다. 아아, 절치부심, 오매불망, 인고의 세월을 견디기를 어언 수개월. 확실히 눈부신 성장을 한 것이다. 악질 노예 감독관 무익이 놈의 그 괴롭힘을 다 견디고, 말도 안 되는 억지를 받아주며 견딘 보람이 있는 것이다. 경사로다.

"차마 눈뜨고 못 봐주겠다."

무익이 놈이 한심하다는 듯이 옆에서 초를 친다. 흥이다.

자식, 일단은 가르침을 받았으니 어떤 의미로는 제자가 되는구만, 스승이 제자의 눈부신 업적을 기뻐해 주지는 못할망정 저 똥 씹은 표정이라니. 은근히 나의 가능성을 질투하는 거 아냐? 가늘게 눈을 흘겼다. 게다가 솔직히 녀석의 가르침을 받았다고는 하지만, 스승이 아무리 훌륭해도 따라가는 제자가 받쳐주지 않으면 소용없는 노릇이다. 그러니 솔직히 말해 큰형부가 놈에게 해댄 칭찬의 반은 내게 왔어야 하는 거다. 하지만 나는 밴댕이 소갈딱지 무익이와는 다르다. 일일이 그런 것을 따질 정도로 치사한 인간이 아닌 것이다.

그런 내게 지금 놈이 무슨 짓을 하고 있는가. 그간의 더럽고 치사한 꼴을 참고 봐준 내게 잘했다 칭찬은 못할망정 저 표정 좀 봐라. 대체 뭐가 마음에 안 드는 건지 모르겠다.

"머리가 나쁜 줄은 알았지만, 이 정도인 줄은 몰랐다."

놈이 또 이죽거린다. 아무리 너그러운 마음의 소유자인 나지만 한마디 안 할 수가 없다.

"왜 그래, 또?"

또. 그렇다, 또. 아주, 아주 중요한 말이다. 대체 요 근래 놈의 행태를 볼작시면 겨울잠 자기 직전의 곰처럼 아주 꼴불견이다. 마치 내가, 놈이 섬멸해야 할 마지막 적이라도 되는 양 눈에 불을 켜고 사사건건 태클이다. 오늘같이 축복받아 마땅한 날까지도 지랄을 떨어대는 것을 보라. 하긴 제 버릇 남 줄 리 없지. 나쁜 놈.

"그것도 점수라고 받아들고 기뻐하는 거냐?"

뭐, 뭐라? 아무튼 저놈의 로레알병. 치료약도 없는 불치병이 또 도졌다. 그럼 이것이, 이 황송할 정도의 기념비적 점수가, 기뻐할 만한 것이 아니면 통곡이라도 해야 할 만한 것이란 말이냐? 모든 사람이 너처럼 괴물 같은 점수를 받는 것은 아니란 말이닷!!

"다른 사람도 아니고 이 내가 그 정도로 봐줬으면, 그보다 최소한 삼십 점은 더 나와야 할 텐데. 그동안의 내 노력이 허무해질 지경이다."

그럼 그렇지. 삐딱하지 않으면 무익이가 아니지. 하지만 참자. 저놈이 누구냐, 무익이다. 잔머리의 황제. 말발로 이길 생각은 하지 말자. 특히, 그…… 키, 키스 사건 이후 이상하게 이놈에게 말발로 밀리는 현상이 뚜렷해졌다. 게다가 놈과 달리 난 은혜가 뭔지 아는 사람이 아닌가.

마음속으로 뻑큐를 백만 개쯤 날리며 간신히 미소를 띠울 수 있었다.

"그거야 네 기준이 너무 높았던 거지. 난 이 점수만 해도 황홀할 지경이다. 아무튼 고맙다. 덕분에 대학은 무난하게 갈 수도 있을 것 같아."

아아, 이 정도면 성인의 반열에 올라가도 남을 만한 인내심이다. 강인혜, 미모에 성품까지 겸비하는구나. 그러나.

"무난?"

놈이 나의 필사적인 인내심을 깔아뭉개며 인상을 쓴다.

"뭐가 무난이라는 거야? 이 점수 가지고 대체 어떻게 그렇게 희희낙락일 수가 있냐."

"그럼 웃지, 울란 거야?"

결국 참지 못하고 소리를 질러 버렸다. 아무튼 이놈과 십 분 이상 이성적인 대화를 한다는 것 자체가 불가능한 일이다.

"대체 왜 그러는데? 왜 남의 좋은 기분에 찬물을 뿌리는 거야? 뭐가 불만이야? 차라리 속 시원하게 말을 해."

'네가 뭔데 내 일에 상관이야!' 라고 말하고 싶다. 정말이지 그 말이 하고 싶다. 하고 죽어도 여한이 없을 정도로. 하지만 누울 자리를 보고 다리를 뻗어야지. 그 말을 했다가는 놈이 기다렸다는 듯이 과거의 악몽을 끄집어낼 것이 틀림없다.

눈에 뭐가 씌웠는지 놈의 입술 한 번 더럽혔다는 죄명으로 철저히 몇 제곱으로 당한 그날, 정신이 하나도 없는 상태에서 그나마 최소한의 생존본능을 발휘해 악을 악을 쓰며 놈에게 대들었었다. 안 그러면 내 명대로 못살고 놈의 입술 밑에서 질식으로 비명횡사하게 생겼는데 지랄을 안 할 수가 없던 것이다.

결국, 한 번만 더 19금스러운 짓을 하면 책임이고 나발이고 때려치우겠다는 나의 항변에 놈이 손을 들었던 것이다(놈의 표현에 의하면 봐준 거란다. 곧 죽어도 제 잘난 맛에 사는 밥맛없는 놈!).

아아, 다시 그날 밤을 생각한다는 것은 사형 집행인의 실수로 살아나 버린 사형수를 다시 형틀에 매다는 것과 똑같은 잔인한

짓이다. 차라리 혀를 깨물고 죽을지언정 다시 돌이킬 수 없는
일이다. 단 한 번의 실수로 얼렁뚱땅 책임지게 된 무익이 놈 때
문에 아까운 내 청춘이 다 날아가게 생겼는데, 게다가 틈만 나
면 상기시키는 놈 때문에 혈압으로 돌아가시기 일보 직전인데,
여기서 다시 놈을 자극할 수는 없는 노릇이다.

"너!"

놈이 소리를 버럭 지른다. 저놈의 더러운 성질은 절대로 못
고칠 것이다. 나중에 누가 데리고 살아줄지 정말 불쌍한 노릇이
다.

"재수할 각오 돼 있어?"

아니, 이게 무슨 자다가 남의 다리 긁는 소리냐. 이 훌륭한—비
록 놈의 콧방귀로 즐거움이 감소되긴 했지만—점수를 두고 재수라
니. 내가 약 먹었냐?

"무슨 소리야?"

"행여나, 그 점수를 가지고 합격을 할 거라 자신하는 것은 아
니겠지?"

드디어, 놈이 확실한 성격 파탄자가 된 것 같다. 이 점수를 가
지고 합격을 못하긴 왜 못해?

"당연히 합격을 하지, 왜 못해? 대학만 잘 고르면 그렇게 어
려운 일도 아닌데 왜 그렇게 소리를 지르는 거야?"

"골라?"

놈이 눈썹을 위험하게 올리며 노려본다. 그렇게 노려봐도 쪼,

쪼금밖에 안 무섭다, 이놈아.

"네 말대로 아무 데나 갈 수 있는 점수는 아니니까. 하지만 중위권 대학은 무난하게 갈 수 있어. 왜 그래? 새삼스럽게."

"잊고 있나 본데, 네가 갈 대학은 이미 내가 골라줬어. 너에게 그곳 외엔 절대로 선택권이 없어. 알겠어?"

알긴 뭘 알아? 상황이 변하면 형편도 변하는 거지.

"무, 물론 네가 추천한 학교도 지원할 거야. 그렇지만 복수지원이라는 훌륭한 제도가 있으니까 꼭 재수라는 말까지 할 건 없잖아."

"하! 내가 이럴 줄 알았어. 신의라고는 눈곱만큼도 없는 강인혜. 날로 먹고 도망갈 줄 알았다니까."

참자, 참아. 참을 인 자 세 개면 살인을…… 아니지, 더럽고 치사한 무익이로부터 해방될 수 있다. 참자.

"분명히 말하는데 한 군데, 네가 갈 대학은 한 군데야. 그 외에는 없어. 알겠어?"

"그렇지만……."

"한마디만 더해. 네가 나에게 한 짓을 여기저기 다 불어버릴 테니까."

사람의 말이란 정말 간사하다. 놈이 나에게 한 짓이 내가 놈에게 한 짓보다 몇 배는 더 심하건만 놈의 말 한마디에 강인혜, 고스란히 인면수심의 추행범이 되고 말았다. 하지만 그보다 더 억울한 것은 놈의 치사한 협박에 단 한 마디도 항변을 할 수가 없다는 것이었다.

언젠가도 말한 바 있지만, 아둔한 세상 사람들은 놈의 본모습을 모른다. 치사하고 더러운 이중인격자에 변태대마왕이란 꼬리표까지 붙었지만, 애석하게도 그건 나밖에 모르는 사실이다.

처세의 대가 나 강인혜, 지금 여기서 발끈하고 성질을 냈다간 여태 쥐 죽은 듯이 살아온 지난 세월이 허사가 될 수도 있음을 잘 안다. 그간의 인고의 세월을 보상받기 위해서라도 지금은 그냥 참아야 한다.

"그, 그럼 어떡하라고?"

내가 어쩔 수 없다는 듯이 말하자 놈이 기다렸다는 듯이 눈이 썩을 것 같은 미소를 띤다.

"뭘 어떡해? 잔머리 굴리지 말고, 가장 낮은 과나 알아봐야지. 그리고 시간 나면 열심히 기도나 해."

*

빌어먹을. 뭐? 19금이란 것은 말 그대로 열아홉 살은 하면 안 되기 때문에 붙여진 명칭이라고? 말이나 못하면. 요리조리 빠져나가는 것 하나는 알아줘야 한다.

저를 위해서 뼈 빠지게 가르치고, 참아가며—대체 무엇을 참는지 묻지 마라. 요즘 인내의 한계를 느끼고 있다—견뎌왔건만, 고작 이 정도의 결과란 말인가. 나, 백무익이 누군가. 내가 손을 썼음에도 겨우 이 정도의 결과라는 것은 도저히 용서할 수가 없는 문제다.

게다가 지금 저 동글동글한 머리 속에서 오가는 생각은 안 봐도 알 수가 있다. 틀림없이 나의 경고를 무시하고 대충 성적에 맞는 대학에 갈 생각을 하고 있을 것이다. 그러나 어림없다. 강인혜가 갈 수 있는 대학은 오직 한 군데, 그 이외에는 절대로 있을 수 없다.

"이게 뭐야?"

인혜가 울상을 하고 나를 본다. 하긴 황당하긴 할 거다. 하지만 진작에 내가 시킨 대로 꼼꼼하게 공부했으면 적어도 이보다는 나을 수 있었을 테지만, 누굴 탓하겠는가. 모두 자업자득인 것을.

"보고도 몰라? 네 점수로 간신히 들어갈 만한 학과를 추려봤어. 너무 감사하게 생각할 것 없어."

"말이 돼? 이게 뭐야? 난 이런 곳 가고 싶지 않아."

감사하고 싶지 않은가 보다.

"그러게 누가 너보고 그런 형편없는 점수를 받으래? 어쩔 수 없잖아."

"학교를 조금 낮추면 되잖아. 만화 관련학과 가고 싶어. 그런데 이게 뭐야? 농학과? 대체 여기 가서 뭘 배우란 거야?"

뭘 배우긴. 조신하게 있다가 나한테 오면 되지.

"전에도 얘기했지만, 학교를 바꾸는 것은 있을 수 없어. 그러니까 선택해. 재수를 하든지 이곳이라도 선택해서 가든지.”

“말도 안 돼. 다시 생각해. 아니, 생각하고 말 것도 없어. 대체 이게 말이 된다고 봐?”

인혜가 얼굴까지 벌겋게 달아오르며 화를 낸다. 충분히 예상했던 일이다.

“강인혜!”

“몰라! 싫어, 안 해! 네가 무슨 말을 해도 안 넘어가. 안 해, 절대로 안 해!”

어지간히 싫은가 보다. 평소와는 다르게 거의 발악에 가까운 반항을 한다.

“싫으면 어쩔 건데?”

“뭘 어떡해? 다른 학교를 가면 되지. 벌써 다 알아봤어.”

“알아봐?”

눈에 조금 힘을 주자 그래도 양심이 있는지 조금 찔리는 얼굴을 한다. 귀여운 것.

“마, 만약을 대비해서. 그러니까 만약에 이곳이 힘들게 되면 어쩔 수 없으니까 그때를 대비해서 말이야. 다, 다른 뜻은 없어. 정말이야.”

“말해 봐. 내가 대충 일을 할 사람으로 보여?”

인혜가 경계의 표정도 아니고 그렇다고 인정하는 표정도 절대 아닌, 야릇한 표정을 지어 보인다. 그간의 경험으로 보건대 저건 불만의 표정이다.

“난 하면 완벽하게 해. 이런 내가 만약이란 게 필요할 정도로 일을 할 것 같아? 걱정 마. 만약이란 없어. 넌 확실히 합격이 야.”

“그런 뜻은 아니지만…….”

보이지 않게 한숨을 쉬었다. 고분고분 말을 들으면 인혜가 아 니다. 하지만 그렇다고 손 놓고 그냥 보내주면 백무익도 아니 다.

“생각을 해봐. 너 미술학원도 안 다녔잖아. 실기는 어쩔 거 야?”

“실기?”

“그래. 만화 관련학과면 어차피 예체능 쪽일 텐데, 실기는 당 연한 거 아냐?”

“꼭 예체능 쪽 말고…….”

“게다가 만화 역시 창작이잖아. 창작은 경험이 중요해. 이 학 과는 네가 일부러 공부를 하지 않으면 경험하지 못할 일이잖아. 어디서 그리던 만화가 아니야?”

인혜가 생각을 하는 눈치다. 마지막 쐐기를 박아줄 필요가 있 다.

“너라면 같은 물건을 놓고 봤을 때 포장이 근사한 물건에 흥 미가 가겠어, 아니면 대충 신문지로 둘러놓은 물건에 흥미가 가 겠어?”

“그야 당연히…….”

"나중에 네가 만화가로 데뷔했을 경우, 프로필을 작성한다고 생각해 봐. 이왕이면 한 단계라도 높은 학교가 더 좋아 보이는 것은 당연해."

인혜의 얼굴이 풀어진다. 안 보고도 알 수 있다. 데뷔라는 한 마디에 상상의 나래를 펴고 이미 그쪽 세계로 날아간 거다. 만화가가 된 자신의 모습에 빠져 있음은 물론이다.

"게다가 학점 관리가 빡빡한 학과라면 네가 현장 경험을 쌓을 시간도 부족할 것 아냐?"

"현장 경험?"

관심이 아주 많은 표정으로 인혜가 물어온다. 됐다. 이제 넘어왔다.

"당연하지. 학교에서 배우는 정형화된 과정보다는 현장에서 바로 몸으로 배우는 게 훨씬 나을 거라는 건 바보도 알아."

인혜가 생각에 잠긴 표정이다. 끝난 게임이라는 소리다. 미소를 지으며 회심의 마지막을 날렸다.

"잘 아는 만화가 선생님이 한 분 계시는데 말이야……."

말꼬리를 흐리는 것. 그것이야말로 협상의 중요한 포인트다. 상대방이 원하는 것을 가지고 있다는 여유를 보이는 것.

인혜의 표정 변화를 보라. 반항심 가득한 표정에서 고민하는 표정을 거쳐, 이제는 존경 비슷한 표정까지 시시각각 변하고 있다.

"정말이야?"

빌어먹을. 생각지도 못한 일이 일어났다. 순간적으로 심장이 멎는 줄 알았다. 천년 묵은 산삼을 발견한 심마니 같은 표정으로 인혜가 얼굴 전체를 환히 밝히며 웃었기 때문이다. 한동안 힘들게 누르고 있던 감정이 치솟아올라 오려 한다. 협상을 하는 단계에서 감정 동요는 절대 있을 수 없는 일이다.

"진짜지? 진짜로 소개시켜 줄 거지?"

남의 속도 모르고 인혜가 펄쩍펄쩍 뛰며 바짝 다가온다. 앞서 가기도 많이 앞서간다. 나는 안다고 했을 뿐인데 저 편한 대로 소개시켜 주는 단계까지 발전을 시킨다. 하지만 지금 제대로 된 사고를 할 수 없기는 나도 마찬가지다. 이제 마지막 다짐만 남겨놓은 상태인데 아무 생각도 할 수가 없는 것이다. 아예 모르면 모를까, 인혜의 입술이 얼마나 부드러운지 이미 아는 내가 아닌가.

슬그머니 주먹 쥔 손에 힘을 주며 또 다른 고민에 빠졌다. 딱 한 번만 안아보면 안 될까? 손만 살짝 뻗으면 일도 아닌데. 품 안에 안기다시피 다가와서 방방 뛰는 인혜를 보며 갈등을 했다. 얼마나 심각하게 생각을 했는지 손바닥이 땀으로 흥건하게 젖을 정도였다. 그러나 마악 인혜의 허리에 손을 대기 직전 가까스로 이성을 회복할 수 있었다. 지금 인혜에게 손을 댄다면 다 설득시켜 놓은 인혜를 놓칠 수 있음이다. 소탐대실. 작은 것을 탐내다가 큰 것을 잃을 수는 없다. 이를 악물며 인혜로부터 한 걸음 물러섰다. 제길, 아까워 죽을 것만 같다.

"이제 어쩔 거야?"

"알았어. 시키는 대로 할게."

인혜가 눈을 반짝이며 열심히 고개를 흔든다. 쯧쯧, 아직 멀었다. 그렇게 속고도 또다시 넘어가는 인혜를 보니 머리 속이 복잡하다. 분명히 말해서 난 안다고 했지, 그 이상 말한 것은 없다. 하지만 인혜는 벌써 만화가의 수제자가 돼 있다. 그냥 두기로 했다. 행복한 꿈은 오래 꾸는 것이 좋을 테니까.

＊

농학과라니, 꿈에도 생각해 보지 않았다. 깜찍과 연약함의 대명사 강인혜가 농학과에서 모심기를 하다니, 이것은 그야말로 국가적인 손실일 수도 있는 문제다. 하지만 다른 것은 몰라도 제 말만큼은 책임지는 무익이 놈이니 별수없다.

더구나 대학은 처음부터 가지 않으려 생각했던 내가 아닌가. 어느 과를 가느냐가 문제가 아닌 것이다. 열 보 전진을 위해서 한 보 후퇴쯤이야 얼마든지 할 수 있다. 폐품의 재활용, 아니지 쓸모없는 무익이가 드디어 데리고 다닌 보람을 느끼게 해준다.

하지만 눈물을 머금고 원서를 넣는 것은 나뿐인 것 같다.

엄마는 물론이고, 아빠도, 언니들도, 형부들도, 심지어 미선이까지도 내가 A대학에 붙은 것을 가지고 원님 덕에 나팔 분다는 말도 안 되는 속담까지 들먹이며 무익이를 칭찬해 댄다. 그

나팔을 불기 위해 내가 얼마나 공부를 해야 했는지는 아무도 알
아주지 않는다. 빌어먹을.

　조금만 기다려라. 모심기만 끝나면, 아니, 입학식만 끝나면
나는 이제 날개를 펼 거다.

　기다려라, 강인혜님이 나가신다. 음핫핫하하.

199X년 4월 12일. 날씨 : 비가 내려야 할지 말아야 할지 결정을 못하는 것 같았다.

밥맛없는 무익이가 학생회장에 출마를 한다고 한다. 아침부터 엄마가 계속 나를 째려보며 아빠한테 무익이 칭찬을 하셨다. 당선된 것도 아닌데, 엄마는 벌써부터 무익이가 학생회장이 된 것처럼 흥분을 하신다. 남의 집 아들이 회장이 되든 말든 무슨 상관이라고. 엄마의 실망하는 모습은 보기 싫지만, 어쩔 수 없다. 무익이는 이번에 절대로 회장이 될 수 없을 것이다. 무익이의 강력한 라이벌인 5반의 최현섭에게 내가 선거운동을 도와주겠다고 했다. 자기 아빠가 무슨 국회의원이라고 자랑하는 최현섭이 조금 꼴 보기 싫었지만, 지금으로서는 무익이를 이길 수 있는 유일한 후보니까 최선을 다해서 도와줄 것이다. 흥, 무익이가 지는 꼴을 드디어 볼 수 있을 거란 생각에 나는 오늘 기분이 아주 좋다.

제8장

199X년 4월 20일.

학생회장에 당선이 됐다. 당연히 될 거라 생각은 했지만, 예상외로 고전을 했다. 애들한테 날마다 먹을 것을 사준다는 소문이 있는 현섭이 새끼가 아슬아슬하게 따라붙었기 때문이다. 솔직히 말하면 개표할 때 조금 긴장하긴 했었다. 그러나 나보다 더 긴장한 것처럼 보이는 인혜를 보며 의연하게 보이려고 노력했다. 아마 최현섭에게 멋모르고 뭘 얻어먹은 인혜가 어쩔 수 없이 그 재수없는 자식의 선거운동을 도와주고 내게 미안해서 그랬을 거다. 내가 긴장한 모습을 보이면 인혜가 더 미안해할까 봐 일부러 개표할 때 걱정 말라고 웃으며 살짝 손까지 흔들어줬다. 나는 정말 마음이 너무 넓은 것 같다.

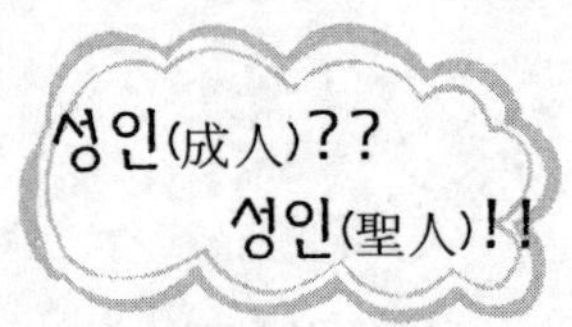

졸업을 하는 것이 기쁜 일인 줄 알았다. 드디어 질기고 질긴 무익이 놈과의 인연에서 잠시나마 벗어날 수 있는 길인 줄 알았던 것이다. 정말이다. 그래서 신성한 졸업식장에서 선생님들의 눈총을 받으면서도 히죽히죽 바보처럼 나오는 웃음을 주체할 수 없었더랬다.

남의 속도 모르는 미선이는 과분한 대학에 들어간 티를 너무 내는 것 아니냐며 핀잔을 주었지만 모르는 소리, 농대에서 무엇을 배우든 하늘에 맹세코 그런 시시한 이유 따위가 아니었단 말이다. 하지만 내 인생에 햇살이 비치는 순간에 먹구름을 드리우지 않으면 큰일나는 줄 아는 놈이 무익이다. 내 즐거움의 원천을 뿌리부터 봉쇄할 역사적 사명을 띠고 이 땅에 태어난 것처럼 놈은 나의 전과(?)를 들먹이며 목숨을 위협하는 만행을 저지르기까지 하는 것이다.

진즉에 합격을 결정한 놈이 졸업과 동시에 운전면허증을 딴 것은 나와는 아무 상관도 없는 일이다. 그것은 놈이 자신의 로레알병을 만족시키기 위해 벌이는 또 다른 짓거리에 불과한 것이란 말이다. 그런데 왜 내가 놈의 마루타가 되어 목숨을 담보로 틈만 나면 놈의 옆 자리에서 놈의 운전 실력 향상의 희생양이 되어야 하냔 말이냐.

빌어먹을, 죽기 싫으면 운전대를 잡지 말든지 아니면 기름 한 방울 안 나오는 우리나라 현실에 발맞추어 과감히 지하철을 타고 다니면 될 것을, 놈은 기어이 졸업 후 입학식 하기까지의 그 황금 같은 시간을 고스란히 제 놈의 운전 연습 상대로 써버리게 만든 것이다. 아아, 생각만 해도 억울하고 원통하다.

때문에 미선이와 함께 알차게 계획했던 모든 일이 수포로 돌아가고 말았다. 독에는 독으로 치료를 해야 한다는 고금의 명언을 실천하기 위해 열심히 머리를 굴리며 노력했건만, 놈의 말도 안 되는 억지 주장에 이끌려 다니느라 늘어난 것이라고는 놈이 급브레이크를 밟을 때마다 한 개씩 생긴 흰머리와 심장병, 그리고 신호등을 보는 재빠른 눈뿐이다.

"인혜야, 무익이 기다린다. 어서 준비해!"

하아, 봐라. 아침부터 한숨이 나온다. 이래서야 고등학교와

다를 게 뭐가 있냔 말이다. 다른 것이라고는 무익이 놈이 우리 집 앞에 가져다 대는 것이 두 발 달린 자전거에서 네 발 달린 자동차로 업그레이드된 것이라고나 할까.

지독한 엄마, 무익이가 아침저녁 태워주니 차비는 필요없다며 응당 내게 와야 할 용돈의 반을 무익이 놈의 기름값으로 줘버렸다. 세상에 이게 무슨 말도 안 되는 가진 자들의 횡포란 말인가. 빈익빈 부익부, 말만 들어봤지 실제로 당할 줄은 꿈에도 몰랐다.

선택권이 없는 어쩔 수 없는 상황이건만 무익이 놈, 목에 힘 들어간 꼴 좀 봐라. 아침마다 이 꼴을 보니 하루가 편하지 않은 거다. 아아, 기필코 이번 생에 선업을 닦아 다음 생에는 이런 재수없는 놈과 마주치지 않을 거다. 진짜다.

"안 갈 거야?"

왜 항상 무익이를 기다리게 하느냐는 엄마의 잔소리를 힘겹게 뚫고 나왔는데도 놈은 움직일 생각조차 안 하고 나를 노려보며 인상을 쓴다.

"얼굴에 대체 무슨 짓을 한 거야?"

무슨 짓? 아, 그놈 참 말발 한번 흉악하다. Make up. 업(up)이란 말이다. 미모의 수준을 한층 높여 꿀꿀한 기분을 풀어주는, 성인 여성이 할 수 있는 당연한 일을 좀 했건만 놈의 말투는 마치 내가 얼굴에 테러라도 한 것처럼 느끼게 한다.

"언니가 화장품을 선물했기에 좀 해봤어. 안 그래도 남자들이

많은 과라서 나라도 화사한 분위기를 내주면 좋을 것 같아서 말
야.”

운문현답. 좋을시고.

“화사?”

“왜? 엄마도 예쁘다고 하던대. 이상해?”

물을 사람에게 물었어야 했다. 처음 한 화장에 기분이 고무된
나는 이놈이 어떤 놈인지 그만 잊어버린 것이다.

“화사의 사전적 의미를 알아? 화사는 한방에서는 산무애뱀을
말하기도 하지. 문둥병 약으로 쓴다는데 너희 과에는 다 그런
놈들만 있냐?”

이, 이놈 말하는 것 좀 봐라. 길을 막고 물어봐라. 내가 말한
화사의 의미가 그런 것이—그런 뱀이 있다는 것은 오늘 처음 알았
다—아니란 것은 초등학생도 알 거다. 순간적인 기막힘으로 아
무 말도 못하고 있자 이놈이 티슈를 한 장 꺼내더니 불쑥 내민
다.

“지워.”

“뭘!!”

성인군자라도 이놈 앞에서는 혈압이 올라가는 것을 막을 수
없을 것이다. 그리고 알다시피 나는 절대 성인군자가 아니다.
나오는 대로 소리를 뻑 질러 버렸다. 그러나 나의 고함 소리는
놈에게 전혀 데미지를 입히지 못했나 보다.

“노력은 가상한데 평점은 엉망이야.”

네놈이 내리는 평점, 기대도 안 한다. 놈을 노려보며 놈이 내미는 티슈를 홱 낚아채 던져 버렸다. 그리고 놈을 향해 턱을 들어 보이며 무언의 시위를 했다. 나도 성질있다. 흥이다. 그러자 놈이 웬일로 빙긋 웃는다. 아, 등골이 오싹하다.

"휴지가 맘에 안 들면 다른 방법도 있어. 하지만 여기는 집 앞인데. 뭐, 나는 상관없어. 너만 좋다면 말야."

"무, 무슨 소리야?"

놈을 한두 해 겪은 게 아니다. 놈의 미소가 맛있는 생쥐를 잡아놓은 고양이를 연상시킨다. 이럴 경우 반드시 몸을 사려야 한다. 말이 떨려서 나오는 게 분하기는 하지만 지금 그런 것을 따지면 반드시 피를 본다는 것을 이미 경험으로 알고 있다.

"통계에 의하면 입술에 바른 립스틱을 가장 많이 먹는 것은 바른 여자가 아니라 상대방 남자라고 하더군. 이렇게 빨리 실험하게 될 줄 몰랐는걸."

뭐, 뭐라고? 만면에 유유자적한 미소를 띠며 놈이 다가오자 지난날의 그 상황이 오버랩되기 시작한다. 아, 이놈 한 번 시작하면 끝장을 본다고 덤비는 놈인데. 백주대낮, 아니지, 화창한 봄날 아침에, 그것도 집 앞에서라니. 말도 안 된다.

생각할 겨를도 없이 허겁지겁 아까 던져 버린 휴지를 찾아 들어 입술을 문질렀다. 제길, 전과자 신세 처량하다.

"늦었으니까 오 분 줄게. 제대로 지우고 나와."

무익이 놈이 휴지로 입술을 문지르는 나를 노려보더니―이겼으면서도 인상을 쓰는 성격 파탄자 같은 놈—짧게 명령을 한다. 생각 같아서는 차 문이 부서져라 닫고서 집으로 들어가 시위라도 하고 싶지만, 놈이 남아 있는 립스틱이라도 먹어야겠다며 덤비면 곤란하다. 치솟는 반항의 기질을 억누르며 간신히 미소 지었다.

"십 분으로 해."

아아, 비굴한 인생이여.

"오 분. 그리고 행여나 내일부터는 이런 기회조차 없을 테니 알아서 해. 어느 쪽이든 난 좋아. 아니, 오히려 네가 화장을 하는 쪽이 좋을 것 같아."

으윽, 저놈 미소 봐라. 눈이 썩는다, 썩어.

"아, 알았어. 오 분 안에 나올게."

아침에 잠도 제대로 못 자고 한 시간이나 걸려 한 화장이 놈의 횡포에 삼 분 만에 씻겨져 내리는 모습을 보니 억장이 무너진다. 게다가 다시는 할 수도 없다니. 강인혜, 꼬이고 꼬인 인생이 어디까지 갈지 알 수 없는 노릇이다.

"이것이 왜 아침부터 거울을 보고 한숨이야. 아직도 안 갔어? 무익이 기다리게 하지 말고 얼른 가라니까!"

욕실을 들여다본 엄마가 막내딸의 고뇌도 몰라주고 면박이다. 에잇, 무익이, 무익이. 차라리 데려다가 아들 삼아!!

"엄마는 누가 엄마 자식인지 구분도 못해?"

"구분을 하니까 잔소리지. 네가 내 자식이 아니면 열두 번도 더 갖다 내버렸어, 이것아!"

그나마 자식이니까 밥이라도 먹여준다는 소리다.

"그러니까 엄마의 소중한 무익이 힘들게 하지 않게 나는 그냥 지하철 타고 다니게 차비 달라니까!"

"이것이 아침밥을 잘못 먹었나. 아, 왜 공연히 기름 낭비를 해? 가는 길에 태워다 주면 절약되고 고맙지 뭘."

기름 낭비는 내가 아니라 쓸데없이 차를 끌고 다니는 무익이 놈이건만. 모든 이론이 놈을 중심으로 도는 엄마에게 더 말해 무엇 하랴. 게다가 놈이 말한 오 분이 되어간다.

"몰라. 아무튼 다음 달부터는 같이 못 다녀. 아니, 안 다녀. 그러니까 그렇게 알아!"

소리를 지르기는 했지만, 신경 쓸 엄마가 아니다. 내 팔자가 그렇지 뭐. 급한 마음에 서둘러 집을 나서는 내게 엄마가 경쾌한 목소리로 마지막 일격을 날린다.

"아, 맞다. 그리고 너 전에 말한 그 교재비, 그거 무익이가 그러는데 훨씬 싸게 할 수 있는 방법이 있다고 그래서 무익이한테 돈 줬다. 반값이면 충분하다고 하더라. 나중에 둘이 같이 알아 봐. 그나마 무익이가 있어서 얼마나 다행인지 모르겠다."

＊

빌어먹을, 안 그래도 컨디션이 엉망인데 아침부터 뭐 하는 짓인지 모르겠다. 부서져라 핸들을 잡고서 거칠어지는 호흡을 조절하기 위해 노력하며 인혜가 들어간 문을 노려봤다.

이를 악물고 인혜를 집으로 들여보냈지만, 그대로 차를 몰고 아무도 없는 곳으로 인혜를 끌고 가고 싶은 마음이 없었던 것은 아니었다. 사실대로 말하자면 그 순간 이성을 차린다는 것이 거의 불가능한 상태였다. 하지만 낯선 향기와 함께 어른스러운 모습으로 인혜가 차에 탄 순간, 처음으로 남자들이 바글바글한 농대로 인혜를 집어넣은 것을 후회했다.

뭐든 늦는 인혜는 성장마저도 남들보다 한 템포 늦는 것인지, 계속 아이처럼 통통한 젖살을 유지하던 전과는 다르게 요새 부쩍 묘한 매력을 보이고 있었다. 볼 살의 선이 위험수위를 느끼게 할 만큼 매력적으로 흐르고 있었고, 윤기 흐르는 긴 생머리는 바람만 불면 찰랑거리며 손을 근질거리게 만들었다. 아무것도 바르지 않아도 항상 빨갛고 도톰한 입술 때문에 불면의 밤을 보내는 것을 둔탱이 인혜가 알 리 없다.

인내심이 경각에 달린 이 상황에서 화장이라니. 아니, 그것은 둘째치더라도 나 말고 다른 놈이 인혜를 넘볼 수 있는 빌미를 만들 수는 절대로 없음이다. 거칠게 머리를 쓸어 올리며 시계를 바라보았다. 오 분을 주었으니, 아마도 시간 안에 튀어나올 것이다.

손가락으로 핸들을 두들겼다. 최근 생긴 버릇이다. 초조함을 무마하기 위해 나오는 행동이라는 것은 알고 있지만, 그다지 효과는 없었다. 인혜와 있는 시간이 전보다 늘어난 것은 확실하지만 문제는 시간이 아니라 의식의 변화가 전혀 없다는 데 있다. 물론 그것은 인혜의 경우 그렇다는 말이다.

아버지와 마라톤 협상 끝에 아직 이르다는 반대를 무릅쓰고 자동차까지 마련해서 틈만 나면 분위기 좋다는 곳으로 끌고 다녔음에도, 아직 인혜의 눈 속에 연애 감정이라고는 그림자조차 비치지 않는다. 쳇, 저와 내가 만난 게 열 살이었다고는 해도 벌써 십 년이 넘었다. 그렇게 부르짖던 19금의 벽을 진작에 넘어섰단 말이다. 둔탱이, 둔탱이. 알고서 그러는 건지 일부러 모른 척하는 것인지 알 수는 없지만, 도대체 알아주질 않는다. 모르긴 몰라도 몸속에 사리가 서 말은 생겼을 것이다.

어떻게든지 저를 배려해 주려는 나의 맘은 몰라주고, 뭐? 과 분위기를 화사하게 만들어? 이쯤 되면 직무유기도 아주 심각한 직무유기다. 계속 인혜의 페이스로 끌려갈 수는 없다. 아까도 말했지만, 한계가 슬슬 다가오고 있음을 느끼기 때문이다.

씩씩거리며 인혜가 필요 이상의 힘으로 문을 닫고 옆에 앉았다. 말없이 인혜의 얼굴을 살폈다. 깨끗하게 세수를 한 보드라운 피부가 미치도록…… 사람을 매료시키고 있었다. 그래, 한계다. 더 이상 참았다가는 어딘가 한군데 병이 날것만 같다(어딘지 묻지 마라).

조금 전까지 분명 핸들을 잡고 있던 손이 나도 모르는 새에 손이 인혜의 얼굴 위에 가 있다. 요즘 들어 손발이 뇌의 명령에 의해 움직이는 것이 아니라, 자신만의 의지를 가지고 움직이고 있다는 생각을 종종 한다. 그거야말로 백무익스럽지 않은 일이었지만, 그런 것 아무려면 어떠랴(이런 생각을 한다는 것 자체가 이미 심각하다는 거다).

"굳이 그렇게 검사까지 하지 않아도 호박에 그은 줄, 확실하게 지웠으니 그만 출발이나 하지 그래?"

이런 걸 보고 흔히들 '깬다' 라고 한다. 빌어먹을, 손뼉도 마주쳐야 소리가 나지. 혼자서 아무리 분위기를 잡은들 콧김 풍풍 뿜어내며 노려보는 상대에게 무슨 작업을 한단 말인가.

실망감으로 인해 시동을 걸고 출발하는 손이 거칠었다. 갑작스레 움직이는 차에 뒤통수를 부딪친 인혜가 구시렁거린다.

하아, 내가 미쳤지. 완벽함의 상징인 백무익이 덜떨어진 인혜를 상대로 연애 감정이라니. 할 수만 있다면, 정말이지 가능하다면 입학하자마자 내게 던져지는 그 수많은 신호 중에서 적당히 하나를 골라 벗어나고 싶기도 하다.

인혜보다 스무 배는 협조적이고, 열 배는 나를 황홀한 눈으로 바라보는, 적어도 인혜보다는 더 다루기 쉬운 그런 여자 말이다. 뭐가 불만인지 창밖을 바라보며 뚱한 표정으로 있는 인혜를 곁눈질로 바라보며 한숨을 쉬었다. 그랬더라면 오늘 나의 고민이 조금, 아니, 고민을 할 필요조차 전혀 없었을 것임은 말할 필요도 없다. 반쯤 열린 창문을 통해 불어오는 바람이 인혜의 결

좋은 머리를 부드럽게 흔들리게 했다. 빌어먹을, 신호를 놓쳤다. 뒤쪽에서 불만을 품은 차가 경적을 울린다.

문제는 인혜가 아닌 다른 여자에게는 담담한 마음이 움직일 줄 모른다는 데 있다. 솔직히 인혜보다 더 예쁘고 대화가 되는 여자가 우리 과만 해도 한 다스는 된다. 하지만 누구는 인혜보다 키가 커서 싫고, 누구는 인혜보다 키가 작아서 싫고, 또 누구는 인혜보다 덜 덜렁거려 싫다. 이쯤 되면 문제는 인혜가 아니라 나에게 있는지도 모른다. 어떻게 이 지경까지 오게 그냥 놔뒀는지 알다가도 모를 일이다. 하지만 어쩌겠는가. 목마른 놈이 우물을 파는 법. 급한 것은 아무리 봐도 내 쪽이다.

"오늘 몇 시에 끝나?"

그냥 일상적인 물음이다. 하지만 대체 뭐가 불만인지―짐작은 하지만 인정은 할 수 없다―어울리지 않는 콧방귀를 뀌며 외면하는 인혜다. 한계까지 내몰린 남자는 위험하다. 더구나 내가 누군가, 백무익이란 말씀이다.

"대답해!"

여차하면 학교 앞이고 뭐고 다 잊을 수도 있다는 듯한 어조로 다그쳤다. 하지만 돌아오는 대답은 엉뚱하게도 활짝 펼쳐진 채 내밀어진 인혜의 손바닥이다.

"뭐야?"

"내놔!"

"뜬금없이 무슨 소리야?"

"네가 가져간 내 돈. 내놔!"

아아, 알 것 같다. 아주머니가 말씀하셨나 보다. 내내 꽁해 있는 이유가 나온다. 지피지기, 이유를 알았으니 이제 이야기를 풀어나가는 것은 일도 아니다. 칼자루가 자연스럽게 넘어온다.

"내가 왜?"

여유있게 말하자 말문이 막힌 듯 인혜가 입을 뻐끔거린다. 귀엽기도 하다.

"엄밀하게 말하자면 그것은 네 돈이 아니야. 아주머니가 나의 신용을 바탕으로 내 재량권에 맡기신 너의 교과서 대금일 뿐이야. 말할 필요도 없이 책임자는 나야."

오오, 이제는 나를 향해 펼쳐진 손이 부들거리며 떨리기 시작한다. 아침부터 이성을 잃기 시작하는 인혜다. 다른 것은—예를 들면 화장 같은—몰라도 돈 문제에 있어서 인혜가 얼마나 필사적이 되는지 잘 안다. 하지만 아직도 악몽처럼 지난해 인혜가 터뜨린 폭탄이 떠오르곤 한다. 만약 그때, 인혜가 실토를 안 했으면 지금 이 자리에서 이렇게 마주 보고 있지도 못한 채 때늦은 후회를 하고 있을 것이다. 생각만 해도 명치가 아파온다. 뒤통수 맞는 것은 한 번으로 족하다. 두 번 다시 인혜에게 그럴 빌미를 줄 수는 없는 일이다.

"게다가 작물 육종학을 1학년에 배우는 것을 보니 무척이나 앞서 가는 학교라는 생각이 들어. 보통은 3학년 과정 아니었나?"

손이 떨리는 것에 이어 얼굴이 달아오르는 단계까지 간다. 귀엽다, 귀여워서 안아주고 싶다. 자칫 중독될 위험이 있다. 이런 식의 대화를 인혜 말고 누구와 즐긴다는 말인가. 나도 모르게 얼굴에 번진 미소를 어쩌지 못하겠다.

"그, 그건 한가한 1학년 때 미리미리 공부를 해두기 위해서 그런 거야. 그보다 내가 공부를 어떤 식으로 하든 네가 상관할 바가 아니잖아."

아, 벌써 중독되었나 보다. 유쾌해진다.

"상관할 바 아니다?"

의미를 가득 담아 반문했다.

"무, 물론 상관할 수 있지. 하지만 지나친 상관이라는 거지, 내 말은."

아차 싶은 인혜가 더듬거리며 열심히 둘러댄다. 이상하게 상관없다는 말에는 화가 나서 이성을 잃는 나다. 몇 번 데인 인혜이니 실수했다 싶은 거다.

빙긋 웃으며 인혜의 동글동글한 머리를 쓰다듬었다. 아까부터 나를 유혹하던 빛나는 머릿결을 말이다.

"괜찮아, 너와 나 사이에 이 정도는 별거 아니야. 너무 고마워할 필요 없어."

아아, 재미있다. 얼굴이 아주 가관이다. 인혜가 차마 겉으로 못 내놓고 속에서 삭이는 욕설 때문에 귀가 시끄러울 지경이다. 들리는 것보다 더 시끄럽다.

모르는 척 다시 질문을 했다.

"오늘 몇 시에 끝나?"

"왜?"

쯧쯧, 얼굴 표정을 유지하기 위해 아주 안간힘을 쓴다.

"그야 당연히 집에 같이 가기 위해서지."

"늦어, 아주 늦어."

그러니까 이건 인혜 나름의 반항인 셈이다. 그렇다면 수가 있다.

"그래? 그럼 할 수 없네. 아깝지만 별수없겠다."

봐라, 얼굴에 호기심이 아주 한가득이다. 대체 아깝게 버려야 할 그 무엇이 궁금한 거다.

"어서 가. 바쁘다니 어쩔 수 없지 뭐."

"뭐가 아까운데?"

미적거리던 인혜가 기어이 묻는다. 이럴 줄 알았다니까.

"아, 그냥 아는 사람이 패밀리 레스토랑 식사권을 주기에 같이 갈 생각이었는데, 네가 바쁘다니 할 수 없다. 다른 사람하고 가야겠다. 영화도 함께 볼 생각이었는데……. 안 내려?"

제법 친절한 말투로 미끼를 던졌으니 이제 인혜는 덥석 물 것이다.

"저, 저기, 생각해 보니까 마지막 수업은 꼭 들을 필요는 없는 것 같아. 교양 과목인데다가 학점도 별로 높은 게 아니라서."

표정 관리, 표정 관리.

"괜찮겠어?"

"그러엄. 몇 시에 나오면 되는데?"

"세 시까지 나와 있어."

"알았어."

얼굴 가득 행복한 표정을 짓고 인혜가 고개를 끄덕인다. 나까지 덩달아 행복해지려 한다.

그래서 안 되는 거다. 다른 사람은 이런 기분을 느끼지 못하게 한다. 그러니 꼭 인혜여야 한다. 총총거리며 캠퍼스 안으로 사라지는 인혜의 등을 보며 다시 한 번 결심을 했다. 언제부터였는지, 그런 것은 중요하지 않다. 어차피 시작된 감정, 지키는 거다. 아니, 발전을 시키는 거다. 소꿉친구의 벽을 넘어 내가 멋진 녀석이라는 것을 인혜가 깨닫도록.

인혜가 남기고 간 행복한 미소가 나마저 행복하게 만들어주는 아침이다.

＊

사람이란 환경의 동물이다. 그러니까 사람이 환경을 만드는 게 아니라 환경이 사람을 만들 수도 있다는 말이다. 정확한 의미는 아니지만, 지금은 그렇게 생각하기로 했다. 고등학교를 졸업하면서 다시는 하지 않으리라 결심했던 허벅지 꼬집기를 한 다섯 번쯤 하면서 든 생각이다. 본인 반경 오 미터 이내의 사람들을 질식사시키고도 남을 정도로 침을 튀겨가며 우리에게 뿌리를 알아야 한다면서 열정적으로 불타던 역사 선생 이후로 이렇게 지루하고도 잠이 쏟아지는 시간은 처음이다.

아아, 때는 바야흐로 햇빛 따사로운 봄. 이렇게 칙칙하고 어두운 실내에서 재배학 개론이란 자장가를 들으며 스스로를 고문하기에는 강인혜, 인물이 너무 아깝다. 제길, 원래 계획대로 이루어지기만 했다면 지금쯤 사전을 옆에 끼고 펜 한 자루로 일본 열도를 주름잡고 있을 내가 아닌가. 잠이 반쯤 들긴 들었나 보다. 구렁이 알처럼 통장에 고이 모셔놨던 동그라미들이 허공을 둥실둥실 떠돌아 나를 더욱 아쉽게 만드니 말이다. 그 돈만 있었더라도 오늘 이곳에서 허벅지를 꼬집어가며 재배학 개론에 시달리지는 않았을 텐데.

빌어먹을, 무익이 놈. 하필이면 농학과라니. 진정으로 우리나라 농학의 발전을 책임질 인재를 육성하는 이곳에 우리나라 만화계를 책임질 내가 있다는 것은 말이 안 된다. 놈의 치사한 게릴라성 설득에 넘어간 나도 한심하지만, 장래 법조계를 주름잡겠다는—어디까지나 놈의 주장일 뿐이다—놈이 제 입으로 장담한 약속마저 지키지 않는다는 것이 말이 되는가. 오늘은 기필코 놈에게 따지고야 말리라.

하지만 놈이 누군가. 안 그래도 말발 하나는 있던 놈이 대학에 들어가 전문적인 말발을—법대에서는 법보다 말발을 먼저 익히도록 가르치나 보다—익히고 나니 요즘은 더욱 전세가 불리하기만 하다. 그러나 이대로 인생을 저당 잡힌 채 죽어지낼 수는 없다.

열강을 해대는 교수의 눈치를 살피며 살며시 도서관에서 빌린 책을 펼쳤다. 흥분을 해서는 절대로 놈에게서 이길 수 없다. 내 최대의 단점이자 유일한 약점인 셈이다. 그러니까 놈에게 이기기 위해서는 논리로 무장을 해야 한단 말씀.

사기죄…… 사기죄…… 사기죄…… 찾았다.

『사기죄:사람을 기망하여 재물의 교부를 받거나 재산상의 이익을 취득함으로써 성립하는 범죄(형법 347조).』

옳거니, 딱이다. 사람을 기망하여, 이것, 놈이 날이면 날마다 내게 해대는 짓이다. 그 결과 지금도 적성에 맞지도 않는 재배학 개론을 듣느라 청춘을 낭비하고 있지 않은가.

에, 또, 재물의 교부를 받거나 재산상의 이익을 취득함. 아아, 고민이다. 놈이 분명 내게 사기를 쳤지만 특별히 재산상의 이익을 취한 것은 없다. 그렇다면 사기죄 성립이 안 된다는 것인가? 그런 말도 안 되는…… 그나저나 이것이 347조라면 이 앞에 무려 346가지의 법이 더 있다는 말이다. 성경책에 있다는 열 가지 중에서 대여섯 가지만 추려서 지켜도 별 탈 없이 잘살 것만 같은데 무슨 법을 몇백 가지나 만들어 사람 헷갈리게 만드는지. 쳇, 역시 무익이 놈과 그럴듯하게 어울린다. 하고 싶다고 할 때 알아봤다. 꼭 저 같으니 좋아라 공부한다고 하지.

사기죄가 성립이 안 된다면 대체 무엇으로 놈을 옭아매야 한단 말인가. 두려운 눈으로 책을 바라보았다. 쓸모도 없는 책이 두껍기는 오지게 두껍다. 하긴 필요도 없는 법을 삼백, 사백 가지나 만들어놓았으니 책도 따라 두꺼울 수밖에.

입술을 잘근거리며 심각하게 생각했다. 강인혜, 포기할 거냐. 천만에 그럴 수는 없지. 이러다 놈이 친구의 도리(?)를 지키라며 언제 억지 주장을 펼지 모르는 일이다. 솔직히 요즘 놈에게서 발산되는 에너지의 양이 만만치 않다. 눈을 게슴츠레 뜨고 이상하게 사람을 쳐다보면 무섭기까지 하다. 대책, 대책을 세워야 했다. 겪어봐서 아는데 놈은 뭐든 어중간하게 하지 않는다. 하면 끝장을 본다. 빌어먹을, 끝장이라니. 내가 원하는 끝장은 하나뿐이다. 이대로 영원히 놈과 마주치지 않는 것. 귀에 들어오지도 않는 무슨 개론인지는 이제 아예 제껴 버렸다(하긴 처음부터 듣지도 않았었다).

법은 멀고 주먹은 가깝다지만, 내게는 법도 멀고—놈이 아무래도 나보다 유리하다—주먹도 멀다(요새 멀리하긴 하지만, 놈이 싸움질에 일가견이 있다는 것은 내가 잘 안다). 그나마 조금 있던 말발도 아예 안 먹힌다. 그러니 정공법으로 밀고 갈 밖에. 눈에 불을 켜고 책을 살폈다. 젠장, 이러다 무익이 놈보다 먼저 사법 시험에 붙는 것 아닌가 모르겠다.

무익이 놈을 엮을 법적 근거를 찾느라 분주한데 누군가 살며

시 책상을 노크한다. 우씨, 지금 바쁜 거 안 보여? 일생일대의
중요한 순간이란 말이야. 눈치없는 방해꾼에게 얼굴을 찌푸리
며 고개를 돌렸다. 어느새 수업이 끝났을까. 미래의 첨단 농학
도들이 모두 자리를 비워 강의실은 썰렁하기만 하다.

"무슨 공부를 그렇게 열심히 해?"

친하지도 않구만 유독 친한 척을 해대는 이 녀석만 빼고 말이
다.

"왜?"

지성인, 적어도 대학에 비싼 등록금을 낼 정도의 지식인이라
면 이 말의 밑바닥에 흐르는 '너와 관계없으니 상관 말고 꺼져'
라는 메시지 정도는 읽을 수 있어야 한다. 한데, 이놈도 나처럼
안 되는 실력을 억지로 늘려서 온 놈인가 보다. 눈치가 없는 것
인지, 머리가 나쁜 것인지 옆에 털썩 주저앉더니 남의 책을 제
맘대로 들춰보는 것이 아닌가.

"아하, 법학과 애인이 있다는 소문이 사실인가 보구나."

대답할 가치가 없는 질문에 대답하는 것은 바보나 하는 짓이
다. 대체 질문이 질문 같아야 대답을 할 것 아닌가. 가볍게 생깠
다. 콧방귀를 뀌는 내 행동이 전혀 아무렇지 않다는 듯 녀석이
사탕 한 개를 불쑥 내민다, 또다.

하얀 책 위에 올려진 추파춥스 한 개. 벌써 며칠째인지 모르
겠다. 언제부터인가 말없이 추파춥스 한 개를 불쑥 건네고는 가
버리는 것이다. 변화라면 아무 말 없이 사탕만 건네던 어제까지

와는 다르게 오늘은 옆에 앉아 말을 거는 것이라고나 할까. 슬그머니 사탕을 잡았다. 죄도 없는 사탕을 구박할 수 없는 노릇이다. 음…… 오늘은 콜라 맛이군.

"어제 신입생 환영회는 왜 안 왔어?"

녀석이 오물거리며 사탕을 입 안에다 굴리는 나를 보더니 한숨처럼 말을 한다.

장난해? 술이 내 인생을 어떻게 망쳤는지 잘 아는데 또 술자리를 가라고? 내가 약 먹었냐?

"바빴어."

"혹시나 하고 계속 기다렸어."

할 일 더럽게 없는 놈이다. 약속도 안 했는데 왜 기다린단 말인가. 더구나 언젠가도 얘기했다시피 난 마당쇠 과는 무익이 때문에 치가 떨리게 싫은 사람이다. 이 녀석 역시 덩치로 보나, 인상으로 보나 딱 그쪽이다.

"술 먹는 자리 별로 안 좋아해."

"그래도 과에 여자도 몇 명 없는데 나와서 분위기 좀 화사하게 만들어주면 좋잖아."

화사아? 아, 순간적으로 열이 확 뻗쳐 오른다. 화사에 대한 안 좋은 추억 때문이다. 젠장, 무익이 놈. 자연히 책을 넘기는 손이 거칠어진다.

"뭘 그렇게 열심히 봐?"

아, 그놈 참 귀찮구만.

"그냥…… 좀 찾을 게 있어서."

"같이 찾아줄까?"

"아니, 그냥 나 혼자……."

"혹시, 스파게티 좋아해?"

거절하는 나의 말을 자르며 놈이 냉큼 묻는다. 물론 나야 없어서 못 먹지.

"나가자, 학교 앞에 스파게티 전문점 괜찮더라."

나도 봤다. 럭셔리한 분위기에 고급스런 인테리어. 아아, 날이면 날마다 얼마나 군침을 삼키며 지나가는데. 하지만 밖에 내보인 메뉴판에 있는 금액은 학교 앞이라는 장소가 무색하게 만들기 충분할 정도였다. 빌어먹을 돈 없고, 빽없는 불쌍한 학생들은 오늘도 학교 구내식당에서 식당 아줌마에게 비굴한 웃음을 팔아가며 삶을 연명해 가건만.

"그 집 비싸."

좋아는 한다. 그렇지만 형편이 안 된다는 뉘앙스를 충분히 깔아가며 조심스레 대답을 했다. 없는 사람은 없는 사람 나름대로의 생활 방식이 있게 마련이다. 더구나 나, 강인혜는 그쪽으로 이미 예전에 터득한 사람이 아닌가.

예상대로 놈이 상큼한—이럴 경우의 미소는 당연히 상큼한 것이다. 아아, 얼마 만에 얻어먹는 공짜 밥인가—미소를 지으며 말을 해 준다. 고맙게도.

"내가 살게. 걱정하지 마."

세상은 넓고 돈 많은 놈도 많은가 보다. 난 오늘도 차비가 없어서 무익이 놈 차에 매달려 오는구만, 할 일 없는 도련님들은 왜 이렇게 돈이 넘쳐 나는지 정말 불공평한 세상이다.

"왜?"

사준다고 냉큼 따라나서는 것은 초보자나 하는 짓이다. 다년간의 경험으로 보건대 이쪽이 얻어먹어 준다는 분위기로 밀고 나가야 뒷말이 없다.

"우리는 친구잖아."

정신 나간 녀석. 너와 내가 왜 친구란 말이냐. 그놈의 말도 안 되는 친구. 십 년째 붙어 있는 어떤 놈 때문에 아주 이가 갈린다.

"과 친구 사이."

아아, 과 친구. 그러고 보니 우리는 과 친구 사이로군. 그렇다면 충분히 밥 한 끼 정도는 '먹어줄 수' 있지.

주섬주섬 책을 챙겼다. 형법은 지금 당장 보지 않아도 어디 도망가지 않지만, 앞의 이 녀석은 지금 따라나서지 않으면 마음이 바뀔지도 모르는 일이다. 아아, 스파게티, 스파게티.

하아, 정말이지 오랜만에 흡족한 기분이다. 간만에 고향을 찾은 마음이라고나 할까. 눈으로 보기에도 즐겁고 맛은 더욱 황홀한, 돈 걱정 없이 먹는 스파게티 하나로 이처럼 행복해질 수 있다니 나는 정말 소박한 사람임에 틀림없다.

"정말 맛있게 먹는구나, 보기 좋다."

별게 다 좋아 보이는 녀석이다. 내가 아는 어떤 놈은 오로지 먹을 것에만 의욕을 보이는 것은 동물에 가까운 행동이라며 툭 하면 구박을 하곤 하는데 말이다.

"보, 보기 흉하지? 배가 고파서……."

자식, 남 먹을 때 쳐다보는 것만큼 궁상맞은 것도 없다더만 배고픈 강아지 적선 바라는 야릇한 표정으로 밥 먹는 내내 바라보더니 기어이 무안을 주고 만다.

"아냐, 아냐. 정말 보기 좋아. 나까지 기분이 좋아져."

아까부터 느낀 거지만 정말 성격 희한한 녀석이로세.

"먹는 모습이 예뻐서 애인이 좋아하겠다."

글쎄, 애인은 없지만, 먹을 때마다 구박하는 고약한 놈은 하나 있지. 그런데.

"보기…… 좋아?"

"속고만 살았어? 좋다니까. 다음에도 또 사주고 싶을 만큼 예뻐 보여."

오오, 이게 웬 횡재수란 말이냐. 또 사준단다, 또! 이거 잘하면 걸어다니는 식권 하나 보장받을 수 있을 것 같다.

"아, 그건 안 되겠지? 남자 친구한테 혼날 테니."

내 이럴 줄 알았어. 무익이 자식, 결국은 내 인생의 걸림돌로 작용할 줄 알았어. 이제는 모습을 나타내지 않고도 내 일을 방해하는 경지에 이르렀다. 등줄기에 땀이 고이기 시작한다. 두 눈 멀쩡히 뜨고 공짜 밥이 날아가게 생기다니 있을 수 없는 일 아닌가. 사태 수습을 해야 했다, 그것도 빨리.

"남자 친구?"

강인혜. 생각을 하란 말이야, 생각. 이건 생존권이 달린 문제란 말이닷.

"음…… 아주 어릴 때부터 옆집에 살아서 그냥 성별 생각 안 하고 같이 다니는 친구는 하나 있어."

"아침마다 너 내려주는 그 덩치 좋은 친구가 그 친구야? 법대 다닌다는?"

제길, 아침마다는 무슨 아침마다. 그리고 네가 탐정이냐? 남의 뒷조사하고 다니는 것도 아닌데 뭘 그렇게 시시콜콜 알고 있는 거야, 대체?

"응, 방향이 맞으니까. 공연히 따로 다닐 필요 없잖아."

"어, 그러면 그 친구는…… 그냥, 친구?"

"그러엄, 친구지. 넌 친구 없어? 너랑 나랑도 친구잖아, 과 친구. 내가 꼭 밥 얻어먹으려고 하는 소리가 아니라 오해받는 게 싫어서 하는 소리야."

✳

중대한 일을 결정함에 있어서 타인의 의견에 지나치게 의존하는 것은 말도 안 되는 일이라고 생각했다. 생각을 하는 것도

나, 결정을 하는 것도 나, 그리고 실천에 옮겨 성공을 시키는 것
도 나여야만 했다. 따라서 일의 책임 역시 내가 진다. 그리고 당
연한 일이지만, 여태 그 신조를 어겨본 적이 없다.

하지만 지금 이 순간 그 신조를 잠시 잊기로 했다. 아무래도
자칭 타칭 여자 전문가라는 복학생 선배가 나보다는 낫지 않겠
는가.

"바라, 바라. 무익이 니 있다 아이가. 여자라 카믄 일단 이 분
위기, 분위기를 잡아줘야 하는 거 아나?"

빌어먹을, 그놈의 분위기 한 달 내내 잡아도 안 되는 난공불
락 둔탱이도 있다.

"그게 안 통하는 여자는요?"

내 말에 깔린 반항의 기미를 읽었나 보다. 선배가 더 은밀히
가까이 와 속삭인다. 아무래도 필살기를 전수해 주려나 보다.

"분위기가 안 통하믄 별수있나, 몸으로 덤벼야제."

"모, 몸이요?"

"자슥, 순진한 척하기는."

선배라는 작자가 일견 다 안다는 웃음을 띠며 어깨를 툭 친
다. 젠장, 알긴 뭘 알아?

"그 있다 아이가, 그거."

그거라니. 제길, 대놓고 A, B, C 중에 어떤 거냐고 물어볼 수
도 없는 노릇이다.

"언어라 카는 기, 말로 하는 게 다는 아인기라. 눈빛으로도 할

수 있고, 행동으로도 할 수 있다 아이가. 그중에서도 가장 학실한 기, 몸으로 하는 대화 아이것나."

솔직히 신빙성은커녕 장난스런 선배의 표정으로 보건대 이 쓸모없는 대화를 계속할 필요조차 느낄 수가 없다. 하지만 이상하게 자리를 뜰 수 없었다.

"준비 단계에서 너무 시간을 끌면 타이밍을 놓쳐 버리게 마련인기라. 타이밍만 잘 맞추모, 그 다음부턴 일사천리다."

"무엇에 대한 타이밍을 말하는 겁니까?"

빌어먹을, 이런 병신 같은 질문을 할 생각은 눈곱만큼도 없었다. 하지만 정신을 차리고 보니 어느새 질문을 마친 상태였다. 선배가 흥미롭다는 눈으로 나를 본다, 제길.

"우와, 살다 보이까네 무익이 네가 사람으로 보이는 날도 다 있네."

소위 말하는 대한민국 최고의 대학, 거기다 최고의 학과에 다닌다 자부를 하는 인간들이건만 삼삼오오 모여서 하는 짓들을 보면 가관이다. 유치하기 그지없는 여자 이야기라든지 뻔히 다 아는, 혹은 알아도 하등 도움이 안 되는 연예계 가십 따위나 주절대고 있으니 한심하기가 말도 못한다. 게다가 실력도 없이 줄만 잘 서고 보겠다는 재수없는 인간들도 더러 섞여 있게 마련인지라 일찌감치 그들을 하등 생물로 분류해 버린 나다(물론, 인혜는 그냥 여자가 아니기에 여기에서는 논외로 하는 것이 당연한 것이다). 내가 누군가, 백무익이란 말씀이다. 한심하기 그지없는 그들에게 동조해 시간을 허비하는 것은 감히 생각조차 할 수 없는 일이다(다시 말하지만 인혜는 그냥 여자가 아니다. 따라서 절대로 시간 낭비 따위가 아니다). 쓸데없는 시간 낭비에 바보 같은 논쟁을 하는 것이 사람이라는 게 그들의 정의라면 과감히 사람이기를 포기하고 말 것이다. 지금 선배는 그것을 에둘러 말하는 것이다.

스스로가 한심해서 죽을 지경이다. 하지만 너무 맑은 물에서는 고기가 살 수 없다고 했다. 게다가 언젠가도 이야기했지만, 인내심이 바닥나고 있었다. 나를 향해 실실거리는 선배의 표정을 모른 척하고 넘어가 주기로 했다.

"니, 무의식은 의식을 채우고 넘친 행동의 나머지란 말 아니?"

"보두앵(Charles Baudouin)이로군요."

"역시…… 니는 알 줄 알았다. 문디 자슥…….."

안다는 긍정적인 말 뒤에 어째서 부정적인 욕설이 따라와야 하는지 알 수 없었지만, 제법 진지한 표정이 된 선배의 분위기를 깨고 싶지 않았다.

" '의식은 이미 행동을 구성한다' 간단한 거지. 의식이란 기본적으로 선택, 자동적 습관이 안 될 때 의식은 등장한다는 말도 있다 아이가."

베르그송이로군. 하지만 공연히 말을 꺼냈다가 또다시 부당하게 욕을 먹고 싶지 않았기에 참기로 했다. 하지만 끝없이 계속될 것 같은 선배의 선문답까지 참아준다는 의미는 아니었다.

"그래서 지금 제게 심리학 강의를 하고 싶으신 게 아니라면 말씀의 요지는 뭐란 말입니까?"

"쯧쯧. 이래서 어린것들은 어쩔 수 없는 기라. 지식으로 아는 것들은 아무 소용도 없다는 게 여기서 여실히 드러나는 것만 바도 알 수 있다 아이가. 경험은 이래서 소중한 거지."

"선배!"

"알았다, 알았어. 자슥, 성질머리 하고는. 무의식이란 말 그대로, 의식되지는 않지만 엄연히 존재하는 것이지. 그러니까 다시 말해서 심리적인 무의식의 개념은 내성, 즉 자신도 모르는 사이에 길들여진 상태라고 보면 된다 아이가."

얼핏 선배가 하고자 하는 말의 핵심을 알 것 같았다. 당장이라도 뒤집어엎고서 일어나려던 것을 조금 보류하기로 했다.

"더군다나 어려서부터 알던 사이라면 일은 더 간단한기라. 내성, 알겠나? 본인도 모르게 서서히 길들이는 기다. 아까도 말했지만, 몸으로 하는 대화만큼 솔직하면서 효과가 강한 것은 음따. 처음부터 강도를 너무 쎄게 하면 오히려 효과가 감소되니까네, 아주 약한 것부터 서서히 강도를 높여가는 기 뽀인트다. 알긋제?"

애초에 장난스런 분위기로 시작한 자리였으나 지금 분위기는 제법 진지했다.

"처음부터 무리수를 둘 필요는 없는 기라. 처음에는 가볍게 손 잡는 정도로 시작하는 기 좋다. 그러니까네, 일상생활에 스며들듯이 자연스럽게 스킨십을 하란 말이다. 알긋나?"

자기 분위기에 빠진 선배가 열강을 해댄다. 뭐, 바라는 바다.

"그러다가 상대방이 의식하지 않는 상태가 되면 한두 번 정도 거리를 두란 말이다. 그러면 저쪽에서 뭔가 신호가 올 기다. 그때는 게임 끝이다, 차려진 밥상이란 말이다."

확실히 조금 급한 마음에 조이기는 한 것 같다. 그렇지만 맹세코 육체적인 접근은 한 적이 없다. 믿을 수 없는 일이지만, 그 문제에서 만큼은 스스로를 신뢰할 수가 없었기에 철저히 자제를 한 것이다. 이미 한번 경험이 있지 않은가. 인혜의 입술을 맛보고 며칠 동안 잠을 설쳤는데, 빗장이 풀린 마음이 어떻게 날뛸지 나도 나를 장담할 수가 없다.

그런데 오히려 그것이 잘못된 선택이었다니. 음, 가벼운 스킨십이라.

"뭐, 이것저것 고민하기 싫으모, 그냥 이 학교에 니한테 목매는 엄청시리 많은 여자 중에 하나 적당히 골라 사귀는 게 속편할 수도 있다."

생각을 하는 나를 슬쩍 보더니 선배가 한마디 거든다.

"일없습니다."

"하긴 평양감사도 지 싫다카는데 별수있나. 그나저나, 누꼬?"

"누구 말입니까?"

"천하의 백무익이를 이 정도까지 고민하게 하는 그 절세가인이 대체 누구냔 말이다."

절세가인? 나도 모르게 한쪽 눈썹이 올라갔다.

"암튼 나중에 잘되면 꼭 인사 한번 시켜줘야 한데이. 다른 사람도 아니고 무익이 니를 고민하게 만들 정도면 눈이 튀어나오게 이쁜 여자 아이겠나."

"그럴 일 없습니다. 신경 끄세요."

"자슥, 무정하게 그럴 기가."

무정? 절세가인의 기준에는 절대 미치지 못하겠지만, 어떤 형태로든 인혜가 관심의 목적이 되는 건 반갑지 않다. 누구 맘대로.

조금 전보다는 훨씬 가벼워진 마음으로 자리에서 일어났다.

"참, 선배."

"와, 무정한 자슥아."

불퉁한 얼굴로 선배가 툴툴거린다. 속으로 씨익 웃으며 마무리를 했다. 빚지고 못사는 게 인혜만은 아니다.

"아까 말씀하신 진폐증으로 인한 정신이상 소송 건 말입니다, 대법입니다. 판례일자는 1993년 5월이구요. 말씀과는 다르게 재해 인정을 받은 사건입니다. 어쨌든 심리학 상담은 고맙습니다."

＊

별 하나, 별 둘. 저 별은 나의 별, 저 별도 나의 별……. 아, 젠장. 골목길 길기도 하다. 고등학교 다닐 때 줄기차게 했던 별 보기 운동을 팔자에도 없이 하고 있다, 내가. 하지만 뭐 어떠랴. 배부르고 기분 좋은데. 얼마든지 세어주마. 움홧핫핫.

따악, 점심 한 끼만 공짜로 먹고 일어서려던 자리였으나 의외로 말이 통하는 녀석이었다. 말이 통하다 보니 대화가 길어지고 어느새 날이 어두워지자, 선뜻 저녁까지 사주는 좋은 녀석이었던 것이다. 게다가 집 앞까지 바래다주는 세심함까지. 매너가 뭔지 아는 녀석이다. 이런 녀석과 친구가 되다니 오늘 횡재수가 있는 것이 틀림없다.

정류장에서 집 앞까지 바래다줘야 한다는 착한 놈을 달래서 보내느라 조금 진땀을 흘리긴 했지만—당연하다. 혹시라도 돌아다니는 바퀴벌레와 마주치면 귀찮아질 수도 있다. 젠장, 별 시집살이를 다 산다—그래도 결과적으로 아주 만족스런 하루였다.

"대체적으로 오랜 친구란 것은 본인도 모르게 매너리즘에 빠지게 만들기 때문에 장점도 있지만 다른 사람과의 관계를 막는 단점도 있을 수 있다고 생각해."

녀석이 사람 좋은 미소로 싹싹하게 말했었다.

알고말고. 누구보다 내가 잘 안다. 암, 잘 알고말고. 녀석이 그 말을 하는데 울컥 서럽기까지 했더랬다. 내 경우에는 매너리즘에 빠진 것이 아니라 대부분 무익이 놈의 세 치 혀에 빠진 것이지만, 그래도 녀석이 말하는 단점들이 새록새록 떠오르는 것은 어쩔 수 없었다.

“이건 어떨까. 네 말대로 그…… 친구가 그저 친구에 불과하다면, 그 친구를 위해서나 또 너를 위해서도 조금은 거리를 두는 게.”

거리. 내 평생의 숙원이자 소원이 녀석을 내 인생에서 몰아내는 것이라고 언젠가도 밝힌 바 있다. 거리를 두는 것이 쉬웠다면 오늘날 내 인생이 이렇게 꼬이고 망가지지 않았을 것이다.

“꼭 일부러 거리를 둘 필요까지 있을까?”

곧 죽어도 매어 있는 불쌍한 몸이라는 소리는 못하겠다. 그런데 녀석의 눈길이 수상해진다.

“혹시…… 좋아해, 그 친구?”

뭐, 뭐라? 밥 잘 먹고 이게 웬 자다 날벼락 떨어지는 소리냔 말이다. 소화불량으로 당장에 숨이 넘어갈 것만 같다. 하지만 말도 안 되는 그런 무시무시한 오해를 남긴 채 죽을 수는 없는 노릇이다. 겨우 이성을 차리고 미소 비슷한 것을 지으며 말해 줄 수 있었다.

“말도 안 돼. 그냥, 굳이 그런 노력을 할 필요가 없다는 뜻이지 다른 이유는 없어.”

그 순간 녀석의 얼굴에 떠오른 것은 미소는 수긍일까, 동정일까.

“그렇다면 더욱 그 친구를 위해서 네가 노력을 해야 한다고 생각해.”

내 코가 석 자구만, 누굴 위해?

“그거 알아, 강인혜는 임자 있는 몸이라는 소문이 과에 파다하게 퍼진 거? 물론 그것이 사실인지 아닌지는 중요한 게 아니야.”

녀석이 항변하려는 나를 보고 머리를 젓는다. 아니, 밥 먹고 할 일 없는 인간들이 남의 일에 신경 쓴다고 하더니 정말 할 일 더럽게 없는 인간들만 모아놨나. 왜 그렇게 남의 일에 관심들이 많은 거냐고. 그것도 남의 앞길을 가로막을 수 있는 치명적인 오해를 가지고 말이다.

“대부분의 사람들은 자기가 보고 싶은 대로 보고, 믿고 싶은 대로 믿는 경향이 있거든.”

그러니까 쓸데없이 왜 남의 일을 가지고 왈가왈부냐고.

“문제는, 너를 따라다니는 소문이 그 친구의 학교에도 비슷한 게 있을 거라는 거지. 그러니까 그 친구의 앞날을 위해서 네가 먼저 나서주는 게 친구로서의 도리가 아닐까?”

“도리?”

내가 아는 무익이 놈이라면 굳이 나 따위의 도움이 없어도 잘 먹고 잘살 놈이다. 더구나 그쪽 방면으로는 말할 것도 없다. 따라다니는 여자들 물리친다는 구실로 잘 나가는 나를 잡아다 희생양으로 삼았던 녀석이다. 녀석이 내 도움을 눈곱만큼도 바라지 않는다는 것을 새로 얻은 원피스를 걸고 맹세할 수 있다.

그런 내 속을 아는지 모르는지 녀석은 순진한 얼굴로 무익이 놈의 걱정을 해댄다.

"네 말대로 십년지기 친구라면 잘못된 소문에 희생당할 친구를 모른 척하면 안 되지."

어이, 어이. 오버라고 봐. 좋은 뜻으로 말하는 것이 분명하지만, 녀석의 끊임없는 삽질을 바라보고 있자니 울컥 기분이 상한다. 무익이 녀석은 그런 말도 안 되는 소문에 신경 쓸 녀석도 아니거니와, 또 혹시라도 만에 하나 신경이 쓰인다면 직접 나서서 해결할 수 있는 녀석이란 말이다. 게다가 은근히 무익이 놈을 스스로는 아무것도 해결하지 못하는 금치산자쯤으로 말하는 것을 듣자니 나도 모르게 불끈 화가 났다.

"너한테 그런 걱정까지 해달란 소리 한 적 없어. 요즘 세상에 남자, 여자가 친구로 지내는 것이 우리만 있는 것도 아닌데 일일이 신경 쓰고 다니는 게 더 우스울 뿐이야. 그리고 무익이는 네가 생각하는 것처럼 소심하고 옹졸한 애 아니야. 그러니까 그런 걱정 조금 우스워 보여."

제길, 살다살다 내 입으로 무익이 놈을 옹호하는 날이 올 것이라고는 상상도 해보지 않았다. 하지만 싸움은 공평해야 하는 법이다. 권모술수와 중상모략은 강인혜와 어울리지 않는다(물론 살기 위해 필요하다면 종종 써먹지만 지금은 필요한 때가 아니다). 무익이 놈과는 나중에 따로 해결을 볼 일이지만, 지금 이 자리에서 자칭 과 친구라는 녀석이 무익이 놈에 대해 이러쿵저러쿵하는 것은 어쩐지 싫다.

"화났어? 너를 생각하는 마음에 내가 조금 앞서 간 것 같다. 용서해라. 날도 어두워졌는데 사과의 뜻으로 내가 저녁 살게."

놈이 내 상기된 얼굴을 보고 바로 꼬리를 내린다. 강인혜, 마음 넓은 것 빼면 시체 아닌가. 거기다 무익이 놈에게는 없는, 자신의 잘못을 인정하고 바로 사과하는 저 아름다운 모습을 보고 용서를 하지 않으면 그것은 인간의 도리가 아니다.

비록 시작이 삐끗하긴 했지만, 그 후의 시간은 의외로 수월하게 지나갔다. 게다가 녀석의 누나의 친구의 사촌이 만화가란다. 갑자기 녀석이 백만 배쯤 예뻐 보이는 순간이었다. 그렇다면 난 친구의 누나의 친구의 사촌과 친하게 지낼 기회를 잡으면 된다는 소리. 음핫핫하.

그렇게 보낸 하루이니 만족스럽지 않을 리 없다.

"그럼 우리는 친구 맞는 거지?"

녀석이 정류장에서 돌아서며 한 말이다. 암, 친구지. 친구고 말고. 이제는 녀석이 안 된다고 해도 내가 매달려서라도 친구하고 싶은 심정인데 고맙게도 녀석이 먼저 친구라는 말을 해주니 다행이기만 하다.

흥겨운 기분에 나도 모르게 나오는 콧노래를 흥얼거리며 집으로 다가서니 대문가에 반갑지 않은 그림자가 장승처럼 버티고 서 있다. 빌어먹을. 오늘 바쁘니까 먼저 가라고 달랑 문자만 보내고 혹시 모를 후환이 두려워 전원을 끈 것이 화근일까, 녀석의 표정이 심상찮다.

경험에 의하면 이럴 경우는 선제공격이 유리하다.

"어…… 무익아, 네가 이 시간에 웬일이야?"

아악, 선제공격이어야 한단 말이다! 이렇게 꼬리 내린 강아지 같은 비굴한 말투로 말을 하면 어쩌란 말이냐.

내가 속으로 혀를 차며 스스로를 나무라고 있을 때도 녀석은 꿈쩍도 않고 노려보기만 한다. 그렇게 노려보면 누가 겁낼까 봐(실은 조금 겁이 나려 한다). 내가 뭘 얼마나 잘못했다고. 이놈아, 말을 하란 말이다, 말을.

"하, 할 말이 있으면 들어가서 기다리지 그랬어?"

아, 젠장. 이젠 더듬기까지.

"어…… 아까 내가 보낸 문자 봤지? 조금 일이 있어서…… 엄마야!!"

놈의 분위기에 눌려서 계속되는 삽질을 하다 기절하는 줄 알았다. 놈이 팔을 쓰윽 올리는 것이 아닌가. 놈이 드디어 이성을 상실하고 주먹질을 하는가 싶어 나도 모르게 비명을 질렀다. 그러나 놈은 그런 나는 아랑곳하지 않은 채 손목을 들어 시계를 확인하는 것이다. 아씨, 쪽팔린다.

"그게, 생각보다 시간이 길어져서……."

놈이 시간을 확인하며 얼굴을 찌푸리자 나도 모르게 변명이 나온다. 이게 아닌데, 선제공격을 해야 하는데 변명이나 하고 있다니. 그것보다 내가 왜 이놈에게 변명을 해야 하는 거지?

"원래는 일찍 오려고 했는데, 말을 하다 보니까 아니, 그게 아니라 일을 보다 보니까 어느새 시간이 이렇게 된 줄 몰랐어. 그보다 너는 어쩐 일이야?"

자존심이 문제가 아니다. 자존심도 일단은 목숨이 붙어 있어야 따질 수 있는 거다. 조금 더 비굴하게 나가볼까. 놈이 계속해서 입을 다물고 인상만 찌푸리자 주눅이 든다.

"왜…… 왜 아무 말도 안 해? 여태 기다린 거야? 문자 보낸 거 못 봤어? 할 말 있어서 온 거야? 아님 그냥 밥 먹고 산책 나온 거야?"

마음이 불안하니 횡설수설 말만 많아진다. 나도 내가 무슨 말을 주워 삼키는지 알 수가 없다. 하지만 나 아닌 누구라도 이 자리에 있으면 어쩔 수 없었을 거다. 아, 자식. 무게 되게 잡네. 비굴한 웃음을 얼굴 가득 담고서—목숨은 누구라도 아까운 거다—주절거리는 나를 한동안 바라보던 놈이 작은 한숨을 쉬며 말을 한다.

"밥은?"

밥? 무슨 밥? 네놈에게 내가 구첩반상이라도 차려줘야 한다는 말이냐? 뜬금없는 놈의 말에 눈만 동그랗게 뜨고 바라보자 놈이 다시 말했다.

"밥은 먹은 거야?"

말은 우리나라 말이 분명하건만 의미가 제대로 전달되지 않는다. 순간적으로 머리 속이 뒤죽박죽되고 있다. 무익이 놈이 내가 밥을 먹었든 말았든 왜 신경을 쓰는 거지? 아니, 그보다 지금 말은 도저히 무익이 놈이 뱉어낼 만한 대사가 아니다. 뭔가 꼬투리를 잡으려고 하는 말이 아닌 이상 아무래도 수상하다. 긴장이 된다.

"머, 먹었지. 지금 시간이 몇 신데…… 아직 밥도 안 먹었을까 봐?"

"그래, 그럼 됐어. 늦었는데 그만 들어가."

어? 잠깐. 한마디 짧게 던진 놈이 등을 돌린다. 아니, 저놈이 못 먹을 걸 먹었나. 거죽은 무익인데 알맹이는 대체 누구란 말이냐. 생소한 저놈은 무익이가 아니다.

나도 모르게 돌아서는 놈의 팔을 잡아버렸다.

"왜?"

놈이 자신의 팔을 잡은 나의 손을 보며 묻는다. 왜냐고? 글쎄, 나도 왜 잡았는지 알 수가 없다. 하지만 뭔가 이상한 것은 확실하다.

"아니…… 그게 끝이야?"

"뭐 더 있어?"

"어? 아니, 그건 아닌데…… 그냥, 너 그 말 하려고 기다린 거야?"

그래, 달랑 그 말 한마디 하려고 아까부터 오만상을 찌푸리며 분위기를 잡은 거냔 말이냐. 그냥 평소의 네놈처럼 펄펄 뛰며 소리라도 지르란 말이다. 그게 차라리 속이 편할 것 같은데 어허, 이놈 봐라.

오히려 자신의 팔을 매달린 내 손을 살며시 쥐더니 내게 몸을 돌린다. 아아, 진짜 이상하다.

"늦더라도 밥은 꼭 먹고 다녀."

당연하지. 내가 누군데, 밥을 굶고 다니겠는가. 하지만 말을 할 수가 없었다. 놈의 나머지 한 손이 내 얼굴을 쓰다듬듯이 다가와 옆 머리를 쓸어 올렸기 때문이다.

솔직히 숨을 어떻게 쉬는지도 까먹었다. 놈의 손바닥에서 나오는 따뜻함이 한쪽 볼을 간질였다. 그리고 살며시 담배 냄새가 밴 스킨 향이 퍼진다.

어디선가 희미하게 귀뚜라미가 우는 것도 같은데, 알 수가 없다. 놈과 내가 서 있는 공간 자체가 일그러진 것처럼 현실성이라고는 도무지 찾아볼 수가 없다. 서서 꿈을 꾸는가 보다.

"갈게."

나는 여전히 꿈을 꾸는데 어느새 내게서 손을 거둔 놈이 등을 돌린다.

놈이 열 발짝쯤 멀어지자 그제야 정신이 조금 든다. 하지만 저만치 걸어가는 넓은 등이 무익이가 맞는지 확신도 못하겠다. 대체 지금 무슨 일이 일어난 것이란 말이냐.

희미하게 울리던 귀뚜라미 소리가 이제야 제대로 시끄럽게 들린다.

199X년 12월 2일. 날씨:대한민국 만만세다!!

아, 오늘 처음으로 하느님이 계실지도 모른다는 생각을 했다. 그동안 꾸준히 해온 나의 기도를 들어주신 것이다. 혹시라도 같은 중학교에 가게 될까 봐 날이면 날마다 기도했다. 다행히도 나는 무익이와 같은 중학교에 배정받지 않았다. 아무리 무익이 놈이 날고 기는 재주가 있다 해도 여자만 들어가는 학교에 올 수는 없을 것이다. 너무너무 행복하다. 이제 재수없는 무익이 놈과는 안녕이다.

추신:겸익이 오빠가 만화가라는 직업에 대해 얘기해 줬다. 멋지다.

제4장

199X년 12월 23일.

　오늘 놀랄 만한 일이 있었다. 인혜가 크리스마스 선물을 한 것이다. 자기 말로는 이별 선물이라고 하지만, 이사를 가는 것도 아니니 이별 선물일 수가 없다. 그동안 지켜본 바에 의하면 다른 사람과는 조금 다른 정신 세계를 가진 인혜이니, 아마도 올 한해와의 이별을 뜻하는 것이 아닐까 추론해 볼 뿐이다. 그래도 선물이라니 조금 뜻밖이다. 지난달에 나와는 다시는 말도 하기 싫다고 말해 놓고도 선물을 하는 것을 보면 역시 여자는 알 수가 없는 존재다.

　추신: 선물한 유리 상자에 담겨 있는 하얀 가루가 조금 흘렀는데 암만 봐도 소금 같다. 왜 하필이면 소금일까?

담벼락에 처량하게 기대어 쪼그리고 있는 것은 분명 내가
맞다. 그런데 조금 어리다. 이상하다. 아무리 봐도 열 살 남짓으
로밖에 보이지 않는다.

"지혜야, 인혜 어디 갔어? 이것도 성적이랍시고 던져 놓고 또
놀러간 거야? 속상해서 못살아, 내가. 무익이는 이번에 또 일등
했다고 하던데 동네 창피해서, 원."

아, 엄마를 피해서 도망 나왔나 보다. 별로 놀랍지도 않다. 늘
있는 일인걸 뭐.

쳇, 그렇게 무익이가 좋으면 데려다가 아들 삼지? 누군 뭐,
시험 망치고 싶어서 망쳤나? 해보려고 해도 안 되는 걸 나보고

어쩌라고. 그래도 저번 글짓기 시험에서는 내가 더 잘했는데 그런 것은 칭찬도 안 해주고. 에이 씨, 춥기는 더럽게 춥네.

나오는 콧물을 슬쩍슬쩍 소매 끝으로 닦으며 담벼락 밑에 쭈그리고 앉아 엄마의 성난 목소리를 듣고 있자니 괜스레 서럽다. 그러고 보니 배가 고프다. 씨이, 나올 때 찐 감자라도 하나 들고 나올 걸. 엄마의 목소리로 보아 앞으로 한 시간은 더 있다 들어가야 그나마 직접적인 화를 피할 수 있을 것 같은데 신세가 처량맞기 그지없다.

"여기서 뭐 하냐?"

놈이다. 할 일 없이 기대앉아 땅바닥에 낙서를 하고 있는데 긴 그림자와 함께 나타난 놈이 나를 내려다보고 있다. 한심한 눈초리로.

놈의 손에 학원 가방이 들려 있다. 재수없는 놈. 놈에 대한 맹렬한 적의를 불태우며 벌떡 일어섰다.

"그냥 놀고 있다, 왜?"

"춥지도 않냐? 그런 옷차림으로."

"하나도 안 춥다."

에이 씨. 그 순간 콧물이 찔끔 나와 버린다. 놈이 슬쩍 웃는다. 난 세상에서 저놈이 제일 싫다. 언젠가는 저놈의 코를 납작하게 만들어 버리고 말 거다. 진짜다, 진짜 언젠가는 무익이 놈을 꼭 이기고 말 거다.

"이놈의 기집애. 저녁때가 됐으면 놀다가도 알아서 일찍일찍 들어와야지, 시험도 지지리도 못 본 년이 찾으러 올 때까지 놀겠다는 거야 뭐야?"

엄마의 화난 목소리가 또 들린다. 아, 무익이 놈을 이기는 것은 다음으로 미루고 지금 이 순간은 그냥 콱 죽어버리면 안 될까.

"내가 이번 시험에서 분수 문제 많이 나온다고 알려줬잖아. 그런데도 망친 거야?"

놈이 도저히 이해가 가지 않는다는 표정으로 말했다. 제법 진지한 표정으로 보아 놀리려는 것은 아니다. 하지만 그게 더 기분 더럽다. 마치 제 놈이 송구하게도 내게 호의를 베풀었는데 어떻게 감히 시험을 못 볼 수가 있냐는 듯한 말투다.

"망치긴 누가 망쳐? 그냥 놀고 있는 거라니까!"

"그럼 왜 안 들어가는데?"

"노는 게 재미있어서, 노느라고 그러지."

"혼자?"

"난 원래 혼자 노는 거 좋아해."

"그래?"

"그래!"

아, 진짜 힘이 조금만 셌으면 좋겠다. 그랬다면 지금 야릇한 웃음을 짓는 저 녀석을 흠씬 두들겨 패줄 수 있을 텐데. 엄마도 가끔 하는 소리지만, 정말이지 나도 내가 남자였으면 좋겠다. 놈과 정정당당하게 싸움이라도 한바탕할 수 있게 말이다.

"그래? 그럼 난 갈게. 늦더라도 밥은 꼭 먹어."

놈이 선심을 쓰듯 말하고 등을 돌린다. 재수없는 놈. 보기 싫은 녀석. 가다가 꽉 넘어져 버려라.

아, 그런데 등을 돌리고 걸어가는 놈의 등이 커진다. 열 살 꼬마의 좁고 마른 등에서 점점 커지더니 어느새 산만한 어른이 되는 것이다. 그런 놈이 조금씩 멀어져 간다. 어어, 하는 사이에 배에서 꼬르륵거리는 소리가 들렸다.

얼굴을 찌푸리며 눈을 떴다. 아침부터 꿈자리 한번 더럽다. 놈이 나왔다, 그것도 옛 시절의 악몽을 몰고 나왔다. 갑자기 오늘 하루의 일진이 두려워진다. 그 와중에도 배에서 들리는 꼬르륵거리는 소리는 멈추지를 않는다. 기분이 더럽든지 말든지, 정신이 뒤숭숭하든지 말든지 신경 쓰지 않는, 정말이지 정직한 현상이다.

놈이 쓸데없이 남의 밥을 챙기는 까닭에 그런 현상이 더욱 심화되어 버렸다. 다른 사람들은 신경 쓸 일이 생기면 식욕도 떨어진다고 하던데 내 입으로 이런 말 하기 뭐하지만, 정말 동물적인 본능만큼은 어디 가서 뒤지지 않을 정도인 것이 확실한 것 같다.

하지만 굳이 변명을 해서가 아니라 안 그래도 서럽고 고달픈 신세, 배까지 고프면 살아나갈 힘도 없었을 것이다. 하늘은 스스로 돕는 사람을 돕는 법. 살기 위해 본능만을 키웠다 하더라도 누가 나에게 돌을 던지겠는가.

지금도 그것은 변함이 없다.

양은 결코 적지 않게 담아줬지만 탕 소리가 나게 내려놓은 밥 그릇으로 보아 엄마의 심사가 편하지 않은 것만은 분명하다. 묻지 않아도 이유는 대충 짐작이 간다.

"망할 놈의 기집애. 대체 뭘 어떻게 했길래, 무익이 입에서 그런 말이 나오게 만들어?"

짐작했던 대로 엄마가 마주 앉아 작은 소리로—그러나 의도적으로 들으라는 듯이—불만을 내비치신다. 혹, 살인죄를 저질렀어도 서너 번의 재판을 통해 죄의 유무를 확실히 하는 게 인지상정이다. 하지만 엄마 앞에서는, 더구나 무익이의 일이라면 그런 것은 아무 소용이 없다. 어떠한 트러블이 생기더라도 무조건 내가 잘못한 것이다. 완전무결의 존재인 무익이 놈이 절대로 잘못할 리가 없다는 것이 우리 엄마의 영원한 진리이다. 젠장.

"내가 뭘 어쨌다고 그래, 엄마는?"

무익이 놈은 꿈에서도 괴롭히더니 현실에서도 사람을 못살게 군다. 존재 자체가 악몽인 녀석이다.

"그럼, 여태 같이 잘 다니던 무익이가 갑자기 너랑 시간이 안 맞아서 함께 못 다니겠다고 하는 이유가 뭐야?"

"이유 말했네, 시간이 안 맞는다잖아."

얍삽한 자식. 또 시작이다. 치사하게 또 게릴라 전법을 쓰기 시작했다. 화끈하게 전면전을 쓰면 될 것을 뭐가 불만인지 또 사람을 괴롭히기 시작한다. 이유? 나도 알고 싶다. 하긴 성격 파탄자 무익이 놈에게 언제는 정당한 이유가 있기나 했던가. 그저 나를 괴롭힐 수만 있다면 그게 뭐라도 좋은 녀석 아닌가.

"이것아, 말이 되는 소리를 해. 여태 잘만 맞던 시간이 왜 갑자기 안 맞아?"

잔소리 한마디에 밥 한 숟가락. 그간 쌓은 내공으로 엄마의 잔소리쯤은 가볍게 반찬으로 먹을 수 있을 만큼 단련된 나이기에 먹는 손만큼은 멈추지 않았다. 하지만 평소와는 다르게 맛을 느낄 수가 없다.

도깨비처럼 어느 날 갑자기 놈이 변해 버렸다. 늦은 시간 남의 집 대문 앞에서 쭈그리고 앉아 사람의 심기를 뒤집은 그날 이후, 확실히 이상해졌다. 사실 지금 엄마가 하는 푸념은 내가 하고 싶은 심정이다. 사사건건 내 일에 밤 놔라 대추 놔라 간섭하던 놈이 갑자기 모든 것에서 손을 떼고 한 발짝 뒤로 물러서기 시작했기 때문이다(예를 들어, 엄마가 잔소리하는 등하교 문제 같은). 오히려 속이 후련해야 하지 않느냐고? 마냥 후련해하기에는 걸리는 게 한두 가지가 아니다.

우선, 비용 지출이 만만치 않다. 놈의 차를 타고 다니지 않게 된 이후로 차비는 물론이며 일체의 간식과 문화생활비가 만만치 않게 지출되고 있다. 또한 놈의 의중을 확실히 모르겠다. 어떤 계기가 있어서 그랬다면 툭툭 털고 잊어버리면 되는데 특별히 그런 일도 없었다. 이러다 어느 날 갑자기 사람의 뒤통수를 칠 수도 있는 녀석이다. 게다가 가장 중요한 문제는 놈이 완전히 손을 뗀 게 아니라는 것이다. 늘 일정한 시간이 되면 놈은 꼭 우리 집 대문 앞에 서 있다. 별다른 용건이나 약속이 없어도 말이다. 터벅거리고 들어가다 놈을 보고 놀란 게 한두 번이 아니다.

만나도 특별히 다른 말을 하는 것은 아니다. 그저 얼굴 한번 보고, 밥 먹었냐 물어보고, 들어가라 인사하는 것이 다다. 내가 아는 무익이는 그 몇 마디 말을 하기 위해 나를 기다리고 있을 놈이 절대 아니다. 하지만 놈은 요새 그런다. 사람 미치고 팔짝 뛸 노릇이다.

"공부하는 게 다르니 안 맞을 수도 있지 뭘."

돌을 씹는지 밥을 씹는지 엄마의 잔소리를 씹는지 알 수가 없다. 엄마는 아무래도 아까운지 계속해서 나를 노려본다. 그렇게 좋으면 데려다 아들 삼으라니까.

"그러니까 갑자기 왜? 언제는 공부하는 게 같아서 함께 다녔어?"

기어코 꼬투리를 잡아보겠다는, 아니, 유죄를 확정짓겠다는 듯이 엄마가 의심의 눈초리로 나를 본다. 내가 뭘 어쨌다고.

옛날이나 지금이나 변한 게 없다는 것이 반가운 건지 지겨운 건지 모르겠다.

"에이 참, 엄마는. 모심는 공부하고, 죄짓는 놈 잡아 가두는 공부하고 같아?"

깨끗하게 비운 밥공기를 보란 듯이 내려놓고 일어섰다. 아,

대체 전생에 내가 무슨 잘못을 그리 많이 저질렀는지 용하다는 선녀보살이라도 찾아가 봤으면 좋겠다.

"오늘 하루 종일 왜 그렇게 힘이 없어? 어디 아픈 건 아냐?"

경식이가—알고 있겠지만, 스파게티의 인연으로 맺어진 좋은 녀석이다—걱정스런 얼굴로 나를 살핀다. 아아, 사람이란 무릇 이래야 한다. 이것이 진정한 친구의 얼굴이다.

"아니, 그냥 속이 좀 안 좋아서."

재수없는 꿈에 시달린 데다 엄마의 잔소리를 옵션으로 달고 시작한 하루였으니 아무리 나인들 속이 편할 리가 없다.

"약은 먹은 거야? 혹시 병원에 가야 하는 거 아냐?"

예쁜 녀석. 남자란 자고로 여자를 보호하고, 위해야 한다는 철저한 사명감을 가지고 있는 녀석임에 틀림없다.

"괜찮아, 그 정도는 아니야. 견딜 만해."

미소까지 지어가며 안심을 시켜주는데도 녀석은 여전히 굳은 얼굴이다. 음핫핫하, 보호받는다는 거 썩 괜찮은 기분이다. 하지만 착한 녀석을 걱정시키는 것은 사람의 도리가 아니다.

"괜찮다니까. 그저 아침 먹은 게 소화가 안 되는 것 같아서 그래."

"요새는 왜 같이 안 다녀?"

"누구?"

"그 친구."

아, 제길. 속이 또 쓰리다. 착한 놈이 눈치까지 빠르면 곤란하지만, 그래도 경식이가 조금은 원망스럽다.

"원래도 그리 친한 사이는 아니었는걸 뭐."

경식이란 놈의 표정이 이상하다. 젊은 놈이 뭔 생각이 그리 많은지 참으로 다양하게 변하는 표정이다.

"……밥은 먹었어?"

요새 내 주변에 왜 이렇게 내 밥을 챙기는 사람이 많은지 모르겠다. 갑자기 먹을 복이 터진 건가? 하지만 어떤 놈은 정작 사주지는 않고 물어만 보니 그것은 아닌 것 같은데, 아무튼 유독 내가 밥 먹은 것에 다들 관심이 집중되니 오히려 부담스럽기만 하다.

"밥 굶고 다니지 마."

제길, 어제저녁에도 우리 집 앞에 장승처럼 버티고 서 있다 돌아서던 무익이 놈이 한 말이다. 나를 모르는 놈도 아니고 어디 가서 밥 굶고 다닐 내가 아니란 걸 제일 잘 아는 놈이 왜 날마다 밥 타령인지 모르겠다.

나를 어떻게 괴롭힐까만 궁리하던 놈이 드디어 말려 죽일 방법을 생각해 낸 것이 틀림없다. 사주지도 않을 밥, 날마다 먹었는지 확인 작업을 하는 것을 보면 말이다.

놈의 주술이 먹혀드는지 요새는 확실히 식욕도 떨어지고 있다. 심각한 병에 걸리지 않은 이상 끄떡없던 나의 식욕이 놈의 장난질에 급격히 사라진다는 것은 '진돗개 하나'에 필적할 만한 비상사태가 틀림없다.

"……함께 안 갈래?"

"미안, 뭐라고 했어?"

다른 생각을 하다 경식이의 말을 놓쳤다. 하지만 착한 경식이는 그런 내게 짜증을 내기는커녕 웃으며 선선히 다시 말을 해준다.

"영화표가 두 장 있는데, 함께 가자고 말했어. 전에 네가 보고 싶다고 하던 영화야."

내가? 언제? 하긴 항상 없는 티는 기본이요, 껄떡대는 것이 선택인 나의 생활로 보면 이상할 것도 없다.

"언제 하는 건데?"

"오늘 저녁. 일단 저녁 먹고 영화 보면 시간이 딱 맞을 것 같아."

공짜 영화에 공짜 저녁이라고 기뻐하려는 나의 의식 속으로 저녁이라는 말이 메아리친다.

저주받은 시간, 어스름이 지는 저녁 시간이다. 해질 무렵이 되면 어김없이 남의 집 대문 앞에 버티고 서서 진을 빼는 이상하게 변해 버린 무익이 놈으로 인해 오염된 시간이다.

별다른 볼일이 있는 것도 아니고, 약속을 한 것도 아닌데 놈은 하루도 안 빠지고 날마다 이상한 짓거리를 멈추지 않는다. 아무리 기다릴 것 없다고 지랄을 떨어도 놈은 끄떡하지 않고 미친 짓을 계속하는 중이다.

기다린다고 꼬박꼬박 나가주는 나의 넓은 맘을 놈이 이용하는 것은 아닌지 의심이 간다. 그러고 보니 놈이 기다릴까 봐 나가주는 내가 놈의 버르장머리를 망치는 주범 아닌가 모르겠다.

"왜? 약속있어?"

약속? 약속이나 하고 이 고민이면 좋겠다. 아무래도 무익이 놈의 버르장머리를 단단히 고칠 필요가 있다. 그러니 놈이 기다리든 말든 단호하게 외면한 채 사회 생활을 즐길 것이다. 아니, 한 번쯤 호되게 바람을 맞혀 정신을 차리게 하는 게 놈을 위해서도 좋을지 모른다. 그러니, 오늘 한번 맞을 봐라 하고…….

"으응. 미안해서 어쩌지? 집에 급한 일이 있어서 오늘 좀 곤란하겠다."

아악, 내가 미쳐. 공짜 영화에 공짜 밥을 고스란히 날려 버리는 말이 정녕 나의 입에서 나온 말이란 말이냐. 제길, 아까워서 눈물이 다 난다.

어쩔 수 없다. 착한 게 죄다. 이래서 착한 사람은 손해를 본다고 하나 보다. 역시 착한 녀석인 경식의 얼굴이 실망으로 굳어지는 것을 보는 것은 마음이 아프지만, 이미 한번 뱉은 말을 주워 담을 수는 없는 노릇이다.

"미쳤어, 미쳤어. 단단히 돌았어."

경식이와 헤어져 집으로 오는 내내 스스로를 자책했다. 놓친 고기는 크게 보이는 법이다. 그냥 눈 딱 감고 가자고 할 걸 그랬나?

"돌았지. 다른 놈도 아니고 무익이 놈이 기다릴까 봐…… 강
인혜, 돌았구나."

차라리 놈이 예전처럼 마구 강압적으로 다그친다면 좋겠다.
그러면 대하기가 훨씬 수월할 것만 같다. 하지만 어울리지 않는
순진한 눈동자로—우웩이다. 놈에게 순진함이라니—주인을 기다
리는 강아지같이 무조건 기다리기만 하는 놈에게는 어떻게 대
해야 할지 전혀 감을 잡을 수가 없음이다.

"당하는 거야. 틀림없어. 여자 친구 운운하다가 안 되니까 이
상한 방법으로 엿 먹이는 거라고. 정신 차리자, 강인혜. 정신 똑
바로 차리는 거야."

멀리 집이 보이자 갑자기 호흡이 가빠지기 시작하는 건 우리
집이 오르막이기 때문이다. 암, 그렇고말고.

역시나 놈은 우리 집 문 앞을 지키고 있다. 질긴 놈.

"바보냐? 대체 내가 몇 번을 말해야 알아들어? 여기서 이렇
게 기다리지 말라고 말했잖아?"

기대감 같은 건 전혀 없다. 당연하다. 날이면 날마다 눈만 뜨
면 볼 수 있는 곳에 있는 놈이 무익이란 놈인데, 집 앞에서 마주
쳤다고 새삼 반가운 마음 같은 것이 들 턱이 없잖은가. 놈을 보
아서 다행인 건지 짜증인 건지 갑자기 긴장이 풀리자 버럭 화가
났다.

하지만 무턱대고 화를 낼 수도 없다. 전의를 상실한 상대에게

화를 내보았자 나만 바보가 될 것 같았기 때문이다.

놈이 편안한 표정으로 나를 본다.

"이제 들어와?"

"그럼 들어오지, 나가는 것으로 보여?"

화를 낼 수 없으니 시비를 건다. 그래도 놈은 태연하다. 아, 진짜 이 녀석 약이라도 먹은 거 아냐?

"알았어, 알았다고. 내가 잘못했어, 됐어? 이제 그만 해."

"뭘?"

놈이 말갛게 나를 바라보며 반문한다. 뭐냐고? 이놈아, 내가 묻고 싶은 말이다.

"뭔가 있는 거 아냐. 네가 생각하기에 뭔가 꼬여서 지금 이러는 거잖아. 내가 잘못한 걸로 하자. 아니, 무조건 내가 잘못했어. 미안하다고. 그러니 사람 괴롭히는 짓 좀 그만 해."

"네가 왜?"

"뭐?"

"네가 괴로울 게 뭐가 있어. 기다리는 건 난데. 신경 쓰지 마."

신경 쓰이게 행동하면서 신경 쓰지 말라니. 저처럼 무쇠 신경의 소유자도 아니고 약하디약한 내가 그게 가능할 거라고 생각한단 말인가.

"그러니까 왜 기다리냐고. 기다리려면 집에 들어가든지, 아니, 그보다 왜? 날마다 할 말도 없으면서 왜 기다리냐고, 내 말은."

아, 제길. 또 시작이다. 흥분을 하면 말이 두서없어지는 것은 정말이지 고쳐지지 않는 불치병이다. 놈의 농간에 놀아나기 직전이다. 놈의 얼굴을 노려보며 결정적으로 나를 놀리는 낌새를 찾기 위해 안간힘을 썼다. 그러나 놈은 코를 바싹 세우고 앙앙거리는 나를 그저 바라볼 뿐이다. 빌어먹을, 저렇게 쳐다보는 데는 정말이지 적응이 안 된다.

"그렇게 본다고 내가 겁먹을 줄 알아?"

겁은커녕 짜증이 나 죽겠다.

내가 자기 강아지도 아니고, 허구한 날 쓰다듬긴 왜 그렇게 쓰다듬는지. 저렇게 게슴츠레 사람을 보다 강아지 쓰다듬듯 쓱쓱 머리를 한번 쓰다듬고는 돌아서서 가는 게 놈이 하는 일의 전부다.

하긴 그것도 일이라고 모든 일을 작파하고 돌아오는 나도 제정신은 아니지. 어찌 됐든 오늘은 놈을 평소의 밥맛없는 무익이로 돌려놓지 않고서는 잠도 제대로 못 잘 것만 같다.

지금처럼 이상한 놈보다는 그래도 옛정이라고 예전의 밥맛없던 놈이 그나마 봐줄 만하니 말이다.

"여기 서 있다 보니까 말이야, 예전 생각이 났어."

콧김을 있는 대로 뿜어내며 전의를 불태우는 나완 전혀 상관없이 놈이 평화로운 어조로 화제를 돌려 버린다. 갈 곳이 없어진 분노가 무안하기만 하다. 젠장.

"너 예전에 이곳에 자주 앉아 있곤 했잖아. 지혜 누나가 찾으러 나오면 여기 앉아 있다가 저 사이로 숨고 그랬지. 학원 다녀오는 길에 혼자서 생각하곤 했어. 오늘은 인혜가 있을까, 없을까. 한 번씩은 네가 나를 기다린다고 상상도 했던 것 같아. 그게 그다지 싫은 기분은 아니었어."

썩을 놈. 뭐? 기분이 좋아. 아, 갑자기 달아났던 전의가 활활 타오른다. 이래서 가해자와 피해자의 입장이란 게 있는 거다. 놈에게는 아련하고 기분 좋은 추억인지 몰라도 나한테는 놈이 말하는 저 장소는 치욕의 피난처이자 서러운 유년의 한 토막일 뿐이다. 그리고 그 원흉은 말할 것도 없이 앞에 서 있는 무익이 놈이다.

"내가 미쳤다고 너를 기다려?"

다시 말하면 입만 아프지만, 네놈만 아니었으면 지금 내 인생이 이렇게 꼬이지도 않았을 거다. 놈에 대한 원망을 가득 담아 놈에게 쏘아붙였다.

"그러니까 상상이라잖아."

실없는 녀석. 다른 것은 몰라도 상상력은 정말 보잘것없는 놈이란 걸 내가 아는데 어디서 둘러대는 것이냐, 둘러대기는.

"어울리지 않게 별 거지 같은 상상을 하고 있어."

머리 속에서 생각하고 있던 말이 어느새 나와 버렸다. 그러나 나를 보는 놈의 거북한 시선으로 판단하건대 별 상관 안 하는 것 같다. 아니, 듣기나 했는지 의심스럽다. 아, 제길. 저런 이상한 눈빛으로 보고 나면 십중팔구는 머리를 쓰다듬을 텐데.

"하지만 지금 저 좁은 곳으로 들어가기에는 넌 더 이상 어리지 않아. 그렇지?"

그래서, 네가 키워줬냐? 이날까지 무사히 큰 것은 순전히 나의 순발력과 재치, 그리고 이런 말 조금 뭐하지만 나의 잡초 근성 때문이었다. 그러나 놈은 그 모든 나의 공이 홀라당 제 덕인 양 불온한 눈빛으로 사람을 바라본다.

"그, 그래서 뭐?"

그래, 더 이상 너 때문에 엄마한테 쫓겨나 울던 어린 내가 아니다. 그러니 자꾸 사람 움츠러들게 다가오지 말란 말이다, 이 놈아.

"그래, 우린 이제 더 이상 어리지 않아."

놈이 또다시 중얼거린다. 마치 스스로에게 일깨워 주기라도 할 것처럼 웅얼거리듯. 그래, 이제 어리지 않으니 제발 철 좀 들어라.

놈이 바짝 다가온다. 시간이 된 것이다. 오늘은 평소보다 많이 떠들긴 했지만, 그래도 놈이 이제 나의 머리를 쓰다듬고서 등 돌려 갈 모양이다.

에잇, 이왕 이렇게 된 거 그래, 쓰다듬어라. 까짓것 한 번 더 쓰다듬는다고 머리카락이 몽땅 빠지는 것도 아니고 어느새 길 들여진 것인지, 머리를 쓰다듬는 정도는 참아줄 수 있을 것만 같다. 무익이 놈이 눈치채지 못하게 머리를 살짝 쓰다듬기 좋을 위치로 돌려주는 자상함까지 보여줬다(오해 마라. 빨리 놈이 가버리길 바라는 마음에서 도와주는 것뿐이다. 정말이다).

이제 놈의 솥뚜껑 같은 커다란 손이 쓰윽 하고 다가올 것이고, 따뜻한 손의 감촉이 머리에서 느껴지면 어울리지 않게 부드러운 놈의 피부에서 내 것과는 다른 스킨 냄새와 담배 냄새가 어우러진 놈만의 향기가 코끝으로 스밀 것이다. 그리고 어어, 하는 사이에 어느새 놈은 저만치 멀어져 있겠지.

그러나 아무리 기다려도―좋아서 기다린 것은 아니라니까―놈이 움직일 생각을 하지 않는다. 의아한 마음에 올려다보니 놈의 표정이 조금 무섭게 변해 있다. 그지 같은 상상이라고 한 말에 이제야 열이 받는 건가? 속 좁은 놈이니 충분히 가능성이 있다. 이럴 경우는 우선 몸을 사리고 볼 일이다.

"어…… 저기 볼일 없으면…… 나 이만 들어…… 꺅!"

무슨 일이 어떻게 된 것인지 머리가 인지하지 전에 이미 상황이 벌어져 있었다.

분명 내 눈앞에 있던 담벼락이 어째서 등 뒤에서 느껴지는지 깨닫기도 전에, 놈의 손이 어째서 머리 위가 아니라 허리에 있는지 생각하기도 전에, 꿈인지 현실인지 분간하기도 전에…… 놈의 입술을 느꼈다.

꿈이라기엔 너무도 생생하고 부드러운 놈의 입술이 내 입술을 누르고 놈의 손이 내 허리를 부러뜨리기라도 할 것처럼 세게 당기고 있다. 놈이 마당쇠라는 사실을 깜박 잊었다. 힘밖에 없는 놈, 또 힘 자랑한다. 그러나.

입술을 살며시 가르며 들어오는 놈의 혀를 느낀 순간, 놈이 마당쇠라는 사실도, 장소가 집 앞이라는 사실도, 심지어는 그 상대가 불구대천의 원수 같은 무익이라는 사실도 생각해 낼 수가 없었다.

놈이 탄탄한 제 가슴팍으로 나를 집어넣을 것처럼 끌어안으며, 제 숨결을 내게 나누어준다. 믿을 수 없게 그 순간은 나도 그랬다. 놈이 주는 숨결을 통해서만 숨을 쉴 수 있을 것처럼 느껴졌다. 그래서일 것이다, 나도 모르게 손을 뻗어 놈의 옷자락을 잡았던 것은.

놈의 커다란 어깨에 가려져 골목길이 보이지 않는다. 하지만 그런 것은 아무래도 좋다. 놈인지 나인지 분간할 수 없는 신음 소리를 신호로 눈을 감아버렸으니까.

한여름 시원하게 울기 위해 매미라는 곤충은 십 년이 넘게 땅속에서 인내한다는 말이 있다. 이제 막 부화한 시끄러운 매미, 미선이도 마찬가지다. 매미와 다른 점이라면, 미선이는 땅속 애벌레로 있을 때도 시끄러웠다는 점이랄까.

"야야, 이거 봐. 이게 올해 유행하는 컬러라는데, 어때? 어울리는 것 같아?"

지랄을 해라, 지랄을.

싫다는 사람 굳이 불러다 제 입술을 쭈욱 내밀고서 대체 뭐 하는 짓인지 모르겠다. 이익, 입술 내밀지 말란 말이야.

"어째 넌 변한 게 없니? 화사하게 화장도 좀 하고 살아. 아무리 무익이가 옆에 있다지만 관리 안 하면 금방 남 된다. 얘, 아무리 둘러봐도 무익이만한 애 없더라. 그러니 있을 때 잘해. 이거 함 발라봐. 색깔 너무 예쁘지?"

안 그래도 끈끈이에 달라붙는 파리처럼 만나기만 하면 남의 입술에 들러붙어 떨어지지 않는 놈인데, 뭘 더 발라? 게다가 이놈저놈 화사를 찾는 놈이 왜 이렇게 많은 거야, 대체?

"난 됐어. 그나저나 미선아."

"응? 왜? 이거 바르면 훨 나아 보이겠구만. 분위기도 칙칙한 게 뭔가 도움이 필요한 얼굴이야. 기분 전환이라도 할 겸 한번 발라봐."

"됐다니까!"

"기집애, 싫으면 그만이지 소리는 왜 지르고 지랄이야?"

사람이 나이를 먹는다는 것은 단지 키가 크고 몸무게가 늘어나는 것만을 의미하는 것은 아니다. 성장을 한다는 것은 내적 성숙, 내면적인 정체성의 성장도 함께해야 진정한 성장이라고 할 수 있다(이건 무익이에게 들은 소리가 아니라 큰형부에게 들은 소리다).

하지만 미선이는 내적 성숙을 제외한 성장만을 하는 것 같다. 여전히 제 할 말만 하고 남의 일엔 관심도 없는 인간이다. 하아, 새삼 인복없음이 한스럽기만 하다.

"쓸데없는 소리 말고, 물어볼 게 있어."

“뭔데?”

선뜻 질문의 머리를 끄집어내기는 했지만, 멀뚱히 바라보는 미선이를 보자 할 말이 없다. 묻기는 묻고 싶은데, 대체 뭐라고 물어야 할지를 모르겠는 것이다.

무익이 놈이 만날 때마다 주둥이를 들이미는데 환장할 노릇이다. 어떻게 방법이 없을까. 그런데 있지, 그게 또 싫은 것 같지가 않아서 느이 외삼촌 병동에 자리를 알아봐야 하는 게 아닌지 묻고 싶다고 말할 수는 없는 것 아닌가.

“아, 뭔데? 뭘 물어보려고 그렇게 뜸을 들이는 거야? 무익이랑 사고쳤냐? 애라도 뱄어?”

쿨럭, 마시던 콜라를 뿜어버렸다.

“아니얏, 지금 대체 무슨 소리를 하는 거야!”

“아니야? 아직도? 별일이네. 벌써 예전에 신방 차린 줄 알았는데. 우와, 무익이 보기보다 참을성있다.”

시, 신방? 순간적으로 지금 무익이 놈과 벌이는 A 단계를 지나 B, C 단계가 떠올라 버렸다. 아, 심장병까지 생겼나 보다. 심박수가 심상치 않다.

“차, 참을성이 있다니. 그놈이 어떤 놈인 줄이나 알아?”

“어떤 놈인데?”

“그……."

말문이 막힌다. 어떤 놈이냐고? 그놈은 말이지…….

날마다 날 기다려. 그리고 날마다 내게 키스를 해. 또 나는 말이지, 날마다 그 키스를 기다려.

"포기해. 우리 과, 아니지, 우리 학교를 다 둘러봐도 무익이만한 애 없더라. 솔직히 성질이 좀 나빠서 그렇지, 그만한 킹카 드물다, 너. 그저 제 복에 제가 겨워서 안달하는 꼴 하고는. 내가 친구니까 봐주지 안 그럼 국물도 없을 거야, 이것아."

미치고 환장할 경우가 이런 경우다. 내 복이란다. 내복은 추운 겨울에 입는 것이 내복이다. 절대로 무익이 놈은 내 복이 될 수 없는 놈이란 말이다. 놈은 내 재앙의 근원이자 유년의 악몽이란 말이다.

"저기, 미선아."

"아, 왜 아까부터? 말을 해, 말을."

"일반적으로 몸속에 이물질이 침범해 오면 우리 몸은 어떤 반응을 할까?"

서당 개 삼 년이면 풍월을 읊는다고 했다. 미선이는 친가 외가 다 합했을 경우 그 집에 정신과 의사를 포함해서 의사만 줄잡아 여섯이다. 저도 사람이라면 아무리 모자란 경우라도 지나가면서 본 의학 서적 지식이라도 있어야 도리다.

내 물음이 갑작스러웠는지 미선이가 혼란스러운 얼굴이다.

"무슨 이물질?"

"그러니까 내 것이 아닌 다른 것, 예를 들면……."

"예를 들면?"

다른 사람의 혀, 라고 말할 수는 없다. 아씨, 어떻게 물어봐야

이 난국을 타개할 수 있을까.

"그러니까 예를 들면, 나, 나쁜 병균이 침투했을 때 말이야. 그랬을 때 우리 몸이 어떤 반응을 하는 걸까?"

"자다가 봉창은. 너 어디 아파?"

"아, 빨리. 너희 집안 의사 집안이잖아."

"우리 집안이 의사 집안이지 내가 의사냐? 안 그래도 요새 재수하란 압력이 만만치 않다."

전혀 어울리지 않게 유치원 교사가 되겠다는 미선이다. 하긴 정신연령은 비슷할 것도 같다.

장난처럼 대꾸한 미선이지만 바라보는 내 표정이 절박했기 때문일까 고개를 갸웃거리며 대답한다.

"나쁜 병균이 침투하면 일반적으로 몸이 저항이라는 걸 하지 않아? 그러니까 밥도 잘 먹고 잠도 잘 자는 너 같은 경우는 저항력이 매우 강하기 때문에 건강 체질이라고 하지."

걸렸어. 심각한 질병에 걸렸어. 나 좀 살려주라, 미선아.

"저항하다 포기하면 암 같은 나쁜 병에 걸리는 거 아닐까? 어쨌든 암은 정상 세포를 잡아먹는 나쁜 세포잖아. 그런데 너 표정 끝내준다."

그래, 암. 녀석은 원래부터 내게 암적 존재였어. 그러니까 내가 놈에게 저항하기를 포기했던 그 이상한 밤에 나는 불치의 병에 걸린 거다.

"저항은커녕…… 친숙해질 수도 있는 걸까?"

"글쎄…… 아, 내가 의사야? 뭘 그렇게 꼬치고치 물어? 정말 어디 아픈 거 아냐?"

"아, 아니…… 내가 아픈 게 아니라…… 그게…… 그렇지! 우리 과, 과제야."

"농학과에서 별걸 다 한다."

"농학과라고 모심기만 배우는 줄 알아? 다음 주부터 연구실 실습도 해야 한단 말이야."

거짓말은 아니다. 농학과라고 만만히 봤던 나조차 요새 쫓기는 실습과 과제에 치여 정신을 차릴 수가 없을 지경이었다. 체계화된 우리나라의 농업과 보다 나은 환경을 위해서…… 아니지, 지금 이런 것을 따질 때가 아니다.

"어쨌든 내가 아픈 것은 아니야. 그러니까 혹시 아는 게 있으면 말해 봐."

"아는 게 있어야지. 근데 오빠 말이, 한번 싸워 이긴 병균은 몸이 기억을 해서 다음에 쉽게 이길 수 있도록 한다나 뭐라나? 암튼 그런 게 생긴다고 그랬어. 그러니 열심히 싸워야겠지."

싸우라고? 꼭 싸워야 하나? 아주 싫은 건 아닌데. 가만, 혹시 벌써 놈의 키스를 내 몸이 기억을 하는 건 아닐까? 그래서 반항심이라든지 상대가 무익이 놈이라는 사실마저 잊어버리게 만드는 건 아닐까?

그렇다면 나는 아주 심각한 질병에 걸린 것이 틀림없다. 키스가 죽을병이라는 말은 들어본 적이 없지만 상대가 누군가. 무익이 놈이다. 놈의 몸속에 있는 나쁜 병균이 키스를 통해 내게 감염된 것일 수도 있다. 제발 그래야 한단 말이다.

걱정은 저녁 무렵이 되어서도 사라질 줄 몰랐다.

초조하게 방 안을 서성이며 혹시나 싶은 마음에 살며시 커튼을 열었다가 다시 거칠게 닫아버렸다. 역시 있다.

빌어먹을, 제 놈이 칸트야? 왜 매번 이 시간만 되면 남의 집 대문 앞에 서 있냔 말이지. 시간이 되자 안절부절못하고 내다보는 나도 정신이 나간 건 사실이지만, 그래도 원인 제공자에게 더 큰 잘못이 있는 거다. 반드시 그런 거다.

어떻게 할까, 나가지 말까? 더 이상 놈의 오염된 아밀라아제에 노출될 위험을 감수할 필요가 뭐가 있냔 말이다. 하지만 싸우랬는데. 그래야 다음번…… 다음번, 뭐? 에잇, 강인혜, 피하는 것은 나답지 않다. 정면 도전. 그래, 정면으로 싸우자. 화끈하게 전면전을 펼치는 거야.

"왜 이렇게 늦게 나와?"

이거 봐라. 이놈이 이런 놈이다. 누가 기다리라고 한 것도 아닌데, 제 맘대로 기다리면서 조금 늦게 나왔다고 벌컥 화를 내는 이런 놈이다. 이런 놈과 싸워 이기라고?

"일요일이야. 일요일은 은행도 쉬고, 학교도 쉬고, 동사무소 직원들도 다 쉬어."

놈의 행색이 학교에서 오는 듯하다. 지독한 놈, '일요일은 쉽니다'란 명언도 몰라?

"스터디 있었어. 넌 절대 이해 못하겠지만."

스터디면 그냥 스터디지, 내가 이해 못하는 스터디는 또 뭐야? 재수없는 놈.

놈이 안 보는 틈을 타 몰래 놈을 노려보았다. 쳇, 조금 생기긴 했다. 하긴 그것조차 없으면 저 성질 더러운 놈을 누가 데려가? 모르긴 몰라도 누군지 고생깨나 할 거다.

"좀 앉자."

심통맞은 생각을 하면서 혼자 고소해하고 있는데 놈이 대답도 기다리지 않은 채 털썩 주저앉아 손을 잡아끈다. 어느새 놈의 손길이 익숙해진 걸까. 놈이 손을 잡아끄는데도 저항심이 일어나지 않는다. 아, 병의 진행이 예상보다 심각한가 보다.

"생각만큼 쉽지 않아."

놈이 한동안 어두운 골목길을 바라보다 불쑥 말을 한다. 제놈 딴에는 고민이라는 것을 하는 것 같다. 무슨 고민인지는 몰라도 이제야 사춘기를 겪는 어린애도 아니고 내가 일일이 제 놈장단에 놀아나야 하는 것도 아니다. 그냥 무시하고 들어가……고 싶지만, 놈이 아직 키스를 하지 않았다.

"뭐가?"

"여러 가지. 아버지도 설득해야 하고, 아직은 걸리는 게 많아. 하지만 걱정 마. 내가 다 알아서 할게."

제 놈 일, 제 놈이 알아서 하겠다는데 내가 왜 걱정을 하겠는

가. 별 시답지 않은 소리 다 듣겠다. 하지만 그래도 일단은 친구
의 얼굴을 했으니 위로는 해줘야 도리인 것 같다.

"천천히 해. 너라면 꼭 할 수 있을 거야."

뭔지 모르겠지만 놈이 꼭 듣고 싶어 할 만한 말을 골라 조심
스럽게 대꾸했다. 하지만 나를 보는 놈의 표정은 풀리지 않는
다. 아씨, 이만한 덕담이 또 어디 있다고.

"물론 나는 할 수 있어. 하지만 언제까지 참을 수 있을지 자신
이 없어."

그래, 네놈 참을성없는 것은 내가 잘 안다.

"많이 힘들어?"

놈이 자신없단다. 결국 놈도 인간이었나 보다. 그게 뭔지 모
르지만, 축하할 일이다. 입에서 자연스럽게 위선적인 위로의 말
이 쏟아져 나왔다.

"응원할게. 열심히 해."

딴에는 미소까지 지으며 커다랗게 녀석의 등을 두드려 주었
다. 놈이 천상에서 내려와 인간 백무익이 된 마당에 뭘들 못해
주겠는가. 그런 나를 놈이 잡아먹을 듯이 노려보더니 얼굴을 가
까이 가져온다. 아, 시간이 됐나 보다.

기다리는 것은 절대 아니지만, 어느새 파블로프가 키우는 강
아지가 된 것처럼 익숙한 흥분이 온몸을 떨게 한다. 놈의 입술
은 재수없는 주인과는 다르게 무척이나…… 무척이나 나를 들
뜨게 한다.

익숙한 향기와 함께 녀석의 옷자락이 바스락거리는 소리가 들린다.

"읍!"

하지만 여느 때의 부드럽던 키스가 아니라 놈이 마치 내 입술을 저녁거리로 먹으려고 작정한 것처럼 거칠게 훑어댄다. 앉아서 받는 키스라 자세도 불편한데 놈은 그런 것은 전혀 아랑곳하지 않고 제 놈 힘 자랑하기에만 바쁘다. 허리가 꺾어질 듯 아프다. 게다가 놈의 혀가 입 안 구석구석을 미친 듯이 돌아다니며 제 놈 입으로 내 숨결을 빨아들이고 있어 정신을 차릴 수가 없을 지경이다.

흥분이고 뭐고 오직 살아야 한다는 본능만으로 놈에게 저항을 시도했다.

"미치게 할 작정 아니라면 가만히 있어."

빌어먹을. 이미 충분히 미친놈처럼 구는데 뭘 더 미칠 거리가 남아 있다는 말인지 모르겠다. 놈이 다시 내 뒤통수를 잡더니 제 욕심을 채우기 시작한다.

어떻게 죽는 것이 가장 아름답게 죽는 것인지 생각해 본 적은 없다. 하지만 결단코 놈의 입술 밑에서 질식으로 죽는 것만큼은 피하고 싶은 게 현재의 간절한 바람이다. 어디서 나왔는지 모를 강한 힘으로 놈을 밀쳐 버렸다.

"미쳤어? 죽는 줄 알았잖아."

숨을 몰아쉬며 놈을 향해 눈을 치떴다. 놈도 숨이 찬지 얼굴이 벌게져서 어깨를 들썩인다. 하긴 같이 붙어 있던 입술이니 저나 나나 공기 들어갈 틈이 없던 것은 매한가지였을 것이다.

내게 밀쳐진 것이 쪽팔린지 놈이 주먹을 힘껏 쥐고 부르르 떨며 나를 노려본다.

"들어가, 늦었다. 내가 알아서 할 테니까 너는 그냥 아무 소리 말고 따라만 와. 알았지?"

결국은 포기를 했는지 놈이 크게 한숨을 쉬더니 일어서며 말했다.

"알았어?"

내가 대답을 안 하자 놈은 또 소리를 버럭 질렀다. 그럼 그렇지, 이게 놈의 본모습이다. 버터 바른 느끼한 무익이는 무익이가 아니다. 와락 반가움마저 들었다.

"대답 안 할 거야?"

혼자만의 여러 가지 생각에 빠져 있던지라 놈이 하는 말을 알아들을 수 없었지만, 어차피 놈의 로레알병이 도진 것이 분명할 터였다. 적당히 맞장구쳐 주면 만사형통이려니.

"알았어, 걱정하지 마. 그치만 아까는 숨 막혀 죽을 것 같았단 말이야."

놈이 속 좁은 인간으로 돌아왔으니, 내 안위를 위해서도 아까 놈을 밀친 것에 대한 변명은 해야 한다. 목숨이 경각에 달린 상황이었다, 네놈 힘 자랑 때문에 죽을 뻔했단 말이다, 그러니 네가 이해해라 등등의 암시가 깔린…….

그러나 내 변명에도 놈은 눈에 낀 살기를 풀지 않는다. 아, 자식. 노려보는 눈길에 얼어죽겠다.

"이제 여기 안 와. 그러니 기다리지 마."

기가 막히고 코가 막힌다. 내가 언제 기다렸다고. 그저 하염없이 주저앉아 있는 놈이 불쌍해서 만나준 거지 결단코 기다린 것은 아니다. 그런데 놈이 오히려 선심 쓰듯 말을 하니 적반하장도 정도가 있는 것 아닌가.

"그럼…… 이제 저녁마다 못 보는 거야?"

미친다, 강인혜. 정말로 미친 것은 무익이가 아니라 나인지도 모른다. 놈을 기다릴 필요가 없다는데 왜 버림받은 강아지 같은 처량한 목소리로 물어보는 거냐. 놈의 키스 따위, 그런 것 따위…….

놈이 커다란 손으로 머리를 쓱쓱 쓰다듬고 등을 돌려 가버릴 때까지도 나는 서운한 건지 시원한 건지 결론을 못 내리고 멀어지는 놈의 등만 바라보고 있었다.

199X년 1월 20일. 날씨: 눈이 왔다. 엄마가 아침부터 눈 치우게 했다.

오늘 영은이가 떡볶이를 사주었다. 그리고는 지난번 양보를 해줘서 고맙다고 했다. 지난번 학교 행사 후에 무익이까지 세 명이 남아 있었는데, 내가 먼저 자리를 비켜줘 무익이와 함께 있게 해주었다는 것이다. 나는 그냥 밥맛없는 무익이와 있는 것이 싫어서 먼저 일어난 것뿐인데. 떡볶이를 먹으면서 물어보았더니 영은이처럼 무익이와 함께 있고 싶은 여자애들이 많다고 했다. 정말 이상하다. 무익이가 어디가 좋아서. 하지만 오늘 떡볶이를 얻어먹은 덕분에 내 사랑하는 돼지에게 줄 밥이 생겼다. 책꽂이 뒤에 숨겨놓은 내 돼지가 이제 거의 다 차간다. 오늘 돼지의 밥을 주면서 세어보니 전부 다섯 마리다. 돼지 저금통 다섯 마리가 너무 자랑스럽다. 목표로 한 열 마리가 되는 것도 이제 시간문제다. 무익이 때문에 돼지 밥을 주다니 기분이 이상하다.

199X년 2월 15일.

　일주일 전에 모르는 애가 편지를 주더니, 오늘은 혜린이가 하루 종일 옆에서 사람을 귀찮게 했다. 여자들이 농구를 좋아하는지는 몰랐다. 특히 혜린이는 농구가 몇 명이서 하는 운동이냐고 나한테 물어보기까지 했다. 인혜라면 잘 알 텐데. 그런것도 모르는 애가 어떻게 농구장에 올 생각을 했는지 모르겠다. 하필이면 입구에서 딱 마주쳤다. 내가 볼 때는 꼭 누구를 기다리고 있던 것 같은데, 혼자 왔다고 했다. 그러면서 응원하는 내내 귀찮게 이것저것 물어봐서 짜증나서 죽는 줄 알았다. 며칠 전에 인혜가 내 일에 대해 꼬치꼬치 묻길래, 농구를 좋아하는 인혜가 올 줄 알았는데 정작 인혜는 집에서 뭘 하는지 꼼짝 안 한다. 아무튼 혜린이 때문에 아주 피곤한 하루였다.

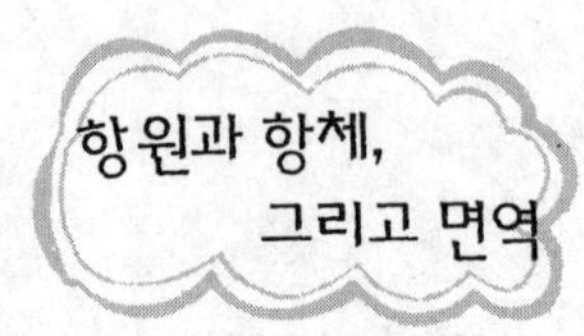

"결혼하겠습니다."

일순, 분주한 식탁 위의 모든 움직임이 멈추었다. 이것저것 반찬 그릇들을 옮기시던 엄마도, 볼이 터져라 음식을 쑤셔 넣던 형도, 그리고 신문을 들고 엉거주춤 자리에 앉으시려던 아버지 까지도. 누군가 리모컨으로 일시정지 버튼을 누른 듯했다. 갑작 스레 콜록거리며 사레들린 기침을 하기 시작한 형만 아니라면 그렇게 생각할 수도 있을 것 같다.

"뭘 한다고?"

한동안 힘겹게 기침을 하던 형이 겨우 정신을 차린 듯 눈에 눈물방울까지 달고 쉰 목소리로 말을 했다. 그러나 그런 형에게는 눈길도 주지 않고 아버지를 향해 다시 한 번 말했다.

"결혼하겠습니다, 허락해 주십시오."

아버지의 눈이 가늘어졌다. 내 말의 진위 여부를 확인이라도 하시려는 것 같았다. 하지만 내가 농담을 싫어하는 성격이란 것을 잘 알고 계시는 아버지시다.

"어머, 어머, 어머. 내가 지금 제대로 들은 거 맞아? 얘, 얘, 무익아. 지금 네가 무슨 소리를 한 건지 아는 거야?"

"우와~ 무익아, 대체 누구랑? 응? 언제 할 건데?"

조용하던 식당이 갑자기 마구 질문을 하는 어머니와 형 때문에 소란스러워졌다.

"세상에, 아무리 급해도 그렇지. 너무 빠르다, 얘. 근데 누구랑 할 건데?"

"야, 인마. 형이 두 눈 시퍼렇게 뜨고 홀몸인데, 어디 대가리에 피도 안 마른 게 벌써부터."

"그래, 맞다. 너야말로 빨리 결혼해야지. 벌써 낼모레면 서른이다. 사귀는 사람은 없어?"

"사귀는 사람이야 많죠. 이 여자다 싶은 여자가 아직 없어서 그렇죠. 생기기만 생기면 제일 먼저 어머니께 소개시켜 드릴 테니 기다리세요."

폭탄을 던진 나도, 그 폭탄을 분석하는 아버지도 아무 말 없는데 어머니와 형이 물 만난 고기처럼 외려 시끄럽다.

"조용히들 해!"

그들의 소란스러움에 짜증이 일어나려 할 때 아버지가 어머니와 형을 향해 버럭 소리를 지르셨다. 시끌벅적하던 소란스러움이 일시에 가라앉았다. 하아, 그나마 조금 만족스럽다. 고집스럽게 아버지를 향하고 있었지만, 형의 재잘거림으로 신경이 한계까지 내몰린 상황이었던 것이다.

"결혼을 하겠단 말이냐."

주변이 조용해지자 아버지가 질문을 던졌다. 내가 진심이라고 판단하신 것이다.

"네."

"누가?"

"제가 합니다."

"누구와?"

"인혜와 하겠습니다."

사방이 조용하다.

"진심이냐?"

"진심이 아니라면 애초에 말씀을 드리지도 않았습니다."

"네 나이가 올해 몇인데 벌써 결혼이라는 거냐."

"확신만 있다면 나이는 상관이 없다는 생각입니다."

"결혼이란, 네가 한 사람의 가장으로서 한 집안을 책임지고 보살필 수 있을 때 하는 거다. 한때의 감정에 의해서 쉽게 하는 게 아니야. 물러라."

"그럴 수 없습니다."

아버지의 눈 주위가 미세하게 꿈틀거렸다. 한 발짝도 물러서지 않겠다는 듯이 단호하게 대답하는 내가 못마땅하신 거다.

"혹시, 책임질 일이라도 생긴 것이냐?"

아버지가 무겁게 입을 열었다. 가슴이 마구 요동쳤다. 그 말이 일으킨 영상에 숨이 가빠왔다. 이유는 모르겠지만 행복하기도 하고, 화가 나기도 했다.

"저는 아버지 아들입니다. 그런 일 따위 만들지 않습니다."

"하면 어째서냐. 결혼이 아이들 장난인 줄 아느냐."

"아닌 줄 압니다. 하지만 지금까지 이처럼 진지했던 적은 없습니다."

어머니가 작게 어머어머를 외치시고 형이 헛기침을 하는 소리가 들린다. 하지만 그들 쪽으로 시선을 돌려 정신을 분산시킬 필요는 없다.

"너를 못 믿어서가 아니야. 그래도 결혼은 이 사람 저 사람 사귀어도 보고, 한 사람에 대한 확신이 서면 그때 가서 하는 거다."

"그 말씀은 제게 모욕입니다. 제가 확신도 없이 이런 일을 벌이신다고 진심으로 생각하시는 겁니까? 게다가 저는 인혜 이외의 여자와 사귀고 싶은 생각은 눈곱만큼도 없습니다."

아버지가 작게 한숨을 내쉬었다. 강요가 안 통할 거라 생각을 하신 것이다.

"사귀면 될 게 아니냐. 교제를 반대하는 게 아니다. 조금 더 사귀어보라는 말이다.”

손바닥이 땀으로 축축하게 젖어갔지만, 내색할 수는 없는 일이다. 인혜와의 문제에 있어 타협이란 있을 수 없다.

“저는 인혜를 데리고 이 호텔 저 호텔 전전할 생각은 조금도 없습니다. 인혜에게 그걸 강요하고 싶지도 않고요. 하지만 인혜를 두고 참고 싶은 마음도, 자신도 없습니다.”

아버지의 눈이 가늘어졌다.

“저는 인혜에게 줄 수 있는 가장 큰 존중을 주고 싶을 뿐입니다. 남자라면, 자신이 책임질 일에서 등을 돌리지 말라고 가르쳐 주신 것은 아버지십니다.”

아버지의 가슴이 조금 펴졌다. 은근히 자부심을 느끼시는 거다.

“후회하지 않을 자신 있는 거냐?”

“제게 있어 후회란, 하고 싶은 일을 미뤄서 결국 일을 그르치는 것입니다.”

어깨를 펴고 당당하게 아버지를 마주 보았다.

“결코 후회하지도, 등을 돌리지도 않을 것입니다. 그러니 허락해 주십시오.”

“등을 돌리지 않겠다면, 책임은 어떻게 질 생각인 거지?”

“아버지가 관리하고 계시는 외할머니 유산, 조금 미리 주십시오. 하지만 오래 신세지고 싶은 생각은 없습니다. 말씀하셨다시피 조금 이르기에 어쩔 수 없는 선택일 뿐입니다.”

"어떻게?"

"아버지 뒤, 제가 잇겠습니다."

아버지의 호흡이 일순 흐트러졌다. 로펌을 운영하고 계시는 아버지는 두 아들과 함께 삼부자 로펌을 커다랗게 일으키겠다는 꿈을 가지고 계셨다. 그러나 형이 법률서적 대신 손에 붓을 들고 아버지 곁을 떠난 것을 시작으로 나 역시 로펌보다는 검찰 쪽에 뼈를 묻겠다는 생각을 감추지 않았었기에, 내심 포기하고 계셨을 것이다. 그런데 내가 고집을 꺾고 아버지와 함께 일을 할 수도 있다고 말을 하니, 천하의 아버지도 내 앞에서 흔들리는 모습을 보이신 것이다.

"우습구나. 이제 겨우 법대 1학년, 사법시험조차 한 번도 안 친 네가?"

아버지의 입에서 뒤늦게 냉정한 말이 흘러나왔지만, 이미 전세는 내게 유리하게 흐르고 있었다.

"아버지, 저를 누구라고 생각하시는 겁니까? 저는 합니다. 그 것은 아버지도 알고 계실 텐데요?"

거실에 있는 커다란 괘종시계에서 나오는 초침 소리가 유난히 커다랗게 들릴 정도로 실내엔 정적이 감돌았다.

"인혜 양도 동의한 게냐?"

손익계산을 끝낸 아버지가 등을 뒤로 기대며 손에 깍지를 끼고 물으셨다. 내 제안이 마음에 드신 거다. 하긴 아버지로선 손해 보는 것이 없는 것이다. 검찰로서의 내 가능성을 포기한 것

이 마음 아프지만, 그래도 인혜를 얻었으니 절반은 성공한 것이
나 다름없다.

"물론입니다."

✽

모처럼의 휴일을 만끽하며 마음 놓고 늦잠을 자는 내게 엄마
가 바람처럼 들어와 터뜨린 폭탄의 위력은 잠이 덜 깬 상태에서
듣기에도 히로시마에 떨어진 원폭에 버금가는 위력을 내게 나
타냈다.

"뭐를 해?"

"네가 이제야 그나마 효도를 하는 것 같다. 그래, 무익이라면
야 대환영이지. 아이구, 굼벵이도 구르는 재주는 있다더니."

엄마가 대견하다는 듯이 수선을 피운다.

"엄마!"

"부끄러워할 것 없어. 조금 이르긴 하지만, 괜찮아."

"뭘?"

"하긴 이대로 보내면 사돈댁에 조금 미안하긴 하구나. 내 딸
이지만, 워낙에 내세울 게 없어서. 이제라도 내가 이것저것 가
르쳐야겠다."

"엄마!!"

"소리 지를 것 없다니까. 그나마 너 낳고 나서 이런 기분 처음

이다. 아이 참, 내 정신 좀 봐. 느이 아버지한테 전화해 줘야겠
다."

딸이 숨이 막혀 빈사 상태에 이른 건 보이지도 않는지 엄마는
입을 벌리고 숨을 꺽꺽 몰아쉬는 나를 내버려 둔 채 아래층으로
내려가 버렸다.

미친다, 드디어 서서 꿈을 꾸나 보다. 악몽도 이런 악몽이 있
을 수 있다니. 가만히 손을 꼬집어보았다. 아씨, 아프다. 그렇다
면 현실이라는 말이다. 하지만 현실이라기에는 말의 내용이 너
무도 어마어마하다. 아니, 그보다 마른하늘에 날벼락도 유분수
지. 누가 누구랑 뭘 해?

떨리는 손으로 더듬더듬 핸드폰 폴더를 열었다. 번호를 누르
는 것조차 쉽지 않다. 손이 수전증에 걸린 것처럼 심하게 떨려
왔기 때문이다. 겨우겨우 놈의 번호를 누른 후 신호가 가는 동
안 주문처럼 빌었다. 잘못 들은 거야, 잘못 들은 거라고.

[왜?]

놈이 전화를 받으며 대뜸 묻는다. 이놈은 전화의 기본예절도
모른다. 보통은 '여보세요' 라든지 자신의 이름을 부르며 받는
것이 당연하거늘, 이놈은 퉁명스럽게 '왜' 란다. 물론 번호를 보
고 나인 줄은 알았겠지만, 그래도 지킬 건 지키는 사회가 되어
야 하지 않겠는가 말이다. 하지만 지금은 이런 시시콜콜한 것을
따질 여력이 없다.

"방금 엄마한테 이상한 소리를 들었어."

[무슨 소리?]

냉큼 대답을 해야 하는데, 입에 담는 것조차 껄끄럽다.

[빨리 말해. 바빠.]

"저기, 너, 너하고 내가…… 그러니까, 너희 엄마가 우리 엄마 한테……."

[맞아.]

"뭐?"

냉큼 내 말을 자르며 놈이 수긍을 한다. 수긍을 할 게 따로 있지. 놈이 지금 사태의 심각성을 제대로 이해를 못하면서 바쁘니까 대충대충 대꾸를 하는가 보다. 인내심을 가지고 심호흡을 했다.

"저기, 이해를 못했나 본데…… 너희 엄마가 오늘 우리 엄마 한테 와서 올해가 가기 전에 너랑 나랑……."

입 버릴까 봐, 차마 그 이후의 말을 못하겠다. 아, 젠장.

[그래, 어머니 말씀대로야. 괜히 이것저것 준비한다고 시간 끌 생각하지 말고, 그냥 말 그대로 몸만 오면 돼.]

엄마가 원폭의 효과를 내게 터뜨렸다면, 이놈은 행성 충돌만큼의 효과를 지금 내게 나타내고 있다.

놈이 선심 쓰듯 말해 주는 내용을 하나도 이해를 할 수가 없다. 몸만 가서 할 수 있는 일이 많이 있다. 놈의 집이 대대적으로 대청소를 할 경우 가서 도와준다든지 놈이 지난번처럼 술을 먹고 뻗었을 경우 놈을 업어준다든지. 아무튼 힘 하나는 자신있는 나다. 그러니 몸으로 때우는 일은 뭐든 자신있다. 하지만 지금 놈의 말은 절대로 그런 의미가 아니다. 아무리 나라고 해도 그 정도는 안다.

"뭐? 지금 무슨 소리야? 약 먹었어?"

그나마 전화라 다행이다. 마음껏 지랄을 해도 놈의 사나운 눈초리에 겁먹을 필요가 없으니 말이다. 하긴 눈앞에 놈이 있어도 지금 내 눈엔 아무것도 보이질 않으니 마찬가지일 것이다.

"결혼이 누구 집 멍멍이 이름이야? 네 맘대로 하고 말고 하게?"

[너도 찬성했잖아.]

"내가 언제? 미쳤어?"

내가 누군가, 강인혜. 절대로 밑지는 장사는 안 한다. 프러포즈의 필요충분조건인 꽃, 키스, 반지, 그리고 불타는 눈동자로 말해 주는 사랑의 언약. 이 모든 것을 통한 세기의 프러포즈를 꿈꾸는 것이 나다. 세기의 날강도 같은 놈이 청혼도 안 하고…… 아니, 그게 문제가 아니다. 놈의 청혼을 받았느냐 안 받았느냐가 중요한 게 아니다. 놈과 결혼이라니, 미친 거다.

"말도 안 되는 억지 부리지 마. 그런 일 절대 없어. 아무튼 난 몰라. 네가 멋대로 벌인 일이니까 네가 수습해."

[강인혜!]

"몰라, 싫어, 안 해. 내 이름도 부르지 마. 이 일 해결하기 전까지는 내 얼굴 볼 생각도 하지 마."

[이제 와서 딴소리할 생각 하지 마.]

놈이 심각한 어조로 경고를 한다. 그러나 흥이다. 지금 놈에게 꼬리를 말면, 내 인생은 어떻게 되는데. 성격 파탄자 무익이 놈이 드디어 일을 냈다.

"아무튼, 난 분명이 말했다. 네놈 장난에 놀아주는 것도 한계가 있는 거야. 무슨 꿍꿍인지 모르겠지만 이번엔 심했어. 난 더 이상 몰라."

[장난?]

"그럼 설마 지금 진심이란 거야? 말도 안 돼. 대체 나한테 왜 이러는 거야? 뭔가 불만이 있으면 말로 하자."

하다 보니 사정을 하고 있는 어조다. 하지만 사정이면 어떻고 빌면 어떻겠는가. 놈이 벌인 판을 우선 치우고 볼 일이다. 그러나 놈은 끝까지 정신이상자 같은 소리만 했다.

[바쁘니까 자꾸 쓸데없는 소리 하지 마. 그리고 명심해. 이번 일 장난으로 만들면, 네 인생 자체를 장난으로 만들어줄 테니. 너야말로 네 말에 책임지고 어머니 시키는 대로 해.]

그러더니 놈은 매정하게 전화를 끊어버렸다. 믿기지 않는 심정으로 신호음만 울리는 전화기를 바라보았다. 마치 놈이 무익이라도 되는 듯 재수없기 그지없다. 성질이 가는 대로 방구석으로 던져 버…… 리기에는 가격이 만만치 않다. 침대 위에 전화기를 힘껏 던져 버리고 아래층으로 내려갔다.

놈이 도와줄 생각을 안 하니 언제나 그렇듯 스스로의 힘으로 인생을 개척해 나갈 수밖에.

아버지에게 전화를 한다던 엄마는 어느새 아버지와 통화를 끝냈는지 이번엔 형부와 통화를 하고 있었다.

"그래, 그렇게 됐네. 그나마 잘됐지 뭔가. 안 그래도 내가 저것 생각만 하면 잠도 오질 않았다니까. 아유~ 그렇지. 말하면 뭐 해. 넘치지, 넘치고말고지."

놈이 끓고 있는 국도 아니고 넘치긴 뭐가 넘친다는 말인지 모르겠다.

"그럼그럼, 우리야 감지덕지지. 자네도 그동안 애썼네. 우리야 사돈댁이 하자는 대로 하는 거지 뭐. 그래, 자네도 어릴 때부터 쭉 봐왔으니 잘 알지 않나. 진국이지, 암."

결국은 국으로 결론이 난다. 엄마 말을 종합해 보면 놈은 끓어 넘치는 진국이라는 말이다.

"엄마, 얘기 좀 해."

엄마가 손을 휘휘 저으며 방해하지 말라는 신호를 보낸다. 얼굴에 기쁨이 넘치다 못해 광채가 나고 있다.

"저쪽에서 먼저 말이 나와서 얼마나 다행인지 몰라. 인혜 이것은 뭐가 그리 잘났는지 뻣뻣하기가 이루 말할 수가 없어서 내가 그동안 얼마나 속이 탔는지 모른다네. 그런 인혜라도 예쁘게 봐준다니 그야말로 하늘이 도와주신 게 아니겠나."

가만히 옆에서 듣고 있자니 서러움이 밀려온다. 공양미 삼백 석에 팔리는 심청이가 된 느낌이었다. 그나마 심청이는 공양미 삼백 석이라도 받았지만 나는 덤핑에 끼워 파는 물건으로 넘어가 아버지의 눈을, 아니지, 어머니의 기쁨을 위해 희생해야 하는 기쁨조가 될 판이다.

"그래, 내 복이 많은가 보네. 오늘? 오늘 올 건가? 그래, 그럼 한번 시간 내서 들르게. 이것저것 의논할 것도 있고, 자네가 와 준다면 고맙지. 그래, 그럼 기다리겠네."

"엄마, 나 이 결혼 못해."

"가만있자…… 다음은 구서동 네 이모가 몇 번이더라……."

딴에는 결의에 차서 말을 했는데도 전화번호부를 뒤적이는 엄마는 신경도 안 쓴다.

"엄마!"

"걱정 마. 결혼해도 학교는 끝까지 다닐 수 있게 해준다고 하더라. 아, 여기 있다."

"그게 문제가 아니잖아."

"아, 시끄러. 저리 좀 가 있어. 지금 바쁜 거 안 보여? 여보세요, 현숙이니? 그래, 언니다. 아유, 그럼 잘 있지. 그나저나 언니가 조만간 큰일을 치러야 할 것 같다, 지혜? 아냐, 순서는 지혜가 먼저지만 인혜를 먼저 치울까 해."

내가 무슨 짐짝인가? 치우고 말고 하게.

"무슨 소리야. 놓치면 평생 후회하는데, 조금 빠르면 어떠니. 인혜한테 이만한 자리 없어, 애."

엄마가 새로 시집을 간다고 해도 저보다 기쁜 표정은 아닐 것이다. 평생 처음으로 효도라는 것을 하려는 마당이니 웬만하면 접고 가겠지만 다른 문제도 아니고 무익이 놈과 결혼을, 그것도 채 피지도 못한 이 나이에 한다니 말이나 되는가.

하지만 구서동 이모와의 통화 후에도 기쁜 표정으로 전화번 호부를 뒤지고 있는 엄마를 보니 위기감이 슬슬 몰려온다. 데자 뷰처럼 익숙한 공포심이 일어난다.

놈의 키는 항상 반에서 큰 축이었고, 놈의 얼굴은 태어나 한 번도 실내에 들어가 본 적이 없을 정도로 햇볕에 그을어 얼핏 보면 우리나라 사람이 아닌 듯 보이기까지 했다. 하지만 어른들 눈엔 그게 예뻐 보였나 보다(정말이지 미의 기준이란 사람마다 천 차만별이란 것을 어려서부터 경험한 나다). 특히 우리 엄마의 미적 안목은 심각한 수준이다. 놈의 시커멓고 커다란 키가 사내다워 보기 좋다며 놈을 그렇게 예뻐했다. 하긴 아버지조차 저런 놈 데리고 목욕탕 한번 가봤으면 좋겠다고 고개를 끄덕이셨으니 무슨 말을 더하겠는가(쳇, 목욕탕은 나도 가드릴 수 있다. 실제로 나 는 아버지가 목욕탕을 가실 때마다 따라가겠다고 울며불며 한바탕 난 리를 피워댔었다. 그것은 목욕탕 입구에서 아버지 혼자만 남탕으로 가 시는 뒷모습이 너무 외로워 보였기에 그랬던 것이다. 그때마다 철없는 아이 취급을 받았지만, 정말로 나는 아버지가 외로울까 봐 서글펐다. 하나도 외롭지 않다며 나를 달래던 아버지조차 결국엔 놈에게 침을 흘 리고 계셨다는 것은 내게 꽤나 충격이었다).

나는 함께하고 싶어도 할 수 없는 프리미엄이 놈은 태어나는 순간 정해진 남자라는 타이틀 하나 때문에 공짜로 얻어지는 것이다. 하지만 놈은 그것조차 축복인 것을 모르는 발칙한 놈이다.

아무도 몰라주지만 그런 놈에게 이기기 위해, 강씨 집 철없는 막내딸이 옆집의 별 볼일 없는 시커먼 남자애보다는 낫다는 것을 증명하기 위해 나는 불철주야 노력했다. 그러나 내가 아무리 노력해도 언제나 놈이 이겼다. 내가 일주일 동안 밤새워서 외운 구구단을 놈은 이미 학교 들어오기 전에 외우고 있었고, 이를 악물고 반에서 십등 안에 들어가면 놈은 전교 일등을 하고 있었다. 글짓기는 놈보다 잘했지만, 안타깝게도 그것은 성적에 반영이 되지 않았다.

그나마 자신있던 체육조차 놈을 이길 수가 없었다. 초등학교 어느 운동회에서 나를 제치고 앞서서 달려가는 놈의 등이 지긋지긋하게 보기 싫어서 나도 모르게 짝과 연결된 발의 끈을 풀어버리고 앞서 가는 놈에게 달려들었던 기억이 난다. 그렇게 해서라도 놈이 앞서는 것을 막고 싶었다. 그것은 이성이 아니라 본능만 남은 강인혜로서 저지른 일이다. 하지만 그것이 페어플레이 정신에 어긋난다는 것을, 비겁한 짓이라는 것을 어린 시절의 나는 알고 있었다. 그런 짓까지 하게 만든 놈이 미워서, 내가 미워서 운동장에서 엉엉 울어버린 기억이 난다. 그때 엄마의 반응은 어땠는가. 놈은 팔꿈치가 조금 까지고, 내 무릎에서는 피가 철철 흐르는데도 나보다는 놈의 상처에 더 상처를 받으시던 분이 지금 전화에 열중하는 우리 엄마다.

"아유, 그래. 천만다행이지 뭐. 서운하긴 뭐가 서운해. 속이 다 시원하구만."

엄마의 얼굴이 정말로 시원하다는 듯이 밝게 빛나고 있다. 난감하다.

내게 있어 놈은 절대로 결혼의 대상이 아니라 섬멸해야만 하는 적인 것이다. 언젠가는 반드시 놈을 이겨야만 발을 뻗고 잘 수 있을 것 같은 강박관념마저 드는데, 놈과 결혼이라니. 그야말로 적과의 동침 아니겠는가.

강인혜, 인생 최대의 위기가 왔다. 무익이 놈과 얽혀서 좋은 일이 하나도 없었는데 이것은 그중에서도 최악이다. 구름 위에 두둥실 떠 있는 엄마를 보니, 나보다는 당신 스스로 결혼을 하려는 게 아닐까 싶을 정도다. 지금 엄마에게 아무리 결혼은 없다고 해봐야 들리지 않을 게 뻔하다. 원군, 원군을 찾아야 한다.

그나마 말이 제일 잘 통하는 언니를 찾아 바삐 집을 나섰다.

"어디 가? 이제부터 바쁠 텐데!"

전화를 하던 중간에 엄마가 고함을 치신다. 하지만 일일이 대답을 할 정신이 내게 있을 리 없다.

"언니, 이게 말이 된다고 생각해? 어떻게 이런 일이 있을 수 있냔 말이지. 언니는 억울하지도 않아?"

집에서 입던 옷차림 그대로, 갑자기 연구실로 들이닥친 나를 보고도 놀라지 않은 것을 보니 아마 엄마가 그새 언니한테 전화를 한 모양이다. 언니의 표정은 정확히 뭐라고 정의할 수 없는 묘한 표정이다. 아빠 다음으로 좋아하는 것이 지혜 언니지만, 큰형부 다음으로 무서워하는 것도 지금 나를 묘한 표정으로 바라보는 셋째언니다.

"뭐, 딱히 내가 억울할 것은 없지."

아무리 생각해도 내 주위에 상식을 가진 사람은 나 하나뿐인 것 같다. 그나마 제정신이라고 생각했던 지혜 언니조차 이런 식이면 어쩌란 말인가.

"언니, 세상에 동생이 언니보다 먼저 결혼을 한다는데, 그렇게 태연하면 어쩌자는 거야?"

결혼을 실제로 할 것은 절대 아니지만, 언니의 태연한 태도를 보니 갑작스레 언니의 정신 상태가 걱정스러워져 나도 모르게 흥분을 하고 말았다.

"어차피 나는 결혼할 생각이 없는걸 뭐. 그리고 너라면 양보해도 상관없어."

"언니, 사람들이 언니를 어떻게 생각하겠어? 오죽 못났으면 동생한테 추월당할까 놀림당해도 된다는 거야?"

에익, 평소의 그 많던 자존심은 다 어디로 간 거야? 대체 왜 이래, 다들.

"생각했던 것보다 조금 빠르긴 하지만, 무익이라면 난 상관없어. 어쨌든 축하한다, 인혜야."

"축하는 무슨 축하! 결혼 안 한다니까."

"앤, 괜히 그럴 것 없어. 어차피 일어날 일인데, 시기가 조금 앞당겨진 거지. 하긴 무익이가 뭐든 조금 빠르긴 했다."

"그렇게 무익이가 좋으면 언니가 하면 될 거 아냐? 정말 다들 왜 이래?"

언니가 호호 하며 웃어 젖힌다.

"그렇지만 무익이는 오매불망 너만 좋다잖니. 남자가 결혼이라는 극단적인 결론을 내린다는 것은 그만큼 진심이라는 소리야. 다른 사람 같으면 철없다고 야단치겠지만, 솔직히 무익이가 그동안 너를 바라본 세월을 아는 나로서는 환영할 수밖에 없어. 그러니 사랑하는 동생아, 운명에 순응하도록 해. 그리고 이런 말 조금 뭐하지만, 너랑 무익이랑 사고칠까 봐 언니로서 내심 걱정이 이만저만이 아니었단다. 그런데 법적으로도 윤리적으로도 이제부터 네가 보호를 받을 수 있다니, 너무 행복해."

순간적으로 뜨끔했다.

혹시 언니가 놈과 내가 저녁마다 키스하는 장면을 훔쳐본 것은 아닐까 하는 의심이 들었다. 그것은 단순한 키스였을 뿐이다. 그 이상의 진도를 나갈 생각은 전혀 없었어도 해놓은 일이 있는지라 순간적으로 말문이 막혔다. 제 발 저린 도둑 강인혜, 혹 떼러 왔다가 혹 붙이고 돌아가게 생겼다.

"내가 놈에게 보호를 받을 수 있는 길은 놈과 멀리멀리, 한 백만 광년쯤 떨어져 지내는 것뿐이라니까."

"정말? 정말로 그렇게 생각해?"

사람의 의식구조란 참으로 희한하다. 제아무리 확신을 가지고 있는 일이라 해도 이런 식의 반문을 당하면 한쪽 구석에서 슬그머니 다른 생각이 드니 말이다. 하긴 딱 잘라 흑과 백으로 나누는 사고방식은 어린아이나 할 수 있는 생각이다. 그러니 그렇기도 하고 아니기도 한 어른다운 생각을 하는 나로서는 궁지에 몰리는 기분이 드는 것도 당연하다.

놈과 부대낀 세월이 십 년이 넘었는데, 서운한 마음이 없다는 것은 인간적으로 너무 매몰찬 처사이다. 하지만 그 서운함이 결혼이라는 희생을 할 정도로 큰 것은 결단코 아니다.

"그, 그렇다니까."

"정말?"

"그, 그래. 왜 자꾸 그래."

언니가 입고 있는 하얀 색의 연구실 가운이 불길하게 보인다.

"그리고 언니는 내 언니잖아. 동생이 말하면 무조건 믿어야지 뭘 자꾸 물어보는데? 설마 내가 놈하고 결혼하려고 목매고 있는 것처럼 보여? 그런 거야?"

"설마."

"그럼 지금 이 순간, 무조건 나를 도와줘야 하는 거잖아."

"믿거나 말거나지만, 나는 너를 도와주고 있어."

"어느 부분에서?"

"솔직히 무익이라면 탐나는 재원이지. 게다가 너를 좋아한다는 것은 나도 잘 알고 말이야. 능력도 있고 마음도 있는 남자가 내 동생을 원하는데 밀어주는 게 언니로서의 도리 아니겠니?"

"그럼 내 마음은?"

"가끔은 본인의 마음을 본인이 가장 모를 때가 있는 법이지."

사면초가, 사방이 적군이다. 무익이 놈의 전생이 백백교 교주라고 해도 놀라지 않을 거다. 놈을 신앙하는 사람이 온 천지에 널려 있었다. 언니가 진지한 표정으로 말을 하는 게 믿기지 않는다.

"어머, 시간이 벌써 이렇게 됐네. 나중에 집에 가서 얘기하자. 나 일해야 하거든?"

생글거리면서 일어서서 괜히 바쁜 척이다. 흥, 결국 믿을 사람은 하나도 없다는 말이다. 뭐? 내 마음을 내가 몰라? 바보 취급을 하다하다 이제는 내 마음도 모르는 얼간이로 만든다 이거지? 어쩔 수 없다, 강인혜. 세상을 홀로 헤쳐가야 하는 것은 업인가 보다.

얻은 것 하나 없이 마음의 짐만 지고 돌아가는 길이 유쾌할리 없다.

"미선아, 나 어떡해!"

결국은 사람이 오가는 버스정류장에서 엉엉 울어버렸다.

[왜 그래? 무슨 일 있어?]

전화기 저편의 미선이가 좀처럼 들을 수 없는 내 울먹이는 소리에 당황한 듯하다. 역시 친구란 소중하다.

"무익이가…… 무익이가……."

[왜, 또? 무익이랑 또 싸웠어? 징글징글하다. 혼자 있는 친구 염장이냐? 썩을 것.]

"그게 아냐!"

[그럼 뭐?]

"무익이가 나랑 결혼하겠대."

내뱉듯이 말해 버렸는데, 웬일인지 갑자기 미선이가 조용해 졌다. 하긴 미선이도 충격일 것이다. 그래도 친구라고 나와 함 께 느껴주는 것은 미선이뿐이다.

"말이 된다고 생각하니? 너도 놀랐지? 어떡하지? 나 도망가 버릴까? 무익이 놈 정신 차릴 때까지 어디 숨어 살까?"

미선이라는 든든한 아군이 생기자 갑자기 응석을 부리고 싶 어진다.

"악몽도 이런 악몽이 없어. 무익이 놈, 드디어 미쳐 버렸나 봐. 여보세요? 미선아, 듣고 있어?"

내가 계속 떠드는 동안 미선이에게서는 숨소리조차 안 들린 다. 전화가 끊겼나 싶어 미선이를 불렀다.

[인혜야.]

한참 조용하던 미선이가 조용히 내 이름을 부른다. 제법 비장 하기까지 하다. 미선이조차 나의 처지가 불쌍한 거다.

"응."

[인혜야.]

"그래. 말해. 어떡하지?"

[너, 봉 잡았다.]

미선이가 의미심장하게 속삭인다. 뭐, 뭐라고?

[무익이가 제정신 차리고 무르자고 하기 전에 얼른 해치워 버려. 세상에, 호박이 넝쿨째네. 날은 되도록 빨리 잡아. 아니, 식 올리기 전에 혼인신고 먼저 해버려라.]

줄줄 흐르던 눈물이 뚝 끊겨 버릴 정도로 어이가 없었다. 이런 걸 친구라고. 핸드폰을 귀에서 떼고 노려보았다.

[야야, 만일 무익이가 그런 말 안 했으면 무익이한테 약이라도 먹이고 저질러 버리라고 말하려고 했어.]

핸드폰 밖으로 미선이가 여전히 미친 소리를 해댄다.

"야!"

기가 막히고 억장이 무너지니 말도 안 나온다. 되는 대로 소리를 질렀다.

[소리 지를 것 없어. 말이야 바른말이지, 무익이 정도면 황송한 거 아냐? 괜히 다른 년들이 눈독 들이기 전에 도장 꽉 찍어. 알았지? 기집애, 아무튼 복있는 거 하나는 알아줘야 한다니까. 아, 맞다. 이왕이면 가을에 해라. 내가 가을 정장 멋있는 것 하나 봐놨거든.]

199X년 3월 15일. 날씨: 화창한 날씨지만, 내 마음은 화창하지 못하다.

오늘 큰언니가 결혼을 했다. 무섭게 생긴 아저씨랑 결국은 결혼을 했다. 그 아저씨가 너무 무섭게 생겨서 결혼하면 안 된다고 반대를 했는데도 언니는 그냥 결혼을 해버렸다. 큰언니는 너무너무 멋진 프러포즈를 받았기 때문에 결혼한다고 했다. 하지만 나는 그 아저씨가 총을 가지고 있는 것도 보았다. 예쁜 드레스를 입은 언니 옆에 있는 아저씨가 언제 총을 꺼낼지 몰라 결혼식 내내 조마조마했다. 만약에 그런 일이 생기면 잽싸게 무익이 뒤로 숨을 생각에, 별로 마음엔 없지만 엄마가 시킨 대로 무익이 옆에 내내 얌전히 앉아 있었다. 결국 그런 일은 일어나지 않았다. 괜히 손해 본 것 같다. 또 언니는 이제 우리 집으로 오지 않는다. 결혼을 했기 때문에 그 무서운 아저씨네 집으로 가는 거라고 했다. 그냥 아저씨가 우리 집으로 오면 되는데 왜 언니가 꼭 그 아저씨네로 가야 하는지 모르겠다. 언니는 다른 집에서 사는 것보다 우리랑 같이 이곳에서 사는 게 좋을지도 모르는데 말이다. 엄마도 이제야 그걸 알았나 보다. 결혼식 내내 웃고 있던 엄마가 저녁밥을 먹은 후에 우는 것을 보았다. 언니가 받은 멋진 프러포즈란 게 뭔지는 모르지만 난 나중에 그것을 받아서 어쩔 수 없이 결혼을 해도 멋진 결혼식만 올리고 엄마가 슬프지 않게 꼭 우리 집으로 와야겠다.

추신: 사람들이 언니네 아저씨보고 이제는 형부라고 부르라고 했다. 사람들이 뭘 모른다. 그 아저씨는 형부가 아니라 형사다.

제11장

199X년 3월 15일. 날씨: 알 게 뭐냐.

인혜의 큰누나가 결혼을 했다. 덕분에 아침부터 이상한 옷을 입어야 했다. 엄마는 꼭 해야 하는 거라며 목을 조이는 나비넥타이까지 하게 했다. 형도 안 가는데 왜 내가 남의 결혼식에 가야 하는지 모르겠다. 안 가겠다는 내게 엄마가 말했다. 어수선하기 때문에 인혜를 돌볼 사람이 없어서 내가 가야 인혜를 챙길 수 있다고 말이다.

나밖에 인혜를 돌볼 사람이 없다는 사실에 어쩔 수 없이 엄마를 따라나섰다. 그런데 다른 때와는 달리 인혜가 무척이나 얌전하게 제자리를 잘 지켰다. 계속해서 내 옆에 딱 붙어 있는 것도 이상했다. 그리고 결혼식 내내 신랑 신부를 뚫어지게 바라보았다. 인혜는 결혼식이 부러운가 보다. 하긴 엄마가 그랬다. 결혼식은 모든 여자들의 꿈이라고. 지루하고 다리 아프게 계속 서 있던데 뭐가 꿈인지 모르겠다. 나중에 인혜가 그렇게 재미없고 지루한 일을 하자고 말하면 어쩌지? 오늘 계속해서 옆에 있어 주었던 일이 슬슬 걱정된다.

"결혼이 애들 장난이야?"

지치지도 않는지 벌써 몇 주째 같은 말을 한다. 며칠 전에는 어울리지 않는 심각한 어조로 후회하지 않으려면 지금이라도 무르라고 협박까지 하던 인혜다.

장난? 몸이 부서질 정도로 고생하는 지금의 현실이 장난이라고? 나도 모르게 한숨이 나왔다. 아버지와의 약속을 지키기 위해, 저를 지키기 위해 하는 이 모든 노력을 장난으로 만들어 버리는 능력이 놀랍기만 하다.

"이 년 안에 끝내. 그러면 믿어주지."

아버지가 내건 조건이다. 만 이 년 안에 사법시험 합격. 현실적으로 약간의 무리가 있을 수 있는 조건이지만, 과연 네가 할수 있을까 하는 아버지의 표정이 내 승부욕을 건드려 버렸다. 빌어먹을, 반드시 해낼 것이다.

원래의 계획보다 일이 년 앞당기려니 아무리 나라고 해도 스케줄이 살인적으로 변하는 것은 어쩔 수 없는 일이 되고 말았다. 때문에 인혜 얼굴을 마지막으로 본 것이 언제인지도 모르겠다. 결혼이라는 커다란 명제를 던져 놓고 제대로 된 대화 한번 해보지도 못했으니 인혜의 발악을 이해 못하는 것은 아니지만, 솔직히 꼬투리를 잡을 기회만 노리고 있는 인혜를 상대로 일일이 따질 여유가 지금 내게 없는 것도 사실이다. 자칫 페이스를 잃어버리면 병신같이 손놓고 인혜가 원하는 대로 끌려 다닐 것도 같았기 때문이다. 그것은 있을 수 없다. 지금도 한계에 내몰려 위태로운데 여기서 더 참을 수는 없는 일이다.

키스가 사람을 말려 죽일 수도 있다는 것을 경험한 나다. 바닷물의 원리를 아는가. 인혜는 마치 바닷물 같다. 마시면 마실수록 더욱 갈증이 나는 그런 바닷물 말이다. 인혜를 길들이기 위해 매일하던 키스에 목말라 갈증으로 곧 죽을 것같이 된 것은 오히려 나다. 이제는 인혜를 생각만 해도 몸의 구석구석 안 아픈 곳이 없을 정도다. 그런 상태인데 여기서 더 미루자고? 아예 사람을 생으로 말려 죽일 작정이 아니라면 어림없는 일이다.

고민에 감싸여 있는데 싸움이라도 걸듯 휴대폰이 울리며 인혜의 집 전화번호가 뜬다. 또냐? 정말 지치지도 않는다. 하지만

인혜를 오랫동안 보지 못한 금단 증상이 인혜의 목소리를 들을
기회를 놓치지 말라고 말하고 있다. 생각과는 다르게 미소가 지
어지는 것은 어쩔 수가 없다. 즐거운 마음으로 결전을 준비하며
폴더를 열었다.

[무익아, 바쁘지 않으면 잠깐 좀 볼 수 있을까?]

"……지혜 누나?"

갑작스런 기분 저하는 기대했던 인혜의 목소리가 아니라는
것뿐만 아니라 누나의 목소리가 필요 이상으로 걱정을 담고 있
다는 데 있었다. 익숙한 경고음이 들리기 시작하는 것 같다.

"너 말야, 혹시 요즘 우리 인혜 이상한 것 눈치 못 챘니?"

역시나, 나를 마주한 지혜 누나가 조심스레 하는 질문에서 문
제가 생겼음을 느꼈다.

"무슨 일입니까?"

누나가 잠시 갈등을 하는 것처럼 보인다. 말을 해야 하나 말
아야 하나, 한다면 어디까지 말을 해줘야 하나 따위의 갈등인가
보다. 말할 것도 없이 인혜에 관한 이야기일 것이다. 대체 인혜
가 무슨 사고를 쳤을까.

"저기, 인혜가 며칠째 집에 들어오질 않아."

생각을 정리한 누나가 결심한 표정으로 입을 열었지만, 말의
내용이 이해가 되지 않는다.

"네?"

"옷가지도 없어지고, 아무래도 애가 작심을 한 것 같아. 너희 따로 얘기한 것 없어? 엄마한테는 실험 농장 들어갔다고 말해 놨는데 생전 안 그러던 애가 대체 무슨 일인지 모르겠다. 아, 너랑 결혼은 죽어도 못한다고 노래를 부르긴 했는데 그냥 하는 말이려니 했지."

한번 말문이 열리자 속사포처럼 잘만 쏟아진다. 안 그래도 머리 속이 뒤죽박죽이 되는 상황에서 누나가 쏟아내는 말들은 전혀 도움이 되질 않고 있었다.

정리하자면, 인혜는 결혼은 죽으면 죽었지 못한다고 했다. 그리고 받아들여지지 않자 최종적으로 가출을 감행했다는 말인 것 같다. 무엇이 더 충격인지 알 수가 없다.

죽기보다 싫은 것이 나와의 결혼인가, 아니면 곧 죽어도 집에서 밥을 먹고 잠을 자야 한다는 인혜가 집을 나갔다는 것인가. 하긴 그것도 나랑 결혼을 할 수 없다는 항변이니 결과는 같은 건가? 젠장.

"애가, 애가 이렇게 철이 없어. 어떡하니? 응? 갈 만한 곳도 없는데."

남의 속도 모르고 지혜 누나가 계속 수선이다.

생각할수록 화가 난다. 대체 뭐가 부족해서. 남들보다 빠지는 인물도 아니다, 머리가 나쁜 것도 아니다, 저를 함부로 대하는 것도 아니다, 장래가 어두운 것도 아니다, 거기다 결정적으로 인혜가 나와 나누는 키스를 싫어하지 않았다는 데는 목숨이라도 걸 수 있다. 이렇게 집 안을 떠들썩하게 만들 정도로 나를 마다할 어떠한 이유도 찾을 수가 없단 말이다.

"제 앞가림이야 하는 아이니까 설마 잘못되지는 않았을 테지. 하지만 너무 늦으면 엄마도 아실 거고 그럼 문제가 정말로 커질 거야. 어떻게 할래? 이대로 손 놓고 구경할 거야?"

구경? 작심하고 해보자고 덤비는데 구경하고 있을 만큼 병신은 아니다.

"하긴 내가 볼 때도 네가 조금 성급하게 나온 것 같기는 해. 어차피 일이 벌어져서 하는 소린데 너, 인혜랑 얘기는 제대로 된 거 맞아?"

제대로 된 얘기가 어떤 건지 모르겠지만, 지혜 누나의 수선스러움은 더 이상은 사절이다. 안 그래도 머리 속이 터질 것 같단 말이다.

"누나, 우선 들어가 계세요. 너무 걱정 마세요. 인혜도 갑작스러워서 잠시 머리를 식히고 싶을 거예요. 제가 알아보고 찾아서 얘기할 테니 당분간은 우리 둘만 아는 걸로 하죠."

"인혜가 저렇게 계속 싫다고 한다면 내 생각에는 다시 처음부터 하는 게 맞다고 봐."

처음부터? 미치지 않은 이상 그것은 불가능하다. 지금까지 해온 고생을 다시 하라고? 아니, 그보다 대체 왜? 지금 상태라면 인혜를 찾지 않는 게 더 나을 수도 있을 것 같다. 과연 인혜를 앞에 두고도 살려둘 수 있을까?

"그럼 무익아, 힘들겠지만 인혜를 찾거든 잘 달래서 데리고 들어와. 일단 집에는 들어오게 해야 되잖니."

글쎄, 목숨이 붙어 있는 경우라면 그렇게 하겠지만 지금으로서는 장담할 수 없다.

"걱정 마시고 들어가세요. 나중에 연락드릴게요."

한숨을 쉬던 지혜 누나가 들어가자 속에서 부글거리던 화가 폭발이라도 하듯 터져 나왔다. 강인혜. 그래, 결국 해보자. 이거지? 치밀어 오르는 화를 심호흡으로 가라앉히려 노력하며 생각을 정리했다. 인혜가 갈 만한 곳, 그것도 옷까지 싸 짊어지고 갈 만한 곳이 많을 리 없다. 순간적으로 일본행을 계획했던 인혜의 모습이 떠올랐지만, 그건 현실적으로 무리가 있다. 인혜에게 그만한 돈이 있을 리 없기 때문이다. 다른 건 몰라도 그 부분에 관해서는 철저하게 마크를 해왔기 때문이다. 그렇다면.

결국 열받은 나에게 희생된 것은 마침 졸린 목소리로 전화를 받는 상대편이었다.

"어딨어?"

다짜고짜 이름도 밝히지 않은 채 물어댔으니 상대편이 놀라는 것은 당연하다.

[누구세요?]

"괜히 머리 나쁜 척하지 마. 인혜 어딨어?"

[무, 무익이니?]

“어디까지 알고 있는 거야?”

[뭐, 뭘 말이야?]

인혜의 하나밖에 없다는 친구. 미선이가 바들바들 떠는 목소리로 애처롭게 말을 한다. 속일 사람을 속이지, 누굴.

“연극 하지 말고 빨리 말해. 지금 무슨 짓을 할지 모르니까.”

[저기…… 난, 나는 정말 아무것도 몰라.]

누굴 바보로 안다. 아무것도 모른다면 우선 무슨 일인지 물어야 정상이다. 발뺌을 한다는 것은 모든 것을 알고 있다는 자백에 다름 아니다.

“지금 바로 갈까?”

짜증을 담아 으르렁거리자 상대방이 급하게 숨을 들이마시는 소리가 난다. 어쩌면 이리도 반응들이 솔직한지 끼리끼리 논다는 말이 맞는 것도 같다. 이쯤에서 누나 말대로 심각하게 다시 생각해야 하는 것 아닌지 모르겠다.

[저기…… 이, 일단 내일 날 밝으면 내가…… 그러니까…… 난, 아무것도 모르지만, 여기저기 친구들한테 연락도 해보고 그래서 아, 알려주면 안 될까?]

우습다. 누굴 상대로 사기를 치려 드는지. 내일까지 시간을 주면 그 길로 인혜는 숨어버릴 테고 일은 더 어려워질 텐데 순순히 오냐 그러마 할 줄 아는가.

“십 분 내로 갈 테니 기다리고 있어.”

[안 돼!]

　상대방이 처참하게 비명을 지르는 것을 무시하고, 폴더를 닫아버렸다. 주절주절 말 같지도 않은 핑계를 듣고 있을 이유가 없기 때문이다.

　흥분을 잘하고, 그때그때 감정에 의해 쉽게 흔들리는 인혜지만, 정말 필요할 때는 의외의 집요함과 계획성을 보이기도 했다. 작년 인혜의 일본행을 말릴 수 있었던 것은 그야말로 하늘이 도왔기에 가능했던 일이다. 대체 무슨 생각을 하고 사는 것인지 머리 속을 한번 들여다보았으면 소원이 없겠다.

　깜순이의 집 앞에는 머리 손질도 채 마치지 못한 듯 보이는 인혜의 친구 깜순이가 나와서 안절부절못하며 서성이고 있었다.

　"저기…… 무익아, 뭔가 오해가 있나 본데…… 난, 정말……
인혜가 어디 있는지……."

　"어디야?"

　"저, 정말 난 몰라."

　"어디야?"

　이를 악물고 다시 묻자 난처한 얼굴이다. 갈등하는가 보다. 의리를 지켜야 할 것인가, 목숨을 지켜야 할 것인가. 조금 도와주었다. 주먹을 지그시 쥐어 담벼락을 내려쳤다. 화들짝 놀라는 폼이 가관이다.

　"그, 그러면 나는 정말 몰랐던 거다. 인혜한테 말하면 안 돼. 알았지? 꼭이다."

걱정을 하려면 진작 했어야지. 가타부타 말없이 인상만 쓰자 지레 겁먹은 인혜의 친구가 줄줄 사건의 전모를 털어놓는다. 듣고 있자니 기가 막힐 따름이다.

"저기, 인혜랑 같은 과 친구가 잘 아는 만화가가 심부름 해줄 사람을 구한다고 해서, 인혜 지금 거기에 있는데…… 이, 입주해서 잔심부름도 해주고……."

점점 험악해져 가는 내 인상을 요리조리 살피며 깜순이가 그나마 나은 단어를 고르기 위해 애쓴다.

"이, 인혜도 고민 많이 했어. 너도 알다시피 인혜가 즉흥적이니까, 갑작스레 잠깐 도와달란 말에 거절 못하고 며칠, 일만 도와주러 간 걸 거야. 그러니까, 너무……."

즉흥적? 학교도, 집도, 모두 다 작파하고 심지어, 이젠 마땅히 약혼자라 할 수 있는 내게까지 비밀로 하고 튀어버린 것이 즉흥적인 발상이라고?

"주소 대!"

"지금은 너무 늦었잖아. 그러니까, 내일 내가……."

"주소!"

"여, 영등포 아파트……."

*

현실과 이상에는 언제나 차이가 있게 마련이다. 누구보다 현실에 민감한 내가 그 정도도 모를 리 없다. 그러나 그 차이가 이성에 무리가 갈 정도로 심하게 날 경우에는 아무리 나라도 해도 당황할 수밖에는 없다.

전시 상황이라고 한다면 딱 맞을 폭탄맞은 방의 모습을 보면서 심각하게 고민했다. 이 모습이 내가 십 년 가까이 키워온 꿈의 광경이란 말인가. 방향을 잘못 잡은 것이 아닐까.

"야, 여기 먹칠하라고 놔뒀던 원고 어디 갔어?"

"그거 펜선 잘못됐다고 다시 한다고 하셨잖아요."

"마감이 코앞인데 뭘 다시 그려? 그냥 가는 거지? 어따 치웠어?"

"선생님 엉덩이 밑에 깔린 거 아니에요?"

"아씨, 이게 언제 이리 왔어?"

"그나저나 밥은 안 줍니까? 굶어 죽을 것 같아요."

"한가하게 밥 먹을 시간이 어디 있어? 거기 어딘가에 어제 먹다 남은 과자 부스러기 있을 거다. 알아서 찾아 먹엇!"

며칠 전까지는 사람이었음이 분명한—처음 인사할 당시 분명 멀쩡한 사람이었단 말이다—네 명의 좀비들이 각자의 자리에서 미친 듯이 절규하는 모습은 오싹할 정도다.

"아우우우, 선생님 이러니까 미리미리 하시라고 말씀드렸잖아요. 매번 이게 뭐예요."

"시끄러, 그러는 넌 안 했냐? 나보다 더 열심히 게임에 열중한 건 너다."

나를 보러 왔다 얼떨결에 잡혀 버려 본의 아니게 이 아수라장 속에 동참하게 된 경식이가 내게 어색하게 미소를 건넨다. 친구를 이 악의 소굴에 밀어 넣은 게 못내 미안한 모양이다. 어떻게든지 소개만 시켜달라고 사정사정한 내 모습 따위는 이미 잊은 것이 분명하다. 착한 녀석.

그대로 있다가는 변 사또에게 끌려가는 춘향이가 되어 수청을 들게 생겼기에 친구의 누나의 친구의 사촌을 소개시켜 달라며 이 착한 녀석에게 눈물콧물로 사정을 해버렸다. 어떻게 했는지는 몰라도 그 생쇼를 한 지 삼 일 만에 가방을 들고 이 아지트로 발을 들이밀 수 있었다. 그래도 최후의 최후까지 무익이 놈에게 소명의 기회와 개과천선의 빌미를 주고자 점잖은 협박까지 했는데도 동네 강아지 짖는 것보다 못하게 콧방귀로 물리친 녀석이 무익이다. 지금 내 앞에서 착한 웃음을 짓는 경식이와는 그야말로 천양지차라 할 수 있겠다.

"배고프지 않아?"

경식이가 작은 소리로 속삭인다. 배? 글쎄, 정신이 없어서인지, 집 나온 서러움 때문인지 배가 고픈 것을 잘 느낄 수가 없다. 무익이 놈 때문에 집 나와, 배곯아 여러 가지로 서럽다. 조만간 엄마에게 맞아 죽을 일까지 치면 더욱 처량한 신세다. 그나마 다행인 것은 이 북새통 속에서는 자신의 처지를 비관할 정도의 여유가 없다는 것이다.

"나는 괜찮아. 너야말로 괜한 고생이다."

"이 정도 가지고 뭘."

눈물 난다. 진짜 착한 녀석이다.

"어이, 핏덩어리. 지금 거기서 뭉개뭉개 피어오르는 것이 핑크빛 오로라냐?"

녀석의 착한 마음에 감동받을 사이도 없이 어시 중 한 명이 과감하게 태클을 건다. 처음 봤을 때는 마주칠 때마다 살며시 웃어주며 이것저것 소소한 것을 알려주던 마음씨 착한 언니였는데 마감을 하루 남겨둔 지금은 마주칠 때마다 한 번씩 태클은 기본이요, 반경 2m 안의 모든 것을 초토화시켜야만 직성이 풀리는 화실의 다중인격자 중의 한 명이 되어가는 중이었다.

"우우~ 연애질 금지!"

"넘겨라, 넘겨!!"

"누나한테 와라, 예뻐해 준다."

기다렸다는 듯이 화실 안이 난리가 났다. 만화가들이 아니라 실성한 노처녀 집단 같다. 하긴 내일까지 해야 하는 원고와 지금까지 해놓은 원고를 보면 실성하지 않고는 못 배길 것도 같다.

"핏덩어리, 쟤네들 자극 그만 시키고 나가서 먹을 거라도 사와라. 특별히 인심 써서 둘이 같이 나가는 것을 허락해 준다. 대신 녹차 아이스크림은 옵션으로 달고 와야 해."

머리에 까치집을 지어놓고 충혈된 눈을 한 박 선생이 부스스 얼굴을 들고 일갈했다. 말투로 봐서는 가장 자극받은 분이 박 선생님 아닌가 싶을 정도다. 진짜 연애를 한 것은 아니지만 잠시나마 신선한 공기를 마시게 허락해 준 것이 너무나 고마워 자질구레한 것을 따지는 대신 냉큼 일어났다.

"매일 이랬어?"

밖으로 나와 편의점이 있는 곳으로 걸어가며 경식이가 얼이 빠진 듯 묻는다. 설마, 매일 이렇게 살면 조만간 비명횡사하지 어떻게.

"아냐, 내일이 마감이라서 그래. 평소엔 다들 좋은 분이셔."

마감할 때 이렇게 괴물같이 변하는 것은 나도 오늘 처음 알았어. 뒷말을 겨우 삼키며 경식이를 달랬다. 안 그랬다간 자책감으로 애가 죽을지도 모르기 때문이다.

"할머니는 좀 어떠셔?"

뜨끔. 평소 거짓말과는 동떨어진 삶을 사는 나인지라—굳이 따지고 싶으신 당신, 해도 되는 거짓말과 해서는 안 되는 거짓말이 있다고 해두자—양심이 몸부림치며 요동친다.

"어, 으응. 아직은 그냥 그러시지 뭐. 아무래도 이것저것 검사 받으시는 것도 있고, 조금 더 결과를 지켜봐야 할 것 같아."

갑자기 위중해지신 할머니를 위해 방을 비워 드리고 나올 수밖에 없는 처지라고 생구라를 치고 덕분에 학교까지 휴학해야 하는 불쌍한 고학생이 된 나를 이 착한 녀석이 위로하려는 모양이다. 큰이모와 함께 캐나다에 계시는 할머니께 죄스러워 양심이 따끔거린다.

나름대로 표정 관리를 하며 거부감이 일어나는 양심의 소리를 달래고 있는데 경식이 이놈이 예고도 없이 내 손을 잡는다. 아씨, 더 이상의 거짓말은 과부하가 나서 못하는데.

"인혜야!"

"어, 응? 왜?"

자식, 얼굴 표정 좀 펴라. 내가 말을 안 해서 그렇지, 이번에 다녀온 울 엄마 말에 의하면 우리 할머니 앞으로 삼십 년은 끄떡없으시다고 했단 말이야.

"난 있지, 네가……."

죄짓고 못산다, 정말이다. 나를 걱정해 주는 녀석의 해맑은 눈동자를 들여다보니 순진한 녀석 등치는 것 같아 속이 불편해 죽을 지경이다. 그냥 확 솔직하게 말해 버려? 실은 날건달 같은 놈의 말도 안 되는 결혼 압박을 피해 도망치는 중이다, 넌 사실 가련한 나의 인생을 구원해 준 천사다, 뭐 이런 식으로 불어버릴까?

경식이가 뭔가 하고 싶은 말이 있는 듯 머뭇거렸지만, 나 역시 놈에게 사실을 말해야 하나 말아야 하나 고민이 되는 것은 마찬가지다.

어떻게 말을 해줘야 순진한 녀석이 충격을 덜 받을까 나름대로 고민을 하는데 갑자기 놈이 눈앞에서 사라졌다. 아니, 사라졌다기보다 갑자기 턱을 감싸 쥐고 옆으로 벌러덩 누워버렸다는 것이 정확한 표현이겠다. 찰나지간에 벌어진 일이다.

갑작스런 사건 전개에 당황할 여유도 없었다. 누군가 갑자기 험악한 기세로 자유로워진 내 손목을 낚아챘기 때문이다.

씨근덕거리느라 어깨를 들썩이며 험악하게 나를 내려다보고 있는 것은…… 무익이다. 무익이? 진짜 이놈이 무익인가?

너무나 당황스러우니 사고 체계에 문제가 생겼나 보다. 분명 무익이라는 것을 머리가 인지했는데 몸이 아무 반응을 하지 않는다. 단지 머리 속으로 여러 가지 생각만 왔다 갔다 할 뿐이다. 왜 지금 이놈이 여기 있는 거지? 여기 있으면 절대 안 되는 일 순위가 바로 이놈인데. 대체 어떻게 된 일일까? 누가 말해 줬지? 거기다 뭘 잘했다고 지금 나를 노려보는 거야? 이 고생이 다 누구 때문인데? 마치 무성영화를 느리게 돌리는 것처럼 모든 것이 정지한 상태에서 멍하게 생각만 바쁘다.

"지은 죄가 있으니 할 말도 잃어버렸나 보지?"

험악하게 나를 노려보던 놈이 으르렁거린다. 대체 뭐라는 거야? 지은 죄? 살고자 노력하는 게 언제부터 죄가 됐다고. 뭐라고 말을 해야 하는데 속에서 오만가지로 설쳐 대는 말들 중에 대체 뭘 먼저 말해야 하는지 갈피를 잡을 수가 없다.

그 와중에 넘어진 경식이의 희미한 신음 소리가 들린다. 그리고 보니 이놈, 경식이한테 주먹을 휘두른 거네. 무식한 놈이. 뭐, 주먹? 그 착한 녀석에게?

겨우 정신이 든다. 이, 이 천하의 악당같은 놈이.

놈을 있는 대로 노려보며 경식이가 무사한지 달려가려고 몸

을 틀었지만 무식하게 힘 자랑을 하며 손목을 움켜쥐고 녀석 때
문에 쉽지가 않다.

"이거 놔!"

"못 놔!"

"이거 놔!"

"뭘 잘했다고 큰소리야?"

못 놔? 여기서 더 참으면 강인혜가 아니다.

다리를 들어 놈의 정강이를 힘대로 차버렸다. 아씨, 아파라.
다리가 아니라 쇳덩어리냐? 차버린 내가 더 아픈 것 같다.

그러나 놈은 신음을 흘리며 허리를 꺾으면서도 움켜쥔 내 손
을 놓지 않았다. 지독한 놈.

"이거 놔, 네가 깡패냐? 왜 함부로 주먹질이야? 왜 알아보지
도 않고 주먹부터 쓰냐고!"

"시팔, 알아보고 자시고 할 게 뭐가 있어?"

"경식이가 너한테 뭘 잘못했다고 주먹을 휘두르는 거야? 이
성격 파탄자 같은 놈아!"

"한마디만 더해. 내 성질, 나도 어쩌지 못하니까."

놈이 음산하게 중얼거린다. 놈의 더러운 성질머리에 쓰러진
경식이가 괜찮은지 확인하고 싶지만 무익이 놈이 내 시선을 따
라 경식이를 보는 눈길이 수상하다. 귀기 어린 살기가 흐르는
것처럼 보이는 게 내 착각이었으면 좋겠다.

"다쳐서 피 나는 거 안 보여?"

"그 정도로 안 죽어."

마치 한 방에 죽여야 하는데 미처 못 죽인 것이 한이라는 듯이 놈이 인상을 쓴다. 뿐인가. 힘 주어 움켜쥔 내 손을 끌고 제 차가 있는 곳으로 발걸음을 옮긴다.

"미쳤어? 이게 대체 무슨 짓이야?"

겨우 차 있는 곳까지 끌려와서야 놈의 손을 발악에 가까운 몸짓으로 떨쳐 내며 소리 질렀다. 겨우 시도한 탈출이 실패로 끝날 것 같은 좌절감에, 끝까지 잘했다고 행동하는 놈의 안하무인이 더해져 내 이성을 앗아가고 있었다.

"너야말로 이게 무슨 짓이야? 그리고 저놈은 또 뭐고?"

"주먹을 휘두르기 전에 물어볼 생각은 안 들었어?"

무익이 놈이 이를 간다.

"그래서 넌, 가출하기 전에 한 번 더 생각해 볼 필요성은 못 느꼈냐?"

생각을 안 했을 리 없다. 하지만 아무리 주위를 둘러봐도 내 이야기를 들어주는 사람이 단 한 사람도 없었는데 더 이상 무슨 생각?

"이게 다 누구 때문인데? 너 때문이잖아, 이 자식아!"

"시팔, 말이면 단 줄 알아? 내가 뭘? 내가 거짓말하고 집 나오라고 시켰어?"

"네가 이상한 소리 해댄 탓이잖아. 결혼이라니, 미친 게 아니고서야 어떻게 너랑 나랑 결혼을 해?"

놈이 주머니를 뒤진다. 담배를 찾는 모양이다. 꼴에 안 좋은 것은 다 하려고 한다. 피워서 고민이 없어진다면 한 갑을 통째로 피우고 싶은 것은 나다.

"너도 동의했잖아!"

아무리 뒤져도 나오지 않자 포기하는 담배 대신 나를 씹을 생각인지 놈이 살벌하게 으르렁거린다. 미친다. 뭐라?

"약 먹었어? 내가 언제?"

"너, 내가 무슨 생각으로 날마다 너에게 키스를 했다고 생각해?"

"키스 한두 번으로 결혼하는 사람이 어디 있어? 그리고 지금 우리 나이가 몇 살인 줄이나 알아?"

"빌어먹을, 책임에 나이가 무슨 상관이야?"

말문이 막힌 것은 아니다. 하지만 나도 모르게 놈을 노려보는 눈에서 눈물이 차 올라왔다. 놈 앞에서 눈물을 보이는 것만큼 수치스러운 일은 없다. 하지만 어느새 볼을 타고 눈물이 흐르고 있었다.

무익이 놈이 정말…… 밉다.

"나는……."

놈이 내 눈물 때문인지, 아니면 떨리는 내 목소리 때문인지 조금 당황한 듯도 보인다. 이를 악물며 다시 말했다.

"나는…… 강인혜야."

이제 놈의 얼굴이 의아해진다. 대체 무슨 말인가 싶은가 보다. 다시 말해 주었다.

"나는 강인혜라고!"

놈이 작게 한숨을 쉰다. 눈물까지 흘리며 거창하게 말하는 게 겨우 이름 석 자이니 한심한가 보다.

"네가, 날 알아? 날 책임진다고 그렇게 자신할 정도로 날 잘 알아?"

놈의 얼굴이 약간 굳어진다.

"넌 몰라. 넌, 내 마음 몰라. 강인혜한테 백무익이 어떤 의미인지 그것도 모르잖아?"

처음부터 그럴 의도는 없었지만 말을 하면 할수록 서러움이 북받쳐 왔다. 제 놈 때문에 내가 한시도 편한 날이 없었는데 선처를 베푸는 듯 결혼이라니.

"네놈을 거치지 않은 순수한 강인혜가 되는 것이 평생 소원인데 결혼이라니, 어떻게 그래?"

"말이 되는 소리를 해. 대체 무슨 소리를 하는 거야?"

놈이 답답한지 소리를 버럭 지른다. 눈물 젖은 눈으로 그런 놈을 바라보며 소리쳤다.

"백무익의 덜 떨어진 친구 소리도 지겨웠는데 잘난 백무익의 운 좋은 마누라 소리까지 들으면서 살라고? 죽어도 싫어, 나는 강인혜라고!"

한 번 터지자 놈에 대한 미운 감정이 주체할 수 없을 정도로 밀려 나온다. 주먹을 쥐고 놈에게 달려들었다.

"너 때문에 모든 게 엉망이야! 너만 아니었으면…… 너만 아니면……."

쏟아지는 내 주먹을 고스란히 견디며 놈이 잠잠하다.

"왜 기회도 주지 않는 거야? 왜? 왜? 왜!"

"인혜야……."

"네가 미워, 미워, 밉다고!"

"인혜야……."

"왜, 이 나쁜 놈아!"

"사랑해."

놈이 약간 쉰 목소리로 속삭이듯 내뱉는다. 이제 굳은 듯 꼼짝 못하고 있는 것은 나다. 분명 무슨 소리를 들었는데.

놈이 자신의 가슴을 두드리다 멈춰 버린 내 손을 살며시 감싸 쥐며 나를 본다.

"나는 그런 것은 몰라. 미안해, 정말 생각도 못했어. 하지만 나는 네가, 강인혜가 너무 좋아. 너와 계속 함께 있고 싶었어. 너만 생각하는 내가 미친놈처럼 보일 정도로, 강인혜 너를 사랑해."

놈의 갑작스런 고백에 눈물이 쏙 들어가 버린다. 이런 전개는 한 번도 생각해 본 적이 없다. 솔직히 말하면 얼이 다 빠질 지경이다.

"너라서 좋고, 너라서 키스하고, 너라서 결혼하려고 했던 거야."

숨을 어떻게 쉬더라? 생각이 나지 않는다.

"너도 나를 네 말처럼 싫어하지 않았다는 것은 알고 있어."

깬다. 어떻게 이놈은 고백조차 로레알병에 걸린 채로 하냐. 하지만 끼어들기에는 놈의 표정이 너무 진지하다.

"너의 기회를 빼앗은 것은 사과할게. 하지만 네가 나한테 멀어지는 게 난 무서워."

다시 호흡 곤란이 온다.

"그게 너야, 내가 세상에서 제일 좋아하고 제일 무서워하는 존재. 난 너 없으면 안 돼. 강인혜가 있어야 비로소 내가 완전한 백무익이 돼. 그래서 그랬어. 네 마음 미처 헤아리지 못해서 정말 미안하다."

무릎에 힘이 빠진다. 놈이 허리를 잡아주지 않았으면 바닥에 주저앉았을 거다.

"어쩌면 참다가 죽을지도 모르지만, 네가 그렇게 힘들다면 결혼은 조금 미루는 걸로 하자. 네 말대로 너한테 기회마저 빼앗고 싶지는 않거든."

원하던 대로 일이 풀리는 것 같은데, 머리 속이 개운하지 않다. 거기다 뜻하지 않은 사랑 고백이라니.

영화에서 보면 사랑 고백을 받을 때 하늘에서 축포가 터지고 팡파르 소리 같은 게 들리고 하는 것은 다 거짓말이다. 실제로 당해보니 호흡 곤란에 심장발작만 일어나려고 하는데 뭘.

아, 아니다.

놈이 살며시 내 입에 키스를 하는 순간 팡파르 소리가 들리는 것도 같다. 조금 시끄러운 팡파르 소리 말이다.

"쌤, 쌤 말씀이 맞긴 맞는데, 상대가 다른데요?"
"어디, 어디? 어머, 정말이네. 우와~ 저 몸 좀 봐."
"쌤, 이게 어떻게 된 사건이죠?"
"내가 그걸 어떻게 알아? 우리 핏덩어리가 생각보다 능력이 많은가 보지."
"쌤, 우린 저런 남정네 하늘에서 안 떨어질까요?"
"시끄러, 마감이 여덟 시간밖에 안 남았는데 무슨 한가한 소리들이야? 그나저나 아이스크림은 오늘 물 건너갔다."
"아아, 부러버요, 쌔앰~"

학교를 그만두겠다는 말을 꺼냈다가 엄마에게 맞아죽을 뻔한 나를 구해준 것은 무익이다. 제 놈 입으로 내가 없으면 안 된다고 말을 했으니 혹시라도 내가 엄마 손에 비명횡사를 하면 곤란한 것은 역시 자기가 될 테니 그랬을 테지만, 그래도 고마운 것은 고마운 거다.

거기다 박 선생님의 화실에 계속 다닐 수 있게 주변 사람들을 설득해 준 것 역시 무익이다. 화실 언니들을 끔찍할 정도로 무서워하는―그렇다. 이놈은 언니들을 호환, 마마보다 더 무서워한다. 얼마나 착하고 예쁜 언니들인데―것만 빼면 나무랄 데 없이 제 놈의 말을 실천 중이다.

단 한 가지.

착한 친구 경식이에게 아직도 사과를 안 하고 있는 중이다. 내가 누구 덕에 화실에 발을 붙이고 사는데. 인정머리없는 놈. 거기다 안부 인사차 전화를 건 경식이에게 한 번만 더 내 여자에게 집적거리면 죽여 버린다는 망발도 서슴지 않았다. 솔직히 고백하면, 그 순간에는 불쌍한 경식이보다는 무익이 놈의 '내 여자'라는 말이 그다지 싫지 않게 들렸기에 그냥 넘어간 나도 할 말은 없지만 말이다.

"힘들게 공부하는 무익이 방해하지 말고 사돈어른께 이것만 주고 얼른 와! 에그, 헛똑똑이."

나를 잔뜩 노려보시며 엄마가 쇼핑백을 건넨다.

헛똑똑이. 힘들게 무익이가 목숨을 건져 준 이후로 엄마는 나를 헛똑똑이라 부르신다. 놓친 물고기가 아까운 거다. 그냥 있었으면 예비 검사의 장모가 벌써 되었을 텐데 괜한 똥고집으로 다 된 밥을 엎은 내가 엄마는 미우신가 보다. 그러면서도 아줌마를 부를 때는 꼬박꼬박 안사돈이라신다. 하긴 남들 오 년, 길게는 십 년을 봐야 한다는 사법시험을 무익이 놈은 단번에 1차에 터억하니 붙어버리고 이제 2차 시험을 준비 중이니 안 그래도 이쁜 무익이가 이제는 신으로 변하려고 하는 중이시다. 1차에 붙었다고 다 검사 되나? 아직 2차, 3차 시험도 있고, 연수원도 가야 한다는데. 엄마는 그런 것 따위 아랑곳하지 않으신다.

첫, 힘들게 공모전을 준비하는 딸의 노력은 쓸데없는 그림 그리기로 하락시키시면서 여전히 무익이 타령이시다.

"알았어. 나도 바쁘단 말이야 뭐."

"바쁘긴 뭐가? 하루 종일 만화책 끼고 사는 것도 바쁜 거냐? 힘들게 들어간 학교도 때려치우고 대체 뭐 하는 짓이야?"

자아를 찾는 짓이지. 하지만 엄마에게 대꾸를 하는 대신 씨익 웃어 보이며 집을 나섰다. 얘기가 길어지면 손해 보는 것은 나다. 자칫 저녁밥도 못 얻어먹을 수가 있다.

꾸러미가 묵직한 것을 보니 틀림없이 엄마가 장래 사위에게 먹일 음식을 이것저것 준비하신 모양이다. 나나 주지. 나도 몸보신 필요한데. 아줌마에게 아양을 떨어 조금 얻어먹고 나와야겠다.

그러나 문을 열어준 것은 힘들게 공부하신다는 무익이다.

"어, 아줌마는?"

"형 전시회 가셨어."

아, 맞다. 그러고 보니 오늘 겸익이 오빠 전시회가 있는 날이다. 초대권을 받았는데 마침 마감 때라 정신이 없어서 잊고 있었다.

"넌 왜 안 갔는데?"

"어수선한 거 싫어서. 안 들어와?"

들어가긴 해야 하는데 갑자기 아무도 없는 집을 등지고 선 무익이가 불길하게 보인다. 빈 공간에 놈과 나만?

지난 일 년여의 시간 동안 놈에게 길들여진 만큼 기대감이 없는 것은 아니다. 하지만 A, B를 겪었다고 C가 될 수 있는 상황까지 냉큼 받아들일 만큼 대담해진 것은 아니란 말이다. 솔직히 말하면 놈을 못 믿는 게 아니라 나를 못 믿겠다.

"어…… 그냥 이것만 주고 가지 뭐."

"뭔데?"

"우리 엄마가 너 주래."

녀석. 씨익 웃는 것을 보니 싫지 않은가 보다. 그러고 보니, 내가 집에서 대접을 못 받는 거나 이놈이 집에서 대접을 못 받는 거나 비슷할 것도 같다. 나는 모자란 성적 때문에, 이놈은 넘쳐 나는 성질 때문에. 조금 안쓰러운 마음이 들기도 한다. 바쁘게 나가신 아줌마가 아들 밥 챙기는 것도 잊으신 모양이다.

"들어와서 같이 먹고 가. 혼자 먹는 거 싫어."

놈이 한 발짝 비켜서며 문을 연다. 활짝 열린 현관문을 바라보며 조금 고민했다. 놈이 음식 대신 나를 먹겠다고는 안 하겠지, 설마?

"아직 밥도 안 먹은 거야?"

"왜? 네가 차려주려고?"

장난스럽게 말하는 놈의 표정으로는 원하는 것이 내 손에 든 음식 꾸러미인지 그 꾸러미를 든 나인지 알 수가 없다.

"약 먹었어? 내가 왜? 이거나 받아, 갈 거야."

놈의 눈빛이 진해진 것이 아무래도 꾸러미와 나를 함께 생각하는 듯하다. 위험하다, 아줌마가 계시는 안전한 날 다시 오든지 해야 할 것 같다. 그러나 나의 작은 희망은 꾸러미를 내미는 내 손을 덥석 잡으며 집 안으로 나를 잡아끄는 녀석 때문에 물거품이 되고 말았다. 현관문 닫히는 소리가 불길하게 들린다. 적막한 공간에 놈과 나의 묘한 신경전이 깔린다.

"바쁘니까 그냥 간다는데……."

"누가 잡아먹어? 뭘 그리 서둘러?"

놈이 우습다는 듯이 나를 본다. 거울이나 한번 보고 말해라. 네놈 표정이 한 고개에 떡 한 개씩 빼앗아 먹다 종내에는 모든 떡을 홀라당 빼앗아 드신, 거기가 할머니까지 꿀꺽하신 떡 하나 주면 안 잡아먹지에 출연한 호랑이 표정이란 말이다.

하지만 모든 것을 알면서도 놈이 이끄는 데로 따라가는 난 또 뭐냐. 놈이 이끄는 대로 얌전히 손을 잡혀 식당으로, 놈의 방이 있는 이층으로 줄래줄래 잘만 따라다닌다.

"고, 공부하는 것 안 힘들어?"

놈의 방에 들어온 것이 처음도 아니건만 어색하기만 하다.

"결혼하려면 별수있나. 힘들더라도 해야지."

놈이 대수롭지 않게 말을 받는다.

결혼은 사법시험 후에 다시 얘기하자고 양쪽 어른들께 말씀을 드려놓은 상태다. 그것을 말하는가 보다. 그러나 그것은 어디까지나 대외적인 내용이었을 뿐이다.

"나 공모전 당선된 후에 다시 얘기하기로 했잖아."

워낙에 민감한 사안인지라 따지듯 물었다. 무익이 놈이 의외로 수긍을 한다.

"누가 뭐래? 그냥 하는 말이지. 그래서, 준비는 잘돼가?"

서당 개도 삼 년을 기본으로 깔아줘야 풍월을 읊는다는데 우물가에서 숭늉을 찾아라. 이제 겨우 일 년 남짓인데 뭘 벌써?

"그럭저럭."

놈이 한숨을 내쉰다. 대답이 마음에 들지 않았나 보다. 의외로 요즘 놈은 내게 성질을 잘 내지 않는다. 예전 같으면 소리를 버럭 지르거나 펄펄 날뛸 일에도 조용하게 대하는 일이 많아진 것이다. 지금도 소리를 버럭 지르는 대신 날 자기 옆으로 살며시 끌어당길 뿐이다.

"열심히 해."

이거 봐라. 이놈이 아무래도 걸림돌에서 디딤돌로 발돋움을 하려는 모양이다. 생전 이런 기특한 소리 안 할 줄 알았는데 마음에 감동이 물결친다.

"어, 그래. 고, 고맙다, 그렇게 말해 줘서."

말을 마치고 나니 더 이상 할 말이 없다. 예전처럼 놈이 사사건건 시비를 걸면 꼬투리를 잡고 싸움이라도 하겠는데, 열심히 하라고 응원해 주는 놈에게 싸움을 걸 수는 없는 노릇이다. 게다가 지금 놈에게서 발산되는 에너지의 양이 무시무시하다.

"공부 안 해? 엄마가 너 공부하는 거 방해하지 말라고 했거든? 그러니까 다음에 다시 올게."

"네가 싫어하는 짓은 하지 않아. 그러니 더 있다가 가."

놈이 침착하게 나를 붙잡는다. 그게 문제인 거다, 그게. 놈이 하는 짓(?)을 내가 싫어하지 않는다는 것 말이다. 놈과 함께하는 육체의 탐험전은 신비롭기만 하다. 다음 단계에는 뭐가 기다리는지 매번 새롭고 매번 흥분되는데 내가 그걸 왜 싫어한단 말인가.

단지 오늘은 우리를 막을 어떠한 가능성도 있지 않은 상황인지라 무익이 놈이 예의 그 철벽 자제심을 발휘해 줄 것인지 못내 의심쩍은 것이다. 나를 못 믿는 상황에서는 놈밖에 믿을 곳이 없는데 지금 놈의 표정이 장난 아니다. 게다가 잔뜩 가라앉은 목소리로 보아 나름대로 지금 준비를 하고 있는 것 같다. 역시나.

노려보는 놈에게 어색하게 미소를 짓는 나를 향해, 더 이상 참기 힘든지 놈이 짧은 신음과 함께 얼굴을 내린다. 기다리고 있었던 것처럼 자연스럽게 놈의 목 뒤로 손을 올리는 나는 정말 학습 능력이 뛰어난 학생인가 보다. 놈의 키에 맞추기 위해 발꿈치를 들어주는 친절함까지 보이다니.

세상에서 밥보다 더 좋은 것이 생길 것이라고는 꿈에도 생각해 보지 않았다. 그러나 지금 무익이와 나누는 키스는 밥보다, 꿀보다 더 달콤하다. 놈과 호흡이 섞이면서 부드러운 입술과 그보다 더 부드러운 놈의 혀가 내 입속을 제 놈의 입인 양 구석구석 누비면 아무 생각도 할 수 없을 정도로 머리 속이 멍해지고 만다.

평소였다면 이런 긴 키스와 자잘한 여러 번의 키스를 한 후에 내 이마에 놈이 자신의 이마를 마주하고 거친 숨을 고르면서 이 황홀한 순간을 끝맺었을 것이다.

하지만 오늘은 조금 더 진도를 나가기로 놈이 결정을 했나 보다. 놈의 손이 옆구리를 타고 오르기 시작한다. 뭐, 아직은 반대하고 싶은 마음이 없다.

놈의 가슴에 짓눌려 예민해질 대로 예민해진 가슴을 놈이 손으로 감싸 쥔다. 그런 놈에게 반응해 젖꼭지가 짜르르해진다. 나도 모르게 신음을 흘렸다. 그러자 놈이 성급하게 옷 속으로 손을 넣어 브래지어를 밀어 올리더니 맨살을 거머쥐고 쓰다듬었다. 그 마찰력이 기절할 정도로 좋았다. 그리고 자꾸만 안타까워진다. 뭔가 부족한 느낌이 강하게 드는 것이다. 조금 더 닿고 싶고, 조금 더 가까이 하고 싶은…….

놈도 마찬가지인가 보다. 숨을 헐떡거리며 입술을 뗀 놈이 나를 노려본다. 놈의 붉게 달아오른 얼굴과 진지한 표정이 놈의 흥분 지수를 말해 주는 듯하다.

"따라올래?"

놈이 잔뜩 쉰 목소리로 묻는다. 덜컥 겁이 난다. 놈이 뭘 묻는지 안다. 아무리 나라도 그렇게 아둔하지는 않으니까. 하지만 미지와의 조우라니. 키스와는 다르지 않은가.

"따라와라."

놈이 이제는 어딘가 아픈 듯한 얼굴을 하고 거의 사정조로 말을 한다. 어떡하지? 궁금하지 않은 것은 아니다. 키스만으로도 이토록 좋은데 여기서 더 나아간다는 것은 어떨까. 하지만 왠지 그 다음 단계로 가는 것이 망설여진다.

"그렇지만……."

"네가 싫다는 것은 안 해. 싫다면 중간에 그만둘게."

갈등은 놈이 최후의 선택권을 나한테 넘겨주는 순간 끝났다. 언제라도 싫다고만 하면 멈춘다는데 망설일 게 뭔가. 이 황홀한 탐험을 조금 더 하기로 했다.

"정말, 내가 그만두라고 하면 그만둘 거야?"

"물론이지."

그렇게까지 말한다면.

조심스레 고개를 끄덕여 줬다. 놈이 쥐고 있던 내 손을 아플 정도로 꽉 잡는다. 그리고 제 침대로 조용히 날 이끈다. 아, 심장이 튀어나올 것처럼 두근거린다.

가만히 날 침대에 앉히고서 놈이 자신의 옷을 훌러덩 벗어 젖힌다. 눈이 커다랗게 떠진다. 옷을 입고 있을 때보다 벗은 상태의 몸집이 더 커 보인다니 모순 아닌가. 가슴 사이로 적당히 골을 이루면서 내려온 선으로 인해 입 안에 침이 고인다. 힘겹게 고인 침을 삼키는데, 아무렇게나 옷을 던져 버린 놈이 내 쪽으로 몸을 숙여 내 옷을 잡는다. 반사적으로 옷을 움켜쥔 내 손을 부드럽지만 단호하게 물리친 놈이 망설임없이 내 옷을 벗겨 버린다.

무방비로 노출된 것은 나인데 숨을 헐떡거리는 것은 무익이 놈이다. 놈이 수전증에 걸린 환자마냥 손을 떨며 내 가슴을 쓰다듬는다. 이제 숨을 헐떡이는 것은 나다. 모든 신경이 놈의 손 안에 있는 가슴으로 가 있는 듯하다. 이제는 레이스로 된 천 위가 아닌 맨살에 직접 놈의 손길을 느끼고 싶다. 이런 내 마음이 가서 닿았는지 무익이의 손이 등 뒤로 간다. 가슴 끝에 무익이의 맨 가슴살이 느껴진다. 강인혜 숨 쉬어, 숨 쉬는 거야.

나름대로 숨 쉬는 방법을 열심히 생각해 내려고 애쓰는데 무익이 놈 행동이 갑자기 수상해진다. 진지하게 열심히 분위기를 잡던 놈이 당황하는 것이다. 브래지어 후크를 못 끌러 끙끙대는 중이다. 아, 자식, 되게 귀엽다. 내 웃음을 놈이 오해했나 보다. 얼굴이 벌게지며 브래지어를 옷 벗기듯 훌러덩 머리 위로 벗겨버린다. 놈의 예의없는 행동에도 찬 공기에 노출된 내 가슴은 오돌오돌 소름을 세우며 민감하게 일어서고 있었다. 그리고 놈의 시선이 나를 본다. 이제 얼굴이 발갛게 물드는 것은 또 나다.

놈이 나를 가만히 밀어 침대로 눕게 한다. 두 손으로 가슴을 감싸 쥐며 놈이 시키는 대로 고분고분 누웠다. 놈의 가슴이 심하게 들썩거린다.

놈이 가만히 키스를 하며 내 위로 올라온다. 아무것도 걸치지 않은 피부에 놈의 살이 맞닿자 느낌이 이상하다. 언제 가슴에서 손이 치워졌는지 모르겠다. 내 가슴을 가리고 있던 나의 손은

놈의 뒤통수를 감싸고 있고 대신 그 자리는 놈의 손이 대신하고
있었다.

"미치겠다…… 인혜야, 네가 좋아……."

놈이 헐떡거리며 겨우 말을 한다. 나보다 낫다. 난 말할 정신
도 없다.

놈의 입술이 이제 본격적으로 움직이기 시작했다. 내 입술을
시작으로 목을 타고 내려가더니 가슴으로 향하는 것이다. 허리
가 뒤척여졌다. 놈이 자신의 입속에 내 가슴을 물고는 혀를 굴
린다. 의도한 바는 아니지만, 그런 놈에게 가슴을 밀어 올려주
고 있었다. 조용한 방에 놈과 나의 거친 호흡 소리가 요란하다.

어느 정도나 시간이 흘렀는지 모르겠다. 무익이의 손이 슬금
슬금 바지 쪽으로 내려가고 있었다. 그런 놈의 행동에 정신이
번쩍 든다. 숨을 몰아쉬며 놈의 손을 잡았다. 누워서 올려다보
니 안 그래도 커다란 놈이 온 방을 가득 채우며 내 시야를 가리
고 있다.

만약 놈이 그 순간 말을 했다거나 더 나아가 조금의 강제성이
라도 있었더라면 그 순간을 넘지는 않았을 것이다. 그러나 놈은
단지 애원하듯 간절한 눈빛으로 나를 바라볼 뿐이었다. 그 순간
나도 모르게 잡고 있던 놈의 손에서 힘이 빠져 버리고 말았다.
일종의 허락인 셈이다. 내가 손을 놓자 기다렸다는 듯이 놈이
내 나머지 옷을 벗기기 시작했다. 죽을 것처럼 떨리는 그 순간
에도 마음 한쪽에는 언제든지 내가 신호만 하면 멈춘다는 놈의

약속이 내게 위안을 주고 있었다.

마지막 속옷을 남겨놓은 상태에서 놈이 몸을 일으켜 자신의 옷을 벗기 시작한다. 빠른 속도로 사라지는 옷 대신 나타나는 놈의 나신에 탄성이 절로 나온다. 웬만한 표지 모델은 울고 갈 정도다. 그러나 검은 숲 한가운데 불기둥처럼 우뚝 서 있는 놈의 상징을 보는 순간 다시 겁이 와락 났다. 뭐가 저렇게 커? 놈의 멋진 몸매 따위가 문제가 아니다. 처음 보는 남자의 나신이 흥미롭기는 하지만 그보다는 놈의 커다란 물건이 무섭기만 하다.

"무, 무익아……."

"쉬, 괜찮아. 무서워하지 마."

놈이 나를 달랜다. 그런 놈의 쓰다듬는 손길에 조금 진정이 되며, 상대의 서늘한 피부가 주는 느낌이 익숙해지자 공포가 달아나기 시작했다. 그리고 그 자리를 새로운 흥분이 채우기 시작했다. 놈의 손길도 변했다. 달래듯 쓰다듬는 손길이 어느새 끈끈한 유혹의 손길로 변한 것이다.

속옷이 벗겨지는 그 순간에도 두려움보다는 호기심 쪽이 우세했다. 마법 같은 놈의 손길에 한껏 들떠 있었기 때문이다. 하지만 그 호기심은 놈이 나를 채우며 들어오는 그 순간 깨어지고 말았다. 아, 되게 아프다. 눈물이 쏙 나올 정도로 아팠다.

"그만, 그만 해. 아파서 죽을 것 같아!"

당황한 것처럼 보이는 것은 무익이도 마찬가지다. 저나 나나

첫경험일 테니 피차일반이지만 그래도 놈은 나처럼 아파 죽을 것 같은 고통은 없을 것이다. 어딘가 불공평하다.

"많이 아파?"

묻는 놈의 얼굴이 곧 죽을 것처럼 잔뜩 굳어 있다. 게다가 땀까지 줄줄 흘리고 있는 것을 보니 나만큼이나 심각한가 보다.

"아파, 너무 아프단 말이야."

"미안하다……."

"그만 해, 더 못하겠어."

시작하기 전의 놈의 약속을 상기시켰다. 그런데 내 말에 냉큼 내려오는 대신 놈이 계속 버틴다.

"약속…… 했잖아."

다시 말해 줬다. 그런데도 꼼짝하지 않는다. 그러더니 한술 더 떠 끔직한 소리를 내뱉는다.

"그 약속, 유효 시간이 조금 전에 지났어. 미안하지만, 타임 오버야."

뭐, 뭐라고? 세상에 믿을 놈 없다더니. 놀랄 사이도 없이 더 이상은 참을 수 없다는 듯 놈이 마저 밀고 들어온다. 아악~ 사람 살려!!

두 달 후.

먹고 살 만하니 죽는다는 말이 있다. 내 경우가 딱 그렇다. 이제 겨우 화실에 자리 잡고 사람 노릇을 하나 했더니 세상에 이런 청천벽력이 어디 있단 말인가.

믿을 수 없는 눈으로 내 앞에 놓인 결과를 지켜보았다. 작은 막대 위에 가로로 길게 보이는 선이 마치 꿈결처럼 춤을 춘다. 어떻게 이런 일이, 어떻게 나에게 생긴단 말인가.

떨리는 손으로 놈의 번호를 눌렀다. 그래, 그럴 줄 알았어. 뭐, 다 알아서 해? 믿을 놈을 믿었어야 했다.

"이제 어떡할 거야?"

[인혜?]

놈의 목소리가 들리자마자 다짜고짜 소리를 질렀다.

"이…… 이…… 물어내. 물어내란 말이야, 이 자식아!"

[왜 그래? 무슨 일 있어?]

놈이 심각하게 묻는다. 오랜만에 듣는 삽질 버전이니 놀라기도 했을 것이다. 하지만 아무려면 나보다 놀랐을까.

"알아서 한다며? 이제 대체 어떡할 거야?"

[무슨 일인지를 말해 줘야 알지. 대체 왜 그래?]

"내가 안 한다 그랬잖아. 중간에 그만두자고 했잖아!"

무슨 말인지 알아들었나 보다. 전화기 저쪽의 놈이 잠잠하다.

"책임져! 책임지란 말이야!"

[인혜야.]

"난 몰라, 이제 어떡해."

[책임질게.]

"뭘?"

[책임지라며. 책임진다고.]

놈의 목소리에 웃음기가 묻어 있다.

[미뤄둔 결혼 날짜 잡아야겠네. 표시나기 전에 하루라도 빨리 결혼하자.]

점점, 이제는 아예 즐거운 기색을 숨길 생각도 안 한다. 나에게는 하늘이 무너지는 충격적인 일이 놈에게는 유쾌한 일이 되는가 보다.

"장난인 줄 알아? 시간 준다 그랬잖아. 공모전은 어쩌라고."

[아, 그러려고 했지. 그렇지만 약간의…… 시행착오가 생겼으니 어쩔 수 없잖아. 네 말대로 책임져야지.]

그런 책임이 아니란 말이다. 아, 시간을 되돌릴 수도 없고 미치겠다. 미치고 팔짝 뛰겠다. 그러고 보니 이놈, 이번에도 은근슬쩍 프러포즈를 안 하고 넘어간다. 역시 이놈은 걸림돌이다. 한순간이나마 디딤돌이라고 생각했던 내가 바보다.

백무익. 역시 넌, 넌 내 인생의 커다란 걸림돌이야!!

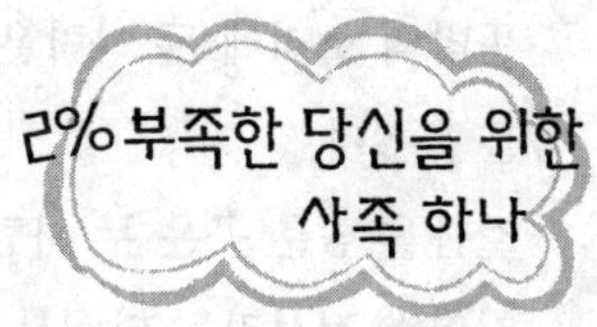

조용하기만 한 검찰청 복도에 난데없이 길게 아기 울음소리가 울렸다. 부장검사와 이야기를 나누던 서은은 고개를 갸웃거렸다.

"이게 무슨 소리죠?"

"글쎄……."

강기석 부장검사는 아끼는 후배의 얼굴을 흘긋 본 후 걸음을 옮겼다.

"아닌 밤중에 홍두깨라고 웬 아기 울음소리야?"

두 사람은 문을 열고 복도를 내다보았다. 조금 전보다 더 확실하게 들리는 것이 틀림없는 아기 울음소리였다.

뜻밖의 소리에 두 사람은 방을 나와 아기 울음소리를 따라 걸음을 옮겼다.

걸음을 멈춘 곳은 두 사람이 잘 아는 사람의 방이었다.

최연소 검사라는 타이틀을 달고 당당하게 입성을 한 후 칼 같은 정확성과 난폭한 조직 폭력배조차 고개를 숙일 정도로 살벌한 성질로 검찰에 유명을 떨치고 있는 백무익 검사였다.

"이 사람, 누가 완벽주의자 아니랄까 봐 애 딸린 사람까지 증인으로 데려온 거야?"

가장 아끼는 후배 검사에 대한 애정이 묻어나는 투덜거림에 서은의 입가에 작은 미소가 만들어졌다.

"어지간히 예뻐하네요."

"무슨 소리야. 난 아직도 네가 제일 예뻐. 네 신랑은 죽었다 깨어나도 예쁘지 않지만."

기석이 너스레를 떨며 소리의 진원지를 찾아 백무익 검사의 방문을 열었다. 그러나 흐뭇한 웃음이 머금어져 있던 두 사람의 동작이 방문을 열고 안을 들여다본 순간 그대로 굳어졌다.

검사로서 피의자를 대하고 있을 것이라던 예상을 깨고 사무실은 그야말로 강도라도 만난 것처럼 난장판이었다. 여기저기 분주히 나뒹구는 서류며 그 사이에 군데군데 자리 잡은 아기용품, 그리고 한쪽에 위풍당당하게 자리 잡은 커다란 기저귀 바구니까지.

평소 깔끔하고 단순한 백 검사의 성격을 잘 알고 있는 두 사람에게는 그것만으로도 충분히 놀랄 만한 일이었다. 하지만 그보다 두 사람의 입을 벌어질 정도로 놀라게 만든 것은…….

멋진 양복 위에 위태위태하게 아기를 업고 달래고 있는 백 검사의 어설픈 모습이었다. 고집스럽게 울기를 멈추지 않는 모습이 자신과 판박이처럼 닮아 있는 아기를 말이다.

누가 더 놀랐는지 순위를 매기는 것은 불가능했다.

부장검사로의 위엄을 먼저 보여야 할지 아끼는 후배의 뜻밖의 모습에 웃음을 터뜨려야 할지 갈피를 잡을 수 없는 기석이나, 늘 냉철하게 보여 은근히 경휘를 떠올리게 만든 후배 검사의 모습이 현실로 다가오지 않는 서은이나, 우는 아기를 달래야 하는지 갑작스레 들이닥친 선배 검사들에게 자신의 우스꽝스런 모습을 들킨 현실을 원망해야 하는지 갈피를 잡을 수 없는 무익이나 모두 할 말을 잃고 서로의 얼굴을 바라보았다.

그 와중에도 아기는 마치 온 지검의 모든 사람에게 자신의 존재를 알려야 하는 사명이라도 띤 것처럼 울어댔다.

먼저 정신을 차린 것은 서은이었다.

“어…… 아기가 우는데요, 백 검사?”

그제야 주문이 풀린 것처럼 정신을 차린 무익이 얼굴을 붉히며 등을 돌려 아기를 얼렀다.

“제길…… 대체 뭐가 불만이냔 말이다. 말을 해야 알 것 아냐, 미치겠군.”

어르는 말치곤 상당히 험악했지만, 목소리만은 부드러웠다.

아기 아버지라기보다는 막내 삼촌이라면 딱 맞을 젊은 아빠였
다. 그것 역시 검찰 내에서는 유명했다. 더구나 고집스럽게 울
고 있는 이 녀석은 잘생긴 젊은 아빠의 둘째아이였다.

서은이 옆구리를 찌르자 기석도 겨우 정신을 차리고 헛기침
을 했다.

"흠흠, 대체 무슨 일인지 설명 좀 해주겠나?"

고집스러운 표정이 아기와 똑같이 닮아 있는 백 검사의 귀 밑
이 발갛게 물들었다.

"죄송합니다, 피치 못할 사정이 있었습니다."

"그러니까 그…… 피치 못할 사정이 뭔지 상당히 궁금하다니
까."

"아기 엄마가……."

아기 엄마. 기석이 아는 한 누구보다 생기 넘치는 사람이 백
무익 검사의 아내이자 지금 시끄럽게 울고 있는 아기의 엄마 인
혜였다. 무뚝뚝한 백 검사와 묘하게 어울리는, 천생 짝이라는
설명이 딱 들어맞는 그런 아가씨, 아니, 아줌마였다.

"인혜 씨 어디 아파요?"

서은이 걱정스럽게 물었다.

설마, 기석이 아는 사람 중에 가장 튼튼한 사람 역시 인혜였
다. 그것은 아닐 거라고 기석은 생각했다.

"아닙니다."

역시 생각대로 무익이 부인했다. 그렇다면.

서은 역시 기석을 바라보는 눈 끝에 웃음이 묻어 있는 것을
보니 짐작한 듯했다.

기석은 짐짓 엄한 표정을 지어 보였다.

"공과 사를 구분 못하는 사람은 아니라고 생각했네."

그러나 기석을 향한 백 검사의 표정은 기석보다 더 엄격했다.

"공과 사를 혼동하는 일은 결코 없습니다. 하지만 공과 정은
함께 놓고 저울질할 성질이 아니라고 생각합니다."

무익의 반격에 오히려 할 말을 잃은 기석이었다.

"우선 아기 이리 줘봐요. 뭔가 불편하니까 그렇게 울어대는
거겠지요."

서은이 작게 웃으며 아기를 향해 팔을 벌렸다. 시끄럽게 울던
아기가 서은에게 가서야 겨우 진정을 하며 조용해졌다.

"나한테 나는 아기 냄새를 알아차렸나 봐요."

지난달 둘째 돌을 치른 서은이다. 그녀가 행복하게 아기를 어
르는 모습을 보던 기석이 무익을 향했다.

"자, 이제 속 시원히 대답을 해보게."

궁금해 죽을 것 같으니까.

그러나 무익은 부장검사라는 자신의 앞에서도 기죽은 모습을
보이지 않았다. 흥미진진하게 바라보는 기석을 흘끗 보며 아무
렇지도 않게 말을 했다.

"인혜가…… 안사람이 갑작스레 취재 여행을 떠나서 어쩔 수
가 없었습니다."

오호, 이것 봐라. 워낙에 짧게 말하는 게 습관인 백 검사인지라 자세한 설명은 처음부터 기대하지도 않았지만, 그가 불만스럽게 중얼거린 그 짧은 말은 기석의 흥미를 상당히 끌었다.

"그렇다고 아기를 데리고 출근을 할 정도로 급하지는 않을 텐데."

이번에는 화를 참는지 주먹을 부르르 떠는 것처럼 보였다.

"처가 식구들과 저희 집 식구들이 이번에 단체로 여행을 가서 당장 애를 맡길 만한 곳을 찾을 수가 없었습니다. 그렇지만 걱정 마십시오. 일에 차질을 불러오진 않을 겁니다."

무익이 말을 했으니 반드시 지킬 것이다. 하지만 처음부터 기석은 일에 대한 걱정을 한 것은 아니었다.

"그…… 취재 여행은 저번에 가기로 했다가 자네 출장 때문에 연기됐던 여행 아닌가? 다른 만화가들은 벌써 다들 돌아왔을 텐데. 그럼 인혜 씨 혼자 간 건가?"

참고 있지만, 씩씩거리며 내뿜어대는 콧김으로 그가 머리 꼭대기까지 화가 나 있음을 알 수 있었다.

"……모릅니다."

이건 또 무슨?

"아침에 일어났더니, 취재 간다는 쪽지 한 장과 기저귀 가방, 그리고 배 위에서 놀고 있는 이 녀석뿐이었습니다."

그 순간 웃음을 참을 수 있었던 것은 오랜 검사 생활 덕분이라고 해도 과언이 아니었다. 아아, 정말이지 돈을 주고도 살 수 없는 광경 아닌가.

화를 참기 위해 안간힘을 쓰는 백무익 검사를 바라보던 기석이 서은에게 눈짓을 했다.

"우선 내가 아기를 데리고 있을게요. 오늘은 다행히 일이 많지 않으니까 나중에 내 방으로 아기를 데리러 와요, 백 검사."

"감사합니다, 선배님."

서은의 제안에 체면도 잊고 선뜻 동의를 하는 백 검사를 보니 어지간히 시달린 모양이었다.

"난 인혜 씨에게 걸 거예요."

백 검사의 방에서 어느 정도 멀어지자 아기를 안고 있던 서은이 작게 속삭였다.

"무슨 소리, 백 검사 쪽이야."

"저번에도 그래서 졌으면서."

"그러니까 이번에는 이길 차례야."

서은이 자신의 품에서 옹알거리는 아기를 바라보았다.

"그치만 아무리 봐도 이길 것 같지 않은데요?"

기석 역시 조금 전 당황하던 백 검사의 모습을 보아하니 그다지 승산은 없는 듯 보였다.

"지금까지 전적이 어떻게 되지?"

"글쎄요. 그나저나 선배, 그거 알아요? 백 검사 아버님이 백 검사에게 검찰 쪽 일 정리하고 빨리 나오라고 날마다 채근한다는 거?”

기석의 얼굴이 순식간에 불만으로 굳어졌다.

“절대로 뺏길 수 없지. 백 검사만한 인재가 어디 있다고.”

“백 검사 역시 아직은 나갈 생각이 없는 것 같아 다행이에요. 그런데 우리가 인혜 씨와 백 검사 결전 때마다 내기를 한다는 사실을 알면 당장에라도 나간다고 할지도 모르는데…….”

“설마, 그걸 누설할 사람이 있으려고. 그게 그나마 이 삭막한 지검에서 유일한 낙인데.”

“하긴 그렇긴 하죠.”

기석이 갑자기 커다랗게 웃었다.

“또 내가 인혜 씨를 얼마나 좋아하는데. 이 사장 눈초리에도 기죽지 않고 결국 하고 싶은 말 다 하고 이긴 사람은 인혜 씨가 처음이지, 아마? 그것만으로도 백 검사는 검찰의 보물이라고.”

그랬다. 서은의 남편인 경휘조차 두 손을 들어버릴 정도로 활기찬 인혜였다. 지금 자신의 방에서 화난 곰처럼 서성이고 있을 백무익 검사조차 결과적으로는 인혜에게 그 성질을 터뜨리지는 못하리라.

“그나저나 이 녀석, 정말 자~알생겼군. 그래, 네가 이번 싸움에 증인이냐?”

기석이 어르듯이 아기에게 물었다. 그러나 서은의 품속이 편안한지 손가락을 가지고 놀던 아기는 어느새 잠들어 있었다.

믿거나 말거나 내 신조는 신파다. 내 성향도 신파다.

그만큼 신파를 좋아한다는 말이다. 서러울 정도로 슬픈 책을 눈물 쏙 빼가며 읽는 것을 좋아한다. 장르가 로맨스라면 아무리 서글픈 이야기라도 해피한 결말을 굳게 믿을 수 있기에 콧물 훌쩍이며 오늘도 신파를 고집한다. 아무도 안 보는 곳에서 눈물 찔끔거리는 책을 읽는 것을 좋아하는 그런 내게 엉뚱한 로망이 있다.

그것은 바로 학원물이다.

기억도 안 날 정도로 오래전의 일이지만, 여러 가지 아쉬움과 설렘이 있기 때문에 그러할 것이다. 아니면 나를 제외한 모든 사람들이 인정하는 것처럼 철이 아직 덜 들어서 그러할 수도.

지금처럼 얼굴이 조금만 더 두꺼웠더라면 나도 교복 입고 당당하게 남자친구와 손을 잡고 동네를 거닐었을 수도 있었을 텐데. 그도 아니라면, 뒤늦은 후회를 남기지 않을 정도로 후회없이 공부를 해볼 것을(글쎄, 돌아간다고 해도 공부를 할지는 미지수다).

어쨌거나 학원물이다. 게다가 성향과는 다르게 코믹물이다.

단발머리를 찰랑거리며 또래 친구들과 까르륵 웃어가며 다니는 여학생들을 보면 기분이 좋다. 뭘 먹이는지 건장하게 자란 옆집 아들들을 보면 내가 다 든든하다. 그렇게 해맑은 아이들이 엮어대는 이야기는 나를 나이도, 체면도 잊게 만든다. 그들이 가진 무궁한 잠재력이, 아름다운 젊음이 너무너무 부럽고 좋다. 그래서 덜커덕 실력도 없는 내가 아름다운 젊음을 가지고 이야기를 엮어버렸다.

이미 말했다시피 이것은 나의 성향이 아닌 로망이다. 그래서 내가 하고 싶은 이야기, 내가 꿈꾸던 이야기, 그리고 내가 아는 이야기를 엮었다. 조금 더 구체적으로 고백을 하자면, 어느 정도는 나의 이야기라고 해야 할 것이다.

물론, 내가 완벽한 인혜가 아니고 또 누군가가 완벽한 무익이는 아니다.

하지만, 그들이 벌이는 다툼은 나의 일상이라고 해도 과언이 아니다. 나를 잘 아는 어느 녀석이 글을 읽어보고 단박에 인혜에게서 나를 발견해 버릴 수 있던 것처럼 말이다.

그래, 고백한다. 나는 머리가 나쁘다. 게다가 운이 나쁘게 성격도 급하다. 그리고 계산 속도 없다. 그래서 싸움을 못한다. 늘 진다.

하지만, 말하고 싶다. 늘 이기는 사람만 이기는 약삭빠른 사회에서 탈피해 엉뚱한 사람이, 모자란 사람이 행복한 그런 세상을 꾸며보고 싶었노라고.

글을 쓰는 동안 행복했다.

나의 행복이 여러분께 전달될 지는 잘 모르겠다. 말했다시피 실력이 없기 때문이다. 단지 간절히 소망할 뿐이다. 내가 느낀 작은 행복이 전달되기를.

감사하고 싶은 분들 물론 계시다.

후기글 없이 그냥 가면 안 되겠냐는 말에 고생하는 보람이 후기글에 들어가는 이름 석 자라는 엄포를 늘어놓으시던 청어람의 김규진님. 첫 번째에 불러 드렸습니다. 보람 많이 느끼셨으면 좋겠습니다. 그리고 교정 보시느라 수고하신 이종민님 감사합니다.

또한 배울 점과 소속감을 제공해 주는 로협 식구들, 항상 감사하고 있습니다.

후기글에 이름 안 넣어주면 책 안 산다고 협박하던 괘씸한 동생 녀석. 이놈아, 철오야. 이름 불렀다. 책 열 권 사라.

자신도 모르게 모델이 되어버린 우리 남편, 책 나온 후에 떼쓸까 봐 걱정입니다. 미리미리 사랑한다고 말하는 것으로 보험을 듭니다. 아시죠? 난 당신밖에 없어요.

사랑하는 우리 딸들. 자영이, 소영이, 미주에게 엄마의 이름으로 사랑을 전합니다.

그리고 끝으로 주인장도 없는 홈페이지를 지켜주는 그린게이블즈 가족 여러분께 진심으로 감사의 인사를 드립니다. 감사합니다.